August Strindberg

Der Sohn einer Magd

Die Geschichte der Entwicklung einer Seele

Übersetzt von Emil Schering

August Strindberg: Der Sohn einer Magd. Die Geschichte der Entwicklung einer Seele

Übersetzt von Emil Schering.

»Tjänstekvinnans son. En själs utvecklingshistoria«. Geschrieben 1886 in Frankreich. Hier in der Übersetzung von Emil Schering aus »Strindbergs Werke. Deutsche Gesamtausgabe«, München, Georg Müller Verlag, 1912.

Neuausgabe
Herausgegeben von Karl-Maria Guth
Berlin 2022

Der Text dieser Ausgabe wurde behutsam an die neue deutsche Rechtschreibung angepasst.

Umschlaggestaltung von Thomas Schultz-Overhage unter Verwendung des Bildes: Ida Falander, August Strindberg vor 1882

Gesetzt aus der Minion Pro, 11 pt

Die Sammlung Hofenberg erscheint im Verlag
Henricus - Edition Deutsche Klassik GmbH, Berlin
Herstellung: Books on Demand, Norderstedt

ISBN 978-3-7437-4303-8

Bibliografische Information der Deutschen Nationalbibliothek:
Die Deutsche Nationalbibliothek verzeichnet diese Publikation in der Deutschen Nationalbibliografie; detaillierte bibliografische Daten sind im Internet über www.dnb.de abrufbar.

Inhalt

Vorwort zur ersten Auflage 1886 4
Vorwort zur zweiten Auflage 1909 9
1. Furchtsam und hungrig 12
2. Die Abrichtung beginnt 33
3. Fort von Hause 41
4. Berührung mit der unteren Klasse 49
5. Mit der Oberklasse 67
6. Die Schule des Kreuzes 81
7. Erste Liebe 99
8. Eisgang 115
9. Er isst fremdes Brot 141
10. Charakter und Schicksal 155
11. Im Vorhof (1867) 164
12. Unten und oben (1867–68) 183
13. Der Arzt (1868) 214
14. Vor dem Vorhang (1869) 226
15. Wie er Aristokrat wird (1869) 235
16. Hinter dem Vorhang (1869) 243
17. Er wird Dichter (1869) 250
18. Die Verbindung Runa (1870) 255
19. In den Büchern und auf der Bühne (1870) 274
20. »Zerrissen« (1870) 280
21. Der Schützling eines Königs (1871) 291
22. Auflösung (1872) 303

Vorwort zur ersten Auflage 1886

Aus dem Nachlasse übertragen

Interviewer. Was ist das für ein Buch, das Sie jetzt herausgeben? Roman, Biografie, Memoiren oder was?

Autor. Das steht auf dem Titel: Die Entwicklung einer Seele, 1849–67. Ich gebe zu, da müsste noch stehen: Im mittleren Schweden und unter den im Buche angegebenen Voraussetzungen: die Erblichkeit von Mutter, Vater und Amme; die Verhältnisse während der Schwangerschaft; die wirtschaftliche Lage der Familie; die Weltanschauung der Eltern; die Natur des Verkehrs; Schule und Lehrer, Kameraden, Geschwister, Diener usw.

Interviewer. Es wird also ein physiologischer Roman sein?

Autor. Kein Roman und nicht nur physiologisch. Es ist, wie ich gesagt habe: Die Entwicklung einer Seele, 1849–67, im mittleren Schweden ...

Interviewer. Etwas ganz Neues jedenfalls?

Autor. Es gibt ja nichts Neues. Vielleicht etwas »Anderes«, mit einem Wort: die Entwicklung ...

Interviewer. Eine Apologie, eine Konfession?

Autor. Nein, keine Selbstverteidigung und keine Bekenntnisse, denn ich habe nichts zu verteidigen und will nichts bekennen, weil ich nicht daran denke, um Verzeihung zu bitten. Ich beginne (merken Sie, ich sage: beginne) zu glauben, dass der Mensch nicht verantwortlich ist, weil ihm der freie Wille zu fehlen scheint.

Interviewer. Das klingt ja vielversprechend für die literarischen und politischen Widersacher, wenn Sie nämlich ebenso mild gegen die sind, wie gegen sich selbst.

Autor. Ebenso mild kann man nicht sein und darf es auch nicht, wenn man nämlich, wie ich glaube, die größten und ersten Pflichten gegen sich selbst hat. Dass ich nicht ebenso milde gegen sie bin, hat auch einen anderen Grund.

Interviewer. Welchen Grund?

Autor. Dass ich recht habe und sie unrecht; dass sie also mir unrecht tun, ich ihnen aber recht.

Interviewer. Wie wissen Sie, dass Sie recht haben?

Autor. Ich schließe es aus triftigen Gründen. Nur die Zukunft kann urteilen.
Interviewer. Sie als einzelner glauben der Gesellschaft gegenüber recht zu haben.
Autor. Jeder einzelne ist ein Vertreter; und ich vertrete die einzelnen, die der jetzigen Gesellschaft gegenüber recht haben.
Interviewer. Wer hat Sie zum Vertreter gewählt?
Autor. Gewählt bin ich nicht, hätte aber gewählt werden können, wenn ich mich hätte wählen lassen wollen. Übrigens sollten Sie, da Sie Monarchist sind, nicht sagen, der einzelne dürfe nicht gegen die Gesellschaft auftreten, da der König, der ein einzelner ist, das Veto gegen die *gewählten* Vertreter der Gesellschaft hat: was Sie ja richtig finden! – Etwas anderes: Ich bin nicht »der einzelne gegen die Gesellschaft«, ich bin nur der einzelne gegen die *jetzige* Gesellschaft. Ich bin im Gegenteil der einzelne für die Gesellschaft, die künftige nämlich.
Interviewer. Das klingt nicht so dumm: Sie hoffen also, dass die künftige Gesellschaft Ihnen dankbar sein wird?
Autor. Ich glaube nicht, dass die künftige Gesellschaft irgendjemandem dankbar sein wird, weil die künftige Gesellschaft nicht nach den Motiven der Person urteilen wird, sondern nach dem Nutzen der Handlung.
Interviewer. Warum schlagen Sie denn solchen Lärm?
Autor. Weil ich nicht anders kann. Warum ich nicht anders kann, das steht in meinem Buche zu lesen.
Interviewer. Etwa wie Jago sagt: Ich lebe nicht, wenn ich nicht hecheln darf?
Autor. Eben!
Interviewer. Und die Motive sollten also gleichgültig sein?
Autor. Durchaus!
Interviewer. Sie geben also zu, dass Ihre Motive egoistisch sind.
Autor. Ja! Ich habe mir eine Zeit lang eingebildet, ich sei Wunder was für ein Altruist, aber das war vielleicht ein Irrtum. Ich schlage nicht Lärm, um direkt etwas zu gewinnen, denn ich will weder Abgeordneter, noch Minister, noch reich werden! Ich stehe mir selbst in der Sonne, sagt man, und ich könnte sowohl Abgeordneter wie vermögend sein, wenn ich es hätte wollen können. Mein Egoismus ist also von der Art, dass er schließlich allen nützt, nur mir selbst nicht;

höchstens vielleicht meinen Kindern, die eine andere Luft atmen werden; aber daran denke ich selten.

Interviewer. Aber ich finde, Sie haben den Helden Ihres Buches in ein vorteilhaftes Licht gestellt.

Autor. Das kann ich nicht finden. Er wird ja nach Ihren Begriffen ein lasterhafter, feiger, neidischer, selbstsüchtiger, hochmütiger, ungehorsamer, unmoralischer, gottloser Lümmel! Ist das so vorteilhaft?

Interviewer. Dann ist es jedenfalls dumm, den Helden so zu schildern. Auf diese Weise vernichten Sie ja die Wirkung Ihrer ganzen schriftstellerischen Tätigkeit?

Autor. Das kann ich nicht glauben. Man nimmt die Wahrheiten nicht an, weil sie von Herrn Strindberg ausgesprochen werden, sondern weil sie sich als wahr erweisen. Und übrigens, wer hat Luthers segensreiche Tätigkeit geleugnet, weil er im Verdacht stand, an einer venerischen Krankheit zu leiden? (Ja, das lässt Schück in seinem Buche über Shakespeare durchblicken!) Oder verwirft man Luthers Reformation, weil er die Nebenabsicht, zu heiraten, hatte? Wer fragt danach, ob Edison verschuldet war, ehe er das Telefon preist? Lassalle hat die alte Volkswirtschaft entlarvt und sich für den Arbeiter interessiert, obwohl er Austern und schöne Frauen liebte! Wer hat nicht seine Freude an Walter Scotts Romanen, trotzdem der Dichter tatsächlich für Geld schrieb, um das Schloss seiner Väter zurückkaufen zu können? Wer liebt nicht Tegnérs Dichtungen, trotzdem der Verfasser Onanist war? Gambetta hat die französische Republik gerettet, trotzdem er *auch* eine Million an Spekulationen verdiente; L. O. Smith hat dem schwedischen Arbeiter genützt, obwohl er ihn benutzt hat; C. O. Berg hat der Abstinenz gedient, trotzdem er eine Schlachthausgesellschaft bildete.

Interviewer. Aber Lehre und Leben müssen doch eins sein.

Autor. Wie können sie das? Bei euch Christen müssten sie es, aber bei uns Heiden liegt kein Grund vor. Ich glaubte einst, ich könnte Abstinent werden, aber ich bin dazu verurteilt, zu trinken, solange ich lebe, weil meine Väter seit Urzeiten getrunken haben. Das hindert mich aber nicht, den Nutzen der Mäßigkeit einzusehen (Abstinenz ist ein Irrtum), ja sie sogar zu empfehlen. Wir Atheisten haben also das Recht, größere Forderungen an euch Christen zu stellen, als ihr an uns stellen könnt. Beginnen Sie also diesen persönlichen Gesichtspunkt abzulegen, dann werden wir fortfahren! Eher beginne *ich* nicht.

Interviewer. Ich will jetzt auf das Buch zurückkommen. Es ist kein Roman; es muss also etwas Neues sein.

Autor. Wenn Sie mich durchaus auf dieser Leimrute fangen wollen, meinetwegen etwas Neues. Es ist ein Versuch, den ich in der Literatur der Zukunft mache.

Interviewer. Das habe ich mir gedacht!

Autor. Zola selbst hat in seinem letzten Roman »L'œuvre« gewittert, dass seine Methode weiterentwickelt werden muss. Er findet seine Bücher trotz aller Wahrheitsliebe »lügnerisch«. Ja, in welchem Verhältnis der Impressionist Manet, den er in diesem Buche schildert, zur Familie Rougon-Macquart steht, begreife ich nicht, und die Erblichkeit ist schließlich ganz verschwunden. Außerdem geht Manets Tätigkeit über das zweite Kaisertum hinaus. Ich halte Zola noch immer für den Meister im heutigen Europa, glaube aber, dass er zuweilen den Einfluss des Milieus überschätzt hat. Wenn eine Frau in einer Orangerie verführt wird, braucht man die Verführung nicht mit allen Topfpflanzen in Verbindung zu bringen, die dort vorhanden sind, und sie aufzuzählen. Von anderer Bedeutung werden dagegen die Möbel in einem Elternhause, weil sie die allgemeine wirtschaftliche Lage der Familie angeben; und die Bücher des väterlichen Bücherschrankes sind nicht gleichgültig für die erste Entwicklung eines literarisch veranlagten Sohnes. Ferner glaube ich, dass die ausführliche Schilderung *eines* Menschenlebens wahrer wird und mehr aufklärt als die einer ganzen Familie. Wie soll man wissen, was in einem anderen Gehirn vorgeht; wie soll man die verwickelten Motive wissen, welche die Handlung eines anderen veranlassen; wie soll man wissen, was die und die in einer vertraulichen Stunde sagten? Man konstruiert! Aber bisher ist die Homologie, die Wissenschaft vom Menschen, wenig von den Dichtern gepflegt worden: Mit dürftigen Kenntnissen in der Psychologie haben sie sich erdreistet, das so tief verborgene Seelenleben zu schildern. Man kennt nicht mehr als *ein* Leben, sein eigenes. Wenn man sein eigenes Leben schildert, hat man den Vorteil, dass man mit einem sympathischen Menschen zu tun hat, nicht wahr, und da sucht man zu den Handlungen immer Motive. Gut! Das Suchen nach den Motiven, das war der Zweck dieses Buches.

Interviewer. Aber die Motive zu den Handlungen der anderen?
Autor. Die kennt man selten. Entweder lässt man sich zu übertriebener Milde verlocken, aus Furcht, ungerecht zu werden, oder man wird hart aus Antipathie, Selbstverteidigung und so weiter. Sehen Sie nun genau nach, ob ich *versucht* habe, gerecht zu sein. Dass ich es nicht ganz habe sein können, weiß ich, und das tut mir leid, aber bedenken Sie auch, dass die Nebenpersonen zuletzt so geschildert werden, wie sie in ihrem Verhältnis zu – dem, der über sie schreibt, aufgefasst wurden. Sehen Sie doch, wie ich den Vater in seinen vielen Beziehungen schildere: zum Sohne, zur Mutter, zur Stiefmutter, zu Schwestern, Buchhaltern, Kunden, Dienstboten, Vorgesetzten usw. Der Stiefmutter gebe ich recht als Gattin; ich bin ihr nur abgeneigt, weil sie Stiefmutter ist; führe also ihr Motiv an: ihre schiefe Stellung; und ich schlage sogar, damit es nicht erst zu einer solch schiefen Stellung kommt, als Heilmittel vor, dass die Kinder aus dem Hause geschickt werden. Ich stehe also schließlich auf ihrer Seite!
Interviewer. Das soll also die Literatur der Zukunft sein? Hm! Die ist aber weder schön noch heiter.
Autor. Nein, das ist sie nicht, aber sie ist bestimmt nützlich. Ich erinnere mich, dass ich als junger Literat, als ich bereits die Mängel der konstruierten Literatur eingesehen hatte, mit drei viertel Ernst den Plan zu einer wirklichen Literatur der Zukunft entwarf, die Dokumente über die Geschichte der Seele liefern sollte. Diese Literatur sollte aus der Selbstbiografie eines jeden Bürgers bestehen, die, bei gewissem Alter, anonym, ohne dass Namen im Text genannt werden, dem Archiv der Gemeinde eingereicht wird. Das würden Dokumente sein, nicht wahr? Haben Sie Pitaval und Feuerbach gelesen, über das Leben berühmter Verbrecher? Dort ist Psychologie zu finden. Schade, dass es nur die von sogenannten Verbrechern ist.
Interviewer. Dann glauben Sie, dass die Romanliteratur aussterben wird?
Autor. Gewiss! Töten will ich sie nicht, aber ich weiß, dass sie im Sterben liegt. Zola hat den letzten Kompromiss mit ihr geschlossen und scheint sie jetzt durchschaut zu haben. »L'œuvre« war kein Roman für mich, da ich Emile Zola hinter Sandor und Edouard Manet hinter Claude Lantier sah und eben das Gemälde »Plein air« in Paris gesehen hatte. Man liest indessen, und das ist das Symptom, am liebsten Zola, denn man ist überzeugt, dass es wahr ist. Warum

soll es denn arrangiert werden? Die Gerichtsreferate der Zeitungen sind doch zuverlässiger, und wie werden die verschlungen! Die Unterklasse, die zuweilen gesunden Menschenverstand hat, hält sich am liebsten an die volle Wirklichkeit und liest darum nur die Zeitung – oder Abenteuer. Jemand aus der Unterklasse, der »Germinal« liest, wird sich sicher fragen: Wie weiß der Autor, was Etienne und seine Geliebte sprachen, als sie in der Grube eingeschlossen waren? Ja, wie? Noch schlimmer ist, wenn die letzten Worte des Selbstmörders erzählt werden, ohne dass Zeugen dabei gewesen sind. Wie viel Konventionelles ist nicht im Roman! Die Liebeserklärung zum Beispiel. Ich habe mindestens fünfundzwanzig von meinen verheirateten Bekannten gefragt, wie sie gefreit haben, und sie haben erklärt, die Worte »Ich liebe dich« seien nie über ihre Lippen gekommen. – Wollen Sie noch etwas wissen?

Interviewer. Nein, danke, jetzt weiß ich genug!

Autor. Schreiben Sie denn etwas Gutes über mein Buch. Ich lese es doch nicht, denn ich habe meinen Kopf für mich. Ich bin, der ich geworden bin. Wie ich es geworden bin, das steht in meinem Buche!

Mai 1886.
August Strindberg

Vorwort zur zweiten Auflage 1909[1]

Dies ist die Geschichte eines 60-jährigen Menschenschicksals. Die ersten Teile sind im Alter von 40 Jahren verfasst worden, und zwar vor dem Tode, wie ich glaubte, denn ich war müde, sah keinen Zweck mehr im Dasein, hielt mich für überflüssig, verworfen. Ich lebte damals nämlich in der trostlosen Weltanschauung, die ein halb gottloser Mensch besitzt, wollte aber doch Bücherabschluss machen und die Lage überschauen, mich vielleicht von falschen Beschuldigungen befreien. Im Laufe der Arbeit entdeckte ich jedoch einen gewissen Plan und eine Absicht in meinem bunten Leben, und ich fand die Lust zu leben

---

[1] 23 Jahre brauchte Strindbergs »Sohn einer Magd«, um eine zweite Auflage zu erreichen; inzwischen war der Dichter ein ganz anderer geworden!

wieder, getrieben meist aus Neugier, wie es weitergehen und welches Ende ein solches Leben nehmen würde.

Ich lebte im fremden Lande, vergessen und vergessend, ganz vertieft in die Naturwissenschaften, nachdem ich das Dichten aufgegeben, als ich mit dem Jahre 1896 in eine Epoche trat, die ich »Inferno« genannt habe; unter diesem Titel erschien jenes Buch 1897, das ein Wendepunkt in meinem Leben wurde. Die »Legenden« setzten 1898 die Schilderungen fort von der Verwüstung, die meine Person durchmachte; nach welcher Prozedur die heftige Produktion entsprang, die dann begann und sich in Dramen, Gedichten, Romanen, fast ohne Zahl, ergoss.

Viele Dichtertypen treffen wir hier, aber jeder ist ein echter Ausdruck seiner Zeitepoche, mit ihren Bewegungen, Gegenbewegungen, Irrtümern. Jetzt zu streichen oder ändern, was ich missbillige und verabscheue, hieße ja den Text fälschen, darum werden die Urkunden fast genauso herausgegeben, wie sie entstanden sind. Ich habe mich wohl gefragt, ob es recht ist, diese Brandpfeile wieder loszulassen, aber nach reifer Überlegung habe ich gefunden, dass die Handlung mindestens indifferent ist. Ein Mensch mit festen Begriffen in der Moral und mit klarer Vorstellung von den höchsten Dingen lässt sich nicht von Sophismen verführen, und wer in Auflösung steht, findet kaum eine Stütze in diesen Deduktionen, die bereits widerlegt sind.

Ob der Dichter wirklich, wie er zuweilen glaubte, mit Standpunkten experimentiert oder sich in verschiedenen Persönlichkeiten verkörpert, sich polymerisiert hat, oder ob eine gnädige Vorsehung mit dem Dichter experimentierte, mag für den aufgeklärten Leser aus den Texten hervorgehen. Denn die Bücher sind sehr aufrichtig niedergeschrieben, natürlich nicht ganz, denn das ist unmöglich. Hier werden Bekenntnisse abgelegt, die niemand verlangt hat, und Schuld gestanden, die vielleicht nicht so gefährlich war, da der Verfasser sogar seine stillen Gedanken straft.

Ziemlich wahrhaftig sind auch die Beziehungen, können aber nicht ganz exakt sein. Wenn ich z. B. mit 60 Jahren durchlese, was ich mit 40 schrieb, kommt mir manches unbekannt vor, als sei es nicht passiert. Ich habe also gewisse Einzelheiten aus der Kindheit während der letzten 20 Jahre vergessen, aber ich bin beinahe sicher, dass ich mich mit 40 Jahren ihrer erinnerte. Und eine Geschichte kann auf viele Arten erzählt, von verschiedenen Seiten beleuchtet, gefärbt und entfärbt werden. Hat der Leser also hier eine Geschichte gefunden, die auf andere Art erzählt ist als in einer meiner späteren Schriften, wo sie wiederholt wird, so mag er sich erinnern, was ich hier gesagt habe.

Dies ist die Analyse von meinem langen abwechslungsreichen Leben, die Ingredienzen zu meiner Dichtung, das Rohmaterial. Wer das Resultat sehen will, der nehme und lese das »Blaubuch«: das ist die Synthese meines Lebens!

Nachschrift

Jetzt, nachdem ich vom ersten Teil die Korrektur gelesen habe, muss ich beteuern, dass mir die Arbeit ein unsagbares Leiden gewesen ist. Aber die Ausgabe unterdrücken zu suchen, fällt mir doch nicht ein. Das Opfer ist einmal gebracht; ich kann es nicht zurücknehmen! Dagegen habe ich die Neigung gehabt, die Mitmenschen, die bloßgestellt werden, zu schonen, doch das ist nicht mehr möglich. Bleibt mir nur übrig zu sagen: Es gibt Handlungen, vor denen man zurückschreckt, die man aber dennoch begehen muss, weil sie eine Aufgabe haben. Der Beruf des Dichters ist eine Selbstopferung, aber dieses Buch, das »vorm Tode« geschrieben wurde, war damals ein Untersuchungsprotokoll über das Kind und den Jüngling; jetzt ist es ein Urteil geworden, aber ein bedingtes.

Stockholm, 7. Februar 1909.

August Strindberg

1. Furchtsam und hungrig

Die vierziger Jahre waren zu Ende. Der dritte Stand, der sich in Schweden durch die Revolution des Jahres 1792 einige Menschenrechte erkämpft hatte, war jetzt daran erinnert worden, dass es einen vierten und fünften Stand gab, die vorwärts wollten. Die schwedische Bürgerschaft, die Gustav III. bei seiner königlichen Revolte geholfen hatte, war längst in die obere Klasse aufgenommen worden, unter der Großmeisterschaft des früheren Jakobiners Bernadotte, und hielt dem Adel und den Beamten die Waage, die Carl Johan mit seinen proletarischen Instinkten hasste und fürchtete. Nach achtundvierzigjährigen Zuckungen kam die Bewegung in die Hände des aufgeklärten Despoten Oscar I. Der hatte eingesehen, dass man der Entwicklung keinen Widerstand leisten kann, und wollte darum die Gelegenheit benutzen, Reformen durchzuführen, um sich beliebt zu machen. Er fesselt die Bürgerschaft an sich, indem er ihr Gewerbefreiheit und Freihandel gewährt, natürlich unter gewissen Beschränkungen; entdeckt die Macht der Frau und bewilligt den Töchtern das gleiche Erbrecht wie den Söhnen, ohne jedoch den Söhnen als künftigen Familienversorgern ihre Last zu erleichtern. Seine Regierung stützt sich auf den Bürgerstand, während Adel und Priesterschaft die Opposition bilden.

Noch besteht die Gesellschaft aus Klassen, aus ziemlich natürlichen Gruppen, die nach Beruf und Beschäftigung getrennt sind und einander in Schach halten. Dieses System hält eine gewisse Volksherrschaft aufrecht, wenigstens in den höhern Klassen. Man hat die gemeinsamen Interessen noch nicht entdeckt, welche die oberen Klassen zusammenhalten; und noch gibt es nicht die neue Schlachtordnung, die nach Ober- und Unterklasse aufgestellt ist.

Deshalb gibt es auch noch keine besonderen Viertel in der Stadt, der Hauptstadt Stockholm, in denen die obere Klasse das ganze Haus bewohnt und die durch hohe Mieten, herrschaftliche Aufgänge, strenge Pförtner abgesondert sind. Darum ist das Gebäude am Klarakirchhof, trotz der vorteilhaften Lage und hohen Einschätzung, noch in den ersten fünfziger Jahren ein recht demokratisches Familienhaus. Es bildet ein Viereck um einen Hof. Die Straßenfront wird zu ebener Erde vom Baron, eine Treppe hoch vom General, zwei Treppen hoch vom Reichsgerichtsrat, der Hauswirt ist, drei Treppen hoch vom Kaufmann und vier Treppen hoch vom pensionierten Küchenmeister des seligen Königs Carl Johan bewohnt. Im linken Hofflügel wohnt der Tischler, der Hausverwalter, der ein armer Teufel ist; im andern Flügel wohnt der Lederhändler und einige Witwen; im dritten Flügel wohnt die Kupplerin mit ihren Mädchen.

Drei Treppen hoch in dem großen Gebäude erwachte der Sohn des Kaufmanns und der Magd zum Selbstbewusstsein und zum Bewusstsein vom Leben und dessen Pflichten. Seine ersten Empfindungen, an die er sich später noch erinnerte, waren Furcht und Hunger. Er fürchtete sich im Dunkeln, fürchtete sich vor Schlägen, fürchtete sich, etwas verkehrt zu machen, fürchtete sich zu fallen, sich zu stoßen, im Wege zu sein. Ihm war bange vor den Fäusten der Brüder, vorm Zausen der Mägde, vor der Schelte der Großmutter, vor Mutters Rute und Vaters Rohrstock. Er fürchtete sich vorm Burschen des Generals, der mit Pickelhaube und Faschinenmesser unten im Hausflur stand; er fürchtete sich vor dem Hausverwalter, wenn er beim Müllkasten auf dem Hof spielte; er fürchtete sich vor dem Reichsgerichtsrat, der Hauswirt war.

Über ihm waren Machthaber mit Vorrechten, von den Altersvorrechten der Brüder bis zum höchsten Gericht des Vaters; über dem stand jedoch der Hausverwalter, der ihm die Haare zauste und immer mit dem Hauswirt drohte; dieser war jedoch selten zu sehen, weil er auf dem Lande wohnte; vielleicht wurde er gerade darum am meisten gefürchtet. Aber über ihnen allen, sogar über dem Burschen mit der Pickelhaube, stand der General; besonders wenn er in Uniform ausging, mit dreieckigem Hut und Federn. Das Kind wusste nicht, wie ein König aussah, aber es wusste, dass der General zum Könige ging. Die Mägde erzählten auch Märchen vom König und zeigten des Königs Meerkatze. Die Mutter sprach ihm auch das Abendgebet vor, aber einen klaren Begriff von Gott hatte er nicht; doch musste Gott etwas Höheres sein als der König.

Diese Furcht war wahrscheinlich dem Kinde nicht eigentümlich, falls nicht die Stürme, welche die Eltern durchmachten, als die Mutter es trug, einen besonderen Einfluss auf das Kind ausgeübt hatten. Es hatte nämlich gehörig gestürmt. Drei Kinder waren vor der Ehe geboren, und Johan kam im Anfang der Trauzeit zur Welt. Willkommen war er wahrscheinlich nicht, am allerwenigsten, da ein Konkurs seiner Geburt vorangegangen war; er also in einer geplünderten Häuslichkeit, die vorher behäbig gewesen, in der jetzt aber nur noch Betten, Tische und Stühle vorhanden waren, geboren wurde. Der Bruder des Vaters starb zur selben Zeit, und zwar als des Vaters Feind, weil der Vater sein freies Verhältnis nicht auflösen wollte. Der Vater liebte dieses Weib und zerriss das Band nicht, sondern knüpfte es fest fürs Leben.

Der Vater war eine verschlossene Natur; hatte vielleicht deshalb einen kräftigen Willen. Er war Aristokrat von Geburt und Erziehung. Es gab einen alten Stammbaum, der im siebzehnten Jahrhundert Adel nachwies. Später waren die Vorfahren Geistliche gewesen, aus nordschwedischem, vielleicht finnischem Blut. Dann hatte sich das Blut gemischt. Des Vaters Mutter war von deutscher Geburt und stammte aus einer Tischlerfamilie. Des Vaters Vater war Kaufmann in Stockholm, Führer der Bürgerwehr und hoher Freimaurer gewesen; auch hatte er König Carl Johan verehrt. (Ob er den Franzosen, den Marschall oder den Freund Napoleons verehrte, ist noch nicht entschieden.)

Johans Mutter war die Tochter eines armen Schneiders; ihr Stiefvater hatte sie ins Leben hinaus geschickt, zuerst als Magd, dann als Kellnerin. In dieser Stellung war sie von Johans Vater entdeckt worden. Sie war Demokratin aus Instinkt, sah aber zu ihrem Manne auf, weil er »aus guter Familie« war; und sie liebte ihn, ob als Retter, Gatte oder Familienversorger, ist schwer zu sagen.

Der Vater duzte Knecht und Magd und wurde von ihnen Herr genannt. Er war trotz seiner Niederlage nicht zu den Missvergnügten übergegangen, sondern verschanzte sich mittels religiöser Resignation: Es war eben Gottes Wille. Auch isolierte er sich in seiner Häuslichkeit. Schließlich blieb ihm immer noch die Hoffnung, wieder in die Höhe zu kommen.

Aber er war Aristokrat aus dem Grunde, bis in seine Gewohnheiten hinein. Sein Gesicht hatte einen veredelten Typus angenommen: glatt rasiert, feinhäutig, das Haar wie Ludwig Philipp. Dazu trug er eine Brille, kleidete sich immer fein und liebte reine Wäsche. Wenn der Knecht seine Stiefel putzte, musste er Handschuhe anziehen: dessen Hände hielt der Herr für so schmutzig, dass er sie nicht in seinen Stiefeln haben wollte.

Die Mutter blieb in ihrem Innersten Demokratin. Sie war immer einfach aber rein gekleidet. Die Kinder sollten immer heile und reine Kleider haben, aber nicht mehr. Sie war vertraulich zu den Dienstboten und bestrafte ein Kind, das gegen einen von ihnen unhöflich gewesen war, sofort, ohne den Fall zu untersuchen, auf die bloße Anzeige hin. Gegen Arme war sie immer barmherzig; mochte der eigene Haushalt noch so knapp sein, niemals ließ sie einen Bettler von ihrer Tür gehen, ohne ihm etwas Essen zu geben. Alle alten Ammen, vier Stück, kamen oft auf Besuch und wurden dann wie alte Freundinnen empfangen.

Furchtbar war der Sturm über die Familie dahingefahren, und wie erschrockene Hühner waren die zerstreuten Mitglieder zusammengekrochen; Freunde und Feinde durcheinander; denn sie fühlten, sie hatten sich gegenseitig nötig und sie konnten sich gegenseitig beschützen.

Tante mietete zwei Zimmer der Wohnung ab. Sie war die Witwe eines berühmten englischen Erfinders und Fabrikbesitzers, der ruiniert gestorben war. Sie hatte Witwenpension; von der lebte sie mit ihren beiden Töchtern, die eine feine Erziehung genossen hatten. Sie war Aristokratin, hatte ein glänzendes Haus gehabt, hatte mit vornehmen Leuten verkehrt. Sie hatte ihren Bruder geliebt, seine Ehe aber nicht gebilligt, jedoch seine Kinder zu sich genommen, als der Sturm kam. Sie trug eine Spitzenhaube und ließ sich die Hand küssen. Lehrte die Kinder ihres Bruders gerade auf dem Stuhl sitzen, schön grüßen, sich sorgfältig ausdrücken.

Ihre Zimmer trugen Spuren des früheren Luxus und der zahlreichen und vermögenden Freunde. Ein gepolstertes Jakarandamöbel mit einem gehäkelten Überzug in englischem Muster. Die Büste des verstorbenen Mannes, im Frack der Akademie der Wissenschaften, mit dem Wasaorden. An der Wand ein großes Ölporträt vom Vater in der Majorsuniform der Bürgerwehr. Die Kinder glaubten immer, das sei der König; er hatte nämlich so viel Orden, die sich später aber als Zeichen der Freimaurer herausstellten.

Tante trank Tee und las englische Bücher.

Ein anderes Zimmer wurde vom Bruder der Mutter bewohnt, der am Heumarkt einen Materialwarenhandel hatte; außerdem von einem Vetter, dem Sohn des verstorbenen Bruders des Vaters, der in die Technische Hochschule ging.

In der Kinderstube hielt sich die Großmutter mütterlicherseits auf. Eine scharfe Alte, die Hosen flickte, Kittel ausbesserte, Abc lehrte, wiegte und zauste. Sie war religiös und kam jeden Morgen um acht Uhr, nachdem sie erst in der Klarakirche ihr Morgengebet verrichtet hatte. Im Winter trug sie eine Laterne, denn Straßenlaternen gab es noch nicht und die Argand'schen waren gelöscht.

Sie kannte ihre Stellung, liebte den Schwiegersohn und dessen Schwester wahrscheinlich nicht. Die waren ihr zu fein. Der Vater behandelte sie mit Achtung, aber nicht mit Liebe.

In drei Zimmern wohnte der Vater mit seiner Frau und sieben Kindern nebst zwei Dienstboten. Die Möbel bestanden fast nur aus Wiegen und Betten. Kinder lagen auf Plättbrett und Stühlen, Kinder in Wiegen und Betten. Der Vater hatte kein Zimmer für sich, war aber stets zu Hause. Nahm nie eine Einladung von seinen vielen Geschäftsfreunden an, weil er sie nicht wieder einladen konnte. Ging nie in die Kneipe und nie ins Theater. Er hatte eine Wunde, die er verbergen und heilen wollte. Sein Vergnügen war ein Klavier. Die eine Tochter der Schwester kam jeden zweiten Abend, und dann wurden Haydns Sinfonien vierhändig gespielt. Nie etwas anderes. Später auch Mozart. Nie etwas Modernes.

Als die Verhältnisse es ihm wieder erlaubten, hatte er später auch noch ein anderes Vergnügen. Er hielt sich Blumen in den Fenstern. Aber nur Pelargonien. Warum Pelargonien? Johan glaubte später, als er älter wurde und die Mutter nicht mehr lebte, seine Mutter immer neben einer Pelargonie oder beide zusammen zu sehen. Die Mutter war blass, sie machte zwölf Kindbetten durch und wurde lungenkrank. Ihr Gesicht glich wohl den durchsichtig weißen Blättern der Pelargonie mit ihren Blutstreifen, die im Grunde dunklen und eine beinahe schwarze Pupille bilden, schwarz wie die der Mutter.

Der Vater ließ sich nur bei den Mahlzeiten sehen. Traurig, müde, streng, ernst war er, aber nicht hart; er sah strenger aus, als er war, weil er bei der Heimkehr immer ohne Weiteres eine Menge Sachen entscheiden sollte, die er nicht beurteilen konnte. Auch wurde sein Name immer benutzt, um die Kinder in Schrecken zu versetzen. »Wenn Papa das erfährt« bedeutete Schläge. Das war gerade keine dankbare Rolle, die man ihm gegeben. Gegen die Mutter war er immer mild. Er küsste sie immer nach der Mahlzeit und dankte ihr fürs Essen. Dadurch gewöhnten sich die Kinder daran, sie als die Geberin aller guten Gaben und den Vater als den aller bösen zu betrachten. Das war ungerecht.

Man fürchtete den Vater. Wenn der Ruf: »Papa kommt!« zu hören war, liefen alle Kinder davon und versteckten sich; oder eilten in die

Kinderstube, um sich zu kämmen und zu waschen. Bei Tisch herrschte Todesschweigen, und der Vater sprach nur wenig.

Die Mutter hatte ein nervöses Temperament. Flammte auf, wurde aber bald wieder ruhig. Sie war verhältnismäßig zufrieden mit ihrem Leben, denn sie war gestiegen auf der sozialen Stufenleiter und hatte ihre eigene Stellung wie die ihrer Mutter und ihres Bruders verbessert. Sie trank des Morgens Kaffee im Bett; hatte Ammen, zwei Dienstboten, Großmutter zur Hilfe. Wahrscheinlich überanstrengte sie sich nicht.

Für die Kinder war sie aber immer die Vorsehung. Sie schnitt die Niednägel, verband verletzte Finger, tröstete und beruhigte immer, wenn der Vater gestraft hatte, trotzdem sie der öffentliche Ankläger war. Das Kind fand sie kleinlich, wenn sie dem Papa »petzte«; Achtung wenigstens erwarb sie sich dadurch nicht. Sie konnte ungerecht, heftig sein; zur Unzeit strafen, auf die bloße Anzeige eines Dienstboten; aber das Kind bekam auch Essen aus ihrer Hand, wurde von ihr getröstet; darum war sie beliebt, während der Vater immer ein Fremder blieb, eher ein Feind als ein Freund.

Das war des Vaters undankbare Stellung in der Familie. Aller Versorger, aller Feind. Kam er müde, hungrig, finster nach Hause und wagte, fand er den Fußboden frisch gescheuert und das Essen schlecht bereitet, einen Tadel auszusprechen, so erhielt er eine etwas kurze Antwort. Er lebte in seinem eigenen Hause wie auf Gnade, und die Kinder verbargen sich vor ihm.

Der Vater war mit seinem Leben weniger zufrieden, denn er war hinabgestiegen, hatte seine Stellung verschlechtert, musste entsagen. Und wenn er die, denen er das Leben gegeben und das Essen schenkte, unzufrieden sah, wurde er nicht froh.

Aber die Familie selbst ist keine vollkommene Einrichtung. Für die Erziehung hatte niemand Zeit; die nahm die Schule da auf, wo die Mägde aufgehört hatten. Die Familie war eigentlich eine Speisewirtschaft, eine Wasch- und Plättanstalt; aber eine unzweckmäßige. Nie etwas anderes als Kochen, Einkaufen, Waschen, Plätten, Scheuern. So viele Kräfte in Bewegung für so wenig Personen. Der Gastwirt, der Hunderte speiste, wandte kaum mehr auf.

Die Erziehung bestand aus Schelten und Zausen, wies hin auf Gebet und Gehorsam. Das Leben empfing das Kind mit Pflichten, nur mit Pflichten, nicht mit Rechten. Aller andern Wünsche durften sich äußern, die des Kindes wurden unterdrückt. Das Kind konnte keinen

Gegenstand anfassen, ohne etwas Unrechtes zu tun; nicht umherlaufen, ohne im Wege zu sein; nicht ein Wort äußern, ohne zu stören. Schließlich wagte es sich nicht mehr zu rühren. Seine höchste Pflicht und seine höchste Tugend war: auf einem Stuhle still sitzen und ruhig sein.

»Du hast keinen Willen«, so lautete es immer. Und damit wurde der Grund zu einem willenlosen Charakter gelegt.

»Was werden die Menschen sagen«, hieß es später. Und damit wurde sein Selbst angegriffen: Er konnte nie er selber sein, war immer abhängig von fremder Ansicht, die sich ändert; traute sich selber nichts zu, ausgenommen in den wenigen Augenblicken, in denen er seine energische Seele unabhängig von seinem Willen arbeiten fühlte.

Der Knabe war äußerst empfindsam. Weinte so oft, dass er deshalb einen besonderen Schimpfnamen bekam. Jeder kleine Tadel verletzte ihn; er war in beständiger Unruhe, einen Fehler zu begehen. Er achtete aber auf Ungerechtigkeiten und wachte über die Verfehlungen der Brüder, indem er hohe Anforderungen an sich selber stellte. Wenn die Brüder nicht bestraft wurden, fühlte er sich tief gekränkt; wenn sie zur Unzeit belohnt wurden, litt sein Gerechtigkeitsgefühl. Darum wurde er für neidisch gehalten. Er ging dann zur Mutter, um sich zu beklagen. Bekam einige Male recht, wurde aber ermahnt, es nicht so genau zu nehmen. Aber man war ja so genau gegen ihn, und es wurde ihm befohlen, genau gegen sich selbst zu sein. Er zog sich zurück und wurde bitter. So wurde er scheu und verschlossen. Verbarg sich ganz hinten, wenn etwas Gutes verteilt wurde, und weidete sich daran, wenn er übersehen wurde. Er fing an, Kritik zu üben und bekam Geschmack für Selbstquälerei. Bald war er melancholisch, bald war er mutwillig.

Sein ältester Bruder war hysterisch; konnte, wenn er beim Spiel geärgert wurde, unter konvulsivischem Lachen, das ihn zu ersticken drohte, niederfallen. Dieser Bruder war der Liebling der Mutter und der andere der des Vaters. Lieblinge gibt es in allen Familien. Es ist nun einmal so, dass das eine Kind mehr Sympathie erringt als das andere; weshalb, ist nicht zu entscheiden. Johan war niemandes Liebling. Das fühlte er und das grämte ihn. Die Großmutter sah es und nahm sich seiner an. Er lernte das Abc bei ihr und half ihr beim Wiegen. Aber er war mit dieser Liebe nicht zufrieden; er wollte die Mutter gewinnen. Und er wurde zutunlich, betrug sich aber so plump dabei, dass er durchschaut und zurückgestoßen wurde.

Es wurde strenge Zucht im Hause gehalten. Lüge wurde schonungslos verfolgt und Ungehorsam auch. Kleine Kinder lügen aber oft aus mangelhaftem Gedächtnis. »Was hast du getan?«, fragt man sie. Es ist vor zwei Stunden geschehen, und das Kind denkt nicht so weit zurück. Da das Kind die Handlung für gleichgültig hielt, hat es sie sich nicht gemerkt. Darum können kleine Kinder lügen, ohne es zu wissen. Darauf muss man achten.

Sie können auch aus Notwehr lügen. Sie wissen, dass sie bei einem Nein frei ausgehen und dass sie bei einem Ja Schläge bekommen.

Sie können auch lügen, um sich einen Vorteil zu verschaffen. Es ist eine der ersten Entdeckungen des erwachenden Verstandes, dass ein glücklich angebrachtes Ja oder Nein recht nützlich sein kann.

Das Hässlichste ist, wenn sie sich gegenseitig beschuldigen. Sie wissen, der Fehltritt wird bestraft werden, einerlei an wem. Es kommt also darauf an, einen Sündenbock zu finden. Da hat die Erziehung schuld. Diese Strafe ist reine Rache. Der Fehltritt soll nicht bestraft werden, denn das heißt, noch einen Fehler begehen. Der Übeltäter soll gebessert werden; belehrt werden, um seiner selbst willen den Fehltritt nicht wieder zu begehen.

Diese Gewissheit, dass der Fehltritt bestraft wird, ruft die Furcht beim Kinde hervor, dass es für den Schuldigen gehalten wird; so schwebte Johan in einer beständigen Furcht, man würde irgendeinen Fehltritt entdecken.

Eines Mittags besichtigt der Vater die Weinflasche, die Tante benutzte.

»Wer hat den Wein ausgetrunken?«, fragt er und sieht sich unter den Kindern um.

Niemand antwortet, aber Johan errötet.

»So, du bist es gewesen«, sagt der Vater.

Da Johan niemals das Versteck der Weinflasche auskundschaftet hat, fängt er an zu weinen und schluchzt:

»Ich habe den Wein nicht ausgetrunken.«

»Was, du leugnest auch noch!«

Auch noch!

»Du sollst was erleben, wenn wir von Tisch aufstehen!«

Der Gedanke, was dann geschehen würde, und die Betrachtungen, die der Vater über Johans verschlossenes Wesen fortsetzt, veranlassen Johan, noch mehr zu weinen.

Man steht vom Tische auf.

»Komm«, sagt der Vater, »und geht in die Schlafstube.«

Die Mutter folgt.

»Bitte Papa um Verzeihung«, sagt sie.

»Ich habe es nicht getan!«, schreit er jetzt.

»Bitte Papa um Verzeihung«, sagt die Mutter und zaust ihn.

Der Vater hat hinter den Spiegel nach der Rute gegriffen.

»Lieber Papa, verzeih mir!«, brüllt der Unschuldige.

Jetzt aber ist es zu spät. Das Bekenntnis ist abgegeben. Die Mutter hilft bei der Exekution. Das Kind heult vor Harm, vor Wut, aus Schmerz, am meisten aber vor Schande, vor Demütigung.

»Bitte Papa jetzt um Verzeihung«, sagt die Mutter.

Das Kind sieht sie an und verachtet sie. Es fühlt sich allein, verlassen von der, zu der es sich stets flüchtete, um Milde und Trost zu suchen, aber so selten Gerechtigkeit fand.

»Verzeih, lieber Papa«, sagt er mit zusammengebissenen lügenden Lippen.

Nun schleicht er in die Küche zu Luise hinaus, dem Kindermädchen, das ihn zu waschen und zu kämmen pflegt, und weint sich in ihrer Schürze aus.

»Was hast du getan, Johan?«, fragt sie teilnehmend.

»Nichts!«, antwortet er. »Ich habe es nicht getan.«

Mama kommt in die Küche.

»Was sagt Johan?«, fragt sie Luise.

»Er sagt, er habe es nicht getan.«

»Leugnet er noch!«

Johan wird zurückgeführt, um dazu gezwungen zu werden, zu bekennen, was er nie begangen hat.

Und jetzt bekennt er, was er nie begangen hat.

Herrliche, sittliche Einrichtung, heilige Familie, unantastbare, göttliche Stiftung, die Bürger zu Wahrheit und Tugend erziehen soll! Du angebliches Heim der Tugenden, wo unschuldige Kinder zu ihrer ersten Lüge gezwungen, wo die Willenskraft durch Willkür geknickt, wo das Selbstgefühl von enge wohnenden Egoismen getötet wird. Familie, du bist das Heim aller sozialen Laster, die Versorgung aller bequemen Frauen, die Ankerschmiede des Familienvaters, die Hölle der Kinder!

Seit diesem Tage lebte Johan in ewiger Unruhe. Nicht der Mutter, nicht Luise, noch weniger den Brüdern und am wenigsten dem Vater wagte er sich zu nähern. Feinde überall. Gott kannte er noch nicht anders als durch das Abendgebet. Er war Atheist, wie das Kind ist; aber im Dunkeln ahnte er wie der Wilde und das Tier böse Mächte. Wer trank den Wein aus? fragte er sich. Wer war der Schuldige, für den er litt? Neue Eindrücke, neue Sorgen ließen ihn bald die Frage vergessen, aber die aufregende Handlung blieb ihm im Gedächtnis haften.

Er hatte das Vertrauen der Eltern, die Achtung der Geschwister, die Gunst des Vaters verloren; Großmutter verhielt sich still. Vielleicht schloss sie aus andern Gründen auf seine Unschuld, denn sie schalt ihn nicht, aber sie schwieg. Sie hatte nichts zu sagen.

Er war wie ein bestrafter Mensch. Bestraft für eine Lüge, die man im Hause so verabscheute, und für Diebstahl, ein Ausdruck, der nicht einmal genannt werden durfte. Hatte sein bürgerliches Ansehen verloren, war eine verdächtige Person; wurde von den Geschwistern verhöhnt, dass er sich habe ertappen lassen.

Und das alles mit seinen Folgen, die für ihn volle Wirklichkeit hatten, beruhte auf etwas, das nicht vorhanden war: das war seine Schuld.

Es herrschte nicht gerade Armut im Hause, aber Übervölkerung. Kindtaufe, Begräbnis, Kindtaufe, Begräbnis. Zuweilen zwei Taufen ohne Begräbnis dazwischen. Das Essen wurde streng eingeteilt und war nicht gerade kräftig; Fleisch gab es nur sonntags. Trotzdem wuchs Johan doch tüchtig und war seinem Alter voraus.

Er wurde jetzt zum Spielen auf den Hof gelassen. Es war ein gepflasterter Brunnen wie gewöhnlich, in den die Sonne niemals kam. Die Schatten blieben über dem ersten Stockwerk stehen, weiter reichten sie nicht. Ein großer Müllkasten, der einer alten Kommode mit Klappe glich, geteert, aber aufgesprungen, stand auf vier Füßen an der Wand. Spül- und Mülleimer wurden hier ausgegossen, und aus den Rissen rann eine schwarze Soße auf den Hof. Große Ratten hielten sich unter dem Kasten auf und guckten dann und wann hervor, um in den Keller zu fliehen. Holzställe und Aborte begrenzten die eine Hofseite. Da war schlechte Luft, Feuchtigkeit und kein Licht. Sein erster Versuch, den Sand zwischen den großen Feldsteinen aufzugraben, wurde von dem mürrischen Verwalter unterbrochen. Der hatte einen Jungen. Johan spielte mit ihm, fühlte sich ihm gegenüber aber nie recht sicher. Der Junge war ihm an körperlicher Stärke und geistigem Verstand unterlegen, wusste sich aber immer bei Zwistigkeiten auf seinen Papa, den Verwalter, zu berufen. Seine Überlegenheit bestand darin, eine Autorität auf seiner Seite zu haben.

Der Baron im Erdgeschoss hatte eine Treppe, deren Geländer aus Eisen waren. Das war ein hübscher Ort zum Spielen, aber jeder Versuch, auf das Geländer hinauf zu klettern, wurde von einem herausstürzenden Bedienten vereitelt.

Auf die Straße zu gehen, war streng verboten. Blickte er aber durch den Torweg und nach dem Kirchhof hinauf, hörte er Kinder dort spielen. Er verlangte nicht danach, dabei zu sein, denn ihm war bange vor den Kindern. Wenn er die Gasse hinuntersah, erblickte er das Wasser der Klarabucht und die Waschbrücken. Das sah neu und geheimnisvoll aus, aber er fürchtete sich vor dem See. An stillen Winterabenden hatte er Notschreie von Ertrinkenden gehört, die in den Mälarsee gegangen waren. Das geschah recht oft. Man saß um die Lampe in der Kinderstube. »Still!«, sagte eine der Mägde. Alle lauschten. Lange, anhaltende Rufe waren zu hören. »Es ertrinkt jemand«, sagte einer. Man lauschte, bis es wieder still wurde. Dann wurden Geschichten von Ertrinkenden erzählt.

Die Kinderstube lag nach dem Hof hinaus, und von deren Fenster sah man ein Blechdach und einige Dachkammern. In denen standen alte abgelegte Möbel und anderes Hausgerät. Diese Möbel ohne Menschen wirkten unheimlich. Die Mägde sagten, es spuke dort. – »Was ist das, spuken?« Das konnten sie nicht sagen, aber ungefähr war es, dass tote Menschen umgingen.

So wurde Johan von den Mägden erzogen, und so werden wir alle von der Unterklasse erzogen. Das ist ihre unwillkürliche Rache, dass sie unsern Kindern unsern abgelegten Aberglauben geben. Dieser Umstand ist es vielleicht, der die Entwicklung in so hohem Grade aufhält, wenn er auch den Klassenunterschied etwas ausgleicht. Warum gibt die Mutter diese wichtigste Aufgabe aus der Hand, während sie doch vom Vater unterhalten wird, um die Kinder zu erziehen? Nur zuweilen betete Johans Mutter das Abendgebet mit ihm, meistens aber war es das Kindermädchen. So hatte dieses ihn ein altes katholisches Gebet gelehrt, das lautete: »Ein Engel ging um unser Haus, er trug zwei goldne Lichter voraus ...«

Wenn es der Traum des Menschen ist, sich von Arbeit zu befreien, so scheint die Frau durch die Ehe diesen Traum verwirklicht zu haben.

Darum steht die Familie als soziale Einrichtung der Herde sehr nahe: Männchen, Weibchen und Junge; und nicht eine Stufe über der Horde, da die Sklaven (Diener) hinzugekommen sind. Darum wird man für die Familie (Speiseanstalt) erzogen und nicht für die Gesellschaft, wenn man überhaupt erzogen wird.

Die andern Zimmer lagen nach dem Klarakirchhof hinaus. Über den Linden erhob sich das Schiff der Kirche wie ein Berg, und auf dem Berge saß der Riese mit dem kupfernen Hut, der einen nie ruhenden Lärm vollführte, um den Lauf der Zeit anzugeben. Der schlug Viertel im Diskant und Stunden im Bass. Der läutete Frühgebet um vier Uhr mit einer kleinen Glocke, er läutete Morgengebet um acht Uhr, er läutete Abend um sieben Uhr. Der schlug zehn Uhr vormittags und vier Uhr nachmittags. Der tutete alle Stunden von zehn bis vier Uhr nachts. Der läutete mitten in der Woche bei Begräbnissen, und jetzt während der Cholerazeit läutete er oft. Und sonntags, oh, da läutete er so, dass die ganze Familie weinerlich aussah und niemand hörte, was der andere sagte.

Das Tuten nachts, wenn Johan wach lag, war sehr unheimlich. Am schlimmsten aber war die Feuerglocke. Als er diesen tiefen dumpfen Klang zum ersten Male in der Nacht hörte, bekam er Schüttelfrost und weinte. Das Haus wachte immer auf. »Es brennt!«, flüsterte einer. – Wo ist es? Man zählte die Schläge und dann schlummerte man wieder ein; Johan aber schlief nicht. Er weinte. Da konnte Mutter aufstehen, ihm die Decke ordentlich zustopfen und sagen: »Sei nicht bange, Gott behütet die Unglücklichen schon!« – Das hatte er bisher von Gott nicht gedacht.

Morgens lasen die Mägde im Blatt, es habe im Süden der Stadt gebrannt und zwei Menschen seien im Feuer umgekommen. »Dann war es Gottes Wille«, sagte Mutter.

Sein erstes Erwachen zum Leben wurde immer von Läuten und Tuten begleitet. In alle seine ersten Gedanken und Wahrnehmungen läuteten Begräbnisglocken hinein, und sein ganzes erstes Lebensjahr wurde mit Viertelschlägen abgemessen. Heiter machte ihn das wenigstens nicht, wenn es auch seinem künftigen Nervenleben keine bestimmte Farbe gab. Doch wer weiß! Die ersten Jahre sind ebenso wichtig, wie die neun Monate vorher.

Mit fünf Jahren kam Johan in den Kindergarten. Er konnte seine Aufgaben und lernte auswendig. Das Zusammenleben mit den kleinen Freunden und Freundinnen löste die häusliche Einförmigkeit ab; der Verkehr mit Altersgenossen aus andern Gesellschaftsklassen erweiterte seine Gedanken, verscheuchte die monotone Kritik an Geschwistern und Eltern, gab Erziehung.

Wenn er, sehr viel später, an diese Zeit dachte, waren nur noch zwei Erinnerungen von Bedeutung ihm geblieben. Die eine, die später sein Erstaunen erregte, war: Ein siebenjähriger Knabe sollte in geschlechtlichem Verhältnis zu einem gleichaltrigen Mädchen stehen. Sein Geschlechtsleben war noch nicht erwacht; er wusste also nicht, um was es sich eigentlich handelte; an das Wort, das den Vorgang bezeichnete, erinnerte er sich. Das Vorkommnis soll übrigens nicht so vereinzelt sein, nach dem, was Ärzte in ihren Büchern berichten, und seine eigenen späteren Beobachtungen, die er an Bauernkindern machte, zeigten, dass die Angabe wenigstens glaubhaft war.

Die zweite Erinnerung war diese: Ein Knabe hatte auf seiner Schiefertafel einen alten Mann gezeichnet und darunter geschrieben: Gott. Dafür wurde er bestraft. Dieser Knabe, der schon Gebete konnte und den Katechismus gelernt, hatte also keine höhern Begriffe von dem höchsten Wesen erworben als den, der durch die Gott Vater vorstellende, den Zehn Geboten vorgedruckte Figur dargestellt wird. Der rechte Gottesbegriff scheint also nicht angeboren zu sein. Wenn er durch die Erziehung erworben werden soll, müsste das offizielle Lehrbuch nicht so niedrige Vorstellungen von einem alten Mann erwecken, der sich nach einer Arbeit von sechs Tagen ausruhen musste.

Die Erinnerungen der Kindheit zeigen alle, wie zuerst die Sinne erwachen und die lebhaftesten Eindrücke aufsaugen, wie der geringste Hauch die Gefühle in Bewegung setzt; wie später sich die Beobachtungen hauptsächlich auf grelle Ereignisse richten, zuletzt auf moralische Verhältnisse, Gefühl von Recht und Unrecht, Gewalt und Barmherzigkeit.

Die Erinnerungen liegen ungeordnet, ungestaltet gezeichnet wie die Bilder im Thaumatrop; dreht man aber die Scheibe, so schmelzen sie zusammen und bilden ein Bild; ob nun bedeutungslos oder bedeutungsvoll.

Eines Tages sieht er große bunte Bilder von Kaisern und Königen in blau und roten Uniformen, welche die Mägde in der Kinderstube angebracht haben. Er sieht ein anderes Bild, das ein Gebäude vorstellt, das in die Luft gesprengt wird und voller Türken ist. Er hört aus einer Zeitung vorlesen, wie man mit brennenden Kugeln in Städte und Dörfer schießt, in einem entfernten Lande; erinnert sich sogar an Einzelheiten: Die Mutter weinte, als von armen Fischern gelesen wird, die mit ihren Kindern aus den brennenden Hütten heraus mussten. Diese Bilder bedeuteten: Kaiser Nikolaus und Napoleon der Dritte, die Stürmung Sewastopols und die Beschießung der finnischen Küste.

Vater ist einen ganzen Tag zu Hause. Man stellt alle Trinkgläser des Haushalts auf die Fensterbänke; füllt die Gläser mit Schreibsand und steckt Stearinlichter hinein. Abends werden alle Lichter angezündet. Es ist warm und hell in den Zimmern. Und Lichter brennen in der Klaraschule und in der Kirche und im Pfarrhaus. Und Musik ist aus der Kirche zu hören. Was war das? Das war die Illumination bei der Genesung König Oscars des Ersten.

Großer Lärm in der Küche. Die Flurglocke hat geläutet, und Mutter ist hinausgerufen worden. Da steht ein Mann in Uniform mit einem Buch in der Hand und schreibt. Die Köchin weint, die Mutter bittet und spricht laut; aber der Mann im Helm spricht noch lauter.

Das ist die Polizei!

Die Polizei, heißt es in der ganzen Wohnung. Die Polizei. Und es wird den ganzen Tag von der Polizei gesprochen. Der Vater wird aufs Polizeirevier gerufen. Soll er verhaftet werden? Nein, er soll drei Reichstaler und sechzehn Schillinge bezahlen, weil die Köchin am Tage einen Aufwascheimer in den Rinnstein gegossen hat.

Eines Nachmittags sieht er, wie man unten auf der Straße die Laternen ansteckt. Eine der Cousinen macht ihn darauf aufmerksam, dass sie ohne Öl und Docht brennen, nur mit einer Metallröhre. Das sind die ersten Gaslaternen.

Er liegt viele Nächte zu Bett, ohne am Tage aufzustehen. Er ist müde und schläfrig. Ein gestrenger Herr kommt ans Bett und sagt, er müsse die Hände unter der Decke halten. Er muss mit einem Löffel etwas Unangenehmes einnehmen; bekommt nichts zu essen. Man flüstert im Zimmer und Mutter weint. Dann ist er wieder aufgestanden und sitzt am Fenster in der Schlafstube. Es läutet den ganzen Tag. Grüne Bahren werden über den Kirchhof getragen. Ein dunkler

Knäuel Menschen steht um einen schwarzen Kasten. Totengräber mit ihren Spaten kommen und gehen. Er muss eine Kupferplatte an einem blauen Seidenband auf der Brust tragen und den ganzen Tag an einer Wurzel kauen. Das ist die Cholera von 1854.

Eines Tages geht er mit einer der Mägde weit fort. So weit geht er, dass er Heimweh bekommt und nach der Mama weint. Das Mädchen geht mit ihm in ein Haus. Sie sitzen in einer dunklen Küche neben einer grünen Wassertonne. Er glaubt, sie werden nie mehr wieder nach Hause kommen. Aber sie gehen noch weiter. An Schiffen und Prahmen vorbei, an einem unangenehmen Hause aus Backsteinen mit langen hohen Mauern vorüber, in dem Gefangene sitzen. Er sieht eine neue Kirche, eine lange Allee von Bäumen, eine staubige Landstraße, an deren Seiten Kuhblumen stehen. Jetzt trägt das Mädchen ihn.

Schließlich kommen sie an ein großes Haus aus Stein; neben dem steht ein gelbes Haus aus Holz, das ein Kreuz trägt; und ein großer Hof liegt da mit grünen Bäumen. Sie sehen weiß gekleidete Menschen, die blass sind, hinken, trauern. Sie kommen in einen großen Saal hinauf, in dem braungestrichene Betten stehen. In den Betten liegen nur alte Frauen. Die Wände sind weiß getüncht, die alten Frauen sind weiß, das Bettzeug ist weiß. Und es riecht schlecht. Sie gehen an einer Menge Betten vorbei und bleiben mitten im Saal an einem Bett rechter Hand stehen. Da liegt eine jüngere Frau mit schwarzem gekräuselten Haar, in weißer Nachtjacke. Sie liegt halb auf dem Rücken. Ihr Gesicht ist abgemergelt, sie hat ein weißes Tuch über Kopf und Ohren. Ihre mageren Hände sind zur Hälfte mit weißen Lappen umwunden, und die Arme schwingen unaufhörlich im Bogen nach innen, sodass die Fingerknöchel sich aneinander reiben. Als sie das Kind erblickt, schlottern Arme und Knie heftig, und sie bricht in Tränen aus. Sie küsst den Jungen auf den Kopf. Dem ist nicht wohl zumute; er ist schüchtern und dem Weinen nahe. »Kennst du Christel nicht wieder?«, fragt sie. – Er muss es wohl nicht. Und dann trocknet sie wieder ihre Augen. – Sie beschreibt nun dem Mädchen ihre Leiden, und diese holt aus einem Arbeitsbeutel Esswaren. Die alten Frauen beginnen jetzt halblaut zu plaudern, und Christel bittet das Mädchen, nicht zu zeigen, was es im Beutel hat, denn sie seien so neidisch, die andern. Und darum schmuggelt das Mädchen einen gelben Reichstaler in das Gesangbuch, das auf dem Nachttisch liegt.

Die Zeit wird dem Knaben lang. Sein Herz sagt ihm nichts; nicht, dass er das Blut dieser Frau, das einem andern gehörte, getrunken; nicht, dass er seinen besten Schlaf an diesem jetzt eingesunkenen Busen geschlafen; nicht, dass diese schlotternden Arme ihn gewiegt, ihn getragen haben. Das Herz sagt ihm nichts; denn das Herz ist nur ein Muskel, der Blut pumpt, einerlei, aus welchem Brunnen.

Als er aber beim Abschied ihre letzten brennenden Küsse empfangen hat und endlich, nachdem er sich vor den alten Frauen und der Krankenpflegerin verbeugt hat, aus der Krankenluft herausgekommen ist und unter den Bäumen auf dem Hofe Atem holt, fühlt er eine Schuld; eine schlecht angelegte Schuld, die er nicht anders bezahlen kann als mit ewiger Dankbarkeit und etwas Essen in einem Beutel und einem Reichstaler im Gesangbuch. Und er schämt sich, dass er froh ist, von den braungestrichenen Betten des Leidens fortzukommen.

Das war seine Amme, die fünfzehn Jahre unter Krämpfen und Ausmergelung in demselben Bette lag, bis sie starb. Sein Bild mit der Gymnasiastenmütze wurde ihm von der Leitung des Krankenhauses am Sabbatsberg zurückgesandt. Lange Jahre hatte es dort gehängt, nachdem der erwachsene Jüngling schließlich nur einmal im Jahr ihr eine Stunde unbeschreiblicher Freude geopfert, die für ihn eine Stunde leichter Gewissensqual war. Wenn er auch von ihr Brand ins Blut, Krampf in die Nerven bekommen hatte, empfand er doch eine Schuld, eine repräsentative Schuld, denn persönlich war er ihr nichts schuldig, da sie ihm nichts anderes geschenkt hatte, als was sie verkaufen musste. Dass sie gezwungen war, ihr Blut zu verkaufen, war das Verbrechen der Gesellschaft. Und als Mitglied der Gesellschaft fühlte er sich gewissermaßen mitschuldig.

Auf dem Kirchhof ist er zuweilen. Da ist ihm alles fremd. Steinerne Keller mit Deckeln, die Buchstaben und Figuren tragen; Rasen, auf den man nicht treten darf; Bäume mit Laub, das man nicht anrühren darf. Großmutter bricht eines Tages einen Zweig ab, aber da kommt die Polizei.

Das große Gebäude, gegen dessen Fundament er immer anstößt, versteht er nicht. Leute gehen aus und ein; Gesang und Musik sind von innen zu hören; die Glocken läuten, und die Uhr schlägt. Es ist geheimnisvoll. Und auf dem östlichen Giebel sitzt ein Fenster, das ein vergoldetes Auge hat. – Das ist Gottes Auge! – Das versteht er nicht, aber es ist jedenfalls ein sehr großes Auge, das weit sehen muss.

Unter dem Fenster ist ein vergittertes Kellerloch. Großmutter zeigt dem Knaben, dass dort unten weiße Särge stehen. »Dort wohnt die Nonne Klara.« – »Wer war das?« – Das weiß er nicht, aber es war wohl ein Gespenst.

Er steht in einem außerordentlich großen Raum und weiß nicht, wo er zu Hause ist. Es ist sehr schön; alles in Weiß und Gold. Eine Musik, wie von hundert Klavieren, singt über seinem Kopf, aber er sieht weder die Instrumente noch den Spielmann. In langer Allee stehen Bänke da und ganz vorn ist ein Gemälde, wahrscheinlich aus der biblischen Geschichte. Zwei weiße Menschen liegen auf den Knien und haben Flügel, und da stehen große Leuchter. Das ist wahrscheinlich der Engel mit den beiden vergoldeten Lichtern, »der um unser Haus geht«. Und dort steht ein Herr in rotem Rock und kehrt einem still den Rücken zu. In den Bänken beugen sich die Menschen nieder, als ob sie schliefen. »Nehmt die Mützen ab«, sagt der Oheim und hält den Hut vors Gesicht.

Die Knaben sehen sich um und erblicken dicht neben sich einen braungestrichenen ungewöhnlichen Schemel, auf dem zwei Männer in grauen Mänteln und Kapuzen liegen; sie haben eiserne Ketten an Händen und Füßen, und Gardisten stehen neben ihnen.

»Das sind Diebe«, flüstert der Oheim.

Der Knabe findet es unheimlich, unerklärlich, ungewöhnlich, streng, auch kalt. Das finden die Brüder sicher auch; denn sie bitten den Oheim, gehen zu dürfen, und er geht sofort.

Unbegreiflich! Das ist sein Eindruck von dem Kultus, der die einfachen Wahrheiten des Christentums malen soll. Grausam! Grausamer als Christi milde Lehre. Das mit den Dieben war am schlimmsten. Eiserne Ketten und solche Mäntel!

Eines Tages, als die Sonne warm scheint, ist Unruhe im Hause. Möbel werden gerückt, Schubladen geleert, Kleider verstreut. Am nächsten Morgen kommt eine Droschke und holt sie. Und dann reist man; die einen auf Ruderbooten, die andern in der Droschke.

Am Hafen riecht es nach Öl, Talg und Steinkohlenrauch. Die frisch gestrichenen Dampfer leuchten in glänzenden Farben und ihre Flaggen wehen. Karren rasseln an den großen Linden vorbei; das gelbe Reithaus liegt staubig und schäbig neben dem Holzschauer. Er soll auf dem Wasser fahren. Erst aber begrüßen sie den Vater in seinem Kontor.

Der Knabe ist erstaunt, einen fröhlichen, rüstigen Mann zu treffen, der mit braungebrannten Dampferkapitänen scherzt, freundlich und wohlwollend lächelt. Ja, er ist sogar jugendlich und hat einen Pfeilbogen, mit dem die Kapitäne nach dem Fenster des Reithauses zu schießen pflegen. Es ist eng im Kontor, aber sie dürfen hinter die grüne Schranke kommen und hinter einer Gardine ein Glas Porter trinken. Die Buchhalter sind höflich, achtsam, wenn der Vater sie anspricht. Johan hatte den Vater noch nie in seiner Tätigkeit gesehen; nur zu Hause als den müden und hungrigen Familienversorger und Richter, der lieber mit neun Personen in drei Zimmern wohnte als allein in zweien. Er hatte nur den beschäftigungslosen, essenden, zeitunglesenden Vater bei seinen nächtlichen Besuchen im Hause gesehen, nicht den Mann in seinem Tätigkeitskreis. Er bewunderte ihn, fühlte aber, dass er ihn auch jetzt weniger fürchtete; ja er glaubte, dass er ihn einst werde lieben können.

Er hat Furcht vor dem Wasser, aber ehe er sich's versieht, sitzt er in einem ovalen Zimmer in Weiß und Gold, mit roten Samtsofas. Ein so feines Zimmer hatte er noch nie gesehen. Aber alles klirrt und zittert. Er sieht durch ein kleines Fenster und erblickt grüne Ufer, blaugrüne Wellen; Heukähne und Dampfer ziehen vorbei. Es ist wie ein Panorama oder so, wie das Theater sein soll. Auf den Ufern marschieren kleine rote Häuser und weiße, vor denen grüne Bäume mit Blütenschnee stehen; große grüne Flächen mit roten Kühen ziehen vorbei, ganz wie in den Weihnachtsschachteln. Die Sonne macht eine Schwenkung und der Dampfer fährt unter Bäumen mit gelben Fransen und braunen Raupen hindurch, an Landungsbrücken mit bewimpelten Segelbooten; an Hütten, vor denen Hühner picken und ein Hund bellt, vorbei. Die Sonne scheint auf Fensterreihen, die auf dem Boden liegen, und alte Männer und Frauen geben mit Gießkannen und Harken umher. Dann kommen wieder lauter grüne Bäume, die sich aufs Wasser neigen, gelbe und weiße Badehäuser. Ein Kanonenschuss knallt über seinem Kopfe, das Pochen und Zittern hört auf; die Ufer machen halt; er sieht eine Mauer über seinem Kopfe und Hosen und Röcke von Menschen, sowie eine Menge Schuhe. Er wird die Treppe hinaufgeführt, die ein goldenes Geländer hat, und er sieht ein großes, großes Schloss.

»Hier wohnt der König«, sagt jemand.

Das war das Schloss von Drottningholm; die schönste Erinnerung aus seiner Kindheit, die Märchenbücher mitgerechnet.

In einer weißen Hütte oben auf einem Hügel werden die Sachen ausgepackt, und dann rollen sich die Kinder im Grase, in richtigem grünen Grase, in dem keine Kuhblumen wachsen wie auf dem Klarakirchhof. Der Himmel ist so hoch und hell, und Wälder und Meeresflächen grünen und blauen in der Ferne.

Vergessen ist der Müllkasten, das Schulzimmer mit dem Geruch nach Schweiß und Urin; die schweren Kirchglocken dröhnen nicht mehr, die Totengräber sind fort.

Abends aber läutet es in einem kleinen Glockenstuhl, der ganz in der Nähe ist. Er sieht mit Erstaunen die kleine gefällige Glocke, die in der freien Luft schwingt und gerade recht über Park und Buchten singt. Er denkt an die grimmen Bässe im Turme zu Hause, deren dunklen Schlund er einen Augenblick gesehen hat, wenn sie durch die Luken schwangen.

Abends, wenn er müde und frisch gewaschen nach allen Schweißbädern einschlummert, hört er das Schweigen in den Ohren klingen; vergebens wartet er darauf, dass die Glocke schlägt und der Turmwächter tutet.

Und am nächsten Morgen erwacht er, um aufzustehen und zu spielen. Er spielt, tagaus, tagein, eine ganze Woche. Niemals ist er einem im Wege, und alles ist so friedlich. Die Kleinen schlafen drinnen, und er ist den ganzen Tag draußen.

Der Vater ist nicht zu sehen. Aber am Sonnabend kommt er hinaus. Dann hat er einen Strohhut auf und ist heiter; kneift die Jungen in die Backen und lobt sie, dass sie gewachsen und braun geworden sind. Er schlägt nicht mehr, denkt das Kind. Es versteht nicht, dass das von etwas so Einfachem abhängen konnte, dass hier draußen mehr Raum vorhanden und die Luft reiner ist.

Der Sommer war glänzend, hinreißend wie ein Zaubermärchen. Unter Pappelalleen Lakaien mit silberbeschlagener Uniform; auf dem See himmelblaue Drachenschiffe mit richtigen Prinzen und Prinzessinnen; auf dem Wege gelbe Kaleschen, purpurrote Landauer und arabische Pferde, die zu vieren vor zügellangen Peitschen liefen.

Und das Schloss des Königs mit dem spiegelnden Fußboden, den goldenen Möbeln, den Kachelöfen aus Marmor, den Gemälden. Der Park mit seinen Alleen, die wie lange, hohe, grüne Kirchen waren; die

Wasserkünste mit den Figuren, die nicht zu verstehen waren und wohl aus Märchenbüchern stammten; das Sommertheater, das ein Rätsel blieb, aber als Labyrinth benutzt wurde; der gotische Turm, immer geschlossen, immer geheimnisvoll, ohne eine andere Aufgabe, als das Echo von den Stimmen der Sprechenden wiederzugeben.

Im Park wurde er von seiner Cousine begleitet, die er Tante nannte. Ein eben erwachsenes hübsches Mädchen mit feinen Kleidern und einem Sonnenschirm. Sie kommen in einen Wald, den dunkle Fichten düster machen; sie wandern ein Stück weiter, immer weiter; da hören sie Gemurmel von Stimmen, Musik und das Klappern von Tellern und Gabeln; sie stehen vor einem kleinen Schloss, das keinem andern gleicht. Drachen und Schlangen schlängeln sich vom Dachfirst herab; Greise mit gelben, eirunden Gesichtern blicken mit schwarzen schiefen Augen herunter und haben Zöpfe im Nacken; Buchstaben, die er nicht lesen kann, die etwas gleichen und doch so verschieden von allem andern sind, kriechen am Dachgesims entlang. Unten aber im Schloss bei offenen Fenstern sitzen Könige und Kaiser zu Tisch, essen von Silber und trinken Weine.

»Dort sitzt der König«, sagt die Tante.

Ihm wird bange, und er sieht nach, ob er auf den Rasen getreten ist oder etwas Böses tun will. Er glaubt, der König, der schöne, wohlwollende Züge trägt, sieht mitten durch ihn hindurch; und er will fortgehen. Aber weder Oscar I. noch die französischen Marschälle oder russischen Generäle sehen ihn an, denn sie denken jetzt an den Pariser Frieden, der dem orientalischen Kriege ein Ende machen soll. Polizisten dagegen gehen umher wie brüllende Löwen, und an die erinnert er sich nicht gern. Wenn er nur einen sieht, fühlt er sich schuldig und denkt an drei Reichstaler und sechzehn Schillinge.

Er hat indessen die höchste Offenbarung der Macht gesehen, die höher ist als die der Brüder, der Mutter, des Vaters, des Verwalters, des Hauswirts, des Generals mit den Federn, der Polizei.

Es ist ein anderes Mal. Wieder mit der Tante. Sie gehen an einem kleinen Hause neben dem Schloss vorbei. Auf einem sandigen Hofe steht ein Mann in Zivil: Panamahut und Sommeranzug. Er hat einen schwarzen Bart und sieht stark aus. Rings um ihn läuft an einer Leine ein schwarzes Pferd. Der Mann rasselt mit einer Hasenklapper, knallt mit einer Peitsche, gibt Schüsse ab.

»Das ist der Kronprinz!«, sagt Tante.

Er sah geradeso aus wie ein gewöhnlicher Mensch und war wie Oheim gekleidet.

Ein anderes Mal, im Park, tief im Schatten unter den hohen Bäumen, hält ein Offizier auf einem Pferd. Er grüßt die Tante, hält sein Pferd an, spricht zu Tante und fragt den Knaben, wie er heiße. Der antwortet wahrheitsgemäß, wenn auch etwas schüchtern. Das dunkle Gesicht sieht ihn mit guten Augen an, und er hört ein tiefes, dröhnendes Lachen. Darauf verschwindet der Reiter.

»Das war der Kronprinz!«

Der Kronprinz hatte ihn angesprochen! Er fühlt sich sehr gehoben und etwas sicherer. Der furchtbare Machthaber war ja nett.

Eines Tages erfährt er, dass Vater und Tante alte Bekannte eines Herrn sind, der auf dem großen Schlosse wohnt, ein Dreikant auf dem Kopfe und einen Säbel an der Seite hat. Das Schloss erhält ein anderes, freundlicheres Aussehen. Er ist so gut wie bekannt mit denen dort oben, denn der Kronprinz hat mit ihm gesprochen und Papa duzt den Rendanten. Jetzt versteht er, dass die bunten Lakaien unter ihm stehen, besonders als er erfährt, dass die Köchin mit einem abends ausgeht.

Er hat eine Ahnung von der sozialen Abstufung bekommen und entdeckt, dass er wenigstens nicht ganz unten steht.

Ehe er sich's versieht, ist das Zaubermärchen aus. Der Müllkasten und die Ratten sind wieder da; doch macht der Junge des Verwalters keinen Gebrauch mehr von seiner Überlegenheit, wenn Johan das Steinpflaster aufgraben will; denn Johan »hat mit dem Kronprinzen gesprochen« und die Herrschaften »haben auf Sommerfrische gewohnt«.

Der Knabe hat die Herrlichkeit der Oberklasse in der Ferne gesehen. Er verlangt danach, wie nach einer Heimat, aber das Sklavenblut der Mutter erhebt sich dagegen. Aus Instinkt verehrt er die Oberklasse, verehrt sie zu sehr, als dass er zu hoffen wagte, dorthin zu kommen. Und er fühlt, dass er nicht dahin gehört. Aber er gehört auch nicht zu den Sklaven.

Das wird ein Zwiespalt in seinem Leben.

2. Die Abrichtung beginnt

Der Sturm war vorüber. Die Vereinigung der Verwandten begann sich aufzulösen. Man konnte selber gehen. Aber die Überbevölkerung, das tragische Schicksal der Familie, dauerte fort. Doch lichtete der Tod. Im Hause gab es immer schwarze Papiere von Begräbnisbonbons, die auf die Wände der Kinderstube geklebt wurden. Die Mutter trug beständig eine Schoßjacke, und alle Vettern und Tanten waren zu Gevattern verbraucht worden; jetzt musste man sich an Buchhalter, Kapitäne, Restauratrizen wenden. Trotzdem schien der Wohlstand allmählich zurückzukehren.

Da der Raum allzu eng wurde, zog die Familie in einen Vorort und mietete in der Nordzollstraße sechs Zimmer nebst Küche. Gleichzeitig trat Johan im Alter von sieben Jahren in die höhere Lehranstalt von St. Klara ein.

Es war ein langer Weg für die kurzen Beine, zumal da vier Male am Tage gegangen werden musste, aber der Vater wollte die Kinder abhärten. Das war richtig und löblich, aber so viel unnötiger Verbrauch der Muskel hätte durch kräftige Nahrung ersetzt werden müssen; das aber erlaubten die Mittel des Hauses nicht. Auch konnte die übertriebene Gehirntätigkeit nicht durch die einseitige Gehbewegung aufgehoben werden, zu der noch das Tragen der schweren Schulmappe kam.

Plus und Minus hoben sich nicht auf, und dieser Mangel an Gleichgewicht hatte neuen Zwiespalt zur Folge.

Im Winter wird der Siebenjährige mit seinen Brüdern um sechs Uhr geweckt, während es noch ganz dunkel ist. Er ist nicht ausgeschlafen, sondern hat noch das Schlaffieber im Körper. Vater und Mutter, Geschwister und Mägde schlafen weiter. Er wäscht sich mit kaltem Wasser; trinkt eine Tasse Gerstenkaffee und isst ein Franzbrot, während er in Rabes Grammatik die Endungen der vierten Deklination durchnimmt; ein Stück von »Joseph wird von seinen Brüdern verkauft« durchliest; den zweiten Artikel nebst Erklärung herplappert.

Dann werden die Bücher in den Ranzen gesteckt und man geht. Auf der Nordzollstraße ist es noch dunkel. Jede zweite Öllaterne schaukelt in dem kalten Wind an ihren Stricken, und der Schnee liegt tief. Kein Knecht ist noch draußen gewesen und hat geschaufelt. Ein kleiner Streit entsteht zwischen den Brüdern über die Schnelligkeit ihres Marsches. Nur Bäckerwagen und Schutzleute sind in Bewegung. Bei der Sternwarte sind die Schneehaufen so hoch, dass Stiefel und Hosen feucht werden. Auf der Königshöhe tritt man beim Bäcker ein und kauft sich zum Frühstück ein Franzbrot, das gewöhnlich auf dem Wege verzehrt wird. Beim Heumarkt trennt er sich von den Brüdern, die in eine private Realschule gehen.

Als er schließlich an der Ecke der Klaraberggasse anlangte, schlug die Uhr, die verhängnisvolle Uhr der Klarakirche. Die Beine bekamen Flügel, der Ranzen schlug ihn in den Rücken, die Schläfen klopften, das Gehirn sprang unter den heftigen Schlägen der Pulse. Als er in die Kirchhofsgasse kam, sah er, dass die Klassen leer waren. Es war zu spät.

Die Pflicht war für ihn wie ein abgelegtes Versprechen. Höhere Macht, zwingende Not, nichts konnte ihn davon lösen. Der Schiffskapitän hat es gedruckt auf dem Frachtbrief, dass er sich verpflichtet, die Ware unbeschädigt an dem und dem Tage abzuliefern, »wenn Gott will«. Wenn Gott Sturm oder Schnee sendet, ist er entbunden. Der Knabe aber hatte keine derartige Vorsichtsmaßregel getroffen. Er hatte seine Pflicht vernachlässigt, und er sollte bestraft werden: das war alles.

Schweren Schrittes ging er in die Klasse. Dort war nur der Kustos, der ihn anlächelte und seinen Namen auf die schwarze Tafel schrieb, unter der Überschrift: Sero.

Eine qualvolle Weile vergeht. Dann ist ein starkes Geschrei aus der zweiten Klasse zu hören und die Hiebe eines Rohrstockes fallen dicht. Das ist der Rektor, der an den Zuspätkommenden seine Pflicht tut oder sich Bewegung macht. Johan beginnt zu weinen und zittert am ganzen Körper. Nicht vor dem Schmerz, sondern vor der Schande, übergelegt zu werden wie ein Schlachttier oder ein Missetäter.

Da wird die Tür geöffnet. Er fährt auf. Aber es ist die Aufwärterin, welche die Lampe putzen will.

»Guten Tag, Johan«, sagt sie. »Bist du zu spät gekommen? Du bist doch sonst so ordentlich! Wie geht's Hanna?«

Johan antwortet, dass es Hanna gut geht, und dass es auf der Nordzollstraße sehr geschneit hat.

»Seid ihr nach der Nordzollstraße gezogen?«

Jetzt wird wieder die Tür geöffnet und der Rektor kommt herein.

»Nun, du?«

»Sie dürfen nicht unfreundlich gegen Johan sein, Herr Rektor; er wohnt auf der Nordzollstraße.«

»Still, Karin, gehen Sie«, sagt der Rektor.

»So, du wohnst auf der Nordzollstraße? Das ist allerdings weit. Aber du musst doch rechtzeitig hier sein!«

Damit ging er.

Karins Verdienst war es, dass er keine Schläge bekam. Es war das Verdienst des Schicksals, dass Hanna beim Rektor mit Karin zusammen gedient hatte. Es war die Macht der Beziehungen, die ihn von einer Ungerechtigkeit rettete.

Und dann die Schule mit ihrem Unterricht! Ist nicht genug geschrieben über Latein und Rohrstock? Vielleicht! Denn er übersprang später alle Stellen in Büchern, die von Schulerinnerungen handelten; er las keine Bücher, die dieses Thema behandelten. Seine schwersten Träume, die er als Erwachsener hatte, wenn er abends etwas Schweres gegessen oder einen ungewöhnlich kummervollen Tag gehabt, bestanden dann, dass er sich in der Klaraschule befand.

Nun verhält es sich so, dass der Schüler eine ebenso einseitige Vorstellung vom Lehrer bekommt wie die Kinder von den Eltern. Der erste Klassenlehrer, den er hatte, sah aus wie der Menschenfresser in dem Märchen vom Däumling. Er schlug stets und sagte, er würde die Kinder so hauen, dass sie am Boden kriechen sollten; er würde sie kurz und klein hauen, wenn sie ihre Aufgabe nicht könnten.

Er war indessen nicht so schlimm, denn als er Stockholm verließ, überreichten Johan und seine Kameraden ihm ein Album; ja, der Lehrer war recht beliebt, galt für eine alte ehrliche Haut. Der Mann endete als Landwirt und Held eines Idylls.

Ein anderer galt für ein Ungeheuer an Bosheit. Er schien wirklich aus Neigung zu schlagen. »Hol den Rohrstock«, so begann er die Stunde, in der er darauf ausging, so viele wie möglich dabei zu ertappen, dass sie ihre Aufgabe nicht gelernt hatten. Sein Ende war, dass er sich nach einem scharfen Zeitungsartikel aufhing.

Als Johan aber Student war, hatte er ihn ein halbes Jahr vor seinem Tode im Walde der Eulenbucht getroffen und war gerührt worden, als sich der alte Lehrer über die Undankbarkeit der Welt beklagte. Er hatte vor einem Jahre von einem früheren Schüler aus Australien einen Kasten Steine als Weihnachtsgeschenk empfangen. Kameraden des grimmigen Lehrers sprachen auch von ihm wie von einem wohlwollenden Narren, den sie zu hänseln pflegten.

So viele Gesichtspunkte, so viele Urteile! Aber noch heute können alte Klaristen nicht zusammentreffen, ohne sich mit Entsetzen und Hass über die größte Unbarmherzigkeit auszusprechen, die sich je in Menschengestalt offenbart habe, wenn sie auch alle anerkennen, dass er ein ausgezeichneter Lehrer war.

Sie wussten es wohl nicht besser, waren so erzogen, die Alten; und wir, die ja alles verstehen wollen, sind wohl auch verpflichtet, alles zu verzeihen.

Das hinderte nicht, dass die Schulzeit, die erste, als eine Lehrzeit für die Hölle und nicht fürs Leben galt; dass die Lehrer dazusein schienen, um zu quälen, nicht um zu strafen; dass das ganze Leben wie ein schwerer drückender Alp Tag und Nacht auf einem lag; es half ja nicht, dass man seine Aufgaben konnte, wenn man von Hause fortging. Das Leben war eine Strafanstalt für Verbrechen, die man begangen hatte, ehe man geboren war; darum lief das Kind fortwährend mit einem bösen Gewissen herum.

Aber Johan lernte auch etwas fürs Leben.

Klara war eine Schule für Kinder besserer Leute, denn die Gemeinde war reich. Johan hatte Lederhosen und Schmierstiefel, die nach Tran und Wichse rochen. Man saß deshalb nicht gern neben ihm, wenn man eine Samtbluse anhatte.

Er beobachtete auch, dass die, welche arm gekleidet waren, mehr Schläge kriegten, als die, welche gut gekleidet waren; ja die hübschen Knaben gingen ganz frei aus. Hätte er damals Seelenkunde und die Lehre vom Schönen gelernt, hätte er diese Erscheinung verstanden; nun verstand er sie nicht.

Der Prüfungstag hinterließ eine schöne, unvergessliche Erinnerung. Die alten schwarzen Zimmer waren frisch gescheuert; die Kinder hatten ihre Feiertagskleider an; der Rohrstock war fortgelegt; alle Hinrichtungen ausgesetzt. Es wär ein Tag des Jubels und Klanges, da man in diese Marterkammern eintreten konnte, ohne zu zittern. Die Rangordnung, die in der Klasse am Morgen vorgenommen wurde, bereitete einige Überraschungen; die Heruntergekommenen stellten Vergleiche und Betrachtungen an, die nicht immer schmeichelhaft für das Urteil der Lehrer ausfielen. Die Zeugnisse wurden für ziemlich summarisch gehalten; mussten es aber wohl sein. Doch die Ferien winkten: Bald würde alles vergessen sein. Bei der Schlussfeier dankte der Erzbischof den Lehrern, aber die Schüler wurden getadelt und ermahnt. Doch machte die Anwesenheit der Eltern, besonders der Mütter, die kalten Zimmer warm. Ein unwillkürlicher Seufzer: »Warum kann es nicht immer so friedlich sein wie heute?«, entrang sich den Lippen der Kinder.

Zum Teil sind die Seufzer erhört worden; die Jugend sieht jetzt nicht mehr in der Schule eine Strafanstalt, wenn sie auch noch keinen rechten Sinn in dem vielen überflüssigen Lernen sehen kann.

Johan war kein Licht in der Schule, aber auch kein Taugenichts. Da er infolge seiner früheren Kenntnisse durch Erlass in die Lehranstalt eingetreten war, als er das erforderliche Alter noch nicht erreicht hatte, war er immer der Jüngste. Als er aber nach der zweiten Klasse versetzt werden sollte, wurde er, trotzdem sein Zeugnis durchaus genügte, ein Jahr in der Klasse zurückgehalten, um zu reifen. Das war ein schwerer Rückschlag in seiner Entwicklung. Seine ungeduldige Laune litt darunter, dass er ein ganzes Jahr die alten Aufgaben noch einmal lernen musste. Zwar hatte er viel freie Zeit, aber seine Lust zum Lernen ließ nach; auch fühlte er sich übergangen. Zu Hause war er der Jüngste, in der Schule auch, aber nur an Jahren, denn der Verstand war älter.

Der Vater schien seine Lust zum Lernen bemerkt zu haben und ihn zum Studenten machen zu wollen. Er nahm seine Aufgaben durch, denn er besaß Elementarbildung. Als aber einmal der Achtjährige mit seiner lateinischen Übersetzung kam und um Hilfe bat, musste der Vater eingestehen, dass er nicht Latein könne. Das Kind fühlte die Überlegenheit, und es ist nicht unwahrscheinlich, dass der Vater sie auch anerkannte. Der ältere Bruder, der gleichzeitig mit Johan in der Klaraschule angefangen hatte, wurde schleunigst herausgenommen, weil Johan eines Tages dem Älteren die Aufgabe zeigte. Es war unverständig vom Lehrer, es so weit kommen zu lassen, und klug vom Vater, das Missverhältnis zu berichten.

Die Mutter war stolz auf das Wissen des Sohnes und prahlte damit ihren Freundinnen gegenüber. In der Familie spukte oft das Wort Student. Bei dem Studentenkongress zu Anfang der fünfziger Jahre war die Stadt von weißen Mützen überschwemmt.

»Wenn du erst eine weiße Mütze bekommst!«, sagte die Mutter.

Als Studentenkonzerte abgehalten wurden, sprach man mehrere Tage davon. Bekannte aus Upsala kamen auch zuweilen nach Stockholm und sprachen immer von dem frohen Leben, das der Student führe. Ein Kindermädchen, das in Upsala gedient hatte, nannte Johan den Studenten.

Mitten in dem furchtbaren Geheimnisvollen des Schullebens, in dem das Kind niemals einen ursächlichen Zusammenhang zwischen lateinischer Grammatik und dem Leben finden konnte, tauchte etwas neues Geheimnisvolles auf, um nach einer kurzen Zeit wieder zu verschwinden.

Die neunjährige Tochter des Rektors wohnte den französischen Stunden bei. Sie wurde mit Absicht auf die hinterste Bank gesetzt, damit sie nicht gesehen werden sollte; und sich auf dem Platz umzudrehen, war ein grobes Verbrechen. Sie war indessen im Zimmer und wurde wahrgenommen. Das körperliche Geschlechtsleben des Knaben war noch nicht erwacht, aber er, wie wahrscheinlich die ganze Klasse, verliebte sich. Die Aufgaben in den Stunden, denen sie beiwohnte, gingen immer gut; der Ehrgeiz war geweckt; niemand wollte in ihrer Gegenwart geprügelt oder gedemütigt werden. Sie war allerdings hässlich, aber sie war fein gekleidet. Ihre Stimme klang weicher als die der Knaben, die Stimmwechsel hatten, und des Lehrers gestrenges Gesicht lächelte, wenn er zu ihr sprach. Wenn er ihren Namen aufrief, wie schön der klang! Und ein Vorname unter all diesen Familiennamen!

Johans Liebe äußerte sich in einer stillen Traurigkeit. Er konnte nicht mit ihr sprechen, und würde es auch nicht gewagt haben. Er fürchtete sie und sehnte sich nach ihr. Wenn aber jemand ihn gefragt hätte, was er von ihr wolle, hätte er es nicht sagen können. Er wollte nichts von ihr. Sie küssen? Nein, man küsste sich in seiner Familie nicht. Sie anfassen? Nein! Viel weniger also sie besitzen. Besitzen? Was sollte er mit ihr machen? Er fühlte, dass er an einem Geheimnis trug. Das quälte ihn so, dass er litt, und sein ganzes Leben dunkel wurde. Eines Tages nahm er zu Hause ein Messer und sagte: »Ich schneide mir den Hals ab.« Die Mutter glaubte, er sei krank. Was es war, konnte er nicht sagen. Er war damals etwa neun Jahre alt.

Wären es nun ebenso viel Mädchen wie Knaben in der Schule gewesen, und in allen Stunden, wären wahrscheinlich kleine unschuldige

Freundschaftsverbindungen entstanden; die Elektrizitäten wären abgeleitet worden, die Madonnenverehrung auf ihr richtiges Maß herabgesetzt, unrichtige Begriffe vom Weib hätten nicht ihn und seine Kameraden durchs Leben begleitet.

Des Vaters beschauliche Natur, seine Menschenscheu nach den Niederlagen; der Verruf, in den er bei der Gesellschaft durch seine anfangs ungesetzliche Verbindung mit der Mutter geraten war, all das hatte ihn dazu gebracht, sich nach der Nordzollstraße zurückzuziehen. Da hatte er ein Vorstadthaus mit einem großen Garten gemietet, mit ausgedehnten Kuhweiden, mit Pferdestall, Viehstall, Gewächshaus. Er hatte immer das Land geliebt und gern das Feld bestellt. Früher hatte er einmal ein kleines Gut vor der Stadt gemietet, hatte es aber nicht bewirtschaften können. Jetzt wollte er einen Garten haben, vielleicht sowohl für sich selbst wie für die Kinder; diese bekamen nun eine Erziehung, die etwas an die von Rousseaus Emile erinnerte.

Durch lange Bretterzäune war das Grundstück von den benachbarten getrennt. Die Nordzollstraße war eine Baumallee, die noch keine gepflasterten Bürgersteige hatte und wenig bebaut war. Sie wurde meist von Bauern und Milchwagen befahren, die nach und von dem Heumarkt kamen. Leichenwagen, die zum Neuen Kirchhof hinauszogen; Schlittenpartien nach der Brunnenbucht; junge Leute, die nach den Wirtshäusern vor der Stadt fuhren: das war der weitere Verkehr.

Der Garten, der das kleine einstöckige Haus umgab, war groß. Lange Alleen mit wenigstens hundert Apfelbäumen und unzähligen Beerenbüschen kreuzten sich. Dichte Lauben aus Flieder und Jasmin waren hier und dort angepflanzt, und in einer Ecke stand noch eine gewaltige alte Eiche. Da war es schattig, geräumig und gerade so weit verfallen, dass es stimmungsvoll war. Östlich vom Garten erhob sich ein Hügelzug, der mit Ahorn, Birke, Eberesche bewachsen war. Ganz oben stand ein Tempel aus dem vorigen Jahrhundert. Die andere Seite des Hügelzugs war zwar hier und dort nach Kies angegraben, der sich nicht als ergiebig erwiesen, bot jedoch schöne Partien von Tälchen mit Faulbeerbäumen und Gesträuchen aus Weiden und Dornbusch. Von dieser Seite sah man weder Haus noch Straße. Nur wenige vereinzelte Häuser waren weit entfernt zu sehen, dagegen Tabaksscheunen und Gärten in Unendlichkeit.

Man sollte also das ganze Jahr über auf Sommerfrische wohnen, und dagegen hatten die Kinder nichts einzuwenden. Jetzt konnte Johan aus nächster Nähe die Geheimnisse und Schönheiten des Pflanzenlebens sehen und entdecken; und der erste Frühling war eine wunderbare Zeit der Überraschungen.

Wenn die frisch umgegrabene Erde mit ihrer tiefen Schwärze unter dem weißen und hellroten Sonnenzelt der Apfelbäume lag, wenn die Tulpen in ihren orientalischen Farben leuchteten, da war es für ihn feierlich im Garten; feierlicher als bei der Prüfung und in der Kirche, den Weihnachtsgottesdienst nicht ausgenommen.

Die Folge war, dass das körperliche Leben sich beschleunigte. Die Knaben wurden in die Bäume hinaufgeschickt, um das Moos von den Ästen zu kratzen; sie reinigten die Beete von Unkraut; schaufelten Wege, begossen und harkten. Der Viehstall war von einer Kuh bevölkert, die kalbte. Der Heuboden wurde zur Schwimmschule, indem man von den Balken heruntersprang; das Pferd im Stall wurde zur Tränke geritten.

Die Spiele auf dem Hügelzug wurden wild; Steinblöcke wurden hinabgerollt, Baumwipfel geentert, Streifzüge unternommen.

Die Wälder und Gebüsche des Hagaparkes wurden durchsucht; in den Ruinen stieg man auf junge Bäume und fing Fledermäuse; die essbaren Eigenschaften von Sauerklee und Engelsüß wurden entdeckt; Vogelnester geplündert. Bald wurde auch das Pulver erfunden, nachdem man Pfeil und Bogen abgelegt, und zu Hause auf den Hügeln wurden bald Kramtsvögel geschossen.

Die Folge war eine gewisse Verwilderung. Die Schule wurde immer widriger und die Straßen der Stadt immer unangenehmer.

Zu gleicher Zeit begannen die Jugendbücher die Rückkehr zur Natur zu fördern. »Robinson« war epochemachend, und »Die Entdeckung Amerikas«, »Der Skalpjäger« und andere weckten einen aufrichtigen Ekel vor den Schulbüchern.

Die Wildheit nahm während der langen Sommerferien so zu, dass die Mutter die unbändigen Knaben nicht mehr lenken konnte. Sie wurden zuerst versuchsweise in die Schwimmschule nach dem Ritterholm geschickt, aber der halbe Tag wurde unterwegs auf den Straßen verbracht. Schließlich fasste der Vater den Entschluss, die drei ältesten auf dem Lande in Pension zu geben; den Rest vom Sommer sollten sie dort bleiben.

3. Fort von Hause

Er steht auf dem Vorderdeck eines Dampfers, der mitten auf dem Inselmeer dahinfährt. Es ist während der Fahrt so viel zu sehen gewesen, dass er keine Langeweile empfunden hat. Jetzt aber ist es Nachmittag, der immer etwas Trauriges hat wie das erste Alter; die Schatten der Sonne fallen so neu und verändern alles, ohne wie die Nacht alles zu verbergen. Er beginnt etwas zu vermissen. Er hat ein Gefühl von Leere; er fühlt sich verlassen; glaubt etwas abgebrochen zu haben. Er will nach Hause; und die Verzweiflung, dass er das nicht sofort kann, erfasst ihn so, dass er sich entsetzt und weint. Als die Brüder ihn fragen, warum er weine, antwortet er, er wolle nach Hause zu Mama. Sie lachen ihn aus. Jetzt aber taucht das Bild der Mutter auf. Ernst, milde, lächelnd erscheint sie ihm. Hört ihre letzten Worte beim Dampfer: Sei gehorsam und höflich gegen alle Menschen, achte auf deinen Anzug und vergiss nicht dein Abendgebet. Er denkt daran, wie ungehorsam er gegen sie gewesen ist, und er fragt sich, ob sie krank ist. Ihr Bild steigt auf, gereinigt, verklärt, und zieht ihn an mit den niemals reißenden Fäden der Sehnsucht. Diese Sehnsucht nach der Mutter begleitete ihn durchs ganze Leben. War er zu früh zur Welt gekommen? War er nicht ausgetragen worden? Was hielt ihn so mit der Mutter verbunden?

Darauf erhielt er nie eine Antwort, weder in den Büchern noch im Leben; aber die Tatsache blieb bestehen: Er wurde nie er selbst, nie ein abgeschlossenes Individuum. Er blieb eine Mistel, die nicht wachsen konnte, ohne von einem Baum getragen zu werden; er wurde eine Kletterpflanze, die eine Stütze suchen musste. Er war von Natur schwächlich und furchtsam; er übte sich in allen männlichen Sportarten, war ein guter Turner, ritt auf fliegendem Pferd, führte alle Arten Waffen, schwamm und segelte: aber nur, um nicht schlechter als die andern zu sein. Sah niemand zu, wenn er badete, kroch er ins Wasser; sah einer zu, warf er sich kopfüber vom Dach des Badehauses hinein. Er fühlte seine Bangigkeit und wollte sie verbergen. Er fiel niemals Kameraden an; wurde er aber angegriffen, schlug er zurück, auch wenn der Gegner stärker war. Er kam erschrocken zur Welt und lebte in einem beständigen Schreck vor Leben und Menschen.

Der Dampfer lässt die Inseln zurück, das Meer öffnet sich: eine blaue Fläche ohne Strand. Das neue Schauspiel, der frische Wind, die Munterkeit der Brüder heitert ihn auf. Er denkt daran, dass er bald achtzehn schwedische Meilen auf der See gefahren ist, als der Dampfer in die Bucht von Nyköping einfährt.

Als der Landungsteg gelegt ist, kommt ein Mann mittleren Alters mit hellem Backenbart auf den Dampfer, spricht mit dem Kapitän und nimmt die Knaben in Empfang. Er sieht freundlich aus und ist heiter. Es ist der Küster von Vidala.

Am Strande steht eine Droschke mit einer schwarzen Mähre. Bald sind sie in der Stadt und halten auf dem Hof des Kaufmanns, wo auch die Bauern einkehren. Es riecht nach Hering und Dünnbier auf dem Hofe, und das Warten wird unerträglich. Er fängt noch einmal an zu weinen. Endlich kommt Herr Lindén und bringt auf einem Bauernwagen das Gepäck. Nach vielen Händedrücken und kleinen Gläsern geht's aus der Stadt heraus. Es ist Abend, als man den Zoll passiert.

Brachfelder und Feldzäune öffnen eine weite, öde Fernsicht. Über roten Dörfern ist in der Ferne ein Waldrand zu sehen. Durch den Wald muss man hindurch, und man hat drei Meilen zu fahren. Die Sonne geht unter und man fährt durch den dunklen Wald. Herr Lindén plaudert und sucht den Mut der Knaben aufrechtzuerhalten. Er spricht von Spielkameraden, Badestellen, Erdbeerpflücken. Johan schläft ein. Erwacht bei einem Wirtshaus, in dem berauschte Bauern lärmen. Die Pferde werden ausgespannt und getränkt.

Die Fahrt geht weiter durch dunkle Wälder. Bei den Anhöhen muss man absteigen und gehen. Die Pferde rauchen und schnauben, die Bauern auf dem Gepäckwagen scherzen und trinken, der Küster plaudert mit ihnen und macht Witze. Und dann fährt man wieder und schläft ein. Erwacht wieder, steht auf und rastet. Noch mehr Wälder, in denen früher Räuber gehaust haben; schwarze Fichtenwälder unter dem Sternenhimmel, Hütten und Zauntüren. Der Junge ist ganz verwirrt und nähert sich dem Unbekannten mit Beben.

Schließlich wird die Landstraße eben; heller wird's, und die Wagen halten vor einem roten Hause. Diesem Hause gegenüber steht ein hohes, schwarzes Gebäude. Eine Kirche. Wieder eine Kirche. Eine alte Frau, wie er glaubt, groß und mager, kommt und empfängt die Kinder, um sie in ein Zimmer zu ebener Erde zu führen, in dem ein Tisch gedeckt ist. Sie hat eine scharfe Stimme, die nicht freundlich klingt, und Johan ist bange. Man isst im Dunkeln, aber das Essen schmeckt nicht, denn es ist ungewöhnlich; man ist müde und das Schluchzen sitzt einem im Halse.

Dann wird man auf die Bodenkammer hinaufgeführt, immer im Dunkeln; kein Licht wird angesteckt. Es ist eng; Bettstellen stehen da, und auf Stühlen und am Boden sind Betten gemacht; es riecht furchtbar. Die Bettdecken bewegen sich und ein Kopf erscheint. Dann noch einer. Man kichert und flüstert, aber die Kömmlinge können keine Gesichter sehen. Der älteste Bruder bekommt ein eigenes Bett, aber Johan und der zweite Bruder sollen mit den Füßen gegeneinander liegen. Das ist neu. Nun, sie kriechen hinein und ziehen an der Decke. Der große Bruder streckt sich ungeniert aus, aber Johan erhebt Einspruch gegen den Übergriff. Sie treten sich und Johan wird geschlagen. Er weint sofort. Der älteste Bruder schläft bereits.

Aus einer Ecke tief unten am Boden ertönt eine Stimme.

»Liegt still, Bengels, und schlagt euch nicht.«

»Was sagst du?«, antwortet der Bruder, der ein kühner Junge ist.

Die Bassstimme antwortet:

»Was ich sage? Ich sage, er soll den Kleinen nicht quälen!«

»Geht das dich etwas an?«

»Ja, das geht mich an. Komm her, ich werde dich durchhauen.«

»Durchhauen? Du?«

Im Hemd steht der Bruder auf. Der Bass kommt ihm entgegen. Es ist ein vierschrötiger Junge mit breiten Schultern; das ist alles, was man sehen kann. In den Betten richten sich viele Zuschauer auf.

Sie schlagen sich und der große Bruder kriegt Prügel.

»Nein, schlag ihn nicht; schlag ihn nicht.«

Der kleine Bruder wirft sich dazwischen. Er konnte niemals sehen, dass einer von seinem Blut Schläge bekam oder sonst zu leiden hatte, ohne es in seinen Nerven zu fühlen. Wieder seine Unselbstständigkeit, die unlösbaren Blutsbande, die Nabelschnur, die nicht durchschnitten werden, nur abgenagt werden konnte.

Dann wird es still und der Schlaf kommt, der bewusstlose, der dem Tode gleichen soll und der darum so viele zur vorzeitigen Ruhe verlockt hat.

Ein neues Leben beginnt. Die Erziehung ohne Eltern; denn der Knabe ist draußen in der Welt unter fremden Menschen. Er ist furchtsam und vermeidet sorgfältig, dass er getadelt werden kann. Greift niemand an, aber verteidigt sich gegen Übergriffe. Übrigens sind die Knaben zahlreich genug, um Gleichgewicht halten zu können; und die Gerechtigkeit wird von dem Breitschultrigen ausgeübt, der einen Buckel hat, vielleicht aber darum immer dem Schwächeren hilft, wenn dieser ungerecht angefallen wird.

Des Vormittags wurde gelernt; vorm Essen gebadet; nachmittags draußen gearbeitet. Man jätet im Garten, trägt Wasser von der Quelle, putzt die Pferde im Stalle. Es ist der Wunsch des Vaters, dass die Kinder körperlich arbeiten sollen, obwohl sie die gewöhnliche Pension zahlen.

Aber Johans Gehorsam und Pflichtgefühl reicht nicht aus, um ihm das Leben erträglich zu machen. Die Brüder ziehen sich Tadel zu, und darunter leidet er ebenso sehr. Er fühlt sich mit ihnen solidarisch und wird diesen Sommer nicht mehr als ein Drittel Mensch. Andere Strafe als Stubenarrest kommt nicht vor, aber Tadel ist genug, um ihn zu beunruhigen. Die Arbeit macht seinen Körper stark, aber die Nerven sind ebenso empfindlich gegen Eindrücke. Bald trauert er um die Mutter, bald ist er äußerst aufgeräumt und leitet die Spiele, besonders die ausgelassenen. Im Kalksteinbruch Steine lösen, auf dem Boden des Steinbruchs Feuer anzünden, auf Brettern steile Berge hinunterrutschen. Furchtsam und verwegen, ausgelassen und grüblerisch: kein Gleichgewicht.

Die Kirche stand auf der andern Seite der Landstraße und warf mit ihrem pechschwarzen Dach und ihrer leichenweißen Wand einen Schatten über das sommerliche Gemälde. Grabkreuze ragen über die Kirchenmauern und gehören schließlich zu seiner täglichen Fensteraussicht. Die Kirche schlägt nicht den ganzen Tag über wie die Klarakirche in Stockholm, aber abends um sechs Uhr dürfen die Knaben mit der Leine, die vom Turm herunterhängt, läuten. Es war ein großer Augenblick, als er zum ersten Male an die Reihe kam. Er fühlte sich fast als Beamten der Kirche, und als er drei Male die drei Schläge zählte, glaubte er, Gott, Pastor, Kirchspiel würden zu Schaden kommen, wenn er einmal zu viel anschlage.

Sonntags durften die großen Knaben in den Turm hinaufsteigen und die Glocken läuten. Dann stand Johan auf der dunklen Holztreppe und bewunderte sie.

Später im Sommer kam eine Bekanntmachung mit schwarzen Rändern. Als sie in der Kirche vorgelesen wurde, entstand große Aufregung. König Oscar I. war gestorben. Man erzählte viel Gutes von ihm, wenn auch niemand ihn gerade betrauerte. Jetzt aber wurde täglich zwischen zwölf und eins geläutet.

Die Kirchenglocken schienen ihn zu verfolgen.

Auf dem Kirchhof spielte man zwischen den Gräbern, und die Kirche wurde ihm bald vertraut. Des Sonntags wurden alle Pensionäre aufs Orgelchor geschickt. Wenn der Küster das Kirchenlied begann, waren die Knaben an den Stimmen aufgestellt: Bei einem Nicken des Meisters wurden alle Stimmen auf einmal ausgezogen und die Jugend brach los im Chor. Das machte immer eine große Wirkung auf die Gemeinde.

Indem er die heiligen Dinge aus der Nähe sah und selber mit dem Zubehör zum Kultus zu tun hatte, wurden die hohen Dinge ihm bald vertraut und seine Ehrfurcht verringerte sich. So erhob ihn das Abendmahl nicht mehr, als er am Abend vorher in der Küche des Küsters von dem heiligen Brot gegessen hatte; dort wurde es gebacken und mit einer Stanze gestempelt, auf die das Kruzifix graviert war. Die Knaben aßen es und nannten es Mundlack. Einmal wurde er nach dem Abendmahl zusammen mit den Kirchenvorstehern in die Sakristei geladen und bekam dort Wein zu trinken.

Trotzdem erwachte jetzt, nachdem er von der Mutter losgerissen worden und sich von unbekannten drohenden Mächten umgeben fühlte, ein starkes Bedürfnis, sich an einen Schutzgeist anzuschließen. Sein Abendgebet sprach er mit ziemlicher Andacht; morgens, wenn die Sonne schien und der Körper ausgeruht war, empfand er dieses Bedürfnis nicht.

Eines Tages, als die Kirche gelüftet wurde, liefen die Kinder hinein und spielten darin. In einem Anfall von Wildheit wurde der Altar gestürmt. Aber Johan, der zu weiteren Großtaten angestachelt wurde, stieg auf die Kanzel, kehrte das Stundenglas um und predigte aus der Bibel. Dieser Streich machte großes Glück.

Als er wieder herunterkam, lief er oben auf den Kirchenstühlen durch die ganze Kirche, ohne den Boden zu berühren. Als er an den ersten Kirchenstuhl beim Altar kam, der dem Grafen gehörte, trat er so heftig auf das Gesangbuchpult, dass es krachend zu Boden stürzte. Eine Panik entsteht; alle Kameraden eilen aus der Kirche. Allein stand er da, wie vernichtet.

Jetzt wäre er gern zur Mutter gestürzt, um seine Schuld zu bekennen und sie um Hilfe zu bitten. Aber sie war nicht da. Er erinnert sich an Gott. Fällt vorm Altar auf die Knie und betet das ganze Vaterunser. Stark und ruhig, als habe er einen Gedanken von oben bekommen, steht er vom Boden auf, untersucht den Kirchenstuhl, sieht, dass die Zapfen nicht abgebrochen sind; nimmt die Leiste, passt Fugen und Zapfen ein; zieht einen Stiefel aus, um ihn als Hammer zu benutzen; und mit einigen wohlgezielten Schlägen ist das Pult in Ordnung gebracht. Er prüft sein Werk; es hält.

Verhältnismäßig ruhig verlässt er die Kirche. Wie einfach, dachte er jetzt. Er schämte sich, dass er das Vaterunser gebetet hatte. Warum schämte er sich? Vielleicht fühlte er dunkel, dass es in diesem wirren Komplex, der Seele heißt, eine Kraft gibt, die, in der Stunde der Not zur Selbstverteidigung aufgerufen, eine recht große Fähigkeit sich zu helfen besitzt. Dass er nicht glaubte, Gott habe ihm geholfen, ging daraus hervor, dass er nicht niederfiel und für die Hilfe dankte; und dieses unbestimmte Gefühl von Scham entstand wahrscheinlich daher, dass er einsah, er sei über den Fluss gegangen, um Wasser zu holen.

Das war aber nur ein vorübergehender Augenblick von Selbstgefühl. Er verblieb ungleich und wurde jetzt auch launenhaft. Laune, Kapuze, diables noirs, wie der Franzose sagt, ist eine noch nicht ganz erklärte Erscheinung. Das Opfer ist besessen: Es will das eine, tut aber das Gegenteil; es leidet unter dem Verlangen, sich Böses zuzufügen, und genießt beinahe die Selbstquälerei. Es ist eine Seelenkrankheit, eine Krankheit des Willens; und ältere Psychologen wagten eine Erklärung, indem sie auf die Zweiheit im Gehirn hinwiesen; dessen beide Halbkugeln könnten unter gewissen Umständen selbstständig wirken, jede für sich, und im Kampfe gegeneinander. Doch hat man diese Erklärung verworfen. Die Doppelheit der Persönlichkeit haben viele beobachtet, und Goethe hat sie im »Faust« behandelt. Launenhafte Kinder, die »nicht wissen, was sie wollen«, enden mit Weinen, in das sich die Nervenspannung auflöst. Sie »betteln um Schläge«, sagt man auch; und eigentümlich ist, wie eine leichte Züchtigung bei solchen Gelegenheiten die Nerven ins Gleichgewicht bringt und dem Kinde beinahe willkommen zu sein scheint; es beruhigt sich sofort, ist versöhnlich, durchaus nicht bitter über die Strafe, die es nach seiner Ansicht ungerecht erlitten hat. Das Kind hat wirklich um Strafe als Medizin gebettelt.

Aber es gibt eine andere Art, die schwarzen Geister auszutreiben. Man nimmt das Kind in seine Arme, damit es den Magnetismus eines freundlichen Menschen fühlt, und es beruhigt sich. Diese Art ist besser als alle anderen.

Der Knabe hatte solche Anfälle. Wenn ein Vergnügen winkte, ein Ausflug zum Beispiel, um Beeren zu pflücken, bat er, zu Hause bleiben zu dürfen. Er wusste, er werde sich zu Hause sehr langweilen. Er wollte so gern mitgehen, aber er wollte vor allem zu Hause bleiben. Ein anderer Wille, stärker als seiner, befahl ihm, zu Hause zu bleiben. Je mehr man auf ihn einredete, desto fester wurde der Widerstand. Kam dann aber jemand, packte ihn scherzhaft beim Kragen und warf ihn auf den Leiterwagen, dann gehorchte er und war froh, dass er von dem unerklärlichen Willen befreit worden. Er gehorchte im Allgemeinen gern und wollte niemals sich aufspielen oder befehlen. Er war von Geburt zu sehr Sklave; die Mutter hatte ihre ganze Jugend hindurch gedient und gehorcht und war als Kellnerin höflich gegen alle gewesen.

Eines Sonntags waren sie im Pfarrhaus. Da waren Mädchen. Er mochte sie gern, ihm war aber bange vor ihnen. Die große Kinderschar zog aus, um Erdbeeren zu pflücken. Einer schlug vor, man solle die Beeren zusammentun und, wenn man nach Haus gekommen, in Zucker mit Löffeln essen. Johan pflückte fleißig und hielt die Übereinkunft, aß nicht eine Beere, sondern lieferte seinen Teil ehrlich ab. Er sah aber andere mogeln. Bei der Heimkehr werden die Beeren von der Tochter des Geistlichen ausgeteilt; die Kinderschar umdrängt das Mädchen und jeder bekommt seinen Löffel voll. Johan steht hinten; wird vergessen und bekommt keine Beere.

Übergangen! Mit Bitterkeit im Herzen geht er in den Garten hinaus und versteckt sich in einer Laube. Er fühlt sich als der Letzte, der Schlechteste. Jetzt aber weint er nicht, sondern fühlt etwas Hartes und Kaltes in sich aufsteigen, gleich einem Gerippe aus Stahl. Er beginnt die ganze Gesellschaft zu kritisieren und findet, dass er der Redlichste war, denn er hat draußen auf der Lichtung nicht eine Beere gegessen. Also – da kam der Fehlschluss – weil er besser als die anderen war, wurde er übergangen. Ergebnis: Er hielt sich für besser als die anderen. Und es war ihm ein großer Genuss, dass er übergangen worden.

Er hatte auch eine Fähigkeit, sich unsichtbar zu machen und sich abseits zu halten, sodass er übergangen wurde. Einmal brachte der Vater einen Pfirsich mit zum Abendtisch. Alle Kinder erhielten eine

Scheibe von der seltenen Frucht, aber aus irgendeinem Grunde wurde Johan vergessen, ohne dass der sonst gerechte Vater es merkte. Der Knabe war so stolz darauf, dass er von Neuem an sein hartes Schicksal erinnert worden, dass er später am Abend den Brüdern gegenüber damit prahlen musste. Sie glaubten ihm nicht, für so unerhört fanden sie die Geschichte. Je unerhörter, desto besser!

Auch von Abneigungen wurde er gequält. Eines Sonntags kam ein Wagen voll Kinder auf den Küsterhof gefahren. Heraus stieg ein schwarzhaariger Knabe von tückischem, aber kühnem Aussehen. Johan lief bei seinem Anblick fort und versteckte sich auf dem Boden. Man suchte ihn auf, der Küster suchte ihn zu begütigen, aber er blieb in seinem Winkel sitzen und hörte zu, wie die Kinder spielten, bis der schwarze Junge wieder abfuhr.

Weder kalte Bäder, wilde Spiele, noch strenge Körperarbeit konnten seine schlaffen Nerven abhärten, die zuweilen einen Augenblick lang aufs Äußerste gespannt werden konnten.

Er hatte ein gutes Gedächtnis, lernte ordentlich, am liebsten Wirklichkeiten wie Geografie und Naturwissenschaft. Arithmetik nahm er mit dem Gedächtnis auf, aber Geometrie hasste er. Eine Wissenschaft von Unwirklichkeiten beunruhigte ihn; erst später, als er ein Handbuch der Feldmessung erhielt und den praktischen Nutzen der Geometrie einsah, bekam er Lust zu dem Stoff: Er maß Bäume und Häuser, schritt Gärten und Alleen ab, konstruierte Figuren aus Pappe.

Er war jetzt in seinem zehnten Jahr. War breitschulterig und braungebrannt; das Haar war blond und über einer krankhaft hohen und hervortretenden Stirn in die Höhe gekämmt. Diese Stirn veranlasste die Verwandten zu manchem Gerede und zog ihm den Spitznamen »Professor« zu.

Er war nicht mehr Automat, sondern sammelte eigne Beobachtungen und zog Schlussfolgerungen; darum näherte er sich dem Zeitpunkt, da er sich von seiner Umgebung absondern und einsam werden musste. Aber die Einsamkeit musste für ihn eine Wüstenwanderung werden, denn er besaß keine genügend starke Persönlichkeit, um für sich gehen zu können. Seine Neigung für die Menschen blieb unbeantwortet, weil ihre Gedanken nicht mit den seinen gleichen Schritt hielten. Später musste er sein Herz dem ersten besten anbieten, aber niemand wollte es annehmen, denn es war ihnen fremd; so musste er sich in sich selber zurückziehen, verletzt, gedemütigt, übersehen, übergangen.

Der Sommer ging zu Ende und er fuhr nach Hause, da die Schule wieder begann. Doppelt traurig kam ihm jetzt das dunkle Haus am Klarakirchhof vor. Wenn er die lange Reihe von Zimmern sah, die in genau bestimmten Jahren durchlaufen werden mussten, ehe eine neue Reihe von Zimmern auf dem Gymnasium begann, fand er das Leben nicht gerade verlockend.

Gleichzeitig beginnt sich sein Selbstdenken gegen die Aufgaben zu empören. Die Folge werden schlechte Zeugnisse.

Ein Halbjahr später, nachdem er in der Rangordnung heruntergekommen, nimmt der Vater ihn aus der Klaraschule und bringt ihn in die Jakobischule. Zur selben Zeit bricht die Familie von der Nordzollstraße auf und zieht nach der Großen Graubergstraße beim Sabbatsberg.

4. Berührung mit der unteren Klasse

Christinenberg, so wollen wir das Vororthaus nennen, lag noch einsamer als das an der Nordzollstraße. Die Graubergstraße war nicht gepflastert. Stundenlang konnte man höchstens einen einsamen Wanderer sehen, und Wagenlärm war ein solches Ereignis, dass man ans Fenster gelockt wurde, um nachzusehen, was es gab. Das Haus lag in einem mit Bäumen bewachsenen Hofe und glich einer Pfarre auf dem Lande. War von Gärten und großen Tabakspflanzungen umgeben. Weite Felder mit Teichen erstreckten sich bis zum Sabbatsberg. Jetzt aber pachtete der Vater kein Land; die freie Zeit verging darum in Faulenzen. Die Spielkameraden waren jetzt armer Leute Kinder, die Jungen des Müllers und des Kuhhirten. Die Spielplätze waren besonders die Mühlenberge, und die Windmühlenflügel waren die Spielsachen.

Die Jakobischule war die Schule der armen Kinder. Hier kam er in Verkehr mit der unteren Klasse. Die Schulkameraden waren schlechter gekleidet, hatten wunde Nasen und hässliche Züge, rochen übel. Seine eigenen Lederhosen und Schmierstiefel machten hier keine schlechte Wirkung. Er fühlte sich ruhiger in dieser Umgebung, da sie ihm anstand; wurde vertraulicher zu diesen Kindern als zu den hochmütigen in der Klaraschule.

Aber viele von diesen Kindern waren groß im Lernen ihrer Aufgaben, und das Genie der Schule war ein Bauernjunge. Dagegen waren viele sogenannte »Strolche« in den unteren Klassen, und diese hörten gewöhnlich in der zweiten auf. Johan ging jetzt in die dritte Klasse und kam mit ihnen nicht in Berührung, und sie rührten niemals einen in einer höheren Klasse an.

Diese Kinder hatten gleichzeitig irgendein Gewerbe, hatten schwarze Hände, waren recht alt, bis zu vierzehn, fünfzehn Jahren. Viele von ihnen segelten im Sommer mit der Brigg Carl Johan und erschienen dann im Herbst in teerigen Leinwandhosen, mit Schmachtriemen und Messer. Sie schlugen sich mit Schornsteinfegern und Tabaksbindern, tranken einen Appetitschnaps in der Frühstückspause, besuchten Kneipen und Cafés. Unaufhörlichen Untersuchungen und Ausweisungen waren diese Knaben ausgesetzt und galten allgemein, aber sehr mit Unrecht, für schlechte Kinder. Viele von ihnen sind seitdem tüchtige Bürger geworden, und einer, der auf Carl Johan (der Strolchbrigg) gesegelt hat, endete später als Offizier bei der Garde. Er hat niemals von seiner Segelfahrt zu sprechen gewagt; wenn er aber die Wachtparade am Hafen vorbeiführt und die berüchtigte Brigg dort liegen sieht, überläuft ihn ein Schauder, sagt er.

Eines Tages traf Johan einen früheren Kameraden von der Klaraschule. Er suchte ihm auszuweichen. Der aber geht auf Johan zu und fragt ihn, in welche Schule er jetzt gehe.

»So, du gehst in die Strolchschule«, sagte der Kamerad.

Johan fühlte, dass er »heruntergekommen« war, aber er hatte es selbst gewünscht. Er stach durchaus nicht von den Kameraden ab, sondern fühlte sich bei ihnen zu Hause, mit ihnen verwandt; er gedieh hier besser als in der Klaraschule, denn hier drückte nichts von oben. Er wollte selber nicht in die Höhe steigen und irgendeinen unterdrücken, sondern er litt unter Druck von oben. Er wollte nicht hinauf, sondern hatte den Wunsch, dass es dort oben überhaupt niemand gebe. Aber es wurmte ihn doch, dass die alten Kameraden glaubten, er sei heruntergekommen. Und als er beim Schauturnen in die dunkle Schar der Jakobiner kam und den lichten Rotten der Klaristen mit ihren feinen Sommeranzügen und hellen Gesichtern gegenüberstand, da sah er den Klassenunterschied; fiel dann das Wort »Strolche« vom anderen Lager, dann war Krieg in der Luft. Zuweilen schlugen die beiden Schulen sich, aber Johan ging nie mit. Er wollte die alten Freunde nicht sehen und seine Erniedrigung nicht zeigen.

Der Prüfungstag bot in Jakob einen anderen Anblick als in Klara. Handwerker, dürftig gekleidete Mütter, herausgeputzte Speisewirtinnen,

Fuhrleute, Schenkwirte bildeten die Zuschauer. Und die Rede, die der Schulvorsteher vor der Versammlung hielt, war etwas anderes als die heitere Blumenrede des Erzbischofs. Er las die Namen der Faulen (oder fürs Lernen schwach Begabten); schalt Eltern, weil ihre Kinder zu spät gekommen oder ausgeblieben waren. Der Saal hallte wider vom Weinen armer Mütter, die vielleicht diese leichterklärlichen Versäumnisse nicht verschuldet hatten. Jetzt glaubten sie in ihrer Einfalt, schlechte Söhne zu haben.

Dann kamen die Prämien. Es waren immer die Söhne wohlhabender Bürger, die sich ganz ihren Aufgaben hatten widmen können, die jetzt als Musterschüler begrüßt wurden.

Die Moral, die doch die Lehre von Pflichten und Rechten sein sollte, schließlich aber eine Lehre von den Pflichten unseres Nächsten gegen uns geworden ist, trat nur als eine große Gesetzsammlung von Pflichten auf. Noch hatte das Kind nicht von einem einzigen menschlichen Recht sprechen hören. Alles erhielt es aus Gnade: lebte aus Gnade, aß aus Gnade, durfte aus Gnade die Schule besuchen. Hier in der Schule der Armen verlangte man noch mehr von den Kindern: Man verlangte von den Armen, dass sie heile Kleider hatten. Wo sollten sie die hernehmen? Man tadelte ihre Hände, weil sie durch Berührung von Teer und Pech schwarz geworden waren. Man verlangte Aufmerksamkeit, feines Benehmen, Höflichkeit – also alles, was man nicht verlangen konnte. Der Schönheitssinn des Lehrers verführte ihn oft zu Ungerechtigkeiten.

Johan hatte einen Nebenmann, der nie gekämmt war, eine Wunde unter der Nase hatte, aus dessen Ohren ein übel riechender Fluss kam. Seine Hände waren unrein, seine Kleider fleckig und zerrissen. Selten konnte er seine Aufgaben, wurde immer getadelt und kriegte Schläge auf die Handfläche. Eines Tages wurde er von einem Kameraden beschuldigt, Ungeziefer in die Klasse verschleppt zu haben. Da wurde ihm ein besonderer Platz angewiesen; er war ausgestoßen. Er weinte bitter, o wie bitter. Dann blieb er aus. Johan wurde als derzeitiger Klassenkustos ausgeschickt, um ihn zu suchen. In der Totengräbergasse wohnte er. In einem Zimmer wohnte die Malerfamilie mit Großmutter und vielen kleinen Kindern. Georg, so hieß der Junge, hatte eine kleine Schwester auf dem Schoß, die verzweifelnd schrie. Die Großmutter hatte ein anderes Kind in ihren Armen. Vater und Mutter waren auf Arbeit gegangen, jeder an seine Stelle. In diesem Zimmer, das niemand aufräumte und das nicht aufgeräumt werden konnte, roch es nach den Schwefeldämpfen des Koks und dem Unrat der Kinderchen; hier wurden Kleider getrocknet, Essen bereitet, Ölfarbe gerieben, Kitt geknetet.

Hier lagen alle Motive zu Georgs Immoralität klar zutage. Aber, wendet immer ein Moralist ein, man ist nie so arm, dass man sich nicht heil und rein halten kann. Wie einfältig! Als ob Nähen (wenn man etwas Heiles zu nähen hat), Seife, Wäsche, Zeit nichts kosten! Heile Kleider haben, rein sein, sich satt essen können, ist wohl das Höchste, das der Arme erreichen zu können glaubt. Georg konnte es nicht und deshalb wurde er ausgestoßen.

Neuere Moralisten haben die Entdeckung zu machen geglaubt, dass die Unterklasse unmoralischer ist als die Oberklasse. Unter unmoralisch verstand man dieses Mal, dass sie soziale Verträge nicht so gut hält wie die Oberklasse. Das ist ein Irrtum, wenn nichts Schlimmeres. In allen Fällen, in denen die Unterklasse nicht von Not gezwungen wird, ist sie pflichttreuer als die Oberklasse. Sie ist auch barmherziger gegen ihresgleichen, milder gegen die Kinder, vor allem geduldiger. Wie lange hat sie nicht geduldet, dass ihre Arbeit von der Oberklasse benutzt wird, bis sie schließlich ungeduldig geworden ist!

Übrigens hat man immer die Moralgesetze so schwebend wie möglich halten wollen. Warum werden sie nicht in Schrift und Druck festgelegt wie das göttliche und das bürgerliche Gesetz? Vielleicht weil ein ehrlich geschriebenes Moralgesetz auch die Rechte des Menschen aufnehmen müsste.

Johan begann sich jetzt gegen die Aufgaben zu empören. Zu Hause las er alles Mögliche, aber die Aufgaben machte er nachlässig. Die vornehmsten Lehrfächer der Schule waren jetzt Latein und Griechisch. Die Methode des Unterrichts war sinnlos. Ein halbes Jahr brauchte man, um einen Feldherrn im Nepos zu übersetzen. Der Lehrer hatte eine Art, die Sache verwickelt zu machen; die bestand darin, dass der Schüler »die Konstruktionsordnung herausnehmen« sollte. Aber er erklärte nie, was das zu bedeuten hatte. Es bestand nämlich darin, dass man die Worte des Textes in einer gewissen Ordnung vorlas; aber in welcher, das sagte er nie. Mit der Übersetzung fiel sie nicht zusammen. Als der Knabe einige Versuche gemacht hatte, den Zusammenhang zu begreifen, aber nicht zur Klarheit kommen konnte, schwieg er. Er wurde halsstarrig, und als er zum Übersetzen aufgerufen wurde, schwieg er, obwohl er die Aufgabe konnte. Denn sobald er anfing, hagelte es Tadel: über den Tonfall der Worte, das Tempo, die Stimme.

»Kannst du nicht? Verstehst du nicht?«, rief der Lehrer außer sich.

Der Knabe schwieg und blickte den Pedanten verächtlich an.

»Bist du stumm?«

Er schwieg. Jetzt war er zu alt, um Schläge zu bekommen, die man sich außerdem abzugewöhnen anfing. Und so musste er sich setzen.

Er konnte den Text übersetzen, aber nicht auf die einzige Art, die der Lehrer wollte. Dass der Lehrer es nur auf eine einzige Art haben wollte, fand der Junge albern. Er hätte den ganzen Cornelius Nepos in wenigen Wochen durchgestürmt; dieses absichtliche, unvernünftige Kriechen, während man doch laufen konnte, drückte ihn nieder. Er sah keinen Sinn darin.

Dasselbe war in der Geschichtsstunde der Fall.

»Nun, Johan«, sagte der Lehrer ungefähr, »erzähle uns jetzt, was du von Gustav dem Ersten weißt.«

Der Knabe erhebt sich von seinem Platze, und zügellos kommen ihm die Gedanken ungefähr so:

»Was ich von Gustav dem Ersten weiß? Oh, das ist sehr viel. Aber das wusste ich in der ersten Klasse schon« – jetzt ist er in der vierten –, »und das weiß der Lehrer auch. Was hat es denn für einen Zweck, alles herzuplappern?«

»Ist das alles, was du weißt?«

Er hat nicht ein Wort gesagt, und die Kameraden lachen. Jetzt wird er böse. Er versucht zu sprechen, aber die Worte bleiben ihm im Halse stecken. Womit soll er beginnen? Gustav war auf Lindholm in der Landschaft Roslagen geboren. Aber das wusste er ja vorher und der Lehrer auch. Wie dumm, das noch einmal wiederzukauen.

»Du kannst also deine Aufgabe nicht? Du weißt gar nichts von Gustav dem Ersten?«

Jetzt öffnet er den Mund und sagt kurz und bestimmt:

»Doch, das kann ich gewiss!«

»So, du kannst es? Warum antwortest du denn nicht?«

Er war der Ansicht, der Lehrer frage zu dumm; jetzt wollte er nicht antworten. Er ließ alle Gedanken an Gustav den Ersten fallen und dachte mit aller Gewalt an etwas anderes: an die Karten an der Wand, die Lampen an der Decke. Er machte sich taub.

»Dann setz dich, da du deine Aufgabe nicht kannst«, sagt der Lehrer. Er setzt sich und lässt seinen Gedanken freien Lauf, nachdem er sich dafür entschieden, dass der Lehrer gelogen hat.

Es lag darin etwas von Sprachstörung, der Unfähigkeit oder Unlust zu sprechen. Diese Aphasie begleitete ihn lange durchs Leben, bis der Rückschlag kam in der Form von Schwatzhaftigkeit, der Unfähigkeit, den Mund zu halten; dem Trieb, alles auszusprechen, was der Gedanke erzeugte.

Die Naturwissenschaften lockten ihn. In den Stunden, in denen der Lehrer der Schulbotanik farbige Figuren von Pflanzen und Bäumen zeigte, schien ihm das dunkle Zimmer heller zu werden. Wenn der Lehrer aus Nilssons Fauna über das Leben der Tiere vorlas, dann lauschte er und merkte sich alles.

Aber der Vater sah, dass es mit den andern Lehrfächern schlecht ging. Besonders mit Latein. Aber Johan musste Latein und Griechisch lernen. Warum? Er war wohl dazu ausersehen, Student zu werden. Der Vater stellte eine Untersuchung an. Als er vom Lateinlehrer hörte, der halte seinen Sohn für einen Idioten, muss das sein Selbstgefühl verletzt haben. Er beschloss, den Jungen aus der Schule herauszunehmen und in eine Privatlehranstalt zu geben, deren Methoden vernünftiger waren. Ja, der Vater war so gereizt, dass er sich zu der Vertraulichkeit herabließ, Johans Verstand zu loben und zum ersten Male etwas Böses über seinen Lehrer zu sagen.

Indessen hatte diese Berührung mit den ärmeren Klassen bei Johan einen deutlichen Unwillen gegen die höheren erzeugt. In der Jakobischule herrschte ein demokratischer Geist: Die Gleichalterigen fühlten sich immer auf gleicher Höhe miteinander. Keiner entzog sich des andern Gesellschaft aus andern Gründen als persönlicher Abneigung. In Klara gab es Kastenunterschied und Geburtsunterschied. In Jakob hätte Vermögen eine Aristokratie bilden können, aber es gab keine Vermögenden. Und die ganz Armen wurden von den Kameraden mit Teilnahme behandelt, ohne Herablassung, wenn auch der dekorierte Schulvorsteher und die akademisch gebildeten Lehrer Widerwillen gegen die Elenden zeigten.

Johan fühlte sich mit den Kameraden solidarisch und verwandt, war ihnen wohlgesinnt, empfand aber Scheu vor den Höheren. So wich er den großen Straßen aus. Ging immer die traurige Holländerstraße oder die arme Badestubenstraße.

Aber die Kameraden lehrten ihn die Bauern geringschätzen, die hier ihre Quartiere hatten. Das war Städteraristokratismus, den auch das unbedeutendste Stadtkind, wie arm es sein mag, eingesogen hat. Diese eckigen Figuren in grauen Röcken, die auf Milchkarren und Heufuhren saßen, wurden als lächerliche Menschen behandelt, untergeordnete Wesen, die man ungestraft mit Schneebällen bewerfen konnte. Sich an deren Schlitten anhängen, galt für ein selbstverständliches Vorrecht. Sie anschreien, das Wagenrad drehe sich rund, und sie dazu bringen, sich das Wunder anzusehen, war ein ständiger Witz.

Aber wie sollten Kinder, die nichts anderes sahen als eine Gesellschaft, in der das Schwerste unten lag und das Leichteste oben schwamm, umhinkönnen, das, was unten lag, für schlechter zu halten? Aristokraten sind wir alle. Das ist allerdings zum Teil wahr, aber es ist dafür nicht gut, und wir müssten aufhören es zu sein. Die Unterklasse ist indessen in Wirklichkeit demokratischer als die Oberklasse: Sie will nicht höher steigen, sondern nur auf ein Niveau kommen. Am liebsten möchte die Unterklasse das Gleichgewicht dadurch erreichen, dass sie das Niveau herabsetzt; dann braucht sie sich nicht bis zur Verzweiflung anzustrengen, um sich zu »erheben«. Es gibt Aristokraten mit dem Namen Demokraten, die sich zu erheben suchen, um Druck ausüben zu können, aber sie sind bald durchschaut. Ein wahrer Demokrat möchte lieber das unberechtigt Erhöhte herabsetzen als sich »erheben«. Man sagt von ihm, er wolle einen auf seinen niedrigen Standpunkt herabziehen. Der Ausdruck ist korrekt, hat aber eine falsche, hässliche Bedeutung erhalten.

Die Gesellschaft gehorcht dem Gesetz des Archimedes vom Gleichgewicht der Flüssigkeiten in zusammenhängenden Röhren. Beide Flächen streben danach, in die gleiche Lage zu kommen. Aber Gleichgewicht kann nur dadurch eintreten, dass die höhere Fläche sinkt; dadurch wird gleichzeitig die niedrige erhöht. Dahin strebt die Arbeit der modernen Gesellschaft. Und es kommt dahin! Sicher! Und dann wird es ruhig.

Da er jetzt keine körperliche Arbeit mehr zu Hause tat, wurde sein Leben ausschließlich ein inneres, unwirkliches Gedankenleben. Er las zu Hause alles, was er in die Hände bekam. An den freien Nachmittagen mittwochs und sonnabends saß der Elfjährige in Schlafrock und Rauchmütze, die er vom Vater bekommen, eine lange Pfeife im Munde, die Finger in die Ohren gebohrt, vertieft in irgendein Buch, am liebsten ein Indianerbuch. Er hatte bereits fünf verschiedene Robinsonaden gelesen und sich unglaublich an ihnen ergötzt.

Aber in Campes Bearbeitung hatte er, wie alle Kinder, die Moral übersprungen. Warum hassen alle Kinder Moralpredigten? Sind sie unmoralisch von Natur? Ja, antworten die neuen Moralisten, denn sie sind noch Tiere und erkennen den Gesellschaftsvertrag nicht an. Ja, aber die Moral tritt bei den Kindern auch nur mit Pflichten und keinen Rechten auf. Die Moral ist darum ungerecht gegen das Kind, und das Kind hasst die Ungerechtigkeit.

Neben der Lektüre hatte er ein Herbarium angelegt, eine Insektensammlung, eine Mineralsammlung; auch las er die Flora von Liljeblad, die er in Vaters Bücherschrank gefunden hatte. Dieses Buch liebte er mehr als die Schulbotanik; darin standen eine Menge kleiner Dinge über den Nutzen der Pflanzen, während das andere Buch nur von Staubfäden und Stempeln sprach.

Wenn die Brüder ihn mit Absicht in seiner Lektüre störten, konnte er auffahren und sie mit Schlägen bedrohen. Dann sagte man, er sei überstudiert.

Die Verbindung mit den Wirklichkeiten des Lebens löste er auf; lebte ein Scheinleben in fremden Ländern, in seinen Gedanken; war unzufrieden mit dem grauen einförmigen täglichen Dasein; mit seiner Umgebung, die ihm immer fremder wurde. Aber der Vater wollte nicht, dass er sich in seinen Fantasien verlor, deshalb gab er ihm kleine Aufträge, ließ ihn Zeitungen holen, schickte ihn zur Post. Johan hielt das für Eingriffe in seine persönlichen Rechte und tat es immer mit Missvergnügen.

Es wird jetzt so viel über die Wahrheit und über »die Wahrheit sagen« gesprochen, als wäre das eine schwere Sache, die Lob verdiene. Wenn man vom Lob absieht, so ist es nicht ganz ohne, dass es schwierig ist, zu erfahren, wie sich etwas in Wirklichkeit verhält; denn das bedeutet ja die Wahrheit. Ein Mensch ist nicht immer der, für den sein Ruf ihn ausgibt; ja, eine ganze öffentliche Meinung kann falsch sein; hinter jedem Gedanken lauert eine Leidenschaft, jedes Urteil ist von einer Neigung gefärbt. Aber die Kunst, Sachverhalt von Neigung zu trennen, ist grenzenlos schwer; so konnten sechs Berichterstatter zu gleicher Zeit sechs verschiedene Farben auf dem Krönungsrock des Kaisers sehen. Neue Gedanken werden von unsern automatischen Gehirnen nicht gern angenommen; ältere Leute glauben nur an sich selbst; Ungebildete bilden sich ein, dass sie doch ihren eigenen Augen glauben können, obwohl es so viel Gesichtstäuschungen gibt.

In Johans Häuslichkeit wurde die Wahrheit verehrt.

»Sprich immer die Wahrheit, was auch geschehen möge«, wiederholte der Vater oft; dann erzählte er eine Geschichte von sich selber. Er hatte einmal einem Kunden versprochen, eine Ware an einem bestimmten Tage abzusenden. Er vergisst es, kann sich aber entschuldigen; denn als der wütende Kunde aufs Kontor kommt und ihn mit Schimpfworten überschüttet, antwortet der Vater damit, dass er demütig seine Vergesslichkeit eingesteht, um Verzeihung bittet und sich bereit erklärt, den Verlust zu ersetzen. Moral: Der Kunde ist höchst erstaunt, reicht ihm die Hand, bezeugt seine Achtung. (Nebenbei: Kaufleute müssen nicht so hohe Forderungen aneinander stellen!)

Der Vater hatte einen guten Kopf und als älterer Mann war er seiner Schlussfolgerungen sicher.

Johan, der niemals beschäftigungslos sein konnte, hatte eine Entdeckung gemacht: dass man sich den langen Weg nach und von der Schule vertreiben und zugleich reicher werden konnte. Er hatte einmal auf der trottoirlosen Holländerstraße eine Schraubenmutter gefunden. Die gefiel ihm, denn sie konnte an einer Schnur ein guter Schleuderstein werden. So ging er mitten auf der Straße und nahm alles Eisen auf, das er fand. Da die Straßen schlecht waren und übermütiges Fahren nicht verboten war, wurden die Wagen und Geräte sehr misshandelt. Ein aufmerksamer Wanderer konnte sicher sein, jeden Tag einige Hufnägel, einen Bolzen und mindestens eine Schraubenmutter zu finden, manchmal auch ein Hufeisen. Johan liebte am meisten die Schraubenmuttern; die machte er zu seiner Spezialität. In wenigen Monaten hatte er wohl eine halbe Metze gesammelt.

Eines Abends spielt er damit, als der Vater ins Zimmer kommt.

»Was hast du da?«, fragt der Vater und macht große Augen.

»Das sind Schraubenmuttern«, antwortet Johan sicher.

»Woher hast du die?«

»Die habe ich gefunden.«

»Gefunden? Wo?«

»Auf der Straße.«

»An einer Stelle?«

»Nein, an vielen. Man geht mitten auf der Straße und sieht auf die Erde.«

»Nein, hör mal, das glaube ich nicht. Das lügst du. Komm, ich muss anders mit dir reden.«

Die Rede wurde mit dem Rohrstock gehalten.

»Willst du jetzt bekennen!«

»Ich habe sie auf der Straße gefunden.«

Es wird geprügelt, bis er »bekennt«.

Was sollte er bekennen? Der Schmerz und die Furcht, der Auftritt werde kein Ende nehmen, zwangen ihm diese Lüge ab:

»Ich habe sie gestohlen.«

»Wo?«

Nun wusste er nicht, wo eine Schraubenmutter am Wagen sitzt, aber er mutmaßte, sie sitzen unten.

»Unter Karren.«

»Wo?«

Die Fantasie rief einen Ort hervor, wo viele Karren standen.

»Beim Bau gegenüber der Schmiedegasse.«

Die genaue Bestimmung der Gasse machte die Sache wahrscheinlich. Der Alte glaubte jetzt sicher die Wahrheit erfahren zu haben. Und die Schlussfolgerungen begannen.

»Wie konntest du sie mit den bloßen Fingern nehmen?«

Daran hatte er nicht gedacht. Er sah den Werkzeugkasten des Vaters vor sich.

»Mit einem Schraubenzieher.«

Man kann Muttern nicht mit einem Schraubenzieher nehmen, aber die Fantasie des Vaters war einmal im Gang und ließ sich anführen.

»Aber das ist ja furchtbar! Du bist ja ein Dieb! Wenn nun die Polizei gekommen wäre.«

Johan dachte einen Augenblick, ihn mit der Erklärung zu beruhigen, es sei ja alles Lüge; aber die Aussicht, mehr Schläge zu kriegen und kein Abendbrot zu bekommen, hielt ihn zurück.

Als er sich am Abend niedergelegt hatte und die Mutter kam und ihn bat, sein Abendgebet zu sprechen, sagte er pathetisch und mit erhobener Hand:

»Hol mich der Teufel, ich habe die Muttern nicht gestohlen.«

Die Mutter sah ihn lange an; dann sagte sie:

»Du musst nicht so fluchen!«

Die Körperstrafe hatte ihn gedemütigt, ihn gekränkt; er war böse auf Gott, Eltern und am meisten auf die Brüder, die nicht für seine

Sache Zeugnis abgelegt, obwohl sie den Verlauf kannten. Er sprach kein Gebet an diesem Abend, aber er wünschte, es möge Feuer ausbrechen, ohne dass er anzustecken brauche. Und auch noch Dieb!

Seit diesem Abend war er verdächtig, oder richtiger, sein schlechter Ruf hatte sich befestigt. Lange wurde er damit gepeinigt, dass man ihn an diesen Diebstahl erinnerte, den er nicht begangen hatte.

Ein anderes Mal machte er sich selber der Lüge schuldig, aber durch eine Unachtsamkeit, die er lange nicht erklären konnte. (Wird Eltern zum Nachdenken empfohlen.) Ein Schulkamerad kommt mit seiner Schwester an einem Sonntagmorgen im Frühling zu ihnen und fragt, ob er mit in den Hagapark kommen wolle.

»Ja, das möchte ich, aber ich muss erst Mama um Erlaubnis fragen.« (Papa war fort.)

»Dann beeile dich!«

Ja, aber er muss dem Schulfreund erst sein Herbarium zeigen.

»Wollen wir jetzt gehen?«

»Ja, aber ich muss erst Mama fragen.«

Ein kleiner Bruder kommt und will mit dem Herbarium spielen. Der Unfug wird verhindert, jetzt aber soll der Besuch auch seine Mineralsammlung sehen.

Während der Zeit wechselt er seinen Kittel. Dann nimmt er ein Stückchen Brot aus dem Essschrank. Die Mutter kommt und begrüßt die Kinder. Man spricht von dem einen und dem andern. Johan hat es eilig, bringt die Sachen hinein und führt seine Freunde in den Garten hinaus, um ihnen den Froschteich zu zeigen. Endlich gehen sie nach Haga. Er, ruhig in dem vollen Glauben, die Mutter um Erlaubnis gefragt zu haben.

Der Vater kommt nach Haus.

»Wo bist du gewesen?«

»Ich bin mit den Freunden im Hagapark gewesen.«

»Hast du von Mama Erlaubnis gehabt?«

»Ja.«

Die Mutter widerspricht. Johan verstummt vor Bestürzung.

»So, du lügst?«

Er ist sprachlos. Aber er war so sicher, dass er die Mutter um Erlaubnis gebeten hatte, umso mehr, als keine abschlägige Antwort zu befürchten war. Er war ja fest entschlossen gewesen, es zu tun, aber die Nebenumstände waren dazwischengekommen; er hatte es vergessen und er wollte dafür sterben, dass er nicht log.

Kinder sind im Allgemeinen zu ängstlich, um zu lügen; aber ihr Gedächtnis ist kurz, die Eindrücke wechseln so schnell; und sie verwechseln Wünsche und Entschlüsse mit vollzogenen Handlungen.

Lange lebte der Junge in dem Glauben, die Mutter habe gelogen. Als er später oftmals über das Vorkommnis nachdachte, glaubte er, sie habe die Sache vergessen oder seine Bitte nicht gehört. Viel, viel später begann er zu argwöhnen, dass sein Gedächtnis ihn vielleicht getäuscht habe. Aber er war berühmt wegen seines guten Gedächtnisses, und es handelte sich ja nur um zwei, drei Stunden Zwischenzeit.

Sein Argwohn, dass die Mutter nicht die Wahrheit gesprochen (und warum sollte sie nicht eine Unwahrheit sagen können, da Frauen ihre Halluzinationen so leicht mit Wirklichkeiten verwechseln?) wurde kurz darauf bestärkt. Die Familie hatte ein neues Möbelstück gekauft. Das war ein großes Ereignis! Die Knaben sollten gerade der Tante einen Besuch machen. Mutter wollte die Neuigkeit verheimlichen, um Tante bei deren nächstem Besuch überraschen zu können. Darum bat sie die Kinder, von dem Ereignis nicht zu sprechen.

Sie kamen zu Tante. Sie fragt sofort:
»Hat Mama das gelbe Möbelstück gekauft?«
Die Brüder schweigen, aber Johan antwortet fröhlich:
»Nein!«
Nach der Rückkehr werden sie beim Mittagtisch von Mutter gefragt:
»Hat Tante nach dem Möbelstück gefragt?«
»Ja!«
»Was habt ihr geantwortet?«
»Ich habe Nein gesagt!«, rief Johan.
»Was, du bist so dreist, zu lügen«, legt der Vater los.
»Ja, Mama hat es gesagt«, antwortet der Junge.
Die Mutter erbleicht und der Vater verstummt.

Es war ja eigentlich unschuldig, aber es war nicht so bedeutungslos in seinem Zusammenhang. Leise Zweifel an der Wahrheitsliebe der »andern« erwachten beim Kinde und eröffneten jetzt einen neuen Belagerungszustand von Gegenkritik.

Die Kälte gegen den Vater nimmt zu; er forscht jetzt nach Unterdrückung und macht trotz seiner Schwäche kleine Versuche, sich zu empören.

Jeden Sonntag wurden die Kinder in die Kirche befohlen, in der die Familie einen Kirchenstuhl besaß. Der sinnlos lange Gottesdienst und die unbegreiflichen Predigten hörten bald auf, Eindruck zu machen. Ehe man Heizung eingeführt hatte, war es eine vollständige Marter, im Winter zwei Stunden im Kirchenstuhl zu sitzen und an den Füßen zu frieren; aber man musste doch dahin, ob fürs Heil der Seele oder der Ordnung halber oder um das Haus in Ruhe zu lassen, wer weiß. Vater selbst war eine Art Theist. Er las lieber die Predigten von Wallin, als dass er in die Kirche ging. Dafür neigte die Mutter zum Pietismus. Sie lief hinter Olin und Elmblad und Rosenius her und hatte Freundinnen, die den »Pietisten« und die »Taubenstimme« ins Haus brachten. Die »Taubenstimme« wurde von Johan untersucht: Sie enthielt lustige Geschichten von den Missionären in China und Beschreibungen von Schiffbrüchen. Den »Pietisten« ließ er liegen: das war nur Dekokt von den Episteln des Neuen Testaments.

Eines Sonntags bekommt Johan, vielleicht infolge einer unvorsichtigen Bibelerklärung in der Schule, indem dort von der Freiheit der Geister gesprochen wird, den Einfall, nicht in die Kirche zu gehen. Er bleibt ganz einfach zu Hause. Mittags, ehe der Vater nach Hause kommt, erklärt Johan vor Geschwistern und Tanten, niemand könne das Gewissen eines andern zwingen; darum ginge er nicht in die Kirche. Er wurde für etwas sonderbar gehalten: darum entkam er dieses Mal der Schläge; wurde aber wieder in die Kirche geschickt.

Der Verkehr der Familie konnte außerhalb der Verwandtschaft nicht groß sein, weil die Ehe nicht nach Gesetz und Regel geschlossen worden. Aber Leidensgenossen suchen sich gegenseitig auf: so wurde der Verkehr mit einem der Jugendfreunde des Vaters unterhalten, der seine Geliebte geheiratet und deshalb von Eltern und Kameraden verstoßen worden war. Er war Jurist und Beamter. Bei ihm war eine dritte Familie zu treffen, auch aus dem Beamtenstand, mit demselben Eheschicksal. Die Kinder wussten natürlich nichts von dem Trauerspiel, das hier aufgeführt wurde. Alle Familien hatten Kinder, aber Johan fühlte sich nicht zu ihnen hingezogen. Seine Schüchternheit und Menschenfurcht hatte nach den Martergeschichten in Haus und Schule zugenommen; auch hatten die Übersiedlung nach der entlegenen Stadtgegend wie die Sommeraufenthalte auf dem Lande ihn verwildert. Er wollte nicht tanzen lernen; er fand die Knaben albern, die sich so vor den Mädchen brüsteten. Als die Mutter ihn bei einer Gelegenheit ermahnte, höflich gegen die Mädchen zu sein, fragte er: warum denn? Er war jetzt recht kritisch geworden und wollte immer wissen: warum?

Als man einst einen Ausflug ins Grüne machte, suchte er die Knaben zur Meuterei zu bewegen, da sie die Schals und Sonnenschirme der Mädchen trugen.

»Warum sollen wir diese jungen Dinger bedienen?«, sagte er; aber die Knaben hörten nicht auf ihn.

Schließlich wurde er es so müde, mitzugehen, dass er sich krank stellte oder seinen Anzug im Teich nassmachte, damit er aus Strafe zu Hause bleiben musste. Er war kein Kind mehr; darum war ihm nicht wohl unter den andern Kindern; aber die Älteren sahen in ihm nur ein Kind. So wurde er einsam.

Im Alter von zwölf Jahren wurde er eines Sommers nach einem neuen Küsterhaus in der Nähe von Mariefred am Mälarsee geschickt. Da waren viele Pensionäre, alle von sogenannter unehelicher Geburt. Da der Küster keine größeren Kenntnisse besaß, reichte sein Wissen nicht aus, Johans Aufgaben mit ihm durchzunehmen. Beim ersten Versuch in Geometrie fand der Lehrer Johan so bewandert, dass er am besten allein weiterarbeite. Da war er hoch! Er arbeitete allein weiter.

Der Küsterhof lag neben dem Park des Herrensitzes, und in dessen königlichen Umgebungen ging er spazieren, frei von Arbeit, frei von Aufsicht. Die Flügel wuchsen ihm und die Mannbarkeit näherte sich.

Durch erworbenes und vielleicht natürliches Schamgefühl hat man so lange die wichtige Frage der Mannbarkeit und der damit zusammenhängenden Erscheinungen verborgen gehalten. Schlechte Bücher von medizinischen Spekulanten und von Pietisten, die um jeden Preis Propaganda machen wollen; furchtsame oder unwissende Eltern haben, manche in guter Absicht, alles getan, um junge Sünder vom Weg der Untugend zu scheuchen. Spätere und aufgeklärtere Untersuchungen kenntnisreicher Ärzte haben sich wieder die Aufgabe gestellt, die Ursachen der Erscheinung zu suchen und vernünftige Heilmittel zu finden. Vor allem aber das Kind von der übertriebenen Furcht vor den Folgen zu befreien, weil es sich gezeigt hat, dass gerade Schreck und Gewissensqual die Ursache waren zu den verhältnismäßig wenigen Fällen von Wahnsinn und Selbstmord, die vorgekommen sind. Ferner hat man entdeckt, dass nicht das Laster selbst, sondern der unbefriedigte

Trieb die krankhafte Erscheinung hervorruft. Ein neuer französischer Arzt ist so weit gegangen, die Handlung zu verteidigen, da sie der Natur nachhelfe, ohne Schaden zu tun. Das sei dahingestellt.

Tatsache ist indessen, dass gerade die Geisteskranken mit dieser schlechten Gewohnheit behaftet sind. Aber der Fehlschluss liegt darin, dass man Ursache und Wirkung verwechselt. Geisteskranke werden eingeschlossen: was sollen sie denn da machen? Bei Geisteskranken hat mit dem Erlöschen des Seelenlebens das vegetative und animalische Leben überhandgenommen; darum sucht sich der Trieb, wie er kann, seine Befriedigung, ohne daran gehindert zu werden. Ein zweiter Fehlschluss: jeder Geisteskranke wird ausgeforscht, ob er schon einmal Hand an seinen Körper gelegt hat. Alle Geisteskranken haben es. Doch deshalb ist das noch nicht die Ursache der Krankheit; denn man weiß jetzt, dass viele Menschen einmal Hand an ihren Leib gelegt haben. Das wird aber geheim gehalten. Deshalb glauben eine Menge junger Sünder, allein das eingebildete Verbrechen zu begehen; glauben, dass die gestrengen Lehrer, die sie einschüchtern, unschuldig gelebt haben.

Andererseits kann nicht geleugnet werden, dass die Übertreibung Krankheiten zur Folge haben kann; dann ist es aber die Übertreibung, die sie verursacht hat. Und wird die schlechte Gewohnheit so lange fortgesetzt, dass die natürliche Art nicht zu ihrem Recht kommt, so entstehen eben dadurch Übelstände. Dass Widerwille gegen das andere Geschlecht die Folge werden soll, ist nicht wahr; denn lasterhafte Burschen sind später große Weiberhelden, gute Gatten, glückliche Väter geworden. Eigentümlich ist auch, dass die Frauen Unschuldigen nicht ihre Gunst gewähren.

Wie war es denn zugegangen? Auf die gewöhnlichste Art. Ein älterer Kamerad ging beim Baden mit dem Beispiel voran, und die jüngeren folgten. Ein Gefühl von Scham oder Sünde verspürte man nicht, und niemand machte ein Geheimnis daraus. (Diese in den Schulen oft vorkommende Unart hatte gerade zu dieser Zeit Aufsehen erregt, Untersuchungen zur Folge gehabt und war sogar öffentlich in der Presse besprochen worden. Man vergleiche unten Kapitel 8.) Die ganze Sache schien kaum einen Zusammenhang mit dem höheren Geschlechtsleben zu haben; denn in ein Mädchen war der Junge schon im Alter von acht Jahren verliebt gewesen, als der Trieb noch vollständig schlief.

Gleichzeitig bekam Johan Kenntnis davon, dass die Schulkinder des Dorfes im Walde miteinander zu verkehren pflegten, wenn sie aus der

Schule kamen. Diese Kinder waren acht bis neun Jahre alt. Die Eltern bekamen Wind von der Sache, mischten sich aber nicht hinein. Dieser Zustand oder Übelstand soll eine Regel auf dem Lande sein; er müsste in Betracht gezogen werden, wenn man so übersicher über Laster und Anstiftung zum Laster schreibt.

Einen Wendepunkt im Seelenleben des Knaben bildete dieses Ereignis nicht; denn zum Grübler war er geboren, und zum Einsiedler machten ihn seine neuen Gedanken. Übrigens legte er das Laster bald ab, als ihm ein warnendes Buch in die Hand fiel. Da aber trat an die Stelle des Lasters ein Kampf gegen die Begierde, die er nicht besiegen konnte, weil sie ihn in der Form von Gaukelbildern während des Schlafs überfiel, wenn seine Kraft nicht zugegen war. Und nicht eher konnte er ruhigen Schlaf genießen, bis er im Alter von achtzehn Jahren den Verkehr mit dem andern Geschlecht begann.

Später im Sommer verliebte er sich in die Tochter des Inspektors, eine Zwanzigjährige, die nicht im Küsterhause verkehrte. Er kam nicht dazu, mit ihr zu sprechen; spähte aber ihre Wege aus und kam oft in die Nähe ihrer Wohnung. Das Ganze war eine stille Verehrung ihrer Schönheit, aus der Entfernung, ohne irgendwelche Begierde, ohne irgendeine Hoffnung. Die Neigung glich eher einer stillen Trauer und hätte sich vielleicht ebenso gut auf eine andere gerichtet, wenn er mehrere Mädchen gekannt hätte. Es war eine Madonnenverehrung, die nichts begehrte; es müsste denn sein, ein großes Opfer zu bringen: am liebsten ein Ertrinken im See, aber in ihrer Gegenwart. Es war ein dunkles Gefühl davon, dass er nur ein halber Mensch sei, der nicht leben wollte, ohne sich durch die andere, »bessere«, Hälfte ergänzt zu haben.

Der Kirchendienst wurde fortgesetzt, machte jetzt aber keinen besonderen Eindruck mehr. War nur langweilig.

Dieser Sommer war indessen sehr wichtig in seiner Entwicklung, weil er ihn vom Elternhaus löste. Keiner von den Brüdern war dabei. Keine Nabelschnur verband ihn mehr mit der Mutter. Das machte ihn reifer und härtete die Nerven ab; allerdings nicht sofort, denn gelegentlich, wenn er nicht froh war, packte ihn das Heimweh furchtbar. Dann erschien ihm die Mutter in dem alten verklärten Licht: huldvoll und beschützend, als Wärmequelle, als fürsorgliche Hand.

Anfang August kam ein Brief mit der Nachricht, der ältere Bruder Gustav werde nach Paris fahren, um dort in einem Pensionat die Sprache zu lernen und sich kaufmännisch auszubilden; vorher solle er einen Monat auf dem Lande zubringen und dort den Bruder ablösen. Der Gedanke an die nahende Trennung, der Glanz der großen Weltstadt, die Erinnerung an manche lustige Streiche, die Sehnsucht nach dem Elternhause, die Freude, einen seines Blutes wiederzusehen: alles vereinigte sich jetzt, um Johans Gefühle und Fantasie in Bewegung zu setzen. Während der Woche, in der er den Bruder erwartete, dichtete er ihn um zu einem Freunde, einem überlegenen Manne, zu dem er aufsah. Und Gustav war ihm als Mensch überlegen. Er war ein kühner frischer Jüngling, zwei Jahre älter als Johan, mit dunklen, starken Zügen; grübelte nicht, sondern besaß ein tatkräftiges Temperament; war klug, konnte schweigen, wenn's nötig war; zuschlagen, wenn's darauf ankam; verstand zu wirtschaften und zu sparen. Er ist zu klug, meinte der träumende Johan. Die Aufgaben konnte er nicht, denn er schätzte sie gering, aber er verstand die Kunst des Lebens: fiel ab, wenn's nötig war; schritt ein, wenn's sein musste; war niemals traurig.

Johan hatte ein Bedürfnis, jemanden zu verehren; in einem andern Stoff, als sein eigner schwacher Ton war, ein Bildwerk zu kneten, in das er seine schönen Wünsche legen konnte. Acht Tage lang übte er diese Kunst. Er traf Vorbereitungen zur Ankunft des Bruders, indem er ihn allen seinen Freunden aufs Vorteilhafteste ausmalte, ihn dem Lehrer empfahl, Spielplätze mit kleinen Überraschungen aussuchte, bei der Badestelle ein Sprungbrett anbrachte ...

Am Tage vor der Ankunft ging er in den Wald und pflückte Multbeeren und Blaubeeren, mit denen er den Gast erfreuen wollte. Darauf deckte er einen Tisch mit weißen Papierbogen. Auf die legte er die Beeren, immer eine gelbe und eine blaue, und in der Mitte ordnete er sie in Form eines großen G. Das Ganze wurde mit Blumen umgeben.

Der Bruder kam; warf einen flüchtigen Blick auf die Anordnung, aß, nahm aber nicht Notiz von der Feinheit mit dem Namenszug; vielleicht fand er es albern. In der Familie galten nämlich alle Ausbrüche von Gefühl für albern.

Darauf badete man. Als Gustav das Hemd ausgezogen hatte, lag er im nächsten Augenblick im Wasser und schwamm, ohne anzuhalten, nach der Boje hinaus. Johan bewunderte ihn, wäre ihm gern gefolgt; dieses Mal aber fand er es netter, der Schlechtere zu sein und dem

Bruder den Glanz zu lassen. Er war der erste Junge, der bis zur Boje geschwommen war.

Beim Mittagstisch ließ Gustav ein fettes Schinkenstück auf dem Teller liegen. Das hatte noch niemand gewagt. Gustav wagte alles. Als man am Abend läutete, bot Johan die Leine Gustav an. Der läutete mindestens zehn Male. Johan kriegte einen Schrecken, als seien die Schicksale des ganzen Kirchspiels in Gefahr; bald lachte er, bald flehte er, doch aufzuhören.

»Ach was, das hat nichts zu bedeuten!«, sagte Gustav.

Dann lud Johan ihn zu seinem Freunde ein, dem erwachsenen Sohn des Tischlers, der vielleicht fünfzehn Jahre alt war. Sofort entstand Vertraulichkeit zwischen den Gleichalterigen: der Freund verließ Johan, der ihm zu klein war. Aber Johan empfand keine Bitterkeit, obwohl die beiden Großen ihn hänselten und allein Jagdausflüge mit der Flinte unternahmen.

Er wollte nur geben: er hätte sogar seine Geliebte gegeben, wenn er eine besessen. Ja, er machte ihn auf die Tochter des Inspektors aufmerksam, an welcher der Bruder sehr richtig Gefallen fand. Statt aber hinter den Baumstämmen zu seufzen, ging er zu ihr und plauderte mit ihr, natürlich in aller Unschuld. Das war die kühnste Handlung, die Johan in seinem Leben hatte ausführen sehen; er selbst hatte das Gefühl, als sei er gewachsen. Er vergrößerte sich, seine schwache Seele handelte gleichsam durch die starken Nerven des Bruders; er identifizierte sich mit ihm. Er war ebenso glücklich, als hätte er selbst das Mädchen angesprochen.

Er gab Ideen zu Ausflügen, Streichen, Rudertouren, und der Bruder setzte sie ins Werk. Er entdeckte Vogelnester und der Bruder enterte den Baum und plünderte sie.

Das aber dauerte nur eine Woche. Am letzten Tage, als Johan abreisen sollte, sagte er zu Gustav:

»Wir wollen Mama einen schönen Blumenstrauß kaufen.«

»Ja, das wollen wir.«

Sie gingen zum Gärtner des Gutes. Gustav bestellte: er müsse fein sein. Während der Strauß gebunden wurde, ging er in den Garten und aß ganz offen Beeren. Johan wagte nicht, etwas anzurühren.

»Iss doch«, sagte der Bruder.

Nein, er konnte nicht.

Als der Strauß fertig war, zog Johan seine Geldtasche und bezahlte ihn mit vierundzwanzig Schillingen. Gustav ließ sich nichts merken.

Dann trennten sie sich.

Als Johan nach Haus kam, überreichte er den Strauß mit einem Gruß von Gustav.

Die Mutter war gerührt.

Beim Abendbrot erregten die Blumen die Aufmerksamkeit des Vaters.

»Die hat Gustav mir geschickt«, sagte die Mutter. »Er ist doch immer nett.«

Und Johan bekam einen traurigen Blick, denn er war so hart.

Des Vaters Auge schimmerte unter der Brille.

Johan empfand keine Bitterkeit. Die schwärmerische Opferlust des Jünglings hatte sich geäußert, der Kampf gegen Ungerechtigkeiten hatte ihn zum Selbstquäler gemacht, und er schwieg. Er schwieg auch, als der Vater dem Gustav Taschengeld schickte und ihm in ungewöhnlich gerührten Worten schrieb, wie tief er diesen feinen Zug seines guten Herzens empfunden habe.

Er schwieg sein ganzes Leben hindurch über diese Geschichte, auch als er Anlass hatte, Bitterkeit zu fühlen. Er sprach erst, als er, übermannt, in den schmutzigen Sand der Arena niedergefallen war, einen groben Fuß auf seiner Brust fühlte, ohne eine Hand zu erblicken, die Gnade winkte. Da war es nicht Rache, sondern nur die Selbstverteidigung des Sterbenden!

5. Mit der Oberklasse

Die Privatlehranstalt war als eine Opposition gegen die Schreckensregierung der öffentlichen Schulen entstanden. Da ihre Existenz vom guten Willen der Schüler abhing, hatte man ihnen große Freiheiten erlaubt und einen äußerst humanen Geist eingeführt. Körperstrafe war verboten; die Schüler waren gewohnt, sich äußern zu dürfen, Einspruch zu erheben, sich gegen Anklagen zu verteidigen; mit einem Wort, sie wurden wie denkende Wesen behandelt.

Hier erst erfuhr Johan, dass er menschliche Rechte hatte. Wenn sich der Lehrer in einer Tatsache geirrt, konnte er sich nicht auf seine Autorität berufen; er wurde von der Klasse berichtigt und unkörperlich gelyncht, indem sie ihm seinen Irrtum nachwies. Auch waren vernünftige Methoden in den Unterricht eingeführt. Wenig Aufgaben. Fortlaufende Übersetzungen gaben den Schülern einen Begriff, was der Unterricht in Sprachen für einen Sinn hat: nämlich übersetzen zu können. Auch waren Ausländer für die lebenden Sprachen angestellt; das Ohr gewöhnte sich an den richtigen Akzent; man lernte, wie eine Sprache gesprochen wird.

Eine Menge Jünglinge waren aus den Staatsschulen in diese Privatlehranstalt geflohen; Johan traf hier viele Kameraden aus Klara wieder. Aber er fand auch Lehrer wieder sowohl aus Klara wie aus Jakob. Diese machten hier ein ganz anderes Gesicht und nahmen eine ganz andere Art an. Johan verstand jetzt, dass sie in gleicher Verdammnis gewesen waren wie ihre Opfer, denn sie hatten Direktor und Schulrat über sich gehabt.

Endlich schien sich also der Druck von oben zu verringern, sein Wille und seine Gedanken Freiheit zu bekommen; er hatte ein Gefühl von Glück und Wohlbefinden. Zu Hause lobte er die Schule, dankte den Eltern für die Befreiung; erklärte, es gefiele ihm nirgends so gut wie in der Schule. Er vergaß alte Ungerechtigkeiten, wurde weicher in seinem Wesen und freimütiger. Die Mutter begann sein Wissen zu bewundern. Außer der Muttersprache lernte er fünf Sprachen; nur ein Jahr hatte er noch bis zum eigentlichen Gymnasium. Der älteste Bruder war schon in Stellung auf einem Kontor, der zweite Bruder war in Paris. Johan war jetzt im Elternhaus gleichsam eine Altersstufe aufgerückt und schloss persönliche Bekanntschaft mit der Mutter. Er erzählte ihr aus seinen Büchern von Natur und Geschichte; und sie, die sich nie Kenntnisse hatte erwerben können, lauschte mit Andacht.

Wenn die Mutter aber eine ganze Weile zugehört hatte, holte sie das einzige Wissen hervor, das den Menschen glücklich machen könne; ob sie sich nun erheben wollte oder wirklich die weltliche Weisheit fürchtete. Sie sprach von Christus. Johan kannte die Rede wohl wieder, aber die Mutter verstand es, sie an ihn persönlich zu richten. Er müsse sich vor geistigem Hochmut hüten und immer einfältig bleiben. Der Knabe verstand das Wort einfältig nicht, und die Rede über Jesus glich nicht den Worten der Bibel. Es war etwas Ungesundes in ihrer Anschauung; er glaubte des Ungebildeten Widerwillen gegen Bildung zu bemerken. Warum denn dieser lange Schulkursus, fragte er sich, wenn er doch für nichts gilt im Vergleich mit diesen dunklen zusammenhanglosen Lehren von Jesu kostbarem Blut? Er wusste auch, dass die Mutter diese Sprache aus Gesprächen mit Ammen, Nähmädchen, alten Frauen nahm, die zu den Herrnhutern gingen. Sonderbar, dass diese gerade die höchste Weisheit gepachtet haben sollten, von der weder der Geistliche in der Kirche noch der Lehrer in der Schule eine Ahnung hatte. Er fand, diese Demütigen waren geistig recht hochmütig; und der Weg zur Weisheit durch Jesus war ihm ein erfundener Richtweg.

Dazu kam, dass zu seinen Schulkameraden jetzt Grafen und Barone gehörten; und wenn man Namen auf -helm und -schwert in seinen Geschichten aus der Schule hörte, warnte man ihn vor Hochmut. War er hochmütig? Wahrscheinlich! In der Schule suchte er niemals die Vornehmen auf. Er sah sie lieber als die Bürgerlichen: sie sprachen seinen Schönheitssinn an durch ihre guten Kleider, feinen Gesichter, leuchtenden Brillantnadeln. Er fühlte, dass sie eine andere Rasse waren, eine Stellung besaßen, die er nie erreichen konnte; nach der er nicht einmal strebte, denn er wagte nicht, vom Leben etwas zu verlangen. Als aber eines Tages ein Baron ihn um Hilfe bei einer Aufgabe bat, fühlte er sich mindestens ebenso gut wie dieser, ja in einem Falle über ihm. Damit hatte er entdeckt, dass es etwas gab, was ihn den Höchsten der Gesellschaft ebenbürtig machen konnte: Kenntnisse! Die konnte er sich verschaffen!

An dieser Lehranstalt herrschte gerade infolge ihres liberalen Geistes eine Demokratie, die er nicht in Klara gefunden hatte: Grafen und Barone, die meist faul waren, hatten kein Vorrecht vor den andern. Der Direktor, selbst ein Bauernjunge aus Småland, hatte nicht die geringste Ehrfurcht vor hoher Geburt; ebenso wenig wie er ein Vorurteil gegen die Adeligen hegte, die er keineswegs ducken wollte. Er duzte alle, Kleine wie Große; war gegen alle gleich vertraulich, studierte jeden einzelnen, rief ihn beim Vornamen, hatte ein Herz für die Jugend.

Durch den täglichen Verkehr zwischen bürgerlichen und adeligen Kindern wurde der Respekt aufgehoben. Kriecher gab es nur in den höhern Klassen des eigentlichen Gymnasiums. Da kamen einige junge Edelleute mit Reitgerte und Sporen in die Klasse, während ein Gardist unten das Pferd hielt. Diese Jünglinge wurden von den Klugen aufgesucht, die schon einen Einblick in die Kunst des Lebens getan hatten. Weiter als bis zum Café oder einem Besuch in der Wohnung reichte dieser Weg jedoch nicht.

Im Herbst kehrten einige der vornehmen Jünglinge von sommerlichen Ausfahrten zurück, die sie als außerordentliche Seekadetten unternommen hatten. Sie kamen dann in Uniform und mit Seitengewehr in die Klasse. Sie wurden viel bewundert, von manchem beneidet, aber Johans Sklavenblut war niemals vermessen in dieser Beziehung: er erkannte das Vorrecht an, träumte sich nie auf diese Höhe hinauf; hatte ein Gefühl, dort würde er noch gedemütigter sein als hier; darum wollte er nicht dorthin. Aber auf eine Höhe mit ihnen kommen durch Verdienste, Arbeit, davon träumte er kühn. Als im Frühling die Abiturienten in die Klasse kamen, um sich von ihren Lehrern zu verabschieden, da sah er ihre weißen Mützen, ihre freie Art, ihre frischen Gesichter; da sehnte er sich in ihre Lage, denn er merkte auch, wie die Seekadetten mit Bewunderung nach der weißen Mütze guckten.

In der Familie war ein gewisser Wohlstand eingetreten. Man war wieder nach der Nordzollstraße gezogen. Dort war es angenehmer als am Sabbatsberg, und die Knaben des Hauswirtes waren Schulkameraden. Den Garten aber pachtete der Vater nicht mehr, und Johan beschäftigte sich auch meistens mit den Schulbüchern. Er führte jetzt das Leben eines wohlhabenden Jünglings. Im Hause herrschte Heiterkeit; erwachsene Cousinen und die vielen Buchhalter des Kontors besuchten es sonntags; und Johan nahm trotz seinen jungen Jahren an ihrem Verkehr teil. Er legte jetzt Wert auf seinen Anzug, und als vielversprechender Gymnasiast genoss er ein höheres Ansehen, als seine Jahre bedingten. Er ging im Garten spazieren, und weder Beerenbüsche noch Apfelbäume führten ihn jetzt noch in Versuchung.

Dann und wann kamen Briefe von dem Bruder in Paris. Die wurden laut und mit großer Andacht vorgelesen. Das war ein Trumpf der Familie. Zu Weihnachten kam das Bild des Bruders in französischer Schuluniform. Das war Trumpfas. Johan hatte jetzt einen Bruder, der Uniform trug und Französisch sprach. Er zeigte das Bild in der Schule, und sein gesellschaftliches Ansehen hob sich. Die Seekadetten grinsten allerdings und sagten, es sei keine richtige Uniform, denn sie habe kein Seitengewehr. Aber sie hatte Käppi und blanke Knöpfe und etwas Gold am Kragen.

Zu Hause wurden Stereoskopbilder von Paris gezeigt, und man lebte nur noch in Paris. Die Tuilerien und der Triumphbogen waren bekannt wie das Stockholmer Schloss und Gustav Adolfs Denkmal. Es hatte den Anschein, als sei die Redensart, der Vater lebe in seinen Kindern, wirklich begründet.

Das Leben lag jetzt hell vor dem Jüngling. Der Druck hatte nachgelassen, er atmete leichter; wäre wahrscheinlich einen ebenen geraden Weg durchs Leben gegangen, wenn die Umstände es nicht gefügt hätten, dass der Wind ihm verkehrt ins Segel kam.

Die Mutter war längst schwächlich gewesen nach ihren zwölf Wochenbetten. Jetzt musste sie sich niederlegen und stand nur dann und wann auf. Ihre Laune wurde heftiger und rote Flammen erschienen auf ihren Wangen, wenn man ihr widersprach. Letzte Weihnacht war sie mit ihrem Bruder in einen heftigen Zwist über pietistische Prediger geraten. Der Bruder hatte am Weihnachtstisch behauptet, »Fredmans Episteln« von Bellman seien tiefsinnig und ständen an Gedankenreichtum hoch über den Predigten der pietistischen Prediger. Da fing die Mutter Feuer und bekam einen hysterischen Anfall. Das war nur ein Symptom.

Sie begann, solange sie noch auf war, die Wäsche und Kleider der Kinder in Ordnung zu bringen und Schubladen aufzuräumen. Sie sprach oft mit Johan über Religion und andere hohe Fragen. Eines Tages zeigte sie ihm einige goldene Ringe.

»Die sollt ihr haben, wenn Mama stirbt«, sagte sie.

»Welcher gehört mir?«, fragte Johan, ohne sich um den Gedanken an den Tod zu kümmern. Sie zeigte einen geflochtenen Mädchenring mit einem Herzen. Der machte einen starken Eindruck auf den Knaben, da er niemals etwas aus Gold besessen hatte; oft dachte er an den Ring.

Ein Fräulein kam für die Kinder ins Haus. Sie war jung, sah gut aus, sprach wenig. Zuweilen lächelte sie kritisch. Sie war vorher bei einem Grafen in Stellung gewesen und glaubte wahrscheinlich in ein etwas einfaches Haus gekommen zu sein. Sie sollte Kinder und Mägde überwachen, verkehrte aber mit den letzten beinahe vertraulich.

Es waren jetzt drei Mägde im Haus, dazu das Fräulein, ein Knecht, ein Bauernmädchen. Die Mägde hatten ihre Bräutigame und lebten ein lustiges Leben in der großen Küche, die mit ihrem Kupfer und Zinn stattlich aussah. Da wurde gegessen und getrunken und die Knaben wurden auch eingeladen. Sie wurden Herren von den Bräutigamen genannt, und man trank auf ihr Wohl. Der Hausknecht jedoch war nie dabei; er fand es »säuisch«, so zu leben, während die Frau krank war.

Das Haus kam herunter. Der Vater hatte schlimme Sträuße mit den Dienstboten zu bestehen, seit sich die Mutter zu Bett gelegt hatte. Aber die Mutter blieb die Freundin der Mägde bis in den Tod. Sie gab ihnen aus Instinkt recht. Und die Mägde missbrauchten die Parteilichkeit der Mutter.

Es war streng verboten, die Kranke aufzuregen, aber die Dienstboten intrigierten gegeneinander und sicherlich gegen den Hausherrn auch. Eines Tages hatte Johan in einem silbernen Löffel Blei geschmolzen. Die Köchin petzte es der Mutter. Die wurde heftig und sagte es dem Vater. Den aber reizte nur die Anzeige. Er ging zu Johan und sagte freundlich, als müsse er sich beklagen:

»Du musst Blei nicht in silbernen Löffeln schmelzen. Auf den Löffel kommt es mir nicht so sehr an; der kann wieder gemacht werden; aber die verdammte Friederike hat Mama Kummer bereitet. Zeig es den Mägden nicht, wenn du was Dummes anstellst; sag es mir, dann werden wir es wieder in Ordnung bringen!«

Zum ersten Male waren sie Freunde, Vater und er; jetzt liebte er den Vater, da er zu ihm hinabstieg.

Eines Nachts wird er von der Stimme des Vaters aus dem Schlaf geweckt. Er fährt auf. Es ist dunkel im Zimmer. In der Dunkelheit hört er die Stimme des Vaters, die tief und zitternd sagt:

»Ihr Knaben, kommt an Mutters Totenbett!«

Wie ein Blitzschlag traf es ihn. Er fror so, dass die Glieder gegeneinander schlugen, während er die Kleider anzog; die Kopfhaut war zu Eis geworden; die Augen standen weit offen und strömten so von Tränen, dass die Lichtflamme wie eine rote Blatter erschien.

Dann standen sie am Krankenbett. Sie weinten eine Stunde, weinten zwei, drei. Die Nacht kroch weiter. Die Mutter war bewusstlos und erkannte niemanden. Der Todeskampf hatte mit Röcheln und Notschreien begonnen. Die jüngsten Kinder wurden nicht geweckt.

Johan saß da und dachte über alles Böse nach, was er getan hatte. Nicht eine Gegenrechnung gegen die Ungerechtigkeiten kam vor. Nach drei Stunden hörten die Tränen auf. Die Gedanken kamen und gingen. Der Tod war das Ende. Wie sollte es werden, wenn Mama nicht mehr da war? Öde und leer. Kein Trost, kein Ersatz. Es war nur ein dichtes Dunkel von Unglück. Er spähte nach einem einzigen Lichtpunkt. Das Auge fällt auf Mutters Kommode, auf der Linné steht, aus Gips, eine

Blume in der Hand. Da lag der einzige Vorteil, den dieses bodenlose Unglück ihm brachte: er würde den Ring bekommen. Er sah ihn an seiner Hand. »Das ist eine Erinnerung an meine Mutter«, könnte er sagen. Er würde bei dieser Erinnerung weinen, aber er konnte den Gedanken, ein goldener Ring am Finger sei fein, nicht unterdrücken. – Pfui! Wer konnte solch niedrigen Gedanken am Totenbett der Mutter denken? Ein schlaftrunkenes Hirn, ein verweintes Kind. Nein bewahre, ein Erbe. War er geiziger als andere? Hatte er Anlage für Geiz? Nein, dann hätte er nie von der Geschichte gesprochen, denn sie war tief bei ihm begraben. Aber er erinnerte sich sein ganzes Leben daran; sie tauchte dann und wann auf, und wenn sie kam, in einer schlaflosen Nacht, in den beschäftigungslosen Stunden der Müdigkeit, dann fühlte er die Röte an den Ohren brennen. Dann stellte er Betrachtungen über sich selbst und sein Betragen an und bestrafte sich als den Niedrigsten von allen Menschen.

Erst als er älter wurde, eine große Anzahl Menschen und die Mechanik des Gedankenapparates kennenlernte, kam er auf die Idee, dass das Gehirn ein sonderbares Ding ist, das seine eignen Wege geht; und dass sich die Menschen gleichen, auch in dem Doppelleben, das sie führen: was zu sehen ist und was nicht zu sehen ist; was gesprochen wird und was still gedacht wird.

Zu diesem Zeitpunkt aber fand er nur, dass er schlecht sei. Und als er in den Pietismus hineinkam, der vom Kampf gegen böse Gedanken spricht, sah er ein, dass er recht böse Gedanken hatte. Woher kamen die? Von der Erbsünde und vom Teufel, antworteten die Pietisten. Das gefiel ihm, denn er wollte die Verantwortung für einen so hässlichen Gedanken nicht übernehmen; er konnte aber doch nicht umhin, sich verantwortlich zu fühlen, denn er kannte noch nicht die Lehre vom Determinismus oder der Unfreiheit des Willens. Die Verkündiger dieser Lehre hätten gesagt: ein gesunder Gedanke bei dir, mein Junge, von einem Übel das kleinste Übel zu suchen; ein Gedanke, den alle Erben, große und kleine, gedacht haben, und, wohlgemerkt, gedacht haben müssen, nach allen Gesetzen vom Denken. Die christliche Moral der Selbstverleugnung mit dem Ideal des Säulenheiligen nennt diese Gedanken böse, die nur der Selbsterhaltung dienen. Aber das ist ungesund, denn die erste und heiligste Pflicht des einzelnen ist, sein Selbst zu schützen, soweit es möglich ist, ohne andern zu schaden.

Aber seine ganze Erziehung war ja nach damaliger niedriger Vorstellung in der bestimmten Rücksicht auf Himmel und Hölle eingerichtet. Die einen Handlungen galten für böse, die andern für gut. Die ersten sollten bestraft, die letzten belohnt werden. So galt es für eine Tugend, die Mutter tief zu betrauern, ganz abgesehen davon, wie sich diese Mutter gegen ihr Kind betragen hatte. Die Dauerhaftigkeit der Gefühle war eine Tugend; wessen Gefühle nicht so beschaffen waren, galt nicht für tugendhaft. Die Unglücklichen, die diesen Mangel bei sich merkten, wollten sich umschalten, sich besser machen. Daraus folgte Heuchelei, Falschheit gegen sich selbst. Jetzt ist man so weit gekommen, in der Empfindsamkeit eine Schwäche zu entdecken, die in älteren Stadien zum Laster gestempelt wäre.

Die französische Sprache behält noch dasselbe Wort »vice« für Gebrechen und Laster bei. Überfluss an Gefühl und Fantasie, der die Wahrheit verbirgt, soll jetzt den niedrigen Stufen der Entwicklung angehören: des Wilden, des Kindes, des Weibes; wird jetzt brachgelegt wie ein durch Überkultur ausgesogener Boden. Die Epoche des reinen Denkens steht jetzt[2] vor der Tür.

Der Jüngling war ein Quadro aus Romantik, Pietismus, Realismus, Naturalismus. Darum wurde er auch nur Flickwerk.

Johan dachte gewiss nicht nur an den armen Schmuck; das Ganze war die Zerstreuung eines Augenblicks, zwei Minuten einer monatelangen Trauer. Als es schließlich still im Zimmer wurde und Vater sagte: Mama ist tot, da war er trostlos. Er schrie wie ein Ertrinkender.

Wie kann der Tod die, welche an ein Wiedersehen glauben, in solch furchtbare Verzweiflung bringen? Es muss doch in diesen Augenblicken schlecht bestellt sein um den Glauben, wenn sich vor unsern Augen die Vernichtung der Persönlichkeit mit unerbittlicher Konsequenz vollzieht.

Der Vater, der sonst die äußere Gefühllosigkeit des Isländers hatte, war jetzt weich geworden. Er nahm die beiden Söhne bei der Hand und sagte:

»Gott hat uns heimgesucht. Jetzt müssen wir wie Freunde zusammenhalten. Die Menschen glauben, sich selbst genug zu sein; dann kommt der Schlag, und man sieht, wie alle einander nötig haben. Lasst uns aufrichtig gegeneinander sein und nachsichtig.«

2   Strindberg schrieb dies 1886.

Im Nu nahm die Trauer des Knaben ab. Er hatte einen Freund bekommen, und zwar einen mächtigen, klugen, männlichen Freund, den er bewunderte.

Die Fenster wurden jetzt mit weißen Laken verhängt.

»Du brauchst nicht in die Schule zu gehen, wenn du nicht willst«, sagte der Vater.

Wenn du nicht willst! Sein Wille wurde also anerkannt.

Dann kamen Tanten, Verwandte, Cousinen, Ammen, alte Dienstboten: alle segneten die Tote. Alle halfen beim Nähen der Trauerkleider: drei kleine Kinder waren da und drei große. Da saßen junge Mädchen und nähten in dem halben Licht, das durch die weißen Laken fiel; und sie sprachen halblaut. Das war mystisch, und die Trauer erhielt ein ganzes Gefolge von ungewöhnlichen Wahrnehmungen. Noch nie hatte der Knabe so viel Teilnahme gefunden, noch nie hatte er so viel warme Hände gefühlt, so viel freundliche Worte gehört.

Am Sonntag las der Vater eine Predigt von Wallin über den Text: Unsere Freundin ist nicht tot, sie schläft nur. Mit welchem unerhörten Vertrauen fasste er diese Worte buchstäblich auf! Wie wusste er die Wunden aufzureißen und sie zugleich zu heilen! Sie ist nicht tot, sie schläft nur, wiederholte er froh. Die Mutter schlief drinnen in dem kalten Salon, und wohl niemand erwartete, dass sie erwachen werde.

Das Begräbnis stand bevor. Der Grabplatz war gekauft. Die Schwägerin nähte mit. Sie nähte und nähte, die alte Mutter von sieben mittellosen Kindern, die einst reiche Bürgerfrau, nähte für die Kinder dieser Ehe, die der Bruder verdammt hatte. Sie steht auf und bittet, mit dem Schwager sprechen zu dürfen. Sie flüstert mit ihm in einer Ecke des Saals. Die beiden Alten fallen sich in die Arme und weinen.

Der Vater teilt mit, dass die Mutter auf Oheims Grabstätte begraben werden soll. Oheims Grabstätte war ein sehr bewundertes Denkmal auf dem Neuen Kirchhof, das aus einer eisernen Säule mit einer Urne bestand. Die Kinder begriffen, dass der Mutter eine Ehre widerfahren sei; aber sie verstanden nicht, dass ein Brüderhass damit erloschen war; dass man einem guten und pflichtgetreuen Weibe, das man geringgeschätzt, weil es Mutter wurde, ehe es den Titel Frau bekam, ihren guten Ruf zurückgegeben hatte.

Das Haus strahlte jetzt von Versöhnung und Friede. Man überbot sich gegenseitig in Freundlichkeiten. Man suchte des andern Blicke, vermied störende Beschäftigungen, las Wünsche in den Augen.

Dann kam der Begräbnistag. Als der Sarg zugeschraubt und durch den Saal getragen wurde, der von schwarz gekleideten Menschen erfüllt war, bekam eine kleine Schwester einen Anfall. Sie schrie und warf sich Johan an die Brust. Er nahm sie in seine Arme und drückte sie an sich, als sei er ihre Mutter und wolle sie schützen. Und als er fühlte, wie sich der kleine zitternde Körper an seinem festklammerte, empfand er eine Kraft, die er lange vermisst hatte. Obwohl selbst trostlos, konnte er Trost geben; als er sie beruhigte, wurde er selbst ruhig.

Es war übrigens der schwarze Sarg und die vielen Menschen, die sie erschreckt hatten; denn die Kleinen vermissten die Mutter kaum, weinten nicht nach ihr und hatten sie in kurzer Zeit vergessen. Das mütterliche Band ist nicht so leicht geknüpft; das geschieht nur durch eine lange persönliche Bekanntschaft. Johans wirkliches Vermissen dauerte kaum ein Vierteljahr. Er trauerte lange, aber das war mehr ein Bedürfnis, in der Stimmung weiterzuleben, die ein Ausdruck für seine natürliche Schwermut war: die hatte jetzt in der Trauer um die Mutter eine geeignete Form gefunden.

Auf den Todesfall folgte ein langer Sommer in Muße und Freiheit. Johan verfügte zusammen mit dem ältesten Bruder, der nicht vor sieben aus seinem Geschäft kam, über zwei Zimmer eine Treppe hoch. Der Vater war den ganzen Tag abwesend, und wenn sie sich trafen, schwiegen sie. Die Feindschaft war abgelegt, aber Freundschaft war unmöglich. Der Jüngling war jetzt sein eigener Herr; kam und ging, schaltete und waltete. Das Hausfräulein wich ihm aus, und sie gerieten niemals in Konflikt. Den Verkehr mit Kameraden ließ er, schloss sich auf seinen Zimmern ein, rauchte Tabak, studierte und grübelte.

Immer hatte er gehört, Kenntnisse seien das Höchste; das sei ein Kapital, das nie verloren gehen könne; damit könne man sich immer wieder hinaufhelfen, wie tief man auch gesellschaftlich sinkt. Alles kennenlernen, alles wissen, war bei ihm eine Manie geworden. So hatte er die Zeichnungen des ältesten Bruders gesehen und sie rühmen hören. In der Schule hatte er nur geometrische Figuren gezeichnet. Er wollte also zeichnen. Während der Weihnachtsferien kopierte er in einem Zuge und mit einer Art Raserei alle Zeichnungen des Bruders. Die letzte der Sammlung war ein Pferd. Als er fertig war und gesehen hatte, dass es keine Kunst war, hörte er auf zu zeichnen.

Alle Kinder spielten ein Instrument, nur Johan nicht. Johan hörte so oft Tonleiter und Übungen auf Klavier, Geige und Cello, dass er's nicht mehr aushalten konnte: die Musik wurde ihm, was die Kirchenglocken gewesen. Er wollte spielen können, aber er wollte nicht die Tonleiter durchmachen. Er nahm insgeheim Noten und spielte sofort die Stücke. Es war schlecht, aber er hatte ein Vergnügen daran. Um sich zu entschädigen, unterrichtete er sich bei allem, was die Geschwister spielten, über Komponist und Werk, um ihnen in Kenntnis der Musikliteratur überlegen zu sein. Einmal wurde ein Notenschreiber gesucht, um die »Zauberflöte« für ein Geigenquartett zu kopieren. Johan erbot sich dazu.

»Kannst du Noten schreiben?«, wurde er gefragt.

»Ich will's versuchen«, sagte er.

Er übte sich einige Tage und dann schrieb er alle vier Stimmen aus. Es war eine lange und langweilige Arbeit; er wäre beinahe müde geworden, aber er kriegte sie schließlich fertig. Hier und dort war es wohl etwas nachlässig, aber es konnte benutzt werden.

Er hatte keine Ruhe, bis er alle Pflanzen der Stockholmer Flora kennengelernt hatte. Als er sie kannte, ließ er den Stoff fallen. Eine botanische Exkursion machte ihm kein Vergnügen mehr; Wanderungen in der Natur boten ihm nichts Neues; er konnte keine unbekannte Pflanze mehr finden. Die wenigen Mineralien kannte er. Die Insekten besaß er in seiner Sammlung. Die Vögel kannte er an ihren Stimmen, ihren Federn, sogar an ihren Eiern.

All das waren nur äußere Erscheinungen; Namen von Dingen, die bald ihr Interesse für ihn verloren. Er wollte das Innere sehen. Man pflegte ihn Zerstörungsgeist zu schelten, denn er nahm alles auseinander, erst Spielsachen, dann alles, was ihm in die Hände kam. Zufällig geriet er in eine Vorlesung der Akademie der Wissenschaften und sah chemischen und physikalischen Experimenten zu. Die ungewöhnlichen Geräte fesselten ihn. Der Professor war ein Zauberer, aber einer, der erzählte, wie das Wunder zugeht. Das war ihm neu, und er wollte in das Verborgene eindringen.

Er sprach dem Vater von seiner neuen Neigung. Der hatte sich in jungen Jahren mit Galvanoplastik beschäftigt und gab ihm jetzt Bücher aus seinem Bücherschrank: Focks Physik, Girardins Chemie, Figuiers Entdeckungen und Erfindungen, Nyblaeus' Chemische Technologie. Auf dem Boden befand sich außerdem eine galvanische Batterie mit sechs Elementen des alten Daniell'schen Kupfer- und Zinksystems. Die bekam er schon als Zwölfjähriger in die Hände und hantierte so viel mit Schwefelsäure, dass er Handtücher, Servietten, Kleider verdarb. Nachdem er alle Gegenstände, die er geeignet fand, galvanisiert hatte, ließ er diese Beschäftigung liegen.

Jetzt im Sommer in der Einsamkeit warf er sich mit Ungestüm auf die Chemie. Aber er wollte nicht die Experimente machen, die im Lehrbuch standen: er wollte Entdeckungen machen! Alle Mittel fehlten ihm: Geld, Apparate; aber das hinderte ihn nicht. Seine Natur war nun derart und wurde es noch mehr nach dem Tode der Mutter, als er sein eigener Herr geworden, dass sich sein Wille durchsetzen musste, trotz allem und allem. Spielte er Schach, plante er einen Anfall auf den König des Gegners; ging rücksichtslos darauflos, ohne auf seine Verteidigung zu achten; überrumpelte zuweilen den Gegner durch seine Rücksichtslosigkeit, verlor aber oft die Partie.

»Hätte ich noch einen Zug gehabt, wärest du matt gewesen«, sagte er.

»Ja, aber diesen Zug hast du nicht mehr, darum bist *du* matt.«

Wollte er an eine Schublade und der Schlüssel war nicht zur Hand, nahm er die Feuergabel und brach das Schloss so auf, dass Schrauben und Schloss losgerissen wurden.

»Warum hast du das Schloss entzweigemacht?«, fragte man.

»Weil ich an die Schublade wollte!«

Es war jedoch eine gewisse Beharrlichkeit in diesem Draufgängertum; aber nur solange die Raserei dauerte.

Er wollte sich eine Elektrisiermaschine machen. Oben auf dem Boden fand er einen Spinnrocken. Von dem brach er fort, was er nicht gebrauchen konnte, um nun das Rad durch eine runde Glasscheibe zu ersetzen. Er verfiel auf ein Innenfenster. Mit einem Quarzsplitter schnitt er die Scheibe aus. Nun sollte sie aber rund werden und ein Loch in der Mitte erhalten. Mit einem Schlüsselbart brach er Splitter nach Splitter ab, oft nicht größer als ein Sandkorn. Das nahm mehrere Tage in Anspruch. Rund wurde nun die Scheibe. Aber wie sollte er ein Loch hinein bekommen? Ein Loch in eine Glasscheibe. Er machte sich einen Drillbohrer. Für den Bügel brach er einen Regenschirm entzwei, um ein Fischbein zu bekommen, und nahm eine Geigensaite zum Strang. Dann ritzte er die Scheibe mit Quarz, befeuchtete sie mit Terpentin und drillte. Er merkte aber keinen Erfolg. Als er dem Ziel so nahe war, verlor er Geduld und Besinnung. Er wollte das Loch durch eine Sprengkohle erzwingen. Die Scheibe zersprang.

Da warf er sich auf sein Bett, machtlos, müde, hoffnungslos. In den Verdruss mischte sich auch das Gefühl der Armut. Hätte er nur Geld! Er ging oft an das Schaufenster von Spolander auf der Westlichen Langgasse, um sich die chemischen Apparate anzusehen. Er hätte gern gewusst, was sie kosteten, wagte aber nicht hineinzugehen und zu fragen. Was hätte das für einen Zweck gehabt? Er hätte ja doch kein Geld vom Vater erhalten.

Nachdem er sich von seinem Missgeschick erholt hatte, wollte er machen, was noch niemand gemacht hat und niemand machen kann: ein Perpetuum mobile. Der Vater hatte erzählt, längst sei ein großer Preis auf die Erfindung des Unmöglichen ausgesetzt. Das war etwas, das ihn lockte. Er stellte einen Wasserfall, der eine Pumpe zog, mit einem Heronsbrunnen zusammen. Der Fall sollte die Pumpe in Gang setzen, die Pumpe sollte wieder das Wasser hochziehen, und der Heronsbrunnen dabei helfen. Er musste auf den Boden gehen und eine Razzia abhalten. Nachdem er alle möglichen Dinge zerbrochen hatte, um Material zu sammeln, begann die Arbeit. Ein Kaffeekocher musste eine Röhre hergeben, eine Sodawassermaschine gab das Sammelbecken, die Kommode gab Beschlag, der Sekretär Holz, ein Vogelbauer lieferte Eisendraht, eine Ampel wurde ein Becken und so weiter.

Der Tag war gekommen, als die Probe gemacht werden sollte. Da kommt das Hausfräulein und fragt, ob er mit den Geschwistern nach Mamas Grab gehen will. – Nein, er habe nicht Zeit. – Ob nun das böse Gewissen ihn bei der Arbeit störte oder ob er nervös war, genug: der Versuch misslang. Da nahm er, ohne den Fehler gutmachen zu wollen, den ganzen seltsamen Apparat und zerschlug ihn an den Steinen des Kachelofens. Da lag das Werk, das so vielen nützlichen Dingen den Garaus gemacht hatte.

Später entdeckte man, wie er auf dem Boden gehaust hatte. Er bekam Schelte, machte sich aber nichts daraus.

Um sich für den Hohn, den er sich durch seine misslungenen Versuche im Hause zugezogen hatte, zu entschädigen, machte er einige Knallgasexplosionen und fertigte eine Leidener Flasche an. Einer toten schwarzen Katze, die er auf dem Hügel der Sternwarte gefunden, zog er das Fell ab und trug es in seinem Taschentuch nach Hause.

Eines Nachts, als der älteste Bruder und er von einem Konzert nach Hause kamen, waren keine Streichhölzer zu finden, und sie wollten das Haus nicht wecken. Johan suchte Schwefelsäure und Zink hervor, stellte beim Schein der Gaslaterne Wasserstoffgas her, schlug Feuer mit dem Elektrophor und steckte die Lampe an. Damit war sein Ruf als »Chemiker« gemacht.

Er stellte auch Jönköpinger Streichhölzer nach dem Rezept der Technologie her. Deshalb war er sehr erstaunt, dass die Jönköpinger Streichhölzer später ein Patent erhielten; übrigens waren die bereits im Handel gewesen als Björneborger Wachsstreichhölzer.

Dann ließ er die Chemie wieder für einige Zeit liegen.

Vaters Bücherschrank enthielt eine kleine Sammlung, die jetzt zu Johans Verfügung stand. Da waren, außer den oben erwähnten chemischen und physikalischen Arbeiten: Gartenbücher, eine illustrierte Naturgeschichte, Meyers Universum, Handbuch für Mütter nebst Entbindungskunst, eine deutsche Anatomie mit Figuren, eine deutsche Geschichte Napoleons mit Stahlstichen, Wallins, Franzéns und Tegnérs Gedichte, Wallins Predigten, Blumauers Äneis, Don Quichotte, Frau Carléns und Fredrika Bremers Romane, Deutsche Klassiker ...

Außer den Indianerbüchern und Tausendundeiner Nacht hatte Johan noch keine Dichtungen gelesen. Er hatte in Romane hineingeblickt, sie aber langweilig gefunden, besonders weil sie keine Illustrationen hatten. Als jetzt aber die Chemie und alle andern Wirklichkeiten der Natur durchforscht waren, stattete er eines Tages dem Bücherschrank einen Besuch ab. Er blickte in die Gedichte hinein. Da fühlte er sich in der Luft schweben und wusste nicht, wo er zu Hause war. Er verstand sie nicht. Dann bekam er Fredrika Bremers »Schilderungen aus dem Alltagsleben« in die Hand. Daraus schlug ihm Familienklatsch und Tantenmoral entgegen, und er stellte sie zurück. Dann las er den »Jungfrauenturm«. Das waren Erzählungen und Abenteuer. Die unglückliche Liebe rührte ihn. Aber wichtiger als alles war, dass er sich unter diesen erwachsenen Menschen erwachsen fühlte. Er verstand, was sie sprachen; er merkte, dass er kein Kind mehr war. Diese Erwachsenen waren ja seinesgleichen. Er war unglücklich verliebt gewesen, hatte gelitten, gekämpft, war aber im Gefängnis der Kindheit zurückgehalten worden. Und jetzt kam es ihm ganz zum Bewusstsein, dass seine Seele im Gefängnis lag. Sie war längst flügge gewesen, aber man hatte ihre Schwingen beschnitten und sie ins Bauer gesetzt.

Er suchte den Vater auf, um mit ihm zu sprechen wie mit einem Gleichaltrigen, aber der Vater verschloss sich und brütete auf seiner Trauer.

Im Herbst wurde Johan von Neuem zurückgesetzt und aufgehalten. Er war reif für das eigentliche Gymnasium, wurde aber in der Schule zurückgehalten, weil er zu jung sei und reifen solle. Er raste. Zum zweiten Male riss man ihn am Rock zurück, als er laufen wollte. Er fühlte sich wie ein Omnibuspferd, das unaufhörlich anzieht und unaufhörlich zurückgehalten wird.

Das riss sein Nervenleben entzwei, erschlaffte seine Willenskraft, legte den Grund zu seiner künftigen Mutlosigkeit. Er wagte nie etwas recht lebhaft zu wünschen, denn er hatte oft gesehen, wie seine Wünsche vereitelt wurden. Er wollte sich der Arbeit hingeben, aber Arbeit half ja nicht: er war zu jung. Nein, die Schule war zu lang! Die zeigte das Ziel in der Ferne, setzte aber dem Läufer Schlagbäume. Er hatte ausgerechnet, dass er mit fünfzehn Jahren Student werden könne. Er wurde es erst mit achtzehn. Und in den letzten Jahren, als er den Ausgang aus dem Gefängnis so nahe sah, wurde ihm noch ein weiteres Strafjahr auferlegt, da die höchste Klasse zweijährig gemacht wurde.

Kindheit und Jugend waren für ihn recht qualvoll; er war des ganzen Lebens müde und suchte jetzt den Trost im Himmel.

6. Die Schule des Kreuzes

Die Trauer hat die glückliche Eigenschaft, sich selbst aufzuzehren. Sie stirbt Hungers. Da sie im Wesentlichen ein Abbruch von Gewohnheiten ist, kann sie durch neue ersetzt werden. Da sie ein leerer Raum ist, wird der bald wieder gefüllt wie durch einen wirklichen Horror Vacui.

Eine zwanzigjährige Ehe war aufgelöst. Ein Kamerad im Kampfe gegen die Widrigkeiten des Lebens war gefallen; eine Gattin, an deren Seite ein Mann gelebt hatte, war dahingegangen und ließ einen Zölibatär zurück. Die Leiterin des Hauses hatte ihren Posten aufgegeben: alles geriet in Unordnung. Die kleinen schwarz gekleideten Kinder, die überall, in den Zimmern, im Garten, dunkle Flecken bildeten, hielten die Trauer am Leben. Der Vater glaubte, sie seien verlassen und schutzlos. Er kam von seiner Arbeit oft schon nachmittags heim und saß dann allein in der Lindenlaube an der Straße. Er hatte die älteste Tochter, die sieben Jahre alt war, auf dem Schoß, und die andern spielten zu seinen Füßen. Oft sah Johan den grauhaarigen Mann mit den hübschen traurigen Zügen dort in dem grünen Halblicht der Laube sitzen. Er konnte ihn nicht trösten und er suchte ihn nicht mehr auf. Er sah, dass der Vater weich sein konnte, was er nicht geglaubt hatte; sah, wie er die Tochter anstarrte, als suche er in den unbestimmten Gesichtslinien des Kindes die Züge der Toten. Dieses Bild sah er oft von seinem Fenster aus, zwischen den Stämmen der Bäume, in der langen Perspektive der Allee. Es machte ihn warm und erschütterte ihn; ihm wurde bange um den Vater, weil dieser nicht mehr derselbe war wie früher.

Sechs Monate waren vergangen, als der Vater eines Herbstabends mit einem fremden Herrn nach Hause kam. Es war ein alter Mann, der außerordentlich gemütlich aussah. Er scherzte gutmütig, war freundlich und artig gegen Kinder und Dienstboten; er hatte eine unwiderstehliche Art, die Menschen zum Lächeln zu bringen. Er wurde Rendant genannt, war ein Jugendfreund von Johans Vater; man hatte entdeckt, dass er im Hause nebenan wohnte. Die Alten sprachen von den Erinnerungen an ihre Kindheit. Da war ein Vorrat, der den leeren Raum füllen konnte. Zum ersten Male erweichten sich die erstarrten Züge des Vaters, wenn er von dem geistreichen und lustigen Mann zum Lächeln verlockt wurde. In einer Woche lachte er, und mit ihm die ganze Familie, wie nur die lachen können, die lange geweint haben. Der Rendant war ein Spaßmacher ersten Ranges; dazu spielte er Geige, Gitarre und sang Bellman. Neue Luft kam ins Haus, neue Anschauungen in die Menschen, die Trugbilder der Trauer verdunsteten. Der Rendant hatte auch Trauer gehabt: er hatte seine Braut verloren und war dann Junggeselle geblieben. Das Leben hatte ihm nicht gelächelt, aber er hatte die Sache mit dem Leben nie recht ernst genommen.

Dann kam Gustav heim von Paris; in Uniform, mengte französische Worte unter schwedische; war eine lebhafte Natur, hatte schnelle Gebärden. Der Vater empfing ihn mit einem Kuss auf die Stirn, und eine Wolke von Trauer zog vorbei, denn der Sohn war bei Mutters Tod nicht zu Hause gewesen. Dann aber wurde es wieder klar, und Leben kam ins Haus. Gustav trat ins Geschäft ein; jetzt hatte der Alte einen, mit dem er von dem sprechen konnte, was ihn interessierte.

An einem Abend spät im Herbst nach dem Essen, als der Rendant da war und alle zusammensaßen, stand der Vater auf und bat ums Wort. »Meine Kinder und mein Jugendfreund«, begann er. Dann verkündete er seine Absicht, seinen kleinen Kindern eine neue Mutter zu schenken. Er fügte hinzu, dass die Zeit der Leidenschaften für ihn vorbei sei, und dass nur das Interesse für die Kinder ihn zu dem Entschluss bestimmt habe, Fräulein X. zu seiner Ehefrau zu machen.

Es war das Hausfräulein.

Dies sagte er mit einem überlegenen Tone, als wolle er ausdrücken: das geht euch eigentlich nichts an; aber ihr müsst es doch erfahren!

Dann wurde das Fräulein gerufen, um die Glückwünsche entgegenzunehmen; die des Rendanten waren recht warm, aber die der drei Jünglinge sehr gemischt.

Zwei von ihnen hatten ein nicht ganz reines Gewissen; sie hatten sie heftig, aber unschuldig angebetet. Der dritte, Johan, hatte in letzter Zeit mit ihr auf dem Kriegsfuß gestanden. Wer am meisten verlegen war, ist nicht zu entscheiden.

Eine lange Pause entstand. Die Jünglinge prüften Herz und Niere, stellten ihr Konto auf, überlegten die Folgen dieses nicht erwarteten Ereignisses.

Johan muss sich zuerst in die neue Situation gefunden haben, denn er ging noch am selben Abend in die Kinderstube und trat direkt auf das Fräulein zu. Ihm wurde schwarz vor den Augen, als er diese kleine Rede hielt, die er in der Eile nach Art des Vaters zusammengestellt und auswendig gelernt hatte.

»Da wir jetzt in ein ganz anderes Verhältnis zueinander kommen werden, so bitte ich Sie, Fräulein, das Vergangene zu vergessen und uns Freunde sein zu lassen.«

Das war aufrichtig gemeint, klug gehandelt, hatte keinen Hintergedanken. Es war ein Abschluss der Vergangenheit und ein guter Wunsch für die Zukunft.

Am nächsten Mittag kam der Vater zu Johan in seine Kammer hinauf und dankte ihm für sein edles Benehmen gegen das Fräulein. Als Ausdruck seiner Freude überreichte er ihm ein kleines Geschenk, ein lange ersehntes sogar: einen chemischen Apparat.

Johan schämte sich, das Geschenk anzunehmen, und fand seine Handlung nicht edel. Die war eine natürliche Folge, sie war klug. Aber Vater und Fräulein wollten sie durchaus erhöhen und in ihr eine gute

Vorbedeutung für ihr Liebesglück lesen. Sie mussten natürlich bald ihren Irrtum einsehen, der dann auf das Schuldkonto des Knaben gesetzt wurde.

Dass sich der Vater der Kinder wegen wieder verheiratete, daran war nicht zu zweifeln; dass er aber auch das junge Weib liebte, das ist sicher. Und warum sollte er nicht? Das ging niemanden etwas an. Aber die Erscheinung ist konstant: sowohl dass sich Witwer bald wieder verheiraten, wie schwer die Ehe auch gewesen sein mag; wie dass sie eine Untreue gegen die Verstorbene zu begehen glauben. Sterbende Gatten pflegen in der letzten Stunde am meisten von dem Gedanken gequält zu werden, dass der Überlebende sich wieder verheiraten könnte.

Die Brüder nahmen die Sache flott und beugten sich. Sie trieben den Vaterkultus wie Religion: glauben und nicht zweifeln. Sie hatten nie daran gedacht, dass die Vaterschaft nur eine zufällige Eigenschaft war, die jedem zufallen konnte.

Aber Johan zweifelte. Er geriet in endlose Erörterungen mit den Brüdern und griff den Vater an, weil er sich vor Ausgang des Trauerjahres verlobt hatte. Er beschwor den Schatten der Mutter, weissagte Unglück und Verderben, wurde zu Übertreibungen gereizt und ging weiter, als er wollte.

Das Argument der Brüder war: es geht uns nichts an, was Papa tut!

»Es ist wahr, dass ihr nicht darüber urteilen dürft; aber angehen tut es euch sehr.«

»Wortklauber«, sagten sie, denn sie wussten nicht, dass die Worte mehrere Werte haben können.

Eines Abends kurz darauf, als Johan von der Schule nach Hause kam, sah er, dass das Haus erleuchtet war und hörte Musik und Geplauder. Er ging auf das Zimmer und setzte sich hin, um zu arbeiten. Da kam das Hausmädchen: der Vater bitte ihn, hinunter zu kommen; es sei Besuch da.

»Wer?«

»Die neuen Verwandten.«

Er bat, einen schönen Gruß zu bestellen und zu sagen, er habe keine Zeit.

Dann kam ein Bruder herauf. Der schalt zuerst, bat dann aber. Des Alten wegen könne er wohl hinunter kommen, nur einen Augenblick, um Guten Tag zu sagen. Er müsse sofort kommen.

»Ja, ich will's mir überlegen.«

Schließlich ging er hinunter; sah den Saal voller Damen und Herren: drei Tanten, eine neue Großmutter, ein Großvater, ein Oheim. Die Tanten waren junge Mädchen. Er machte mitten im Zimmer eine Verbeugung, artig aber steif.

Der Vater war böse, wollte es aber nicht zeigen. Er fragte Johan, ob er ein Glas Punsch nehmen wolle. Johan nahm es. Darauf fragte der Alte ironisch, ob er so viel für die Schule zu arbeiten habe. Ja, das habe er. Dann ging er wieder auf sein Zimmer hinauf.

Dort war es kalt und halbdunkel. Arbeiten konnte er kaum, da er von unten Musik und Tanz hörte. Die Köchin kam und rief zum Essen. Er wolle nichts haben. Hungrig und außer sich ging er im Zimmer auf und ab. Oft wollte er hinuntergehen, wo es warm, hell und fröhlich war; viele Male hatte er die Türklinke in der Hand; immer aber kehrte er wieder um. Er war schüchtern. Von Natur furchtsam vor den Menschen, war er während des Sommers, in dem er mit niemandem gesprochen hatte, noch wilder geworden. So ging er hungrig zu Bett und hielt sich für den unglücklichsten Menschen, den es geben konnte.

Am folgenden Tag kam der Vater auf sein Zimmer hinauf. Jetzt sagte er ihm, er sei falsch gewesen, als er damals das Fräulein um Verzeihung gebeten.

»Um Verzeihung? Er hatte ja nichts begangen!«

Jetzt aber wolle der Vater ihn beugen, wenn er sich auch noch so hart mache.

»Versuch's nur«, dachte Johan.

Die Versuche blieben eine Zeit lang aus; aber Johan stählte sich unterdessen, um ihnen zu begegnen.

Der Bruder saß oben auf der Kammer bei der Lampe und las. Johan fragte: Was liest du? Der Bruder zeigte den Titel auf dem Umschlag. Da stand in großen Frakturbuchstaben auf gelbem Umschlag der berüchtigte Titel: »Eines Jugendfreundes Warnung vor dem gefährlichsten Feinde der Jugend.«

»Hast du das gelesen?«, fragte Gustav.

Johan antwortete ja und zog sich zurück. Als Gustav mit dem Lesen fertig war, legte er das Buch in seine Schublade und ging hinunter. Johan öffnete die Schublade und nahm die unheimliche Schrift an sich. Die Augen liefen über die Seiten, ohne dass sie es wagten, haften zu bleiben. Die Knie klapperten, das Blut verschwand aus dem Gesicht, die Pulse froren. – Er war also mit fünfundzwanzig Jahren zum Tode oder zum Wahnsinn verurteilt. Sein Rückgrat und sein Gehirn würden schrumpfen, sein Gesicht einem Totenkopf ähnlich werden, sein Haar ausfallen, die Hände zittern – es war entsetzlich. Und das Heilmittel? Jesus! Aber Jesus konnte den Körper nicht heilen, nur die Seele. Der Körper war zum Tode verurteilt – bei fünfundzwanzig Jahren – blieb einem nur übrig, die Seele von ewiger Verdammnis zu retten.

Das war Dr. Kapffs berüchtigte Parteischrift, die so viele Jünglinge ins Irrenhaus gebracht hat, aus dem einzigen Grunde, um die Anzahl der protestantischen Jesuiten zu vermehren. Eine solche Schrift, so tief unsittlich, so schädlich, müsste wahrhaftig verfolgt, beschlagnahmt, verbrannt werden. Oder wenigstens durch aufgeklärte Gegenschriften unschädlich gemacht werden.

Eine solche gab es wirklich. Sie fiel später in Johans Hände, der dann alles tat, um sie zu verbreiten, denn sie war so selten. Sie hieß »Onkel Palles Rat an junge Sünder« und sollte von Medizinalrat Wistrand verfasst sein. Es war ein herzliches Buch, das die Sache unbefangen auffasste; aufmunternd zu den Knaben sprach; besonders betonte, dass man die Gefahren des Lasters übertrieben habe. Auch gab es praktische Ratschläge und gesundheitliche Anweisungen.

Aber noch heute (1886) herrscht Kapffs unvernünftige Schrift, und Ärzte werden von Sündern überlaufen, die mit klopfenden Herzen das Bekenntnis ablegen. Vor nicht langer Zeit kam ein Student zu einem berühmten Stockholmer Arzte und gestand mit Tränen in den Augen, er habe sein Leben vergeudet und warte nur noch auf den Tod.

»Ach Geschwätz, Herr«, antwortet der Arzt. »Sehen Sie mich an: niemand hat die Unart so getrieben wie ich.«

Der Sünder sah ihn an und fand vor sich einen fünfundvierzigjährigen Herkules, der eine starke, ungestörte Intelligenz besaß.

Johan aber bekam ein ganzes Jahr lang kein Wort des Trostes in seiner schweren Betrübnis zu hören. Er war zum Tode verurteilt; es blieb ihm nur übrig, ein tugendhaftes Leben in Jesu zu leben, bis der Schlag kam. Er holte die alten pietistischen Schriften der Mutter hervor und las über Jesus. Er betete und peinigte sich. Hielt sich allein für einen Verbrecher, demütigte sich. Als er am nächsten Tage durch die Straßen ging, trat er vor jedem Menschen vom Trottoir hinunter. Er wollte sein Selbst töten und in Jesus aufgehen; seine Zeit ausleiden und dann in seines Herrn Freude eingehen.

Eines Nachts erwachte er und sah die Brüder um ein Licht sitzen. Sie sprachen davon. Er kroch unter die Decke, steckte die Finger in die Ohren, um nicht zu hören. Aber er hörte doch. Der Bruder erzählte von Pensionen in Paris, in denen Jünglinge in ihren Betten gebunden wurden, ohne dass dieses Mittel jedoch half. Er wollte in die Höhe stürzen, ihnen bekennen, um Gnade bitten, um Hilfe flehen, aber er wagte nicht, sein Todesurteil bestätigt zu hören. Wenn er das getan hätte, würde er vielleicht Trost und Hilfe gefunden haben. Aber er schwieg. Er schwitzte und betete zu Jesus, nicht mehr zu Gott. Wohin er auch kam, überall sah er das fürchterliche Wort in schwarzen Frakturbuchstaben auf gelbem Grund, an Hauswänden, auf den Tapeten des Zimmers. Und der Schreibtisch, in dem das Buch lag, enthielt die Guillotine. Jedes Mal, wenn sein Bruder an die Schublade ging, zitterte Johan und lief hinaus. Er stand stundenlang vor dem Spiegel und sah nach, ob die Augen eingesunken, das Haar ausgefallen, der Totenschädel hervorgetreten war. Aber er sah gesund und rot aus.

Er wurde verschlossen und still und wich allem Verkehr aus. Der Vater bildete sich ein, Johan wolle zeigen, dass er Vaters neue Ehe missbillige; Johan sei hochmütig. Jetzt musste er gebeugt werden. Er war schon gebeugt und als er sich schweigend unter dem neuen Druck beugte, triumphierte der Vater, dass seine Kur gelungen sei.

Das reizte den Jüngling, und zuweilen erhob er sich. Zuweilen kam ihm eine schwache Hoffnung, dass der Körper gerettet werden könne. Er ging in die Turnhalle, wusch sich mit kaltem Wasser, aß wenig zu Abend.

Übrigens, Pietist sein oder Jesus lieben, ist nicht etwas Ganzes; das muss man nicht glauben. Das ist eine Stimmung, die in Augenblicken kommt und geht wie ein Gewitter; das ist eine Art, die Dinge zu sehen; das ist eine Rolle, die man nicht so schnell lernt. Pessimist sein, wenn man jung und stark ist, das geht nicht so leicht; der Jesusismus war nämlich reiner Pessimismus, da er glaubte, die Welt sei durch und durch elend. Die Lebensfreude liegt da, und man sieht viele sogenannte aufrichtige Selbstbetrüger unter den Pietisten, die recht munter sind. Sind sie verheiratet und gesund, müssen sie unbedingt oftmals Augenblicke haben, in denen sie Jesus ganz und gar vergessen. Das sind gerade die Augenblicke, in denen sich die Lebenskraft so vervielfacht, dass sie über den einzelnen hinaus auf die Gattung reicht.

Durch Leben, Schulverkehr, Unterricht war das Ich des Jünglings ein ziemlich reicher Komplex geworden, und wenn er sich mit andern einfacheren Ichs verglich, fand er sich überlegen. Jetzt aber kam Jesus und wollte sein Ich töten. Das ging nicht so leicht, und der Kampf wurde schwer, wild. Er sah auch, wie kein andrer sein Ich verleugnete: warum denn in Jesu Namen sollte er seins verleugnen?

Auf der Hochzeit empörte er sich. Er trat nicht vor, um die Braut zu küssen, wie die andern Geschwister; er zog sich vom Tanz zu den Grog trinkenden alten Herren zurück, bei denen er sich etwas berauschte.

Jetzt sollte die Strafe kommen und sein Selbst niedergebrochen werden.

Er wurde Gymnasiast. Das stimmte ihn nicht heiterer. Es kam zu spät, wie eine Schuld, die längst verfallen war. Diesen Genuss hatte er als Vorschuss vorweggenommen. Niemand gratulierte ihm, und er bekam nicht gleich die Gymnasiastenmütze. Warum nicht? Sollte er geduckt werden? Oder wollte der Vater nicht, dass Johans Wissen noch äußerlich hervorgehoben werde? Schließlich wurde vorgeschlagen, eine Tante solle den Kranz auf den Samt sticken, der auf eine gewöhnliche schwarze Mütze genäht wurde. Sie stickte einen Eichen- und einen Lorbeerzweig, aber schlecht; er wurde deshalb von den Kameraden geuzt. Er war der einzige, der eine Zeit lang nicht die gewöhnliche Mütze trug. Der einzige! Gezeichnet allein, übergangen allein!

Darauf wurde das Frühstücksgeld, das in der Schule sich auf fünf Pfennige belaufen hatte, auf vier herabgesetzt. Das war eine unnötige Grausamkeit, denn das Haus war nicht arm, und ein Jüngling braucht mehr Essen. Die Folge war, dass Johan nie mehr Frühstück aß, denn das Geld ging für Tabak auf. Er hatte einen furchtbaren Appetit und war immer hungrig. Wenn es Kabeljau zu Mittag gab, aß er sich mit den Kiefern müde, stand aber hungrig vom Tische auf. Kriegte er wirklich zu wenig zu essen? Nein, denn es gibt Millionen Körperarbeiter, die viel weniger bekommen; aber die Magen der höheren Klassen müssen sich an stärkere und bessere Nahrung gewöhnt haben. Ihm blieb deshalb seine ganze Jugend wie ein langes Hungern in der Erinnerung haften.

Unter der Herrschaft der Stiefmutter wurde die Diät noch mehr herabgesetzt und das Essen ward schlechter. Die Wäsche wurde von jetzt an auch nur einmal in der Woche gewechselt, während sie früher zwei Male gewechselt wurde. Es war zu spüren, dass eine aus der Unterklasse ans Steuer gekommen war. Der Jüngling war nicht so hochmütig, dass er auf die niedrige Geburt des frühern Hausfräuleins herabgesehen hätte; wenn sie aber als unterdrückende Macht auftrat, die von unten gekommen und über ihn gesetzt war, dann empörte er sich – da aber trat Jesus dazwischen und bat ihn, auch die andere Backe hinzuhalten.

Er wuchs und trug Anzüge, aus denen er herausgewachsen war. Die Kameraden fingen an, ihn wegen seiner kurzen Hosen zu uzen, nachdem sie über seinen selbstgemachten Kranz auf der Mütze gespottet. Seine Schulbücher wurden antiquarisch in alten Auflagen gekauft; daraus entstand ihm viel Verdruss in der Schule.

»So steht es in meinem Buche«, antwortete Johan.

»Zeig mir dein Buch!«

Skandal! Und Befehl, die neueste Auflage zu kaufen, was nie geschah.

Die Ärmel seines Hemdes endeten am halben Arm und konnten nicht zugeknöpft werden. In der Turnhalle behielt er immer die Jacke an. Eines Mittags sollte er als Rottenführer besonderen Unterricht beim Leutnant haben.

»Zieht die Jacken aus, Jungen; wir wollen uns etwas Bewegung machen«, sagte der Leutnant.

Alle warfen die Jacken ab, nur Johan nicht.

»Nun, ist die Jacke noch nicht ausgezogen?«

»Nein, mich friert«, sagte Johan.

»Du wirst bald warm werden«, sagte der Leutnant. »Zieh nur die Jacke aus.«

Er weigerte sich. Der Leutnant trat freundlich scherzend auf ihn zu und zog an den Ärmeln. Er leistete Widerstand. Der Lehrer sah ihn an.

»Was ist dir denn? Ich bitte freundlich, und du willst mir nicht den Willen tun? Dann geh deiner Wege!«

Der Jüngling wollte etwas zu seiner Verteidigung sagen; sah den freundlichen Mann, bei dem er sich immer gut gestanden hatte, betrübt an – aber er schwieg und ging!

Er fühlte, wie er niedergehalten wurde. Armut, als Demütigung ihm von der Grausamkeit auferlegt, nicht von Not hervorgerufen. Er beklagte sich den Brüdern gegenüber; die aber sagten, er solle nicht hochmütig sein. Die Kluft, welche die ungleiche Bildung zwischen ihnen gezogen, klaffte. Sie gehörten jetzt verschiedenen Gesellschaftsklassen an. Die beiden Brüder gingen auf Vaters Seite über, da er zu ihrer Klasse gehörte und die Macht besaß.

Ein andermal bekam er eine Jacke, die aus einem blauen Frack mit blanken Knöpfen geändert war. Die Kameraden verhöhnten ihn: er wolle wohl Kadett spielen. Das war das letzte, das er wollte: mehr *sein* als scheinen, darin lag sein Hochmut. Unter dieser Jacke litt er unglaublich.

Darauf begann man ihn systematisch zu beugen. Er wurde früh aus dem Bett geholt und auf Besorgungen ausgesandt, die er vor der Schule erledigen musste. Er schützte Aufgaben vor; das half aber nicht. Dir wird das Lernen so leicht; du lernst doch nur andern Kram, hieß es.

Dass er Besorgungen machte, während ein Knecht, ein Bauernmädchen, Dienstboten sich im Hause befanden, war unnötig. Er sah ein, das war die Zuchtrute. Jetzt hasste er seine Unterdrücker, und sie ihn.

Darauf begann ein anderer Kursus der Dressur. Er musste des Morgens früh aufstehen, um den Vater in die Stadt zu fahren; und zwar ehe er in die Schule ging; musste mit Pferd und Wagen zurückkommen, ausspannen, den Stall fegen, das Pferd füttern. Dasselbe Manöver wurde mittags wiederholt. Also Aufgaben lernen, die Schule besuchen und zwei Male am Tage nach dem Ritterholm hin und zurückfahren.

Er fragte sich in reiferen Jahren, ob es aus irgendeiner Fürsorge geschehen sei; ob der kluge Vater eingesehen, seine Gehirntätigkeit sei ihm schädlich, er brauche körperliche Arbeit. Oder ob es aus wirtschaftlichen Gründen geschah, um die Arbeitszeit des Knechtes zu sparen. Körperliche Arbeit ist ja nützlich und sollte allen Eltern zur Erwägung empfohlen werden. Johan aber konnte kein Wohlwollen darin sehen, denn das Ganze ging so boshaft zu, so offen boshaft wie möglich, zeigte so die Absicht, ihm Böses zuzufügen, dass er keine guten Absichten darin entdecken konnte, die sich ja auch neben den bösen hätten finden können.

Als die Sommerferien kamen, artete das Fahren zum Stalldienst aus. Das Pferd musste zu bestimmten Zeiten gefüttert werden; Johan musste sich zu Hause halten und auf den Glockenschlag passen. Mit seiner Freiheit war es aus. Und er empfand die große Veränderung, die in seiner Lage eingetreten war und die er der Stiefmutter zuschrieb. Früher war er ein freier Mann gewesen, der über seine Zeit und Gedanken verfügen konnte; jetzt war er Diener geworden: du kannst dich fürs Essen etwas nützlich machen! Und wenn er sah, wie die andern Brüder mit der Knechtesarbeit verschont wurden, war er davon überzeugt, dass es Bosheit war. Häcksel schneiden, den Stall kehren, Wasser tragen, all das war sehr gut für ihn, aber die Absicht verdarb alles. Wenn der Vater ihm gesagt hätte, es sei sehr nützlich für seine Gesundheit, besonders für sein Geschlechtsleben, dann hätte er es mit Vergnügen getan. Jetzt aber hasste er es. Er fürchtete sich im Dunkeln, denn er war wie alle Kinder von Mägden erzogen worden; und er musste sich große Gewalt antun, um abends auf den Heuboden gehen zu können. Er verwünschte es jedes Mal, wenn er dahin musste. Aber das Pferd war ein gutmütiges Tier; mit dem sprach er oft und beklagte sich. Auch war er Tierfreund und hielt sich Kanarienvögel, die er sorgfältig pflegte.

Er hasste diese Arbeit, weil sie ihm wegen der Hausdame auferlegt wurde, die sich rächen wollte, um ihre Überlegenheit über seine Überlegenheit zu zeigen. Er hasste diese Arbeit, weil sie ihm als Bezahlung für seine Studien auferlegt wurde. Jetzt hatte er die Absichten, die man mit seinem Studium hatte, durchschaut. Man prahlte mit ihm und seinem Wissen; also nicht aus Güte erhielt er den Unterricht.

Da trotzte er und fuhr eine Feder des Wagens entzwei. Wenn sie auf dem Markt vorm Ritterhaus abstiegen, besichtigte der Vater immer den ganzen Wagen. Jetzt sah er, dass eine Feder entzwei war.

»Fahr zum Schmied«, sagte er.

Johan schwieg.

»Hast du gehört?«

»Ja, ich habe gehört.«

Er musste also nach der Malerstraße fahren, wo der Schmied wohnte. Der erklärte, er brauche drei Stunden, um die Feder auszubessern. Was war da zu machen? Ausspannen, das Pferd nach Haus bringen und wiederkommen. Aber ein angeschirrtes Pferd durch die Hauptstraße der Stadt führen, während er die Gymnasiastenmütze trug? Vielleicht die Jungen bei der Sternwarte treffen, die ihm seine Mütze neideten; oder, was noch schlimmer, die schönen Mädchen auf der Nordzollstraße, die ihn freundlich anzulächeln pflegten. Nein, lieber alles andere! Er wollte den Braunen einen Umweg führen; dann aber musste er an der Kadettenanstalt Karlberg vorbei, und dort kannte er Kadetten. Er blieb auf dem Hofe, in der Sonnenglut auf einem Balken sitzend, und verwünschte sein Schicksal. Er dachte an die Sommer, die er auf dem Lande zugebracht hatte; an alle Kameraden, die jetzt auf dem Lande wohnten; und danach maß er sein Unglück. Hätte er aber an die Brüder gedacht, die jetzt zehn Stunden lang auf heißen, dunklen Kontoren saßen, ohne Hoffnung, einen einzigen Tag frei zu bekommen, dann wäre er zu einem andern Ergebnis über seine Lage gelangt. Daran dachte er jetzt aber nicht. Doch hätte er gern mit ihnen getauscht. Sie verdienten wenigstens ihr Brot und brauchten nicht zu Hause zu hocken. Ihre Stellung war klar, aber seine war unklar. Warum hatten die Eltern ihn am Apfel riechen lassen, um den dann wegzureißen? Er sehnte sich fort, wohin es auch sein mochte. Seine Stellung war falsch, und er wollte sie richtig machen. Hinunter oder hinauf, aber nicht zwischen die Räder, um zermalmt zu werden!

Darum ging er eines Tages zum Vater und bat, mit der Schule aufhören zu dürfen. Der Vater machte große Augen und fragte freundlich, warum. Er habe alles satt, lerne nichts Neues, wolle ins Leben hinaus, um zu arbeiten und sich selbst zu ernähren.

»Was willst du denn werden?«

Das wusste er nicht. Und dann weinte er.

Einige Tage danach fragte der Vater ihn, ob er Kadett werden wolle. Kadett? Es blitzte ihm vor den Augen. Er wusste nicht, was er antworten solle. Das war zu viel. Solch ein feiner Herr mit einem Säbel werden. So kühn hatte er nicht geträumt.

»Überleg es dir«, sagte der Vater.

Er überlegte den ganzen Abend. Dort auf Karlberg, wo er beim Baden von den Kadetten fortgejagt worden, dort sollte er in Uniform einziehen. Offizier werden, das heißt zu Macht kommen: die Mädchen würden ihn anlächeln und – niemand würde ihn mehr unterdrücken. Ihm war, als werde das Leben heller, als hebe sich der Druck von der Brust, als erwache die Hoffnung. Aber das war zu viel für ihn. Das passte weder für ihn noch für seine Umgebung. Er wollte nicht hinauf, um zu befehlen; er wollte nur nicht blind gehorchen, nicht bewacht werden, nicht geduckt werden. Der Sklave, der nichts vom Leben zu verlangen wagt, erwachte bei ihm! Er sagte Nein! Es war zu viel für ihn!

Aber der Gedanke, das werden gekonnt zu haben, nach dem sich vielleicht alle Jünglinge sehnen, war ihm genug. Er verzichtete, stieg hinunter und nahm seine Kette wieder auf. Als er später selbstgefälliger Pietist wurde, bildete er sich ein, um Jesu willen der Ehre entsagt zu haben. Das war nicht wahr, aber etwas Selbstquälerei lag sicher in dem Opfer.

Indessen hatte er wieder den Eltern in die Karten gesehen: Ehre sollte er ihnen einbringen. Wahrscheinlich kam die Kadettenidee von der Stiefmutter!

Neue Zwistigkeiten entstanden, und zwar von ernsterer Natur. Johan hatte zu bemerken geglaubt, dass die jüngeren Geschwister schlecht gekleidet waren; auch hatte er Geschrei aus der Kinderstube gehört.

»Sie schlägt sie!«

Er spionierte. Eines Tages bemerkte er, wie das Kindermädchen auf eine verdächtige Art mit dem jüngeren Bruder spielte, als dieser zu Bett lag. Der Junge wurde böse und spuckte in seiner Entrüstung dem Mädchen ins Gesicht. Die Stiefmutter wollte eingreifen, aber Johan trat dazwischen. Er hatte Blut geleckt. Die Sache wurde verschoben, bis der Vater heimgekehrt sei.

Nach dem Mittagessen musste die Entscheidung fallen. Johan war bereit. Er fühlte sich als Vertreter der toten Mutter. Es begann. Als ihm Anzeige gemacht wurde, wollte der Vater den Knaben schlagen.

»Schlag ihn nicht!«, schrie Johan in einem befehlenden und drohenden Ton und rückte dem Vater auf den Leib, als wollte er ihn beim Kragen packen.

»Was in Jesu Namen sagst du?«

»Rühr ihn nicht an! Er ist unschuldig.«

»Komm in mein Zimmer, damit ich mit dir sprechen kann; du bist ja ganz närrisch«, sagte der Vater.

»Ja, ich komme«, fuhr Johan fort, einem Besessenen gleich.

Der Vater gab einen Augenblick diesem sichern Ton nach, und sein klarer Verstand musste ihm gesagt haben, dass die Sache faul sei.

»Was hast du zu sagen?«, fragte er ruhiger, aber immer noch misstrauisch.

»Ich sage, es ist Karins Schuld; sie hat sich schlecht betragen, und wäre Mama noch am Leben, so ...«

Der Hieb saß!

»Was schwatzest du von Mama! Du hast jetzt eine neue Mama. Beweise, was du sagst. Was hat Karin getan?«

Ja, das war gerade das Unglück, dass er das nicht sagen konnte, denn er fürchtete einen empfindlichen Punkt zu berühren. Er schwieg, und er fiel. Tausend Gedanken fuhren ihm durch den Kopf. Wie sollte er sich ausdrücken? Die Worte drängten sich und er sagte eine Dummheit, die er aus einem Schulbuch nahm.

»Beweisen?«, sagte er. »Es gibt klare Dinge, die weder bewiesen werden können noch es brauchen.« (»Pfui Teufel, wie dumm«, dachte er, aber es war zu spät!)

»Nein, hör mal, jetzt bist du dumm«, sagte der Vater und hatte das Übergewicht.

Johan war geschlagen, aber er wollte noch immer zubeißen. Eine neue Redensart aus der Schule, die man ihm selbst an den Kopf geworfen und die noch schmerzte, fiel ihm ein.

»Wenn ich dumm bin, ist es ein Naturfehler, den mir niemand vorwerfen darf.«

»Ach, schäme dich, solchen Unsinn zu schwatzen. Mach, dass du hinaus kommst! Und komm mir nicht wieder!«

Er wurde hinausgeworfen.

Seitdem wurden alle Bestrafungen abgemacht, wenn Johan fort war. Man glaubte, er werde ihnen an die Kehle fliegen, wenn er etwas höre; und das war nicht ganz unwahrscheinlich.

Es gab auch eine andere Art, ihn zu beugen, eine schauderhafte Art, die leider oft in Familien Brauch ist. Man hielt ihn im Wachstum zurück, indem man ihn zwang, mit jüngeren Geschwistern umzugehen. Kinder werden oft dazu gezwungen, mit jüngeren Geschwistern zu spielen, ob sie einander sympathisch sind oder nicht. Das ist ein grausamer Zwang; aber ein älteres Kind zum Verkehr mit einem viel jüngeren zwingen, das ist ein Verbrechen gegen die Natur; das heißt einen jungen, wachsenden Baum verstümmeln. Johan hatte einen jüngeren Bruder, ein Kind von sieben Jahren, ein nettes Kind, das allen vertraute und keinem zu nahe trat. Johan achtete genau darauf, dass man ihn nicht misshandelte und hatte ihn gern. Aber mit einem so kleinen Knaben sprechen oder vertraulich mit ihm verkehren, ging nicht, da er des Älteren Gedanken und Sprache nicht verstand.

Jetzt musste er es. Am ersten Mai, als Johan mit Kameraden ausgehen wollte, sagte der Vater ganz einfach: »Nimm Pelle mit und geh in den Tiergarten, aber achte auf ihn.« – Widerspruch kam nicht infrage.

Sie kamen in den Tiergarten, wo sie Kameraden trafen, und Johan empfand den kleinen Bruder wie einen Block am Bein. Er führte ihn, damit er nicht von den Leuten getreten werde, aber er wusste, dass er ihn nach Hause wünschte. Der Knabe sprach und zeigte auf Vorübergehende; Johan korrigierte ihn. Da er sich aber mit ihm solidarisch fühlte, schämte er sich in seinem Namen. Warum musste er von Neuem solche Empfindungen durchmachen, wie Scham für Fehler der Etikette, wenn er sie nicht selber beging? Er wurde steif, kalt, hart.

Der Knabe wollte das Kasperletheater sehen, aber Johan wollte nicht. Er wollte nichts von allem, was der Bruder wollte. Und dann schämte er sich über seine Härte. Verwünschte seine Selbstsucht, hasste sich, verachtete sich, konnte sich aber von den schlechten Gefühlen nicht befreien. Pelle verstand nichts; er sah nur traurig und entsagend aus, war aber geduldig und mild. »Du bist hochmütig«, sagte Johan zu sich selbst; »du raubst dem Kinde ein Vergnügen. Sei doch weich!« – Aber er wurde hart.

Schließlich bat der Kleine Johan, ihm Pfefferkuchen zu kaufen. Johan peitschte sich, um den Einkauf zu machen. Aber wenn ihn jemand sähe? Ein Gymnasiast, der Pfefferkuchen kauft! Die Kameraden saßen in der Wirtschaft und tranken Punsch. Er kaufte die Pfefferkuchen und steckte sie dem Kinde in die Tasche. Dann gingen sie weiter.

Zwei Kadetten, die Johans Kameraden gewesen sind, kommen ihnen entgegen. Johan sieht sie auf sich zugehen. In diesem Augenblick reicht ihm ein Händchen einen Pfefferkuchen: »Da, Johan, hast du auch!« – Er stößt das Händchen zurück. Und er sieht zwei blaue, treuherzige Augen, die fragend, bittend zu ihm aufsehen. – Er wollte vergehen, weinen, das verletzte Kind in seine Arme nehmen, es um Verzeihung zu bitten; das Eis auftauen, das sich in seinem Herzen kristallisierte. Er war ein Elender, der eine Hand fortstieß.

Sie gingen nach Hause.

Er wollte sein Vergehen abschütteln, konnte es aber nicht. Er rief das Bild der Mitschuldigen hervor, die ihn in die jämmerliche Lage gebracht hatten, und er peitschte sie in seinen Gedanken.

Er war zu alt, um sich in gleicher Höhe mit dem Kind zu befinden; und er war zu jung, um zum Kind hinuntersteigen zu können.

Der Vater, der durch seine Verbindung mit einem vierundzwanzigjährigen Mädchen wieder aufgelebt war, wagte jetzt auch, Johans gelehrten Autoritäten zu widersprechen; auch auf diesem Gebiet wollte er ihn ducken. Als der Abendtisch abgedeckt war, saßen sie da, der Vater mit seinen drei Stockholmer Zeitungen, »Abendblatt«, »Allerlei«, »Postzeitung«, Johan mit einem Schulbuch.

»Was lernst du da?«, fragte der Vater.

»Philosophie!«

Lange Pause. Die Knaben nannten Logik immer Philosophie.

»Was ist Philosophie eigentlich?«

»Die Lehre vom Denken.«

»Hm! Muss man das Denken erst lernen? Kann ich mal sehen?«

Er schob die Brille in die Höhe und las.

»Glaubst du, die Bauern im Reichstag« – er hasste die Bauern, jetzt aber brauchte er sie – »haben Philosophie gelernt? Das glaube ich nicht, aber doch hauen sie den Professoren auf die Finger, dass es eine Lust ist. Ihr lernt so viel Unnötiges!«

Damit war die Philosophie verabschiedet.

Auch des Vaters Sparsamkeit versetzte Johan in höchst unangenehme Lagen. Zwei Kameraden erboten sich, ihn während der Ferien in Mathematik zu unterrichten. Johan fragte den Vater um Erlaubnis.

»Ja, meinetwegen.«

Als sie nachher aber ein Honorar bekommen sollten, meinte der Alte, sie seien so reich, dass man sie nicht bezahlen könne.

»Aber man könnte ihnen ein Geschenk geben«, meinte Johan.

Sie haben nichts erhalten!

Er schämte sich ein ganzes Jahr und empfand zum ersten Male das schauderhafte Gefühl einer Schuld. Die Kameraden gaben zuerst feine Winke, dann grobe. Er wich ihnen nicht aus, lief hinter ihnen her, um seine Dankbarkeit zu zeigen. Er fühlte, dass sie Stücke seiner Seele, seines Körpers besaßen, dass er ihr Sklave war und dass er nicht frei werden konnte. Oft machte er Versprechungen, indem er sich einbildete, sie erfüllen zu können; aber sie wurden nie erfüllt, und die Schuldenlast wurde durch gebrochene Gelübde vermehrt. Es war eine Zeit endloser Qualen, die damals vielleicht noch bitterer waren, als sie ihm später in der Erinnerung vorkamen.

Um ihn im Wachstum zurückzuhalten, wurde auch die Konfirmation aufgeschoben. Er lernte Theologie in der Schule und las die Evangelien auf Griechisch, aber er war nicht reif für die Konfirmandenprüfung!

Der Zwang im Elternhause wurde umso drückender, je mehr seine Stellung in der Schule die eines freien Mannes wurde. Er hatte als Gymnasiast dort Rechte erhalten. Er konnte die Klasse verlassen, ohne erst um Erlaubnis bitten zu müssen; blieb bei den Fragen sitzen und wagte dem Lehrer seine Meinung zu sagen. Er war der Jüngste in der Klasse, saß aber unter den Ältesten und Längsten. Die Lehrer traten mehr als Vorleser auf, als dass sie Aufgaben abfragten.

Der frühere Menschenfresser aus Klara war ein Patriarch, der Ciceros »Alter« und »Freundschaft« erklärte und sich nicht viel um die Vokabeln kümmerte. Ja, er ging so weit, Didos und Aeneas' Begegnung in der Grotte zu erläutern, indem er damit anfing, »dem Reinen sei alles rein«. Er ließ sich über die Liebe aus, kam auf Abwege und wurde melancholisch. (Die Jünglinge erfuhren nachher, dass er gerade im Begriff war, um ein altes Fräulein zu freien.) Er schlug nie mehr einen hochmütigen Ton an, sondern war so hochherzig, einmal, als er einen Fehler machte (er war schwach im Latein), ganz offen zu bekennen, dass man niemals unvorbereitet in die Schule kommen dürfe, wenn man auch noch so befähigt sei. Das machte großen Eindruck auf die Jünglinge. Er gewann als Mensch, wenn er auch als Lateiner verlor. Seitdem half man sich gegenseitig bei den Übersetzungen.

Da er in den Naturwissenschaften bewandert war, wurde Johan in den Verein »Freunde der Naturwissenschaft« gewählt. Da er der einzige aus seiner Klasse war, galt es für eine große Ehre. Jetzt konnte er mit Kameraden aus den obersten Klassen zusammen sein, die im nächsten Jahr Studenten wurden.

Er sollte einen Vortrag halten. Er erzählte es zu Hause, dass er einen Vortrag halten solle. Er schrieb eine Abhandlung über die Luft und las sie vor.

Nach der Zusammenkunft ging der Verein in eine Kneipe am Heumarkt, wo man Punsch trank. Johan war den großen Herren gegenüber schüchtern, fühlte sich aber merkwürdig wohl. Zum ersten Male war er aus seiner Altersklasse emporgehoben worden. Der Reihe nach wurden unanständige Anekdoten erzählt. Er erzählte nur eine unschuldige und schämte sich sehr dabei.

Später besuchten die Herren ihn im Elternhause; dabei nahmen sie seine besten Alpenpflanzen und einige chemische Apparate mit.

Aus reinem Zufall hatte Johan einen Freund in der Schule bekommen. Als er Primus in der obersten Klasse war, kam der Rektor eines Tages mit einem großen Herrn herein, der Gehrock, Schnurrbart, Kneifer trug.

»Hör mal, Johan«, sagte er, »nimm dich dieses Burschen an, er kommt eben vom Lande, und mach ihn mit den Verhältnissen vertraut.«

Der Kneifer sah verächtlich auf das Bürschlein in Jacke, und es kam zu keiner Annäherung. Aber sie saßen nebeneinander; Johan hielt das Buch und sagte dem ältern vor, der nie etwas konnte, aber von Getränken und Cafés sprach.

Eines Tages spielt Johan mit dem Kneifer und die Feder bricht ihm entzwei. Der Kamerad wurde böse. Johan versprach, den Kneifer wieder heil machen zu lassen. Er nahm ihn mit nach Hause. Er war schwer zu tragen, denn er wusste nicht, wie er das Geld bekommen solle: So machte er sich selbst ans Werk. Nahm die Schrauben heraus, durchbohrte eine alte Uhrfeder; aber es gelang ihm nicht.

Der Kamerad erinnerte. Johan verzweifelte. Der Vater würde es nie bezahlen.

»Dann lasse ich's machen; du kannst es später bezahlen.«

Der Kneifer wurde repariert; kostete fünfzig Pfennige. Am nächsten Montag lieferte Johan zwölf Schillinge in Kupfer ab und versprach den Rest für den nächsten Montag.

Der Kamerad verstand den Zusammenhang.

»Das ist dein Frühstücksgeld«, sagte er. »Hast du nur zwölf Schillinge in der Woche?«

Johan errötete und bat ihn, sie zu nehmen. Am nächsten Montag brachte er die andern Kupferstücke. Neuer Widerstand, neues Drängen.

Die beiden Jünglinge hielten seitdem zusammen, auf der Schule in Stockholm, auf der Universität in Upsala und noch länger. Der Freund war eine heitere Natur und nahm die Welt ohne alle Umstände. Disputierte etwas mit Johan, brachte ihn aber meist zum Lachen.

Durch den Gegensatz zu dem freudlosen Elternhause wurde ihm die Schule jetzt ein heiterer, heller Zufluchtsort, wohin er vor der Familientyrannei flüchtete. Daraus aber entstand ein Doppelleben, das ihn wieder in allen Gelenken verrücken sollte.

7. Erste Liebe

Wenn der Charakter des Menschen schließlich die Rolle ist, bei der er in der Komödie des sozialen Lebens stehen bleibt, so war Johan in dieser Periode sehr charakterlos; das heißt recht aufrichtig. Er suchte, fand nicht und konnte bei nichts bleiben. Seine brutale Natur, die jedes Geschirr, das man ihm auflegte, abwarf, beugte sich nicht; und sein Gehirn, das zum Empören geboren war, konnte nicht automatisch werden. Er war ein Reflexionsspiegel, der alle Strahlen, die ihn trafen, zurückwarf. Ein Kompendium aller seiner Erfahrungen, aller wechselnder Eindrücke und voller streitender Elemente.

Einen Willen hatte er, der stoßweise arbeitete und dann fanatisch. Gleichzeitig aber wollte er eigentlich nichts; war sanguinisch und hoffte alles. Hart wie Eis im Elternhaus, war er oft gefühlvoll bis zur Empfindsamkeit; konnte in einen Torweg treten und sich die Unterjacke ausziehen, um sie einem Armen zu geben; konnte weinen, wenn er eine Ungerechtigkeit sah. Sein Geschlechtsleben, das sich nach der Entdeckung der Sünde gelegt hatte, brach jetzt in nächtlichen Träumen los, die er dem Teufel zuschrieb; gegen den rief er Jesus als Helfer an. Er war jetzt Pietist. Aufrichtig? So aufrichtig jemand sein konnte, der sich in eine veraltete Weltanschauung einleben wollte. Er war es aus Bedürfnis zu Hause, wo alles seine geistige und körperliche Freiheit bedrohte. In der Schule war er ein heiterer Weltmann, ohne Empfindsamkeit, weich und umgänglich. Dort wurde er für die Gesellschaft erzogen und hatte Rechte. Im Elternhause wurde er wie eine essbare Pflanze für den Gebrauch der Familie gezogen und hatte keine Rechte. Er war auch Pietist aus geistigem Hochmut wie alle Pietisten. Beskow, der bußfertige Leutnant, war von Christi Grab heimgekehrt, wo er den Richtweg über die theologische Prüfung zum Himmel gefunden hatte. Seine »Reise« wurde zu Hause von der Stiefmutter gelesen, die den Pietismus beschnupperte. Beskow brachte den Pietismus in Mode, und dieser Mode folgte jetzt ein großer Teil der Unterklasse. Der Pietismus war damals, was der Spiritismus jetzt (1886) ist: ein wohlfeiles Wissen, eine angeblich höhere Kenntnis verborgener Dinge. Deshalb traten ihm auch alle Frauen und Ungebildeten mit Begier bei; er drang schließlich auch bei Hofe ein ...

Kam das von einem allgemeinen geistigen Bedürfnis? War die Zeit so hoffnungslos reaktionär, dass man Pessimist werden musste? Nein! Der König führte auf Ulriksdal ein munteres Wesen und gab dem gesellschaftlichen Leben einen heiteren, vorurteilsfreien Ton. Frische Ströme brausten im politischen Leben, in dem man jetzt eine Änderung der Volksvertretung vorbereitete. Der Deutsch-Dänische Krieg machte aufs Ausland aufmerksam; die Blicke richteten sich über die Landesgrenzen hinaus; Bürgerwehr und Schützenbewegung weckten Land und Stadt mit Trommeln und Spiel; die neuen Oppositionsblätter »Dagens Nyheter« und der ungestüme »Söndags-Nisse« wurden Ventile für eingeschlossenen Dampf, der heraus musste. An allen Enden wurden Eisenbahnen eröffnet, die Einöden in Verbindung mit den großen motorischen Nervenzentren brachten. Es war durchaus kein dunkler Niedergang; im Gegenteil eine helle, hoffnungsvolle Jugendzeit des Erwachens.

Wo kam der Pietismus denn her? Es war ein wehender Wind; vielleicht auch eine Rettung für die von der Bildung Vernachlässigten vor dem Druck der Gelehrsamkeit. Es lag auch ein demokratisches Element darin, dass eine für hoch und niedrig gemeinsame Weisheit zugänglich war, die alle Gesellschaftsklassen auf ein Niveau brachte. Da der Geburtsadel im Rückgang war, wurde der Bildungsadel umso drückender empfunden. Durch den Pietismus schaffte man den auf einmal ab, glaubte man.

Johan wurde Pietist aus vielen Gründen. Bankrott auf Erden, da er mit fünfundzwanzig Jahren mit eingeschrumpftem Rückgrat und ohne Nase sterben musste, suchte er den Himmel. Schwermütig von Natur, aber voller Wildheiten, liebte er das Schwermütige. Der Lehrbücher, die nicht lebendiges Wasser gaben, weil sie nichts mit dem Leben zu tun hatten, müde, fand er bessere Nahrung in einer Religion, die unaufhörlich auf das tägliche Leben angewandt werden konnte. Dazu kam noch unmittelbarer, dass die ungelehrte Stiefmutter, die seine Überlegenheit in Bildung fühlte, auf der Jakobsleiter über ihn hinaus zu kommen suchte. Sie sprach oft mit dem ältesten Bruder von den höchsten Dingen; war Johan dann in der Nähe, bekam er zu hören, wie sie seine weltliche Weisheit verachtete. Das reizte ihn und er musste hinauf zu ihnen; musste über sie hinauskommen. Ferner hatte die

Mutter ein Testament hinterlassen, in dem sie sich gegen geistigen Hochmut aussprach und auf Jesus hinwies. Zuletzt kam die Gewohnheit, im Kirchenstuhl der Familie jeden Sonntag einen pietistischen Geistlichen predigen zu hören. Auch war das Haus überschwemmt mit pietistischen Schriften. Von allen Seiten drang der Pietismus auf ihn ein.

Die Stiefmutter und der älteste Bruder pflegten zusammen zu sitzen und in der Erinnerung eine gute pietistische Predigt durchzugehen, die sie in der Kirche gehört hatten. Eines Sonntags, als der Kirchendienst zu Ende war, machte sich Johan ans Werk und schrieb die ganze bewunderte Predigt auf. Er konnte sich das Vergnügen nicht versagen, sie der Stiefmutter zu überreichen. Das Geschenk wurde nicht gerade mit Wohlwollen aufgenommen. Geduckt war sie. Aber sie gab nicht einen Zoll nach.

»Gottes Worte sollen im Herzen geschrieben sein und nicht auf dem Papier«, sagte sie.

Das war nicht übel gesagt, aber Johan sah, dass es Hochmut war. Sie glaubte, weiter auf dem Weg der Heiligung gekommen und schon Gottes Kind zu sein.

Das Wettlaufen beginnt, und Johan geht in außerkirchliche Betstunden. Darauf wird mit einem halben Verbot geantwortet, denn er sei noch nicht konfirmiert; also nicht reif für den Himmel. Die Erörterungen mit dem ältesten Bruder werden fortgesetzt. Johan sagt, Jesus habe erklärt, dass auch die Kinder ins Himmelreich gehören. Man schlägt sich um den Himmel. Johan kann die Theologie von Norbeck, aber die wird ungesehen verworfen. Er nimmt Krummacher, Kempis und alle Pietisten zu Hilfe. Nein, es hilft nicht – »So muss es sein!« – »Wie?« – »Wie ich es habe, aber wie du es nicht haben kannst!« – »Wie ich! Das ist die Formel der Pietisten: Selbstgerechtigkeit.«

Eines Tages sagte Johan, alle Menschen seien Gottes Kinder! – »Unmöglich! Dann wäre es ja keine Kunst, selig zu werden!« – »Es sollte eine Kunst sein, die nur sie konnten!« – »Sollen denn alle selig werden?« – »Ja gewiss, Gott ist die Liebe und will niemandes Verderben.« – »Wenn alle selig werden, was hat es dann für einen Zweck, sich zu quälen? Ja, das ist eben die Frage!« – »Du bist also ein Zweifler, ein Heuchler?«

Sehr wohl möglich, dass sie es alle waren!

Johan wollte jetzt den Himmel stürmen und ein Kind Gottes werden; vielleicht damit auch die anderen ducken. Die Stiefmutter war nämlich nicht konsequent. Sie ging ins Theater und tanzte gern. Eines Sonnabends im Sommer wurde verkündet, die ganze Familie werde am nächsten Sonntag einen Ausflug machen. Das war ein Befehl. Johan hielt es für Sünde und wollte die Gelegenheit benutzen, um in der Einsamkeit Jesus zu suchen, den er noch nicht gefunden hatte. Die Bekehrung sollte nämlich nach der Beschreibung wie ein Blitzschlag eintreten; dem würde die Gewissheit folgen, dass man ein Kind Gottes sei; und dann sei der Friede da.

Als der Vater am Abend die Zeitung las, trat Johan an ihn heran und bat, zu Hause bleiben zu dürfen.

»Warum denn?«, fragte er freundlich.

Johan schwieg. Er schämte sich.

»Wenn deine religiöse Überzeugung es dir verbietet, dann folg deinem Gewissen.«

Die Stiefmutter war geschlagen. Sie wollte den Sabbat entheiligen, er aber nicht.

Die Familie fuhr ab. Johan ging in die Bethlehemskirche und hörte Rosenius. Der Raum war dunkel, unheimlich, und die Menschen sahen aus, als hätten sie die verhängnisvollen fünfundzwanzig Jahre erreicht. Bleigrau im Gesicht, erloschne Blicke. Sollte dieser Dr. Kapff sie alle zu Jesus gescheucht haben? Sonderbar war es.

Rosenius sah wie der Friede selbst aus und strahlte von himmlischer Freude. Er gestand allerdings, dass er ein alter Sünder sei, aber Jesus habe ihn gereinigt, und jetzt sei er glücklich. Er sah auch glücklich aus. War es möglich, dass es einen glücklichen Menschen gibt? Warum wurden dann nicht alle Pietisten!

Johan hatte jedoch die Gnadenwirkung noch nicht erfahren; in ihm war noch Unfriede. Es war ein zu kleines Publikum, als dass er hätte glauben können, nur in diesem Haus hätten die Seligen ihre Wohnung. Alle die großen Kirchen, in denen tote Priester predigten, waren ja voll von künftigen Unseligen.

Am Nachmittag las er Thomas a Kempis und Krummacher. Darauf ging er nach Haga hinaus und betete die ganze Nordzollstraße entlang, dass Jesus ihn suchen möge. Im Hagapark saßen kleine Familien mit Esskörben, und die Kinder spielten. War es möglich, dass all diese in die Hölle kommen sollten? Ja allerdings! Unmöglich, antwortete sein guter Verstand. Aber es war so. Eine Kalesche mit feinen Herren und Damen fuhr vorbei. Und die dort, die waren längst verurteilt! Aber sie waren wenigstens lustig. Die lebhaften Bilder fröhlicher Menschen verdüsterten ihn noch mehr, und er empfand die furchtbare Einsamkeit in einer Volksmenge.

Er hatte sich müde gedacht und ging nach Hause, niedergeschlagen wie ein Dichter, der mit Gewalt Eingebung gesucht, sie aber nicht hat finden können. Er legte sich auf sein Bett und sehnte sich fort von dem ganzen Leben.

Abends kamen die Geschwister nach Hause, fröhlich und geräuschvoll, und fragten, ob er sich vergnügt habe.

»Ja«, antwortete er; »und ihr?«

Und er musste Einzelheiten von dem Ausflug hören und fühlte jedes Mal Stiche im Herzen, wenn er sie beneidete. Die Stiefmutter sah ihn nicht an, denn sie hatte den Sabbat entheiligt. Das war sein Trost!

Jetzt müsste der durchschaute Selbstbetrug sich aufgezehrt haben und gestorben sein; da aber tritt ein neuer wichtiger Faktor in sein Leben ein, der die Selbstquälerei zum Fanatismus treibt, bis sie dann Knall und Fall stirbt.

Sein Leben war während dieser Jahre nicht von so furchtbar einförmiger Tristheit gewesen, wie es sich später in der Perspektive zeigte, als alle dunklen Punkte so zahlreich waren, dass sie zu einem einzigen grauen Hintergrund zusammenschmolzen. Aber hinter und unter allem ruhte seine zurückgesetzte Stellung als Kind, während er mannbar war; der Lehrstoff konnte ihn nicht mehr interessieren; er war darauf gefasst, dass er mit fünfundzwanzig Jahren sterben müsse; sein Geschlechtstrieb war unbefriedigt; seine Umgebung hatte einen ganz andern Bildungsgrad und konnte ihn infolgedessen nicht begreifen.

Mit der Stiefmutter kamen drei junge Mädchen ins Haus, ihre Schwestern. Sie schlossen bald Freundschaft mit den Stiefsöhnen, machten gemeinsame Spaziergänge, fuhren zusammen auf der Rutschbahn, spielten mit ihnen. Sie suchten immer Versöhnungen zustande zu bringen; erkannten an, dass die Schwester dem Jüngling gegenüber schuld hatte; und damit war er sofort zufrieden, sodass sich sein Hass legte.

Auch die Großmutter übernahm die Rolle der Vermittlerin, trat schließlich entschieden als Freund Johans auf und beschwor oftmals den Sturm. Aber ein verhängnisvolles Geschick ließ ihn auch diesen Freund bald verlieren. Die Tante hatte die neue Ehe nicht geliebt, und ein Bruch mit dem Bruder war eingetreten. Das war ein großer Kummer für den Alten. Der Verkehr hörte auf, und man sah sich nicht mehr. Es war natürlich Hochmut. Aber eines Tages trifft Johan die Cousine, damals ein älteres Mädchen, das sehr fein gekleidet ist, auf der Straße. Sie ist neugierig, will etwas über die neue Ehe hören und geht mit Johan spazieren.

Als er nach Hause kommt, trifft er Großmutter, die ihm in scharfen Worten vorhält, dass er sie auf der Straße nicht gegrüßt habe; er sei wohl in zu feiner Gesellschaft gewesen, um die Alte zu grüßen. Er beteuert seine Unschuld; es ist aber vergebens.

Da er nicht viele Freunde zu verlieren hatte, war dieser Verlust schmerzlich.

Auch mit andern jungen Mädchen aus dem Bekanntenkreis der Stiefmutter verkehrte man. Es wurden Spiele gespielt, Pfänderspiele nach den einfachen Sitten der Zeit; dabei küsste man die Mädchen und fasste sie um die Taille. Eines Tages hatte er tanzen gelernt und wurde nun ein eifriger Walzertänzer. Das war eine sehr gute Erziehung für den Jüngling: dadurch wurde er daran gewöhnt, den weiblichen Körper zu sehen und zu berühren, ohne dass seine Leidenschaften erwachten. Als er zum ersten Male geküsst werden sollte, zitterte er, bald aber war er ruhig. Die Elektrizität verteilte sich, die Fantasien nahmen feste Form an, und die Träume wurden nicht mehr so oft gestört. Aber das Feuer brannte, und die Kühnheit trat einige Male hervor. Als die Pfänder in einem dunklen Zimmer gelöst wurden, fasste er ein junges hübsches schwarzhaariges Mädchen an die Brust, die nur von einem dünnen Garibaldihemd verborgen wurde. Sie fauchte. Er schämte sich nachher, konnte aber nicht umhin, sich männlich zu fühlen. Wenn sie nur nicht gefaucht hätte!

Einen Sommer weilte er mit der Stiefmutter bei einem ihrer Verwandten, einem Landwirt in Östergötland. Dort wurde er als Weltmann behandelt und ward gut Freund mit der Stiefmutter. Auch das währte nicht lange, und bald brach der Streit wieder in hellen Flammen aus. So ging es auf und nieder, hin und zurück.

Zu dieser Zeit, im Alter von fünfzehn Jahren, geht er seine erste Liebesverbindung ein, wenn es Liebe war. Die Kulturliebe ist ein sehr verfälschtes und verwickeltes Gefühl und im Grunde ungesund. Reine

Liebe ist ein Widerspruch in sich, wenn man nämlich unter rein unsinnlich versteht. Die Liebe als Geschlechtstrieb muss sinnlich sein, wenn sie gesund sein soll. Als sinnliche Liebe muss sie den Körper lieben. Während des Rausches passen sich die Seelen einander an und Sympathie entsteht. Sympathie ist Waffenruhe, Ausgleich. Darum bricht die Abneigung gewöhnlich aus, wenn sich das sinnliche Band gelöst hat, nicht umgekehrt. Aber das Wort sinnlich hat durch die tote Moral des Christentums eine niedrige Bedeutung erhalten: »Der Geist ist im Fleisch gefangen.« – »Töte das Fleisch und lass den Geist frei.« Geist und Fleisch sind jedoch eins; tötet man das Fleisch, so tötet man auch den Geist.

Kann Freundschaft zwischen den beiden Geschlechtern entstehen und dauern? Nur scheinbar, denn die beiden Geschlechter sind geborene Feinde; und – bleiben immer Gegensätze, positive und negative Elektrizität sind feindlich, aber suchen einander, um einander zu ergänzen. Freundschaft kann nur entstehen zwischen Personen mit denselben Interessen, ungefähr denselben Anschauungen. Mann und Weib sind durch die gesellschaftliche Ordnung mit verschiedenen Interessen, verschiedenen Anschauungen geboren. Darum kann Freundschaft zwischen den Geschlechtern nur in der Ehe entstehen, in der die Interessen dieselben geworden sind; dann aber nur, solange das Weib sein ganzes Interesse der Familie widmet, für die der Mann arbeitet. Sobald sie sich einer Sache widmet, die außerhalb der Familie liegt, ist der Vertrag gebrochen; dann haben Mann und Weib verschiedene Interessen, und es ist aus mit der Freundschaft. Darum ist eine geistige Ehe unmöglich, weil sie zur Sklaverei des Mannes führt: diese Ehe löst sich denn auch bald auf.

Der Fünfzehnjährige verliebte sich in ein Weib von dreißig Jahren. Wäre es reine, sinnliche Liebe gewesen, dann hätte man etwas Ungesundes bei ihm argwöhnen können; aber er konnte zu seiner Ehre damit prahlen, dass seine Liebe unsinnlich war.

Wie er dazu kam, sie zu lieben? Viele Gründe wie immer, nicht nur einer.

Sie war die Tochter des Hauswirts, nahm als solche eine höhere Stellung ein, und das Haus war reich und gastfrei. Sie war gebildet, wurde bewundert, herrschte im Hause, stand intim mit der Mutter; sie konnte die Wirtin machen, führte die Unterhaltung, war von Herren umgeben, die alle von ihr beachtet zu werden wünschten. Dazu war sie emanzipiert, ohne jedoch den Männern feindlich zu sein; sie rauchte und trank ihr Glas, aber nicht etwa auf geschmacklose Art. Dazu war sie mit einem Manne verlobt, den der Vater hasste und den er nicht zum Eidam haben wollte. Der Bräutigam weilte im Auslande und schrieb selten. Im Hause verkehrten ein Amtsrichter, Studenten der Technischen Hochschule, ein Literat, Geistliche, Bürger. Alle umschwärmten sie. Johans Vater bewunderte sie, die Stiefmutter fürchtete sie, die Brüder warteten ihr auf.

Johan hielt sich hinter allen andern zurück und beobachtete sie. Es dauerte lange, ehe sie ihn entdeckte. Schließlich eines Abends, als sie alle Herren angesprüht und entzündet hatte, zog sie sich müde in einen Salon zurück, in dem Johan saß.

»Gott, wie unglücklich bin ich!«, sagte sie zu sich selbst und warf sich auf ein Sofa.

Johan machte eine Bewegung und ward gesehen. Er glaubte etwas sagen zu müssen.

»Sie sind unglücklich? Sie lachen doch beständig! Sie sind sicher nicht so unglücklich wie ich!«

Sie sah den Burschen an, setzte das Gespräch fort, und sie waren Freunde.

Seitdem sprach sie am liebsten mit ihm. Das erhob ihn. Er war verlegen, wenn sie einen Kreis erwachsener Männer verließ, um sich neben ihn zu setzen. Er begann in ihrer Seele zu forschen, stellte Fragen nach ihrem Seelenzustand, die verrieten, dass er viel beobachtet und viel gedacht hatte. Er bekam die Oberhand und wurde ihr Gewissen. Wenn sie einen Abend zu lebhaft gescherzt hatte, kam sie zu dem Jüngling, um bestraft zu werden. Das war eine Art Geißelung, angenehm wie eine Liebkosung.

Schließlich begannen sich die Herren um den Jüngling zu kümmern.

»Können Sie sich denken«, sagte sie eines Abends, »sie behaupten, ich sei in Sie verliebt.«

»Das sagen sie von allen Menschen verschiedenen Geschlechts, die Freunde sind.«

»Glauben Sie, dass es Freundschaft zwischen Mann und Weib geben kann?«

»Ja, davon bin ich überzeugt«, antwortete er.

»Danke«, sagte sie und reichte ihm ihre Hand. »Wie sollte ich, die ich doppelt so alt bin wie Sie, die ich hässlich und krank bin, in Sie verliebt sein können! Und dann bin ich ja auch verlobt!«

Nein, das war natürlich nicht möglich, dass eine ältere und hässliche Frau in den Körper eines jungen, durch Turnen gut entwickelten Jünglings verliebt sein konnte, zumal der Jüngling kleine fleischige Hände mit langen, wohlgepflegten Nägeln, kleine Füße und schlanke Beine mit starken Waden hatte; auch noch einen frischen Teint mit keimendem Bartwuchs besaß. Aber die Logik ist nicht stark, wenn das Herz verletzt ist. Dass Johan dagegen ein dreißigjähriges Weib, das groß gewachsen und männlich gestaltet war, das Zuckerkrankheit und Wassersucht hatte, liebte, das war beinahe unmöglich.

Seit diesem Abend aber hatte sie das Übergewicht. Sie wurde mütterlich. Das packte ihn. Und als sie dann wegen ihrer Neigung geneckt wurde, fühlte sie sich beinahe verlegen und ließ alle Gefühle fallen, mit Ausnahme der mütterlichen; auch begann sie an seiner Bekehrung zu arbeiten, denn auch sie war Pietistin.

Sie trafen sich in einem französischen Konversationszirkel und gingen den langen Weg nach Hause zusammen; dabei sprachen sie französisch. Es war leichter, heikle Sachen in einer fremden Sprache zu sagen. Auch fing er an, französische Aufsätze für sie zu schreiben, die sie korrigierte.

Vaters Bewunderung für das alte Mädchen nahm ab, und dieses Französischsprechen war der Stiefmutter unangenehm, weil sie es nicht verstand. Des älteren Bruders Vorrecht auf Französisch war auch damit aufgehoben. Das ärgerte den Vater so, dass er eines Tages zu Johan sagte, es sei unpassend, eine fremde Sprache in Gegenwart von Menschen zu sprechen, die sie nicht verstehen; er begreife nicht, wie Fräulein X., die so gebildet sein solle, sich eine solche Taktlosigkeit erlauben könne. Aber die Bildung des Herzens sei nicht dieselbe wie die Bildung durch Bücher.

Sie wurde im Elternhaus nicht mehr gern gesehen, und man »verfolgte« die beiden. Dazu kam, dass die Familie in den benachbarten Hof zog; der Verkehr wurde daher etwas weniger lebhaft.

Am ersten Tage nach dem Umzug war Johan aufgerieben. Er konnte ohne ihre tägliche Gesellschaft nicht leben; er konnte nicht leben ohne ihre Hilfe, die ihn aus seiner Altersklasse herausgehoben und unter die Erwachsenen versetzt hatte. Zu ihr gehen und wie ein lächerlicher Liebhaber sie aufsuchen, nein, das konnte er nicht. Blieb nur übrig, Briefe zu schreiben.

Jetzt beginnt ein Briefwechsel, der ein Jahr dauerte. Die Schwester der Stiefmutter, die das intelligente und fröhliche Mädchen vergötterte, überbrachte heimlich die Briefe. Die Briefe wurden französisch geschrieben, damit sie nicht gelesen werden konnten, wenn sie einmal in falsche Hände fielen. Auch konnte man sich leichter bewegen unter dieser Deckung.

Wovon die Briefe handelten? Von allem. Von Jesus, dem Kampf gegen die Sünde, vom Leben, vom Tode, von Liebe, Freundschaft, Zweifel. Obwohl sie Pietistin war, verkehrte sie mit Freidenkern und litt unter Zweifeln, zweifelte an allem. Johan war bald ihr gestrenger Lehrer, bald ihr bestrafter Sohn.

Lange Auseinandersetzungen und Beweisführungen hatten sie auch über ihr Verhältnis. War es Liebe oder Freundschaft? Aber sie liebte ja einen andern Mann, von dem sie fast nie sprach. Johan betrachtete niemals ihren Körper. Er sah nur ihre Augen, die tief und ausdrucksvoll waren. Es war auch nicht gerade die Mutter, die er verehrte, denn er sehnte sich niemals danach, seinen Kopf in ihren Schoß zu legen; was er dagegen gern bei andern Frauen getan hätte. Er hatte beinahe ein Entsetzen davor, sie anzurühren; nicht das Entsetzen der verborgenen Begierde, sondern des Ekels. Er tanzte einmal mit ihr, aber tat es nicht wieder. Wenn es draußen windig war und ihr Kleid wurde aufgeweht, sah er fort. Es war wohl Freundschaft, und ihre Seele war so männlich, und ihr Körper auch, dass eine Freundschaft entstehen und dauern konnte.

Geistige Ehen können darum nur zwischen mehr oder weniger Ungeschlechtlichen stattfinden; und wo es die gibt, wird man immer etwas Anormales beobachten können. Die besten Ehen, das heißt die am besten ihre wirkliche Bestimmung erfüllen, sind gerade die »mal assortis«.

Abneigung, Verschiedenheit der Ansichten, Hass, Verachtung können die wahre Liebe begleiten. Verschiedene Intelligenzen und Charaktere bringen die reichsten Kinder hervor, die beider Anlagen erben. Frau Maria Grubbe, die an Überkultur litt, sucht und sucht mit vollem Bewusstsein einen geistigen Gatten. Sie wird unglücklich, bis sie einen Stallknecht bekommt, der ihr gibt, was sie braucht, und Schläge dazu. Das hatte sie nötig als Ergänzung.

Inzwischen näherte sich die Konfirmation. Die war so lange wie möglich aufgeschoben worden, um den Jüngling unter den Kindern zurückzuhalten. Und auch die sollte benutzt werden, um ihn zu ducken. Als der Vater ihm seinen Entschluss mitteilte, sprach er die Hoffnung aus, der Unterricht werde sein Eis ums Herz schmelzen.

Es wurde eine gehörige Strafaufgabe. Zuerst kam er unter die Kinder der Unterklasse, Tabaksbinder und Schornsteinfeger, Lehrlinge aller Art. Er empfand wie früher Mitleid mit ihnen, aber er liebte sie nicht, konnte sich ihnen nicht nähern und wollte es auch nicht. Er war durch seine Erziehung ihnen entwachsen, wie er seiner Familie entwachsen war.

Er wurde wieder Schuljunge; wurde geduzt und musste auswendig lernen; bei den Fragen aufstehen und zusammen mit dem Haufen Schelte anhören.

Der Geistliche war Hilfsprediger und Pietist. Er sah aus, als leide er an einer ansteckenden Krankheit oder habe Dr. Kapff gelesen. Streng, unbarmherzig, gefühllos, ohne ein Wort der Gnade oder des Trostes. Cholerisch, jähzornig, nervös, war dieser eingebildete Bauernjunge der Liebling aller Damen. Aber dadurch, dass er oft gehört wurde, machte er schließlich Eindruck. Er predigte vom Schwefelpfuhl, verfluchte Theater und alle Arten Vergnügen. Lehre und Leben sollten eins sein.

Johan begann mit sich selbst und seiner Freundin. Sie wollten ihr Leben ändern; nicht tanzen, nicht ins Theater gehen, nicht scherzen. Er schrieb jetzt in der Schule pietistische Aufsätze und nahm sich vor, nicht mehr leichtsinnige Geschichten anzuhören.

»Pfui Teufel, du bist ja Mucker«, sagte eines Tages ein Kamerad öffentlich.

»Ja, das bin ich«, sagte er. Er wollte seinen Erlöser nicht verleugnen.

Die Schule wurde jetzt unerträglich. Er litt jetzt ein Martyrium; ihm war bange vor den Lockungen der Welt, denn er hatte empfunden, wie das Leben lockte. Er fühlte sich auch als Mann und wollte ins Leben hinaus, um zu arbeiten, sich selbst zu ernähren und sich zu verheiraten. Sich verheiraten war sein Traum, denn unter einer andern Form konnte er sich die Verbindung mit einem Weib nicht denken. Es musste gesetzlich und geheiligt sein.

Unter diesen Träumen erzeugte er einen Entschluss, der wohl etwas seltsam war, aber seine Gründe hatte. Ein Beruf musste es sein, der leicht zu erlernen war, der seinen Mann bald ernährte; eine Stellung, in der er nicht der Letzte war, aber auch nicht der Höchste; eine unbedeutende, demütige Stellung, die aber ein bewegliches, gesundes Leben in der freien Luft mit einer bald errungenen wirtschaftlichen Selbstständigkeit vereinigte. Die Bewegung in der freien Luft, ein Leben in Turnen war vielleicht der Hauptgrund, dass er sich dafür entschied, Unteroffizier in einem Reiterregiment zu werden, um diesem fatalen Todesjahr zu entgehen, vor dem der Geistliche ihn von Neuem gewarnt hatte. War es vielleicht auch die Uniform und das Pferd? Wer weiß? Der Mensch ist ein sonderbares Geschöpf. Aber er hatte ja die Kadettenuniform ausgeschlagen.

Die Freundin riet ab, so sehr sie nur konnte; sie malte die Sergeanten als die schlimmsten von allen Menschen aus. Aber er war stark und sagte, der Glaube an Jesus werde ihn rein von aller Ansteckung halten; ja, er werde ihnen Christus predigen und sie alle rein machen.

Er ging zum Vater. Der fasste das Ganze als eine Fantasie auf; sprach von dem nahen Studentenexamen, das ihm eine ganze Welt öffnen werde. So musste er vorläufig die Sache aufschieben.

Die Stiefmutter hatte einen Sohn bekommen. Johan hasste den aus Instinkt, als einen Konkurrenten, der seine jüngeren Geschwister in den Hintergrund drängen musste. Aber die Macht der Freundin und des Pietismus war so stark, dass er aus Selbstkasteiung sich auferlegte, den Kleinen zu lieben. Er trug ihn auf seinen Armen und wiegte ihn.

»Das ist sicher gewesen, wenn niemand es sah«, sagte die Stiefmutter, wenn er mit diesem Beweis seines guten Willens kam.

Ja, eben, wenn niemand es sah, denn er wollte nicht damit prahlen. Oder schämte sich darüber. Das Opfer war aufrichtig, als es geschah; als es ihm widrig wurde, hörte es auf.

Gründlich wurde man für die Konfirmation zurechtgewiesen, privatim wie öffentlich, im halbdunklen Chor der Kirche, während einer Reihe von Passionspredigten, endlosen Gesprächen über Jesus, Kasteiungen; höher konnte die Stimmung nicht hinaufgeschraubt werden. Nach der Prüfung schalt er die Freundin aus, weil er gesehen hatte, wie sie lachte.

Am Tage des Abendmahls hielt der Pfarrer die Predigt. Es war der wohlwollende Rat eines alten aufgeklärten Mannes, den er der Jugend fürs Leben gab; es war herzlich und tröstend; keine Posaunen des Gerichts, keine Strafe für nicht begangene Sünden. Während der Predigt fielen ihm die Worte oft wie Balsam aufs verwundete Herz, und zuweilen kam es ihm vor, als habe der Alte recht.

Der Akt selbst am Altar, von dem er sich so viel versprochen hatte, verfehlte seine Wirkung. Die Orgel spielte stundenlang »O Lamm Gottes, erbarme dich unser«. Knaben und Mädchen weinten und waren halb tot, wie beim Anblick einer Hinrichtung. Aber Johan war nur benommen; er wusste weder aus noch ein. Die Gnadenmittel hatte er im Küsterhause aus der Nähe gesehen, und die Sache war jetzt bis ins Sinnlose getrieben. Sie war reif zum Fallen. Und sie fiel!

Er bekam einen hohen Hut; erbte die abgelegten Kleider des Bruders, die weit und fein waren. Der Freund mit dem Kneifer nahm sich jetzt seiner an. Er hatte ihn allerdings auch nicht verlassen, als Johan Pietist war. Der nahm die Sache leicht, wohlwollend, nachsichtig; bewunderte ein wenig das Märtyrertum und den festen Glauben, den Johan in Handlung umsetzen wollte. Jetzt aber griff er ein. Er nahm Johan mit auf den Mittagsspaziergang. Zeigte ihm die Schönheiten der Stadt; sagte ihm die Namen der Schauspieler, die sie trafen; nannte die Offiziere, welche die Parade anführten. Johan war noch schüchtern und besaß kein Selbstvertrauen.

Eines Mittags um zwölf, als sie ins Gymnasium gehen wollten, sagte der Freund:

»Komm, wir wollen in den ›Drei Römern‹ Frühstück essen.«

»Nein, wir müssen in die griechische Stunde!«

»Ach, wir schwänzen das Griechische heute.«

Schwänzen! Das war das erste Mal. Aber etwas Schelte konnte man ja ertragen.

»Ja, aber ich habe kein Geld.«

»Das brauchst du auch nicht; ich habe dich ja eingeladen.«

Der Freund schien verletzt zu sein.

Sie gingen in die Kneipe. Ein schöner Geruch von Beefsteak schlug ihnen entgegen; die Kellner nahmen ihnen die Mäntel ab und hingen die Hüte an.

»Die Speisekarte!«, rief der Freund mit Sicherheit, denn er aß seit einigen Jahren in der Kneipe.

»Willst du ein Beefsteak haben?«

»Ja, bitte!«

Er hatte nicht mehr als zwei Male in seinem Leben Beefsteak gegessen.

»Butter, Käse und Branntwein; und zwei Halbe Bier!«

Ohne Umstände goss Fritz den Schnaps ein.

»Nein, ich weiß nicht, ob ich darf!«

»Hast du noch keinen Schnaps getrunken?«

»Nein!«

»Ach, nimm nur, der tut einem gut!«

Er nahm ihn. Ab! Das wärmte den Körper, die Tränen traten ihm in die Augen, und ein leichter Nebel lagerte sich über das Zimmer; aber durch den Nebel klärte es sich auf; die Kräfte wuchsen, der Gedanke arbeitete, es kamen neue Gesichtspunkte, die dunkle Vergangenheit wurde heller.

Dann kam das saftige Stück Fleisch. Das war Essen!

Der Freund aß noch ein Butterbrot mit Käse. Johan fragte:

»Was sagt der Wirt dazu?«

Der Freund lächelte ihn wie ein alter Onkel an:

»Iss nur; es kostet ebenso viel!«

»Nein, aber Käsebutterbrot zum Beefsteak! Welche Unsitte!«

Aber wie gut das schmeckte! Es war ihm, als esse er heute zum ersten Male. Und dann Bier.

»Soll jeder eine ganze halbe Flasche trinken? Bist du verrückt?«

Das war doch einmal Essen! Das war kein so leerer Genuss, wie der blasse Mann behauptet hatte! Nein, das war ein solider Genuss, starkes Blut in halb leere Ader rollen zu fühlen, welche die Nerven zum Kampf des Lebens versehen sollten. Es war ein Genuss, zu fühlen, wie die entschwundene Manneskraft zurückkehrte; zu fühlen, wie sich die schlaffen Sehnen eines halb gebrochenen Willens wieder spannten. Die Hoffnung erwachte, der Nebel wurde eine rosenrote Wolke; und der Freund ließ ihn in die Zukunft blicken, wie sie von der Freundschaft und der Jugend gedichtet wird.

Diese Illusionen der Jugend über das Leben, woher kommen sie? Aus Kraft, sagt man. Aber der Verstand, der so viele Wünsche der Kindheit in nichts hat aufgehen sehen, müsste den Schluss ziehen können, dass es unmöglich ist, die Illusionen der Jugend zu verwirklichen. Alle diese Träume sind ungesunde Illusionen, die von unbefriedigten Trieben hervorgerufen werden, und sie werden einst verschwinden; dann werden die Menschen verständiger werden und glücklicher.

Johan hatte nichts anderes vom Leben fordern gelernt als Freiheit von Tyrannei und Mittel zum täglichen Brot. Das genügte. Er war kein Aladdin und glaubte nicht ans Glück. Er besaß Kräfte genug, aber kannte sie nicht. Der Freund musste ihn erst entdecken.

»Du musst öfters mit uns ausgehen und dich etwas aufrütteln«, sagte er; »sitz nicht so viel zu Hause!«

»Das kostet Geld, und ich bekomme keins.«

»Dann gib Stunden!«

»Stunden? Ich? Glaubst du, ich könnte Stunden geben?«

»Du hast ja so gute Kenntnisse; das muss sehr leicht gehen.«

Er hatte gute Kenntnisse! Das war eine Anerkennung oder eine Schmeichelei, wie die Pietisten es nannten, und die fiel in fruchtbaren Boden.

»Aber ich habe keine Bekannte! Keine Verbindungen!«

»Sag es nur dem Direktor, dann geht's! Es ist ja für mich gegangen!«

Johan wagte kaum an ein solches Glück zu glauben, dass er sich Geld verdienen könne. Aber wenn er hörte, dass andere es konnten, und er sich mit ihnen verglich! Ja, aber die hatten Glück!

Der Freund brachte ihn in Bewegung. Bald hatte er des Abends die Schulaufgaben durchzunehmen und war Lehrer in einem Mädchenpensionat.

Jetzt erwachte sein Selbstgefühl. Die Mägde des Elternhauses nannten ihn Herr Johannes, und die Lehrer in der Schule redeten die Klasse an: meine Herren. Auf eigne Faust begann er jetzt sein Schulwesen zu reformieren. Zuerst hörte er mit dem Griechischen auf. Längst hatte er den Vater gebeten, ihm das zu erlassen; aber vergeblich. Jetzt tat er's auf eigene Faust, und der Vater erfuhr es erst lange nach dem Studentenexamen. Darauf stellte er die Mathematik ein, nachdem er erfahren, dass ein Lateiner das Recht hatte, in diesem Lehrstoff auf ein Zeugnis zu verzichten. Ferner wurde er nachlässig in Latein. Er wollte in einem Monat vor der Prüfung alles noch einmal durchnehmen, indem er büffelte. Dann führte er die Gewohnheit ein, während der Stunden französische, deutsche, englische Romane zu lesen. Die Fragen gingen gewöhnlich der Reihe nach; er hatte sein Buch vor sich, bis sich die Frage näherte; er rechnete aus, was er für eine Stelle bekommen werde, und bereitete sich rasch vor. Die lebenden Sprachen wurden jetzt seine Stärke, neben den Naturwissenschaften.

Mit Minderjährigen die Aufgaben durchnehmen, war eine neue furchtbare Strafarbeit, aber es war eine Arbeit, die sich bezahlte. Natürlich hatten nur Knaben, die widerwillig lernten, einen besonderen Lehrer. Es war eine grausame Arbeit für sein lebhaftes Gehirn, sich diesen Köpfen anzupassen. Sie waren einfach unmöglich! Sie konnten nicht aufmerksam sein. Er glaubte, sie seien störrisch. Die Wahrheit war, dass ihr Wille die Aufmerksamkeit nicht erzwingen konnte. Mit Unrecht galten diese Knaben für dumm. Sie waren im Gegenteil aufgeweckt; aber ihre Gedanken drehten sich um wirkliche Dinge. Später scheinen sie die Torheit der Lehrstoffe durchschaut zu haben. Viele von ihnen sind dann tüchtige Männer im Leben geworden; und noch mehrere wären es geworden, wenn sie nicht von ihren Eltern gezwungen wären, ihrer Natur Gewalt anzutun und die Studien fortzusetzen.

Im Mädchenpensionat arbeitete er nur mit den Kleineren. Die Großen dagegen gingen frei im Zimmer herum und zeigten ihre Strümpfe gegen Tischbeine und Stuhlfüße. Er war ihnen gut, wagte sich aber nicht ihnen zu nähern.

Als die Freundin die Änderung in seinem Wesen bemerkte, entstand ein neuer Streit. Sie warnte ihn vor dem Freund, der ihm schmeichle; und sie warnte ihn vor den jungen Mädchen, von denen er mit einer gewissen Wärme sprach. Sie war eifersüchtig. Sie berief sich auf Jesus, aber Johan hörte nicht zu. So zog er sich von ihr zurück.

Er führte jetzt ein munteres und tätiges Leben. Mittags Parade und einen Trunk. Abends Serenaden, denn er sang jetzt in einem Quartett, Punsch und etwas Liebelei mit Kellnerinnen. Er verliebte sich in eine kleine Blonde, die hinter dem Ladentisch saß und schlief. Er wollte sie für sich retten, sie auf einer Pfarre in Pension geben, selbst Geistlicher werden und sich mit ihr verheiraten. Aber die Liebe ging bald vorüber, als er eines Abends sah, wie die Kameraden sie in einem Privatzimmer an die Brust fassten.

Währenddessen war Jesus aus seinem Amt entsetzt worden, aber ein schwacher Grundton von Frömmlertum und Askese klang noch nach. Er betete noch aus Gewohnheit, aber ohne Hoffnung, dass sein Gebet erhört werde; er hatte ja so lange diese Bekanntschaft gesucht, die so leicht zu finden sein soll, wenn man nur ein wenig an die Tür der Gnade klopfe. Um die Wahrheit zu sagen, es lag ihm nicht so viel daran, beim Wort genommen zu werden. Wenn sich die Tür geöffnet und der Gekreuzigte ihn hereingerufen hätte, er wäre nicht erfreut gewesen. Sein Fleisch war zu jung und zu gesund, um sich gern kreuzigen zu lassen.

8. Eisgang

Die Schule erzog, nicht das Elternhaus. Die Familie ist zu eng und hat zu kleine, selbstsüchtige, antisoziale Zwecke. Treten dann noch obendrein so abnorme Verhältnisse ein wie Wiederverheiratung, so ist es mit der einzigen Berechtigung der Familie zu Ende. Das Kind einer verstorbenen Mutter müsste ganz einfach aus der Familie herausgenommen werden, wenn der Vater sich wieder verheiratet. Damit wären die Interessen aller Teile gewahrt; nicht am wenigsten des Vaters, der vielleicht am meisten leidet, wenn er eine neue Familie bildet. In der Familie gibt es nur einen (oder zwei) Willen, der herrscht, gegen den keine Berufung möglich ist; deshalb ist Gerechtigkeit ausgeschlossen. In der Schule ist eine ständige und wache Jury, die Kameraden wie Lehrer schonungslos beurteilt.

Die Jünglinge begannen ihre Wildheit abzulegen; soziale Instinkte erwachten; man fing an einzusehen, dass die eigenen Interessen gemeinsam durch Ausgleich gefördert werden müssten. Unterdrückung durfte nicht stattfinden, denn der Mitglieder waren genug, um eine Partei zu bilden und sich zu empören. Ein Lehrer, der von einem Schüler schlecht behandelt wurde, konnte am ehesten Gerechtigkeit erlangen, wenn er an die Schüler appellierte. Aber auch die Teilnahme an größeren allgemeinen Angelegenheiten, des Volkes, des Landes, der Menschheit, begannen sich zu zeigen.

Während des Deutsch-Dänischen Krieges bildete man einen Fonds zum Einkauf von Kriegsdepeschen; die wurden an der schwarzen Tafel angeschlagen, von den Lehrern mit Interesse gelesen und veranlassten vertrauliche Gespräche, in denen die Lehrer über Ursachen und Entstehung des Krieges sprachen. Man war natürlich einseitig skandinavisch, und die Frage wurde vom Gesichtspunkt der Studententage beantwortet. Für den künftigen Krieg wurde jetzt der Grund gelegt zu einem Preußen- und Deutschenhass, der schon beim Begräbnis des beliebten Turnlehrers Leutnant Betzholtz einen leisen fanatischen Zug annahm.

Das Jahr 1865 näherte sich. Der Geschichtslehrer, Edelmann und Aristokrat, ein gefühlvoller und freundlicher Mann, suchte die Jünglinge in der Frage der Volksvertretung heimisch zu machen. In der Klasse hatten sich Parteien gebildet; einer von den Söhnen der Sprecher des Herrenhauses, ein Graf S., der allgemein beliebt und geschätzt war, wurde das Haupt der Opposition. Er war von alter deutscher Schwertritterfamilie, aber arm, verkehrte mit seinen Kameraden vertraulich, hatte aber doch ein starkes Geburtsgefühl. An den Tagen vor der letzten Abstimmung hatten die Kameraden geholfen, den geistlichen Stand anzuspeien. Eine Schlacht, eher ein Spiel, entstand in der Klasse, und Tische und Bänke wurden umgeworfen.

Die Sache des Volkes war durchgesetzt. Graf S. blieb aus. Der Geschichtslehrer sprach mit Bewegung von dem Opfer, das Ritterschaft und Adel auf dem Altar des Vaterlandes gebracht hätten, als sie auf ihre Privilegien verzichteten. Der gute Mann wusste noch nicht, dass Privilegien keine Rechte sind, sondern Vorrechte, die man an sich gerissen hat, die aber zurückgenommen werden können, wie Eigentum bei gewissen nicht ganz gesetzlichen Käufen. Der Lehrer bat die Klasse, Mäßigung über den Sieg zu zeigen und die Besiegten nicht zu verletzen. Der junge Graf wurde auch mit ausgesuchter Achtung empfangen, als er wieder in die Klasse eintrat. Aber die Gefühle überwältigten ihn, als er die vielen Unebenbürtigen sah, die jetzt mit ihm auf gleicher Stufe standen, dermaßen, dass er in Tränen ausbrach und hinausgehen musste.

Johan war in der Politik nicht zu Hause. Die war natürlich als ein allgemeines Interesse vom Elternhaus ausgeschlossen, in dem nur Privatinteressen gewahrt wurden, allerdings auch recht schlecht. Söhne werden erzogen, als sollten sie ihr ganzes Leben lang Söhne bleiben, ohne dass man daran denkt, dass sie einmal Väter werden sollen. Aber Johan hatte seinen Unterklasseninstinkt, der ihm sagte, eine Ungerechtigkeit werde abgeschafft; die obere Fläche senke sich so weit, dass die untere auf das gleiche Niveau kommen konnte. Er war natürlich liberal; da aber der König auch liberal war, so war man zugleich Royalist.

Parallel mit dem starken Gegenstrom, dem Pietismus, lief der neue Rationalismus, aber in entgegengesetzter Richtung. Das Christentum, das man mit dem Ausgang des achtzehnten Jahrhunderts zur Mythologie verwiesen hatte, war wieder in Gnaden aufgenommen worden;

und da die Lehre Staatsschutz genoss, konnten die Söhne der Restauration sich nicht gegen die von Neuem eingeimpften Dogmen wehren. Aber 1835 hatte Strauß' »Leben Jesu« eine neue Bresche geschlagen, und auch in Schweden sickerte neues Wasser in die vermodernden Brunnen. Das Buch wurde Gegenstand eines Prozesses, aber auf dieser Grundlage wurde dann das ganze moderne Reformationswerk aufgebaut; von selbstständigen Reformatoren wie immer, denn die andern reformieren nicht.

Pfarrer Cramér hat die Ehre, der erste gewesen zu sein. Schon 1859 gab er seinen »Abschied aus der Kirche« heraus, eine populäre, aber kenntnisreiche Kritik des Neuen Testaments. Er besiegelte seinen Glauben mit der Tat und trat aus der Staatskirche aus, indem er sein Amt niederlegte. Seine Schrift grub am tiefsten, und wenn auch Ignells Bücher mehr von Theologen gelesen wurden, bis zur Jugend gelangten sie nicht.

Im selben Jahre erschien »Der letzte Athener« von Victor Rydberg. Dessen Wirkung wurde dadurch sehr abgeschwächt, dass man die Arbeit als literarischen Erfolg begrüßte und auf das neutrale Gebiet der Dichtung verwies. Tiefer griff 1862 Rydbergs »Lehre der Bibel von Christus«, welche die Theologen zur Götterdämmerung weckte. Renans »Leben Jesu«, in der Übersetzung von Ignell, packte alle Leute, alte wie junge, wie ein Sturm; und es wurde in der Schule neben Cramér gelesen, was mit der »Lehre« nicht der Fall war. Und mit Boströms Angriff auf die Höllenlehre von 1864 waren die Pforten geöffnet für den Rationalismus oder das Freidenkertum, wie es genannt wurde. Boströms eigentlich unbedeutende Schrift wirkte doch außerordentlich durch den großen Namen des Professors der Universität Upsala und frühern Prinzenlehrers, den der mutige Mann aufs Spiel setzte; und den niemand nach ihm aufs Spiel gesetzt hat, seit es keine Ehre mehr ist, Freidenker zu sein oder für die Freiheit des Gedankens und dessen Rechte zu arbeiten.

Genug, alles war bereit, und nur ein Hauch war nötig, um das Kartenhaus des Jünglings umzustoßen. Da kam ein junger Ingenieur auf seinen Weg. Der war sogar Mieter im Hause der Freundin. Der beobachtete Johan lange, ehe er an ihn herantrat. Johan hatte Achtung vor ihm, weil er einen guten Kopf haben sollte; und er war wohl auch etwas eifersüchtig. Die Freundin bereitete Johan auf die Bekanntschaft vor und warnte ihn. Es sei ein äußerst interessanter Mensch, ein brillanter Kopf, aber er sei gefährlich. Johan traf den Mann. Es war ein stark gebauter Wermländer mit groben ehrlichen Zügen; einem kindlichen Lächeln, wenn er lächelte, was nicht oft geschah; eher still als geräuschvoll. Sie waren sofort bekannt.

Am ersten Abend wurden nur einige Hiebe gewechselt. Es handelte sich um Glauben und Wissen.

»Der Glaube müsste die Vernunft töten«, meinte Johan nach Krummacher.

»Pfui«, sagte der Freund. »Die Vernunft ist eine Gabe Gottes, die den Menschen über das Tier erhebt. Soll denn der Mensch sich zu einem Tier erniedrigen, indem er Gottes Gabe verwirft?«

»Es gibt Dinge«, antwortete Johan (nach Norbeck), »die man sehr wohl glauben kann, ohne dass man einen Beweis verlangt. Wir glauben an den Kalender, ohne selbst etwas von den Bewegungen der Planeten zu wissen.«

»Ja«, antwortete der Freund, »wir glauben, wenn wir nicht fühlen, dass unsere Vernunft etwas annimmt. Meine Vernunft hat sich nicht gegen den Almanach erhoben.«

»Ja«, antwortete Johan, »aber zu Galileis Zeit war es gegen alle Vernunft, anzunehmen, dass die Erde um die Sonne läuft. Das ist nur Widerspruchsgeist, sagte man; er will originell sein.«

»Wir leben nicht in Galileis Zeit«, antwortete der Freund; »und es ist gegen die Vernunft unserer aufgeklärten Zeit, an Christi Gottheit und die ewigen Strafen zu glauben.«

»Über diese Dinge wollen wir nicht streiten«, sagte Johan.

»Warum nicht?«

»Die stehen über allem Streit!«

»Genau dasselbe habe ich vor zwei Jahren auch gesagt, als ich gläubig war.«

»Sind Sie ... Pietist gewesen?«

»Ja, das bin ich gewesen.«

»Hm! Und Sie haben jetzt Frieden?«

»Jetzt habe ich Frieden!«

»Wie haben Sie den gefunden?«

»Ich lernte durch einen Prediger den Geist des wahren Christentums kennen.«

»Sind Sie denn Christ?«

»Ja, ich bekenne Christus!«

»Aber Sie glauben nicht, dass er Gott war?«

»Das hat er selbst nie gesagt. Er nennt sich nur Gottes Sohn, und Gottes Söhne sind wir alle.«

Die Freundin kam und brach das Gespräch ab, das, nebenbei gesagt, typisch für religiöse Wortstreite von 1865 war.

Johans Neugier war geweckt worden. Es gab Menschen, die nicht an Christus glaubten und doch Frieden hatten. Nur Kritik aber hätte die alten Götterbilder nicht gestürzt; die Furcht vor dem leeren Raum hielt ihn zurück, bis ihm Parker in die Hand fiel. Predigten ohne Christus und Hölle, das war, was er brauchte. Und so schöne Predigten. Johan las sie äußerst schnell, und es lag ihm am meisten daran, dass Geschwister und Angehörige sie genossen, auf dass sie ihn mit ihrer Missbilligung verschonten. Er verwechselte nämlich fremde Missbilligung mit bösem Gewissen; war so gewohnt, andern recht zu geben, dass er in Zwietracht mit sich selbst geriet.

Aber Christus, der Inquisitor, fiel; die Gnadenwahl, das Jüngste Gericht, alles stürzte zusammen, als sei es längst reif zum Fallen gewesen. Er war erstaunt, dass es so schnell ging. Es war, wie alte Kleider ablegen und neue anziehen.

Eines Sonntagmorgens ging er mit dem Ingenieur in den Hagapark hinaus. Es war Frühling. Der Hasel blühte und die Leberblümchen waren herausgekommen. Das Wetter war halb klar, die Luft weich und feucht nach einem nächtlichen Regen. Sie sprachen von der Freiheit des Willens. Der Pietismus hatte eine sehr schwankende Auffassung von der Sache. Man hatte keinen freien Willen, Gottes Kind zu werden. Der Heilige Geist würde einen aufsuchen: also Prädestination. Johan hatte wohl den Willen gehabt, bekehrt zu werden, es aber nicht werden können. »Herr, schaff in mir einen neuen Willen«, hatte er beten gelernt. Wie aber konnte er denn für seinen bösen Willen verantwortlich sein? Durch den Sündenfall, antwortete der Pietist; da der mit freiem Willen begabte Mensch das Böse wählte, wurde sein Wille böse durch Vererbung; böse für alle Zeiten und hörte auf, frei zu sein. Und er konnte diesen bösen Willen nur durch Jesus und durch die Gnadenwirkung des Heiligen Geistes loswerden. Aber von Neuem geboren werden, hing nicht von seinem eigenen Willen ab, sondern von Gottes Gnade. Also unfrei. Aber obwohl unfrei, blieb er verantwortlich. Da lag der Fehlschluss.

Der Ingenieur war ein Verehrer der Natur, und Johan auch. Was ist diese Naturverehrung, die heute für so kulturfeindlich gilt? Ein Rückfall in die Barbarei, sagen die einen; eine gesunde Rückkehr von der Überkultur, sagen die andern. Als der Mensch in der Gesellschaft eine Einrichtung entdeckt, die auf Irrtümern und Ungerechtigkeiten beruht; als er einsieht, dass die Gesellschaft gegen kleine Vorteile auf Triebe und Begierden harten Zwang legt; als er die Illusion, er sei ein Halbgott und ein Kind Gottes, durchschaut und findet, dass er ganz einfach eine Tierart ist: flieht er die Gesellschaft, die mit Rücksicht auf den göttlichen Ursprung des Menschen aufgebaut ist, und geht in die Natur, in die Landschaft hinaus. Da fühlt er sich in seinem Milieu als Tier, fühlt sich als Staffage ins Gemälde eingestellt, sieht seinen Ursprung, die Erde, die Wiese; sieht den Zusammenhang der ganzen Schöpfung in lebendem Auszug; die Berge, die Erde geworden; den See, der Regen ward; die Wiese, die zerbröckelter Berg ist; der Wald, der aus Berg und Wasser gestiegen; sieht die Luft, die er und alle lebenden Wesen einatmen, in großen Massen (den Himmel); hört die Vögel, die von den Insekten leben; sieht die Insekten, welche die Pflanze befruchten; schaut die Säugetiere, von denen er selbst lebt. Er ist bei sich zu Hause.

In der heutigen Zeit mit ihrer naturwissenschaftlichen Weltanschauung könnte eine einsame Stunde in der Natur, wo die ganze Entwicklungsgeschichte in lebenden Bildern gezeichnet ist, der einzige Ersatz für einen Gottesdienst sein. Aber die Evolutionsoptimisten ziehen es vor, in einer Gassenhöhle zusammenzukommen, um dort dieselbe Gesellschaft, die sie verachten und bewundern, zu verwünschen. Sie preisen sie als höchste Höhe der Entwicklung, wollen sie aber stürzen, da sie mit dem wahren Glück des Tieres unvereinbar sei. Sie wollen sie umbilden und entwickeln, sagen einige. Aber ihre Umbildung kann nicht geschehen, ohne dass das Bestehende gestürzt wird; und halbe Maßregeln wollen sie nicht. Sehen sie denn nicht, dass die bestehende Gesellschaft eine misslungene Evolution ist, selber kulturfeindlich, wie zugleich naturfeindlich?

Die Gesellschaft ist wie alles ein Produkt der Natur, sagen sie, und Kultur ist Natur. Ja, aber es ist schlechte Natur; Natur, die sich auf Abwegen befindet, da sie ihrem Zweck, dem Glück, entgegenwirkt.

Diese Naturverehrung des Ingenieurs, des Vorläufers und Zeitgenossen Johans, entdeckte die Mängel der Kulturgesellschaft und bahnte einen Weg für die neue Ansicht von der Abstammung des Menschen. Schon 1859 war Darwins »Abstammung der Arten« erschienen, aber noch war sie nicht durchgedrungen, hatte noch weniger blühen und befruchten können. Moleschott wurde damals gepredigt, und Kreislauf der Materie war das Schlagwort. Mit dem und seiner Geologie zerpflückte der Ingenieur die mosaische Schöpfungsgeschichte. Er sprach noch vom Schöpfer, denn er war Theist, und sah dessen Weisheit und Güte in den geschaffenen Werken.

Während sie im Hagapark spazieren gehen, beginnen die Glocken in der Stadt zu läuten. Johan bleibt stehen und lauscht: das waren die furchtbaren Glocken von Klara, die seine traurige Kindheit eingeläutet; das waren die von Adolf Friedrich, die ihn in die blutigen Arme des Gekreuzigten getrieben; das war die Johanniskirche, die des Sonnabends der Jakobischule verkündet hatte, dass die Woche zu Ende sei. Ein leiser, südlicher Wind trug das Geläute aus der Stadt, und unter den hohen Kiefern klang es wider, mahnend, warnend.

»Willst du in die Kirche gehen?«, fragte der Freund.

»Nein«, sagte Johan, »ich gehe nie mehr in die Kirche.«

»Folg nur deinem Gewissen«, sagte der Ingenieur.

Zum ersten Male blieb Johan aus der Kirche fort. Er trotzte sowohl dem Gebot des Vaters wie der Stimme seines Gewissens. Er erhitzte sich und legte los gegen Religion und Familientyrannei; er sprach von Gottes Kirche in der Natur; sprach mit Entzücken von dem neuen Evangelium, das Seligkeit für alle, Leben und Glück für alle verkündete. Dann aber verstummte er.

»Du hast ein böses Gewissen«, sagte der Freund.

»Ja«, sagte Johan, »entweder nicht tun, was man bereut; oder nicht bereuen, was man tut!«

»Das letzte ist besser!«

»Aber ich bereue doch! Bereue eine gute Handlung, denn es wäre unrecht, zu heucheln. Mein neues Gewissen sagt mir, dass ich recht habe; und mein altes Gewissen, dass ich unrecht habe. Ich kann keinen Frieden mehr finden!«

Das konnte er auch nicht. Sein neues Ich stand auf gegen sein altes, und sie lebten in Uneinigkeit, wie unglückliche Ehegatten, sein ganzes Leben hindurch, ohne sich trennen zu können.

Die Reaktion gegen das Alte, das ausgerodet werden sollte, brach in heftigen Angriffen hervor. Die Furcht vor der Hölle war fort,

Selbstentsagung war Einfalt, und die Natur des Jünglings nahm sich ihr Recht. Als Konsequenz entstand eine neue Moral, die er auf sein Gefühl hin so formulierte: was keinem Mitmenschen schadet, ist mir erlaubt. Er fühlte, der Familiendruck war ihm schädlich und niemandem nützlich: so erhob er sich gegen diesen Druck. Den Eltern, die ihm nie Liebe erwiesen, aber auf Dankbarkeit pochten, weil sie ihm aus Gnade und unter Demütigung sein gesetzliches Recht gaben, zeigte er nun seine wirklichen Gefühle. Sie waren ihm antipathisch: er zeigte ihnen Kälte. Auf die ununterbrochenen Angriffe gegen das Freidenkertum antwortete er frank und frei, vielleicht übermütig. Sein halb gebrochener Wille begann sich zu erheben, und er sah ein, dass er vom Leben Rechte zu fordern habe.

Der Ingenieur, dem man die Rolle des Bösen zuerteilte, wurde verflucht und von der Freundin bearbeitet, die jetzt einen Freundschaftsbund mit der Mutter geschlossen. Der Ingenieur war der Frage nicht auf den Grund gegangen: indem er Parkers Kompromiss annahm, hatte er die Selbstverleugnung des Christentums beibehalten. Man sollte liebevoll und verträglich sein, Christi Beispiel folgen und so weiter. Johan hatte alles fortgeworfen und geriet jetzt in Gegensatz zu seinem Lehrer. Von der Freundin, für die er eine stille Neigung nährte, aufgefordert, über die Konsequenzen seiner Lehren erschrocken, schrieb der Ingenieur diesen Brief nieder. Furcht vor dem Feuer, das er entzündet, Liebe zur Freundin, Freundschaft für den Schüler, aufrichtige Überzeugung hatten den diktiert.

An meinen Freund Johan!
Wie froh begrüßen wir den Frühling, der uns jetzt mit seiner göttlichen Frische berauscht und mit seinem herrlichen Grün entzückt! Die Vögel stimmen ihre heiteren und leichten Melodien an, Leberblümchen und Anemonen stecken schüchtern ihre Köpfchen heraus, unter den flüsternden Zweigen der Tanne.

»Es ist doch merkwürdig«, dachte Johan beim Lesen, »wie dieser natürliche Mann, der so einfach und wahr spricht, so schwülstig schreiben kann. Dies ist unwahr.«

Welche Brust, sie sei alt oder jung, weitet sich nicht, um die frischen Düfte des Frühlings einzusaugen, die in jedes Herz himmlischen

Frieden bringen; eine Sehnsucht, die eine selige Ahnung von Gott und seiner Liebe sein muss. (Dieser Frühlingsduft wird wie ein Atemzug Gottes genossen.) Kann jetzt noch etwas Böses in unserm Herzen wohnen? Können wir nicht verzeihen? O doch! Wir *müssen* es jetzt, nachdem die Liebesstrahlen der Frühlingssonne die kühlende Schneedecke von Natur und Herz fortgeküsst haben. Wir warten darauf und sehnen uns danach, den schneefreien Boden grünen zu sehen; die guten und liebevollen Taten des guten und warmen Herzens zu begrüßen; Friede und Seligkeit sich durch die ganze Natur verbreiten zu sehen.

»Verzeihen? Ja gewiss, wenn man nur sein Benehmen änderte und ihn freigab. Aber *man* verzieh ja *ihm* nicht! Mit welchem Recht forderte man dann Nachsicht von seiner Seite? Mit welchem Recht? Es müsste doch gegenseitig sein!«

Johan, Du glaubst in der Natur und durch die Vernunft Gott auf eine bessere Art aufgefasst zu haben, als Du es bisher getan hast, da Du an Christi Gottheit und die Bibel glaubtest; aber Du begreifst die Idee nicht mit Deinen eigenen Gedanken. Du hast nur den Schatten aufgefasst, den das Licht hinter einen Gegenstand wirft, aber nicht die Hauptsache, das Licht selbst. Du glaubst, ein wahrer Gedanke wird den Menschen immer veredeln; das ist aber leider nicht der Fall; das merkst du wohl selber in Deinen bessern Augenblicken. Mit Deinen frühern Ansichten konntest Du einen Fehler bei einem Mitmenschen verzeihen; Du konntest eine Sache von ihrer guten Seite auffassen, wenn sie auch böse zu sein *schien*. Wie aber steht es jetzt? Du bist heftig und bitter gegen eine liebevolle Mutter; Du beurteilst unzufrieden die Handlungen Deines zärtlichen, erfahrenen, grauhaarigen Vaters.

Mit seinen früheren Ansichten konnte Johan nie einen Fehler bei jemandem verzeihen, am wenigsten bei sich selbst; manchmal bei andern; aber das war dumm. Das war ja schlaffe Moral! – Eine liebevolle Mutter? Die liebevoll? Wie kam Axel zu dieser Ansicht? Sie hatten ja die harte Frau zusammen kritisiert! Und einen zärtlichen Vater? Warum sollte er dessen Handlungen nicht beurteilen? Hart gegen hart in Selbstverteidigung! Nicht noch die linke Backe hinhalten, wenn die rechte brennt.

Früher warst Du ein anspruchsloses, liebenswürdiges Kind; jetzt aber bist Du ein selbstsüchtiger und eingebildeter Jüngling.

Anspruchslos? Doch, das war er sicher; gerade darum wurde er geduckt; jetzt aber fühlte er seine rechtmäßigen Ansprüche! – Eingebildet! Haha! Der Lehrer fühlte sich von dem undankbaren Schüler vernachlässigt.

Deiner Mutter warme Tränen strömen über ihre Backen ...

»Meiner Mutter? Habe keine Mutter! Und die Stiefmutter weint nur, wenn sie böse ist! Wer zum Teufel hat das diktiert?«

... wenn sie in der Einsamkeit an Dein hartes Herz denkt ...

»Was hat sie mit meinem Herzen zu schaffen, da sie einen Haushalt und sieben Kinder zu besorgen hat?«

... und Deinen elenden Seelenzustand ...

»Das ist ja Pietismus! Meine Seele hat sich niemals so gesund und lebenskräftig gefühlt wie jetzt!«

... und die Brust Deines Vaters springt fast vor Kummer und Sorge ...

»Das war eine Lüge. Vater ist selber Theist und bekennt Wallin; übrigens hat er nicht Zeit, an mich zu denken. Er weiß, dass ich fleißig und ehrlich bin und nicht zu Mädchen gehe. Er hat mich sogar in diesen Tagen gelobt.«

... Du begreifst nicht die traurigen Blicke Deiner Mutter ...

»Die hat andere Gründe, denn die Ehe ist nicht glücklich.«

... Deines Vaters liebevolle Warnungen. Du bist wie eine Kluft oberhalb der Schneegrenze, aus der die Küsse der Frühlingssonne den Schnee nicht fortschmelzen noch einige Körner davon in einen Tropfen Wasser verwandeln können.

Er muss Romane lesen. Übrigens war Johan überaus freundlich und weich gegen seine Freunde in der Schule. Aber gegen die Feinde zu Hause war er kalt geworden; das war ihre Schuld.

Was werden die Menschen denken von Deiner jetzigen Religion, da sie so elende Früchte trägt? Man wird sie verwünschen. (Und Deine Ansichten geben einem unbedingt ein Recht dazu.)

»Kein Recht, aber die Veranlassung!«

... Man muss den niedrigen Elenden, der dieses höllische Gift in Dein unschuldiges Kinderherz getan, hassen und verachten.

Da haben wir's. Der niedrige Elende! Er war überflügelt.

Beweise fortan durch Deine Handlungen, dass Du die Wahrheit nicht so übel auffassest, wie Du bisher getan hast. Denke daran, duldsam zu sein ...

»Die Stiefmutter!«

... mit Liebe und Milde die Fehler und Mängel Deiner Mitmenschen zu übersehen ...

Nein, das wollte er nicht! Sie hatten ihn gequält, bis er log; sie waren in seine Seele gedrungen und hatten gute Saat als angebliches Unkraut herausgerissen; sie wollten sein Ich ersticken, das ebenso viel Recht auf Dasein hatte wie ihres. Sie hatten niemals Nachsicht mit seinen Fehlern gehabt: warum sollte er sie mit ihren haben? Weil Christus gesagt hatte ... Er gab nichts mehr darauf, was Christus gesagt hatte; das war nicht mehr anzuwenden. Übrigens kümmerte er sich nicht um die zu Hause; er verschloss sich in sich selbst. Sie waren ihm antipathisch und konnten niemals seine Sympathie gewinnen. Das war alles! Sie besaßen indessen Fehler und wollten seine Verzeihung erhalten! Schön! Er verzieh ihnen! Wenn sie ihn nur in Frieden ließen!

Lerne dankbar gegen Deine Eltern sein, die keine Mühe (hm!) gescheut haben, um Dich zufrieden und glücklich zu machen.

Dass Deine Liebe zu Gott Deinem Schöpfer, der Dich in dieser veredelnden (hm! hm!) Schule hat geboren werden lassen, um Dich schließlich zu Frieden und Seligkeit zu führen, es dahin bringe, dafür betet trauernd aber hoffnungsvoll

Axel.

»Ich habe genug von Beichtvätern und Inquisitoren«, dachte Johan. Seine Seele war gerettet und er fühlte sich frei. Sie streckten die Krallen nach ihm aus, aber er floh. Der Brief des Freundes war unwahr und gemacht; er fühlte Esaus Hände. Er antwortete nicht, sondern brach den Verkehr mit Freund und Freundin ab.

Sie nannten ihn undankbar. Wer auf Dankbarkeit pocht, ist schlimmer als ein Gläubiger; er gibt erst ein Geschenk, mit dem er prahlt, um dann später die Rechnung zu schicken. Diese Rechnung kann nie bezahlt werden, denn ein Gegendienst soll die Dankbarkeitsschuld nicht tilgen können; das ist eine Einschreibung auf die Seele eines Menschen, die nicht bezahlt werden kann und sich übers ganze Leben erstreckt. Nimmst du einen Dienst an, so verlangt der Freund, du sollst dein Urteil über ihn fälschen; seine eignen schlechten Handlungen wie die seiner Frau und seiner Kinder loben.

Aber Dankbarkeit ist ein tiefes Gefühl, das den Menschen ehrt und das ihn erniedrigt. Mögen wir dahin kommen, dass wir für eine Wohltat, die vielleicht nur eine Pflicht und Schuldigkeit war, nicht durch Dankbarkeit gebunden sind.

Johan schämte sich über den Bruch mit den Freunden; aber er fühlte, dass sie ihn zurückhielten und unterdrückten. Übrigens: was hatten sie ihm an Freude des Verkehrs geschenkt, das er ihnen nicht zurückgegeben hätte?

Fritz, so hieß der Freund mit dem Kneifer, war ein kluger Weltmensch. Beide Worte, klug und Weltmensch, hatten damals eine hässliche Bedeutung. Klug sein während der spätromantischen Epoche, als alle etwas gestört waren – das war ein Zeichen der Oberklasse – klug sein war damals gleichbedeutend mit etwas schlecht sein. Ein weltlicher Mensch sein, während sich alle, so gut sie konnten, in den Himmel zu schmuggeln suchten, war noch schlimmer. Fritz war klug. Er wollte sein einziges Leben gut und angenehm leben; Karriere machen und so weiter. Darum suchte er die Vornehmen auf. Das war klug, denn die hatten Macht und Geld. Warum sollte er sie nicht suchen?

Wie er dazu kam, sich um Johan zu kümmern? Vielleicht animalische Sympathie, vielleicht vieljährige Gewohnheit. Interessen konnte Johan nicht fördern, höchstens dass er ihm vorsagte und mit seinen Büchern aushalf. Fritz bereitete sich nämlich niemals vor und kaufte Punsch für das Geld, das für Bücher bestimmt war.

Als Fritz jetzt sah, dass Johan inwendig gesäubert und sein äußerer Mensch präsentabel sei, führte er ihn in seinen Kreis ein. Es war ein kleiner Kreis von teils vermögenden, teils vornehmen jungen Leuten aus der Klasse, in die Johan ging. Der war zuerst etwas schüchtern gegen die netten Herren; bald aber wurde er vertraut mit ihnen. Eines Tages kommt Fritz, um Johan zu erzählen, er sei zu einem Ball geladen.

»Ich auf Ball, bist du verrückt? Dazu tauge ich nicht!«

»Solch ein netter Bursche, wie du bist, wird Glück bei den Mädchen machen.«

Hm! Da sah er seine Person aus einem neuen Gesichtspunkt. Sollte er – hm? Und zu Hause bekam er nie etwas anderes als Tadel zu hören!

Er ging auf den Ball. Es war in einem bürgerlichen Hause. Die Mädchen hatten Bleichsucht, einige andere waren rot wie Beeren. Johan liebte am meisten die weißen, die um die Augen blau oder schwarz waren. Die sahen so leidend und schmachtend aus; warfen so bittende Blicke, so bittende. Da war eine, die war leichenblass, ihre Augen brannten kohlschwarz in tiefen Höhlen; die Lippen waren so dunkel, dass sich der Mund beinahe wie ein schwarzer Strich öffnete. Die machte Eindruck auf ihn; er wagte aber nicht, es auf sie abzusehen, denn sie hatte schon ihren Anbeter. So blieb er bei einer nicht ganz so Blendenden, die mehr süß und mild war.

Auf dem Balle fühlte er sich wohl. Mit fremden Menschen zusammen sein, ohne die kritischen Augen eines einzigen Verwandten zu sehen! Aber es wurde ihm so schwer, mit den Mädchen zu sprechen.

»Was soll ich ihnen sagen?«, fragte er Fritz.

»Kannst du nicht etwas Unsinn mit ihnen schwatzen! Es ist schönes Wetter; macht Ihnen das Tanzen Vergnügen; laufen Sie Schlittschuh; haben Sie die und die Schauspielerin gesehen? Flott sein muss man.«

Johan ging und haspelte das Programm herunter; aber der Gaumen wurde ihm trocken, und beim dritten Tanze empfand er Ekel. Er wurde auf sich selbst böse und schwieg.

»Macht dir das Tanzen kein Vergnügen?«, fragte Fritz. »Muntere dich auf, alter Leichenbitter!«

»Das Tanzen ist ja ganz nett, wenn man nur nicht sprechen müsste. Ich weiß nicht, was ich sagen soll.«

Das war tatsächlich der Fall. Er hatte die Mädchen gern; es machte ihm Freude, sie zu umfassen; das war so männlich. Aber mit ihnen sprechen? Er fühlte, dass er es mit einer andern Art homo zu tun hatte, die in gewissen Fällen höher, in andern niedriger stand. Er betete in der Stille die kleine Milde an und hatte sie zu seiner Frau erkoren. Nur unter der Form von Ehefrau konnte er sich das Weib denken.

Er tanzte unschuldig; fing aber furchtbare Reden von den Kameraden auf, die er erst später verstand. Die konnten nämlich einen Walzer rückwärts durch den Saal tanzen, auf unkeusche Art, und sprachen geringschätzig von den Mädchen.

Sein ewiges Grübeln, sein beständiges Prüfen seiner Gedanken hatte ihm das Unmittelbare genommen. Wenn er mit einem Mädchen sprach, hörte er seine eigene Stimme, kritisierte seine eigenen Worte. Dann fand er den ganzen Ball albern. Und die Mädchen? Was war es, das ihnen fehlte? Sie genossen ja dieselbe Erziehung wie er; konnten Weltgeschichte und lebende Sprachen; lernten Isländisch im Seminar und waren in Wortwurzeln bewandert; rechneten Algebra. Sie besaßen also dieselbe Bildung; und doch konnte man nicht mit ihnen sprechen!

»Schwatz Unsinn mit ihnen«, sagte Fritz.

Das aber konnte er nicht. Und er dachte auch höher vom Mädchen.

Er wollte nicht mehr auf einen Ball gehen, da er dort keine glückliche Figur spielte; aber er wurde mitgeschleppt. Es schmeichelte ihm, dass man ihn einlud; auch rüttelte es ihn immer etwas auf. Eines Tages war er in einer adeligen Familie, deren Sohn Kadett war. Dort traf er zwei Schauspielerinnen vom Dramatischen Theater. Mit denen musste er doch sprechen können! Sie tanzten mit ihm, antworteten ihm aber nicht. Er war zu unschuldig. Da lauschte er auf Fritzens Worte, mit denen der die Mädchen unterhielt. Aber um Gottes willen, von was für Dingen der in eleganten Ausdrücken sprach! Und die Mädchen waren hingerissen von ihm. So also musste man sprechen! Aber das konnte er nicht! Es gab Dinge, die er begehen wollte: aber davon sprechen? Nein! Seine asketische Religion hatte sogar den Mann bei ihm getötet: er fürchtete das Weib wie der Schmetterling, der weiß, dass er sterben wird, wenn er befruchtet hat.

Eines Tages sprach ein durchreisender Freund im Vorbeigehen davon, dass ein älterer Bruder bei einem Mädchen gewesen sei. Ein Entsetzen kam über ihn; er wagte den Bruder nicht anzusehen, als er sich abends ins Bett legte. Der Verkehr mit einem Mädchen war für ihn mit der Vorstellung von nächtlichen Schlägereien, Polizei und furchtbaren Krankheiten verbunden. Er war einmal an dem gelben langen Zaun der Handwerkerstraße vorbeigegangen, als ein Kamerad zu ihm sagte: Dort ist ein Bordell. Nachher ging er heimlich wieder hin und suchte durch die Tür zu blicken, um etwas Furchtbares zu sehen. Es lockte und erschütterte ihn wie einst ein Leierkastenbild an einer Stange, das eine Hinrichtung darstellte. Er wurde von diesem Anblick so aufgewühlt, dass es trübes Wetter für ihn wurde, obwohl die Sonne schien. Und als er abends in der Dämmerung nach Hause kam, hatten ihn einige zum Trocknen ausgebreitete Laken, die an das Bild der Hinrichtung erinnerten, so erschreckt, dass er in Tränen ausbrach. Ein Kamerad, den er als Leiche gesehen, erschien ihm nachts im Schlaf.

Als er an einem Bordell in der Apfelbergstraße vorbeiging, zitterte er vor Entsetzen, nicht vor Lust. Die ganze Prozedur hatte für ihn scheußliche Formen angenommen. Die Kameraden in der Schule hatten ansteckende Krankheiten, hielten sich gegenseitig für verloren. Nein, niemals zu solchen Mädchen gehen, aber sich verheiraten; zusammen mit der Einzigen wohnen, die er liebte; sie pflegen und von ihr gepflegt werden; Freunde bei sich sehen: das war sein Traum. In jedem Weib, für das er entflammte, sah er ein Stück von einer Mutter. Er verehrte daher nur solche, die mild waren; und er fühlte sich geehrt, wenn man ihn gut behandelte. Vor den geputzten, umschwärmten, lachenden Mädchen war ihm bange. Die sahen aus, als gingen sie auf Raub aus und wollten ihn verschlingen.

Diese Bangigkeit war zum Teil angeboren wie bei allen Knaben, würde aber vergangen sein, wenn die Geschlechter nicht abgesondert lebten. Der Vater hatte früher einmal vorgeschlagen, die Söhne in eine Tanzschule zu bringen; die Mutter war aber dagegen gewesen. Da hatte sie einen Fehler gemacht.

Johan war von Natur schamhaft. Er wollte sich nicht entkleidet zeigen und beim Baden zog er gern Schwimmhosen an. Ein Dienstmädchen, das seinen Körper entblößt hatte, als er schlief, schlug er am nächsten Morgen, als die Brüder es ihm mitteilten, mit einem Rohrstock.

Auf die Bälle folgten Serenaden und auf diese Punschabende. Johan hatte großes Verlangen nach starken Getränken; es war ihm, als habe er einen konzentrierten flüssigen Nahrungsstoff getrunken.

Seinen ersten Rausch holte er sich auf einem Schmaus, den die Kameraden in einem Wirtshause im Tiergarten veranstalteten. Der Rausch machte ihn selig, selig froh, stark, freundlich und mild; später aber wahnsinnig. Er schwatzte Unsinn, sah Bilder in den Tellern, trieb Possen.

Dieses Spielen kam ihm in Augenblicken, wie dem ältesten Bruder, der, obwohl tiefer Melancholiker in der Jugend, doch einen gewissen Ruf als Komiker hatte. Er verkleidete sich, maskierte sich und spielte eine Rolle. Sie hatten auch ein Stück auf dem Boden gespielt; aber Johan war schlecht, fühlte sich verlegen; er war nur gut, wenn er eine überspannte Stelle wiederzugeben hatte. Als Komiker war er unmöglich.

Jetzt tritt ein neues Moment in die Entwicklung des Jünglings ein. Das ist die Ästhetik.

In Vaters Bücherschrank hatte Johan Lenströms Ästhetik, Boijes Malerlexikon, Oulibicheffs Mozart gefunden; außer den schon erwähnten klassischen Dichtern. Aus einem Nachlass kam zu dieser Zeit auch ein großer Ballen Remittenden eines Verlages. Der trug viel dazu bei, dass Johan früh Kenntnisse in der schönen Literatur erwarb.

Da waren in mehreren Exemplaren die Gedichte von Talis Qualis, die er ungenießbar fand. Byrons »Don Juan« in Strandbergs Übersetzung konnte er nie Geschmack abgewinnen, denn die beschreibende Poesie hasste er und Verse liebte er nicht; die übersprang er regelmäßig, wenn sie in Prosa vorkamen. Tassos »Befreites Jerusalem« in Kullbergs Übersetzung war langweilig. Carl von Zeipels Erzählungen unmöglich. Walter Scotts Romane zu lang, besonders die Schilderungen. (Darum verstand er Zolas Größe nicht, als er nach vielen Jahren dessen überladene Schilderungen las; dass die nicht fähig waren, einen Totaleindruck zu geben, davon hatte Lessings »Laokoon« ihn überzeugt.) Dickens blies Leben in seine leblosen Gegenstände und stellte etwas mit ihnen dar; stimmte die Landschaft mit Mensch und Situation. Das verstand Johan besser. Eugen Sues »Wandernden Juden« fand er großartig; den wollte er kaum zu den Romanen rechnen, denn »Roman« war etwas aus der Leihbibliothek und Mädchenkammer. Dies aber war eine weltgeschichtliche Dichtung, meinte er, und der Sozialismus darin fand leicht Eingang bei ihm. Alexander Dumas' Romane waren für ihn Indianerbücher; mit denen begnügte er sich nicht mehr; jetzt musste er einen Inhalt haben. Den ganzen Shakespeare verschlang er in Hagbergs Übersetzung. Aber es wurde ihm immer schwer, Dramen zu lesen, weil das Auge von den Personennamen zum Text springen musste. Seine übertriebenen Erwartungen von »Hamlet« erfüllten sich nicht, und die Lustspiele schienen ihm reiner Schund zu sein.

Die Familie hielt sich verwandt mit Holmbergsson, dessen Bild an der Wand hing und von dem man Geschichten erzählte. Er war wohl ein Vetter des Vaters. Schillers und Goethes Büsten standen auf dem Bücherschrank, und über dem Klavier hingen Bilder aller großen Komponisten. »Lithografisches Allerlei« wurde gehalten, in dem die großen Künstler der Zeit ihren Lebenslauf erhielten. Der Vater war Mitglied des »Vereins für nordische Kunst«; liebte, wie schon erwähnt, Musik, spielte Klavier und etwas Cello. Die erwachsenen Söhne und die älteste Tochter veranstalteten jetzt Geigenquartette, und zwar nur von Haydn, Mozart und Beethoven. Das Elternhaus hatte also einen leichten Anflug von Kunstliebhaberei erhalten, nachdem es die kleinen Verhältnisse eines dürftigen Bürgerhauses durchgemacht.

In der Schule hatte Johan Svedboms Lesebuch und Bjurstens Literaturgeschichte gelesen, die letzte unter Bjursten selbst in der Klaraschule. Ein Junge wusste, dass Bjursten ein Dichter war. Was bedeutete Dichter? Ja, das wusste niemand so genau. Später pflegte Johan seinen dichtenden Freunden zu erzählen, wie er von Herman Bjursten bestraft wurde, weil er während der Stunde ein Märchenbuch las. Das sollte ein Vorzeichen für seinen künftigen Beruf sein, wie man damals glaubte. Noch später, als man Bjursten geringschätzte, wurde die Geschichte als Spaß erzählt.

An der Privatlehranstalt wurde die schöne Literatur recht gut vom Lehrer der schwedischen Sprache gepflegt, der etwas literarisch war. In der vierten Klasse hatten sie Runebergs »Fähnrich Stahl« gelesen. Der Direktor, der Lateiner war, fragte eines Tages, was sie lesen:

»Fähnrich Stahl!«

»Den müssen Sie nicht lesen; der verschlechtert den Geschmack«, sagte er zum Lehrer, der damals ein Regimentspastor und Naturforscher war. Realismus, Barbarei!

Der spätere Lehrer hatte bessern Geschmack. Man musste Runebergs langweilige »Könige von Salamis« lesen, die damals in allen gebildeten Familien vorgelesen wurden. Ein literarischer Verein war gebildet worden, und dort las man an den Feiertagen Gedichte. Fritz hatte ein großes Gedicht geschrieben, das von der Ritterholmskirche handelte und »Die schwedische Nekropolis« hieß. Es ging nach der Melodie: »Ich stand am Ufer bei der Königsburg« und war wohl recht schlecht.

Johan konnte Poesie nicht leiden. Die sei gemacht, unwahr, fand er. Die Menschen sprachen nicht auf diese Weise und sprachen selten so schöne Dinge. Jetzt aber wurde er aufgefordert, einen Vers in Fannys Album zu schreiben.

»Dazu kannst du dich wohl aufschwingen«, sagte der Freund.

Johan saß die Nächte auf, kam aber nicht über die beiden ersten Zeilen hinaus; auch wusste er nicht, was für einen Inhalt er nehmen solle. Seine Gefühle konnte man doch nicht so vor allen Leuten auskramen. Fritz half ihm schließlich, und zusammen kamen sechs oder acht Reihen, die reimten. Snoilskys später so bekannter Sperling auf der Fensterscheibe aus dem »Weihnachtsabend in Rom« musste Federn dazu hergeben. Eigentümlich war, dass Fritz seitdem nie mehr im Leben einen Vers schrieb.

Der Begriff »Genie« war oft Gegenstand der Erörterung. Der Lehrer pflegte zu sagen: die Genies stehen über allem Rang wie die Exzellenzen. Johan dachte über dieses Wort viel nach und meinte, auf diese Weise könne man auf die gleiche Höhe wie die Exzellenzen kommen, ohne hoch geboren zu sein, ohne Geld zu haben, ohne Karriere zu machen. Was aber Genie war, wusste er nicht. Er äußerte einmal in einem empfindsamen Augenblick zu der Freundin, er wolle lieber ein Genie sein als ein Kind Gottes; dafür hatte er eine scharfe Zurechtweisung erhalten. Ein andermal sagte er zu Fritz, er möchte ein gelehrter Professor sein, der wie ein Strolch gekleidet sein und sich roh benehmen könne, ohne sein Ansehen zu verlieren. Wenn aber jemand fragte, was er werden wolle, antwortete er: Geistlicher. Er sah, dass alle Bauernjungen das werden konnten, und er glaubte, das passe für ihn. Als er Freidenker geworden war, wollte er den Doktor machen. Und dann? Das wusste er nicht. Aber Lehrer wollte er um keinen Preis werden.

Der Lehrer war natürlich Idealist. Braun war Barbierstubendichter; Sehlstedt war nett, aber ohne Idealismus; Bjurstens »Napoleon-Prometheus« musste laut gelesen werden; das Dekameron, das damals in schwedischer Übersetzung erschien, konnte ohne Gefahr nur von starken Charakteren verdaut werden, war sonst eine klassische Arbeit; Runeberg war in den »Elchschützen« ein starker Realist in der Form, wurde aber zuweilen roh, wo er klassisch einfach sein wollte; so in dem verlausten »Aron am Herd«.

Zu Weihnachten bekam Johan zwei Bände Gedichte von Fritz: Topelius und Nyblom. Topelius lernte er allmählich lieben, weil der Liebesqualen Worte lieh und in den »Träumen des Jünglings« das damalige Ideal für einen Jüngling formulierte. Nyblom war dürftig als Poet, spielte aber eine gewisse Rolle als Vertreter der Ästhetik, teils durch seine italienischen Briefe an die »Illustrierte Zeitung«, teils durch seine Vorlesungen für Damen, die er in der Börse hielt. Nyblom war noch in seinen Vorlesungen kein gesunder Realist, sondern Verehrer der Antike.

Eine größere Bedeutung hatte das Theater, das ein starkes Bildungsmittel für Jugend und Ungebildete sein kann, die sich noch von bemalter Leinwand und unbekannten Schauspielern, mit denen sie noch keine Brüderschaft getrunken haben, täuschen lassen können. Als achtjähriger Knabe hatte Johan ein Stück gesehen, von dem er keine Spur verstand. Es war wohl der »Reiche Oheim« von Blanche; alles, was ihm in der Erinnerung geblieben, war ein Herr, der eine silberne Schnupftabakdose in die See warf und von Rio Janeiro sang. Später sah er Blanches »Engelbrecht« und war hingerissen. Und zur selben Zeit den »Besieger des Bösen« von dem Dänen Overskou. Dann folgten Opern, die während der pietistischen Periode für gut angesehen wurden, weil sie weniger sündhaft seien. Einmal war er im Dramatischen Theater und erinnerte sich später an den Schauspieler Knut Almlöf in einem französischen Stück »Die schwache Seite« und an die Schauspielerin Hammarfeldt im »Ausflug ins Grüne«.

Die Sittenkomödie der Zeit, die nicht ohne Einfluss war, bestand aus Jolins Stücken: »Müllerfräulein, Meister Smith, Lachen und Weinen, der Schmähschreiber«. In »Meister Smith« wurde bewiesen, laut dem Kompromiss nach den misslungenen Revolutionen des Jahres 1848, dass wir alle Aristokraten seien. Wie aber diesem Übelstand abzuhelfen sei, davon erfuhr man nicht das Geringste. Die Tatsache blieb, und man war zufrieden mit der Tatsache. Im »Müllerfräulein« wurde die Revolution von 1865 vorbereitet, denn darin wies Jolin nach, dass der Adel keine höhere Rasse ist. »Der Schmähschreiber« machte Aufsehen, weil er unter dem Gesindel der Zeitungsreptile aufräumte: einen Besen warf man dem Autor auf die Bühne. Das Stück war indessen so realistisch – der Autor hatte unter anderm den lebenden Schriftsteller Nybom auf die Bühne gebracht –, dass die Ausfälle, die Jolin später in seinem Alter gegen modernen Realismus machte, nicht befugt waren.

Etwas Angenehmes und Sympathisches hatte Jolin; und seine Bedeutung für das Theater war beinahe größer als die von Blanche, der schließlich zu einem Cliquendichter des Opernkellers herabsank.

Frans Hedberg, der mit dem Pamphlet »Vier Jahre beim Provinztheater« eine ärgerliche Aufmerksamkeit erregte und dann durch sein »Sendschreiben an den Theaterdirektor Stedingk« die mehr scherzhafte als ernsthafte Aufforderung erzielte, die Schauspielerschule des Theaters zu leiten, rettete sich vom vollständigen Sonnenuntergang durch die »Hochzeit von Ulfåsa«, die volkstümlich wurde und sowohl »Wermländer« wie »Engelbrecht« überglänzte.

Die »Hochzeit« ist tot, aber Södermanns Marsch lebt. Das Stück hatte übrigens keine Bedeutung in der Entwicklung Johans oder eines andern Zeitgenossen. Es war ein Schattenspiel, hohl wie ein Operntext, und wurde nur von den Damen hochgehalten, denen darin ein Rauchopfer im großen Stile des Mittelalters gebracht wurde. Der unterjochte Mann murrte allerdings und wollte sich in dem Helden Beugt nicht wiedererkennen; das aber wurde nicht so genau genommen.

Von größerer Bedeutung wurde das Erscheinen von Offenbachs Operette auf dem Königlichen Theater. Nachdem der Autor der »Schönen Helena« in die Französische Akademie aufgenommen ist, wird es wohl nicht mehr lebensgefährlich sein, wenn man gerecht gegen ihn ist. Halevy und Offenbach waren Israeliten und Pariser unter dem zweiten Kaisertum. Als Israeliten hatten sie keine Pietät vor den Ahnen der europäischen Kultur, vor Griechen und Römern, deren Bildung sie als Morgenländer nicht hatten durchmachen müssen. Als Israeliten waren sie skeptisch gegen abendländische Kultur und am meisten gegen die christliche Moral des Abendlandes. Sie sahen eine christliche Gesellschaft die strengste Moral bekennen und wie Heiden leben. Sie entdeckten den Widerspruch in Lehre und Leben; dieser Widerspruch konnte nur dadurch gelöst werden, dass man die veraltete Lehre änderte; denn das Leben war nicht zu ändern, man hätte denn ins Kloster gehen oder sich kastrieren lassen müssen. Die Menschen waren es müde, heucheln zu müssen; sie freuten sich, dass sie eine neue Moral bekamen, die in voller Übereinstimmung mit der Beschaffenheit der menschlichen Natur und allgemeiner Sitte stand. Offenbach gefiel, weil die Sinne vorbereitet waren und man allgemein die unbequeme Mönchskutte satt hatte. Dann lieber nackt! Offenbachs Operette packte fest zu, denn sie lachte über die ganze veraltete Kultur des Abendlandes, über Geistlichkeit, Königstum, Speisehaus, Ehe, die zivilisierten Kriege; und über was man lacht, das wird nicht mehr verehrt. Offenbachs Operette hat dieselbe Rolle gespielt wie die Komödie des Aristophanes; ist ein ähnliches Symptom gewesen am Ende einer Kulturperiode und hat darum ihre Aufgabe erfüllt. Sie war scherzhaft, aber Scherz ist gewöhnlich maskierter Ernst. Nach dem Lachen kam der reine Ernst, und da stehen wir jetzt (1886).

Die Juden lächelten beim Ausgang der Epoche über diese Christen, die zwei Jahrtausende lang eine Hölle aus dem fröhlichen Erdenleben zu machen gesucht hatten und jetzt erst einsahen, dass Christi Lehre eine subjektive ist. Für die geistigen Bedürfnisse ihres Urhebers und seiner Zeitgenossen, die unter der römischen Herrschaft seufzten, war sie geeignet, musste aber den neuen Verhältnissen angepasst werden. Die von Natur Positivisten waren und ganze Epochen durchlebt hatten, ohne an Christi Lehre teilzunehmen, sahen jetzt, wie die Christen das Christentum fortwarfen, und sie lächelten. Das war die Rache des Juden und seine Mission in Europa.

Der Jüngling von 1865, der von der Stigmatisierung noch zittert, vom Kampf gegen das Fleisch und den Teufel entnervt ist, dessen Ohren von Glockenläuten und Kirchenliedern gepeinigt worden, kommt in den festlich erleuchteten Zuschauerraum, mit kühnen Jünglingen von guter Geburt und guter Stellung; sieht vom ersten Rang aus diese Bilder des fröhlichen Heidentums sich aufrollen; hört eine Musik, die ursprünglich ist, etwas Gemüt hat, denn Offenbach war germanisiert, liederreich, mutwillig. Schon die Ouvertüre bringt ihn zum Lächeln. Und dann! Der Tempeldienst hinter den Vorhängen erinnert ihn an das Brotbacken in der Küche des Küsters; der Donner erweist sich als eine unverzinnte Eisenplatte; die Göttinnen sind drei schöne Schauspielerinnen; die Götter unsichtbare Regisseure.

Aber hier wurde auch die ganze antike Welt gestrichen. Diese Götter, Göttinnen, Helden, die durch die Lehrbücher einen Anflug von Heiligkeit erhalten hatten, wurden gestürzt. Griechenland und Rom, auf die man sich immer berief als auf den Ursprung aller Bildung, wurden auf ihr richtiges Niveau gebracht. Das war demokratisch, denn nun fühlte man den Druck weniger; und die Furcht, sich nicht so hoch erheben zu können, war einem genommen.

Dann aber kam das Kapitel von der Lebensfreude. Menschen und Götter paarten sich durcheinander, ohne erst zu fragen; Götter halfen jungen Mädchen, alten Greisen zu entlaufen; der Priester tritt aus dem Tempel, da er das Heucheln satt hat, flicht die Weinranke um die feuchte Stirn und tanzt Cancan mit den Hetären.

Das war offenes Spiel! Das nahm Johan auf wie Gottes Wort; er hatte nichts dagegen einzuwenden; es war, wie es sein sollte. War es ungesund? Nein! Aber es aufs Leben anzuwenden, dazu fühlte er kein Verlangen. Es war ja ein Theaterstück; es war unwirklich, und sein Gesichtspunkt war noch der ästhetische.

Was war dies Ästhetische, unter dessen Begriff so viel eingeschmuggelt werden, unter dessen Deckung so viel Zugeständnisse gemacht werden konnten? Ja, Ernst war es nicht; Scherz auch nicht; es war etwas sehr Unbestimmtes. Das Dekameron verherrlichte das Laster, aber sein ästhetischer Wert blieb bestehen. Was war das für ein Wert? Ethisch war das Buch zu verdammen, ästhetisch aber zu loben. Ethisch und ästhetisch! Eine neue Zauberschachtel mit doppeltem Boden, aus der man nach Belieben Mücken oder Kamele hervorholte.

Aber das Stück wurde mit Autorität vom Königlichen Theater gegeben und von den hervorragendsten Künstlern dargestellt; Knut Almlöf selber spielte Menelaus. Der Generalprobe folgte ein Frühstück, bei dem der König und Gardeoffiziere die Wirte machten. Das wussten die Jünglinge durch den Sohn des Kammerherrn, der ihnen Karten gab. Man spielte das Stück beinahe auf höchsten Befehl!

Das Geschrei stieg jedoch ebenso hoch wie das Entzücken. Man konnte nicht mehr sprechen, ohne einen Ausdruck aus der »Schönen Helena« zu benutzen. Man konnte Virgil nicht mehr lesen, ohne dass man Achilles mit dem hochnäsigen Achilles übersetzte. Johan sah das Stück erst, als es schon ein halbes Jahr gespielt wurde; deshalb verstand er seinen Lateinlehrer nicht, als der ein Zitat aus der »Schönen Helena« gebrauchte. Da fragte der, ob er das Stück nicht gesehen habe. »Nein!«

– »Ist nicht möglich! Aber das müssen Sie sehen!« Man musste es sehen; und er sah es.

Der Lehrer in Literatur, der etwas Pietist war, predigte dagegen und warnte; aber er griff das Stück vorsichtigerweise vom ästhetischen Gesichtspunkte an; sprach von schlechtem Geschmack, simplem Ton. Das machte auf einige Eindruck, und auf des Lehrers Aufforderung gingen diese ästhetischen Snobs in den »Ritter Blaubart« und zischten, natürlich, nachdem sie sich gründlich amüsiert hatten.

Das Stück hatte das bedrückte Herz des Jünglings etwas erleichtert und ihn über Götzen lächeln gelehrt; aber auf sein Geschlechtsleben oder seine Auffassung vom Weibe hatte es keinen Einfluss.

Tiefer drang dagegen der schwermütige Hamlet. Wer ist dieser Hamlet, der noch heute lebt, nachdem er zur Zeit Johans des Dritten von Schweden das Rampenlicht erblickt hat? Der noch ebenso jung geblieben ist? Man hat ihn zu so vielem gemacht und zu allen möglichen Zwecken benutzt. Johan nahm ihn sofort für seine in Anspruch.

Der Vorhang geht auf: König und Hof in glänzenden Trachten, Musik und Freude. Dann kommt der blasse Jüngling im Trauergewand und lehnt sich gegen den Stiefvater auf. Aha! Er hat einen Stiefvater! Das ist mindestens ebenso schlimm wie eine Stiefmutter haben, denkt Johan. Das ist mein Mann! Und nun soll er gedemütigt werden, man will ihm Sympathie mit den Tyrannen abzwingen. Das Ich des Jünglings erhebt sich. Empörung! Aber sein Wille ist gelähmt; er droht, aber kann nicht zuschlagen. Er züchtigt jedoch die Mutter! Schade nur, dass es nicht der Stiefvater war! Dann aber kommt die Gewissensqual. Gut, gut! Er ist Grübler, wühlt in seinem Innern, bedenkt seine Handlungen so lange, bis sie sich in nichts auflösen. Und dann liebt er die Braut eines andern. Das stimmt ja vollständig. Johan beginnt zu zweifeln, dass er eine Ausnahme ist. So geht es also gewöhnlich im Leben zu? Schön! Dann muss ich's mir nicht so nahe gehen lassen, darf aber auch kein Original sein wollen.

Der zurechtgehauene Schluss verfehlte seinen Eindruck, wenn ihm auch Horatios schöne Rede etwas aufhalf. Den heillosen Fehler des Bearbeiters, Fortinbras zu streichen, merkte der Jüngling nicht. Aber Horatio, der jetzt der Gegensatz wurde, war kein Gegensatz; er war eine ebensolche Memme wie Hamlet und sagte nur Ja und Nein. Fortinbras, das war der Mann der Tat, der Sieger, der den Thron heischt; aber er war gestrichen, und nun schloss alles mit »Jammer und Elend«.

Aber es war schön, sein Schicksal beweinen zu können und sein Schicksal beweint zu sehen. Hamlet blieb für ihn vorläufig nur der Stiefsohn; später wurde er der Grübler; noch später der Sohn, das Opfer für die Familientyrannei. So wächst die Auffassung. Der Schauspieler Schwartz gab den Fantasten, den Romantiker, der sich mit der Wirklichkeit nicht versöhnen kann; mit dieser Auffassung erfüllte er, was der damalige Geschmack verlangte. Eine positivistische Zukunft, welche die Romantik ganz lächerlich gemacht hat, wird vielleicht in Hamlet einen Don Quichotte sehen, der von einem Komiker gespielt wird. Hamletische Jünglinge sind schon längst dem Lächeln verfallen, denn ein neues Geschlecht ist heute (1886) gekommen, das ohne Visionen denkt und handelt, wie es denkt.

Das neutrale Gebiet der schönen Literatur und des Theaters, auf dem die Moral nichts zu sagen hatte; wo sich die Menschen nackt in grünen Hainen trafen, um das Tier mit den beiden Rücken zu spielen; wo man Gott und sein heiliges Evangelium verleugnen; wo man, wie in »Ritter Blaubart«, auf höchsten Befehl die Königlichkeit zum Narren halten konnte; diese Unwirklichkeiten der Dichtung mit ihrer Wiederherstellung einer Welt, die besser ist als die vorhandene – wurde von dem Jüngling als etwas mehr als Dichtung aufgefasst. Bald verwechselte er Dichtung und Wirklichkeit; bildete sich ein, das Leben außerhalb seines Elternhauses, also seine Zukunft, sei ein solcher Lustgarten. Besonders das nächste Paradies, die Universität Upsala, begann ihm jetzt vor Augen zu schweben als die Stätte der Freiheit. Dort konnte man schlecht gekleidet gehen, arm sein und doch zu den Studenten, das heißt zur Oberklasse, gehören. Dort durfte man singen und trinken, berauscht nach Hause kommen, sich mit der Polizei herumschlagen, ohne sein Ansehen zu verlieren. Das war das Idealland.

Wer hatte ihn das gelehrt? Wennerbergs »Burschen«, die er jetzt mit seinem Bruder sang. Aber er wusste nicht, dass die »Burschen« die Sache vom Gesichtspunkt der Oberklasse aus sehen; dass diese Lieder Stück für Stück entstanden, um von Prinzen und künftigen Königen gehört zu werden; dass die Helden von Familie waren. Er dachte nicht daran, dass Pumpen nicht so gefährlich ist, wenn eine Tante im Hintergrund lebt; die Prüfung nicht so streng, wenn man den Bischof zum Oheim hat; das Einschlagen von Fensterscheiben nicht so teuer, wenn man in guter Gesellschaft ist.

Jedenfalls, die Zukunft begann ihn zu beschäftigen; ihm war die Hoffnung auf eine Zukunft wiedergekommen; das verhängnisvolle fünfundzwanzigste Jahr wirkte nicht mehr so erschreckend. Das hatte seinen Grund darin, dass die Schuldirektionen Maßregeln getroffen hatten, um sich über den Sittlichkeitszustand in den Schulen der Hauptstadt zu unterrichten. Der Bericht wurde in den Abendzeitungen gedruckt. Das kam Johan zu Ohren. Die Untersuchung hatte erwiesen, dass die meisten Knaben und die meisten Mädchen einem Laster verfallen waren, das der gefährlichste Feind der Jugend war. Also konnte man in guter und zahlreicher Gesellschaft in den Himmel eingehen! Er war nicht allein ein Sünder! Dazu kam, dass man in der Schule offen von der Sache sprach, als gehöre sie zur Vergangenheit eines jeden; und zwar sprach man nicht ernsthaft und gewichtig davon, sondern in Anekdotenform. Johan wurde es nun klar, dass es keine geschlechtliche Krankheit ist, sondern dass diese nur entstehen konnten, wenn man mit einer Frau verkehrt hatte. Er war jetzt beruhigt, zumal sich keine üblen Folgen gezeigt hatten. Seine Gedanken waren mit Arbeiten beschäftigt oder mit unschuldigen Flammen für reine Mädchen, welche die Bleichsucht hatten.

Zu dieser Zeit blühte die Scharfschützenbewegung. Das war ein schöner Gedanke, der Schweden ein Heer gab, das größer war als das stehende Heer: 40.000 gegen 37.000.

Johan trat als Aktiver ein, erhielt Uniform, machte sich Bewegung, lernte schießen. Aber er kam auch in Berührung mit jungen Leuten aus andern Klassen der Gesellschaft. In seiner Kompanie waren Handwerkergesellen, Ladenburschen, Kontoristen, jüngere Schauspieler ohne Namen. Die waren ihm sympathisch, aber fremd. Er suchte sich ihnen zu nähern, aber sie nahmen ihn nicht auf. Sie sprachen ihr Argot, die Sprache ihres Kreises, die er nicht verstand. Jetzt merkte er, wie die Bildung ihn von den Kameraden seiner Kindheit getrennt hatte, und er wurde verschlossen. Von vornherein galt er für hochmütig. Aber er sah im Gegenteil in gewisser Hinsicht zu ihnen auf. Sie waren naiv, furchtlos, selbstständig, wirtschaftlich besser gestellt als er, denn sie hatten immer Geld.

Das Gefühl, auf langen Märschen im Trupp zu gehen, hatte etwas Beruhigendes für ihn. Er war nicht zum Befehlen geboren und gehorchte gern, wenn er nur nicht Übermut und Herrschsucht im Befehlen merkte. Er sehnte sich nicht danach, Korporal zu werden; dann musste er für die andern denken und, was schlimmer war, beschließen. Er blieb Sklave aus Natur und Neigung, empfand aber die Unbefugtheit des Tyrannen und bewachte ihn genau.

Bei einem größeren Manöver konnte er seine Ansicht über gewisse Sonderbarkeiten nicht unterdrücken. Die Infanterie der Garde hielt bei einer Landung den Kanonen der Flotte stand, welche die Prahme bedeckten, auf denen Johan war. Die Kanonen spielten auf einige Klafter Entfernung den Gardisten mitten ins Gesicht; die blieben aber dennoch stehen. Sie gehorchten wohl, sie auch, ohne zu begreifen. Johan schimpfte und fluchte, aber er gehorchte, denn er hatte sich zum Gehorchen verpflichtet.

Während einer Rast auf Tyresö im Stockholmer Inselmeer rang er aus Scherz mit einem Kameraden. Der Kompaniechef trat dazwischen und verbot etwas barsch das Ringen. Johan antwortete scharf, es sei jetzt Rast, und sie spielten nur.

»Aber das Spiel kann ernst werden.«

»Das kommt auf uns an!«, antwortete er und gehorchte.

Aber er fand es frech vom Chef, sich in solche Einzelheiten zu mischen. Ein gewisser Unwille des Vorgesetzten verfolgte ihn seitdem. Der wurde Doktor genannt, weil er für Zeitungen schrieb; aber er war nicht einmal Student. Da haben wir's, dachte Johan; er will mich ducken. Und jetzt bewachte er ihn. Die Abneigung dauerte auf beiden Seiten das Leben hindurch.

Die Scharfschützenbewegung war zunächst vom Deutsch-Dänischen Krieg hervorgerufen worden und hatte einen gewissen Nutzen, wenn sie auch vorübergehend war. Sie machte der Jugend Vergnügen und nahm dem Militär etwas von seinem allzu hohen Ansehen, da die unteren Klassen jetzt sahen, dass es nicht so schwer ist, Soldat zu spielen. Später war diese Einsicht Ursache, dass man gegen die preußische Wehrpflicht stimmte, für deren Einführung viel agitiert wurde, seit König Oscar II. in Berlin Kaiser Wilhelm I. gegenüber die Hoffnung ausgesprochen, die schwedischen und preußischen Truppen würden noch einmal Waffengenossen werden.

9. Er isst fremdes Brot

Ein kühner Traum war ihm in Erfüllung gegangen: er hatte eine Stellung für den Sommer erhalten. Warum nicht früher? Er hatte es nicht zu hoffen gewagt; also sich nicht darum bemüht. Was er recht lebhaft wünschte, danach wagte er nicht die Hände auszustrecken, aus Furcht, eine Enttäuschung zu erleben. Eine vereitelte Hoffnung war das Schwerste, was er sich denken konnte. Jetzt aber schüttete das Glück auf einmal sein ganzes Füllhorn über ihn aus: die Stellung war in einem vornehmen Hause, das in der schönsten Natur lag, die er kannte: im Stockholmer Inselmeer; und zwar in der poetischesten Gegend des ganzen Inselmeers: Sotaskär hieß sie.

Er liebte jetzt die Vornehmen. Die Stiefmutter hatte ihn schlecht behandelt; die Verwandten standen immer auf der Lauer, Hochmut bei ihm zu entdecken, wo nur überlegener Verstand, Edelmut und Opferwilligkeit war; die Kameraden bei den Scharfschützen hatten sich bemüht, ihn zu ducken: all das hatte ihn von der Klasse verjagt, aus der er gekommen war; er dachte nicht mehr wie sie, fühlte nicht mehr wie sie; hatte eine andere Religion, andere Begriffe vom Leben. Seinen Schönheitssinn hatte das maßvolle Wesen der vornehmen Kameraden, ihre harmonische Art und ihr sicheres Auftreten angesprochen; er fühlte sich ihnen durch seine Erziehung näher und der Unterklasse ferner. Ihm schienen die Vornehmen nicht so hochmütig wie die Bürgerlichen zu sein; sie räkelten sich nicht, traten andere nicht; schätzten Bildung und Talent; sie waren in gewisser Weise, da sie ihn als ihresgleichen aufnahmen, demokratischer gegen ihn als seine Verwandten, die ihn wie einen recht Untergeordneten, Unterlegenen behandelten.

Fritz zum Beispiel, der ein Müllersohn vom Lande war, wurde beim Kammerherrn empfangen und spielte mit den Söhnen Komödie vor dem Direktor des Königlichen Theaters, der ihm Engagement anbot: niemand fragte, was sein Vater gewesen sei. Als Fritz aber einmal in Johans Elternhaus auf Ball war, wurde er von vorn und hinten untersucht; und mit großem Vergnügen hatte ein Verwandter auskundschaftet, Fritzens Vater sei zuerst nur Müllerknecht gewesen.

Johan war Aristokrat geworden, ohne seine Sympathien für die Unterklasse aufzugeben. Und da der Adel um 1865 sehr liberal war, herablassend und augenblicklich volkstümlich, wurde er getäuscht. Er begriff nicht, dass die, welche einmal oben waren, andere nicht mehr zu treten brauchten; dass die, welche auf der Höhe saßen, herablassend sein konnten, ohne herabzusteigen. Er sah nicht ein, dass die, welche unten waren, sich von denen, die an ihnen vorbei und hinaufsteigen wollten, getreten fühlten; dass die, welche keine Aussicht hatten, hinaufzukommen, nur den Trost besaßen, die herunterzuholen, die oben oder auf dem Wege dorthin waren. Das war ja das Gesetz des Gleichgewichts, das er noch nicht eingesehen hatte. Er war entzückt, zu den Vornehmen zu kommen.

Fritz gab ihm Vorschriften, wie er sich zu benehmen habe. Man solle nicht kriechen, nur bescheiden sein; nicht alles sagen, was man denke, denn das verlange niemand zu wissen; könne man Artigkeiten sagen, ohne grob zu schmeicheln, sei es gut; konversieren, aber nicht räsonnieren, vor allem nicht disputieren, denn recht bekomme man doch nicht. War das ein kluger Jüngling! Johan fand ihn entsetzlich, verbarg das Wort aber in seinem Herzen. Was er gewinnen konnte, war eine akademische Stellung, vielleicht eine Reise ins Ausland, nach Rom oder Paris, mit den Schülern. Das war das Höchste, was er von den Vornehmen verlangte. Das hielt er für sein Glück, und nach diesem Glück wollte er jetzt jagen.

Er machte seinen ersten Besuch bei der Baronin an einem Sonntagnachmittag, als sie in der Stadt war. Sie glich dem alten Porträt einer Dame mittleren Alters. Adlernase, große braune Augen, das Haar über die Schläfen gekräuselt. Sie war elegisch, hatte einen schleppenden Ton, sprach etwas durch die Nase. Johan fand nicht, dass sie fein aussah, und die Wohnung war dürftiger als sein Elternhaus. Aber sie hatten ja das Herrenhaus, das Schloss, auf dem Lande. Sie gefiel ihm jedoch, denn sie hatte einen Zug, der ihn an seine Mutter erinnerte. Sie prüfte ihn, sprach mit ihm, ließ ihr Knäuel fallen. Johan sprang auf, nahm das Knäuel, aber gab es mit einer Miene zurück, die selbstzufrieden sagte: das kann ich, denn ich habe schon viele Taschentücher für die Damen aufgehoben. Die Prüfung fiel zu seinem Vorteil aus, und er wurde angenommen.

Am Morgen des Tages, an dem sie aus der Stadt abfahren sollten, fand er sich in der Wohnung ein. Der Königliche Sekretär, so wurde der Hausherr genannt, stand in Hemdsärmeln vor dem Spiegel und band sein Halstuch. Er sah stolz und milzsüchtig aus, grüßte kurz und kalt. Johan nahm ungebeten einen Stuhl, versuchte die Unterhaltung zu beginnen; das gelang ihm aber nicht, weil der Sekretär ihm den Rücken drehte und kurz antwortete.

»Das ist kein Vornehmer«, dachte Johan; »das ist ein Knoten!«

Und sie waren einander antipathisch als zwei aus der Unterklasse, von denen jeder scheel auf das Hinaufklettern des andern sah.

Der Wagen stand vor der Tür. Der Kutscher hatte Livree an und grüßte mit der Mütze in der Hand. Der Sekretär fragte Johan, ob er im Wagen oder auf dem Kutschbock sitzen wolle; jedoch in einem Ton, dass Johan beschloss, fein zu sein und die Einladung auf den Kutschbock zu verstehen. Er setzte sich also neben den Kutscher.

Als die Peitsche knallte und die Pferde anzogen, hatte Johan nur einen Gedanken: Fort von Haus! Hinaus in die Welt!

Beim ersten Gasthaus, wo sie rasteten, stieg Johan ab und trat ans Wagenfenster. Dort erkundigte er sich in einem leichten, verbindlichen, vielleicht etwas vertraulichen Ton nach dem Befinden der Herrschaft; erhielt aber von dem Herrn eine kurze scharfe Antwort, die jede weitere Annäherung abschnitt.

Was hatte das zu bedeuten?

Sie saßen wieder auf. Johan steckte sich eine Zigarre an und bot auch dem Kutscher eine; der aber antwortete flüsternd, er dürfe auf dem Kutschbock nicht rauchen. Dann versuchte er den Kutscher auszufragen; erfuhr etwas über den Verkehr und dergleichen, aber nur wenig.

Gegen Abend langten sie auf dem Herrensitz an. Das Gebäude lag auf einem mit Bäumen bewachsenen Hügel und war ein weißes Steinhaus mit Markisen. Das Dach war flach, und dessen stumpfer Winkel gab dem Gebäude etwas Italienisches; aber diese rot und weiß gestreiften Markisen, das war wirklich etwas Feines.

Johan wurde in einen Flügel gewiesen, der aus einem besonderen Häuschen von zwei Zimmern bestand; in dem einen sollte er mit drei Knaben hausen, während das andere vom Kutscher bewohnt wurde.

Als er acht Tage auf dem Gut gewesen war, hatte Johan entdeckt, dass er ein Diener war, und zwar in einer recht unangenehmen Stellung. Der Knecht seines Vaters hatte ein besseres Zimmer, und vor allem ein eigenes Zimmer; der Knecht seines Vaters war doch einige Stunden am Tage Herr über seine Person und seine Gedanken; Johan nie. Nacht und Tag sollte er mit den Kindern zusammen sein, mit ihnen spielen, mit ihnen arbeiten, mit ihnen baden. Nahm er sich einen Augenblick Freiheit und jemand von der Herrschaft erblickte ihn, fragte man sofort: Wo sind die Kinder? Die Knaben pflegten nämlich zu den Instleuten zu laufen; dort durften sie sich aber nicht aufhalten, weil das Flüsschen dort vorbeifloss. Johan lebte in beständiger Unruhe, es könne etwas passieren. Er war für das Betragen von vier Personen verantwortlich: sein eigenes und das dreier Knaben. Wurden sie getadelt, bekam er etwas ab. In seinem Alter war niemand da, mit dem er sich hätte aussprechen können; keine jungen Leute. Der Inspektor hatte den ganzen Tag zu tun und war nie zu sehen.

Aber zweierlei entschädigte ihn: die Natur und die Freiheit vom Elternhause.

Die Baronin behandelte ihn vertraulicher, beinahe mütterlich; es unterhielt sie, mit ihm über Literatur zu sprechen. Da hatte er Augenblicke, in denen er sich durch seine Belesenheit ebenbürtig und überlegen fühlte; kam aber nur der Sekretär nach Haus, war er wieder Kindermädchen.

Die Landschaft des Inselmeers hatte für ihn einen größeren Reiz als die Ufer des Mälarsees, und die zauberischen Erinnerungen an Drottningholm und Vibyholm verblassten. Das Jahr vorher war er bei einem Plänkeln mit den Scharfschützen bei Tyresö auf eine Höhe hinaufgekommen. Es war tiefer Fichtenwald. Zwischen Blaubeeren und Wacholder krochen sie, bis sie an eine steile Klippe kamen. Da öffnete sich plötzlich ein Gemälde, so entzückend, dass ihn fror. Meer und Inseln, Meer und Inseln, weit, weit, bis in Unendlichkeit. Er hatte, obwohl Stockholmer, das Inselmeer noch nie gesehen und wusste nicht, wo er sich befand. Dieses Gemälde machte einen solchen Eindruck auf ihn, als habe er ein Land wiedergefunden, das er in schönen Träumen gesehen, oder in einem früheren Dasein, an das er glaubte, von dem er aber nichts wusste.

Die Jägerkette zog sich nach der Seite in den Wald hinein, aber Johan saß auf der Klippe und betete an; das war das richtige Wort. Die feindliche Kette hatte sich genähert und gab Feuer; es sauste ihm um die Ohren; er verbarg sich; fortgehen konnte er nicht. Das war seine Landschaft, das wahre Milieu seiner Natur: Idyllen, arme, holperige Inseln aus Graustein, bedeckt mit Fichtenwald, auf große, stürmische Meeresflächen hinausgeworfen; und im Hintergrunde, in gehöriger Entfernung, das unendliche Meer.

Er blieb dieser Liebe auch treu, die nicht damit erklärt ist, dass sie die erste war. Weder die Alpen der Schweiz, noch die Olivenhügel des Mittelmeers, noch die Felsenküste der Normandie konnten sie verdrängen.

Jetzt war er in diesem Paradies, wenn auch etwas zu weit im Innern; die Ufer bei Sotaskär waren grüne, fette Weiden unter dem Schatten von Eichen, und das Meer öffnete sich nach Mysing zu, aber in weiter Entfernung. Das Wasser war rein und salzig; das war neu.

Während der Streifzüge mit Flinte, Hunden, Knaben kam er an einem sonnenhellen Tage an den Strand hinunter. Auf der andern Seite lag ein Schloss; ein großes, altmodisches Schloss aus Stein. Er hatte jetzt entdeckt, dass er nur auf einem Gute wohnte; dass sein Herr nicht adelig und nur Pächter war.

»Wer wohnt in diesem Schloss?«, fragte er die Knaben.

»Dort wohnt Onkel Wilhelm«, antworteten die.

»Wie heißt der?«

»Baron X.«

»Besucht ihr denn den nicht?«

»Doch, zuweilen.«

Es gab also doch ein Schloss, mit einem Baron darin. Hm! Johans Spaziergänge schlugen seitdem fast regelmäßig die Richtung nach dem Strand ein, von wo er das Schloss sah. Es war von einem Park und einem großen Garten umgeben. Seine Herrschaft hatte keinen Garten. Dies war etwas anderes!

Eines Tages teilte ihm die Freiherrin mit, er solle am nächsten Tage die Knaben zu Barons begleiten; dort sollten sie den Tag über bleiben. Sie und der Herr Sekretär würden nicht mitfahren; er müsse also das Haus vertreten, fügte sie scherzend hinzu.

Er fragte nach seiner Toilette.

Er könne in seinem Sommeranzug hinfahren, aber den schwarzen Rock auf den Arm nehmen, um sich in dem kleinen Gobelinzimmer zu ebener Erde für das Mittagessen umzukleiden.

Gobelinzimmer? Hm! Müsse er vielleicht Handschuhe anziehen.

Sie lachte. Nein, behüte, keine Handschuhe.

Er träumte die ganze Nacht vom Baron, vom Schloss, vom Gobelinzimmer.

Am nächsten Morgen fuhr ein Leiterwagen auf den Hof, um die Jugend zu holen. Nein, den liebte er nicht; der erinnerte an den Küsterhof.

Sie fuhren ab. Kamen in eine große Lindenallee, fuhren auf den Hof, hielten vorm Schloss. Es war wirklich ein Schloss, wie aus Dahlbergs »Suecia«, und es datierte von der Unionszeit. Aus einer Laube hörten sie die wohlbekannten Laute des Brettspiels. Und heraus trat ein Herr mittleren Alters in weitem Anzug aus Hanfleinen. Sein Gesicht war nicht vornehm, eher bürgerlich, und von einem graugelben Seemannsbart bedeckt. Er hatte auch Ohrringe.

Johan nahm den Hut in die Hand und stellte sich vor. Der Baron begrüßte ihn freundlich und bat ihn, in die Laube zu kommen. Dort stand ein Brettspiel, und da saß ein kleiner Greis, der einen Frühstücksschirm an der Mütze hatte und sehr entgegenkommend war. Er wurde vorgestellt als Rektor aus einer Kleinstadt. Johan bekam Kognak und musste Neuigkeiten aus Stockholm erzählen. Er vertiefte sich in Theaterklatsch und dergleichen, und man hörte ihm mit großer Aufmerksamkeit zu.

Da haben wir's, dachte er; die wirklich Vornehmen sind viel demokratischer als die nicht ganz Vornehmen.

»Verzeihen Sie, Herr ...«, sagte der Baron; »wie war doch der Name? – Ja, so war es. Sind Sie mit Oskar verwandt?«

»Das ist mein Vater!«

»Ist das wirklich wahr? Das war ja mein alter Freund, als ich den Dampfer Strengnäs führte.«

Was? Johan traute seinen Ohren nicht! Der Baron hatte einen Dampfer geführt? Ja, das hatte er.

Aber der Alte ging weiter und wollte Auskunft haben über Oskar und dessen Schicksal.

Johan sah das Schloss an und fragte sich, ob es auch der Baron selbst sei. Da kam die Baronin herunter. Die war ebenso einfach und freundlich wie der Baron.

Man läutete zum Essen.

»Jetzt wollen wir einen Schnaps trinken«, sagte der Baron, »kommen Sie.«

Johan machte eine Volte im großen Flur und wollte den Gehrock hinter einer Tür anziehen; daraus wurde aber nichts. Er tat es doch, denn die Freiherrin hatte es gesagt.

Sie kamen in den großen Saal. Doch, es war ein richtiges Schloss. Steinfußboden; die Decke aus Holz geschnitzt; Fensternischen, tief wie kleine Zimmer; ein Kamin, in dem ein Klafter Holz Platz hatte; ein Klavier auf drei Füßen; eine Krone, deren Gläser so groß wie Pfefferkuchen waren; schwarze Porträts an den Wänden. Es war ganz, wie es sein sollte.

Das Essen war vorbei und Johan fühlte sich heimisch. Am Nachmittage spielte er Brett mit dem Baron und trank Grog. Alle Artigkeiten, die er sich ausgedacht, wurden eingestellt. Und als sein Tag zu Ende ging, war er sehr zufrieden damit.

In der großen Allee drehte er sich um und sah auf das Schloss zurück. Es sah jetzt nicht mehr so stattlich aus; beinahe dürftig. So passte es besser für ihn, aber dieses Märchenschloss vom andern Ufer war schöner anzusehen. Jetzt hatte er nichts mehr, zu dem er hinaufsehen konnte. Aber er stand nicht mehr so tief unten. Vielleicht war es doch angenehmer, etwas dort oben zu haben, nach dem man gaffen konnte!

Als er nach Hause kam, wurde er von der Freiherrin ausgefragt.

»Wie finden Sie den Baron?«

»Er ist nett und herablassend.«

Johan war schon so klug, die Bekanntschaft mit dem Vater zu verschweigen. Das werden sie doch schon erfahren, dachte er. Ihm war jetzt etwas wärmer in den Kleidern, und er war nicht mehr so demütig.

Eines Tages lieh er sich ein Reitpferd vom Sekretär, ritt aber so wild, dass die Pferde beim nächsten Male nicht zu haben waren. Da schickte er einen Jungen von den Instleuten ins Kirchspiel, um ein Pferd zu mieten. Es war ein stolzes Gefühl, so hoch zu sitzen und dahinzueilen; es war, als habe er eine neue Kraft bekommen.

Illusionen hatten sich zwar aufgelöst, aber es war doch angenehm, auf dem gleichen Niveau zu stehen, ohne dass man einen hatte herunterreißen müssen. Er schrieb an den Bruder nach Haus und prahlte. Bekam aber eine abweisende Antwort. Da er allein war und mit niemandem sprechen konnte, schrieb er ein Tagebuch an den Freund. Der hatte eine Stellung bei einem Kaufmann am Mälarsee gefunden, bei dem es Mädchen, Musik, Jugend und gutes Essen gab. Johan wünschte zuweilen an dessen Stelle zu sein; er hatte die Empfindung, als sei er in eine unglückliche Familie gekommen. Im Tagebuch suchte er die Wirklichkeit umzudichten, und es gelang ihm auch, den Neid des Freundes zu erregen.

Die Geschichte, dass der Baron Johans Vater kannte, verbreitete sich. Die Baronin glaubte schlecht von ihrem Bruder sprechen zu müssen. Johan hatte schon so viel Verstand, dass er einsah, hier lag etwas aus einem Majoratstrauerspiel vor. Da das ihn aber nichts anging, wollte er auch nicht danach forschen.

Bei einem Besuche im Pfarrhaus hörte der Unterpfarrer von Johans Plänen, Geistlicher zu werden. Da der Pfarrer aus Altersschwäche zu predigen aufgehört hatte, war sein Vertreter der einzige, der den Dienst versah. Und der fand die Arbeit so schwer, dass er nach jungen Studenten fahndete, die debütieren wollten. Er fragte Johan, ob er nicht einmal predigen möchte. – Aber er sei ja noch nicht Student. – Das tue nichts. – Hm! Er wolle es sich überlegen!

Der Unterpfarrer ließ nicht locker. Hier hätten schon so viele Studenten und Gymnasiasten gepredigt; ja, die Kirche habe einen gewissen Ruf, weil der berühmte Schauspieler Knut Almlöf dort in seiner Jugend gepredigt habe. – Menelaus? In der »Schönen Helena«? – Eben der! – Das Evangelienbuch wurde aufgeschlagen, Postillen geliehen, und Johan versprach, sich am Freitag einzufinden, um die Predigt zu probieren.

Ein Jahr nach der Konfirmation sollte er also auf die Kanzel steigen und im Namen des Herrn sprechen; und die andern, sein Hausherr, die Baronin, die Mädchen, würden als andächtige, demütige Zuhörer dasitzen. Schon am Ziel, so schnell, ohne theologisches Examen, ja sogar ohne Studentenprüfung. Mantel und Kragen würde er leihen, das Stundenglas umkehren, Vaterunser beten, die Aufgebote vorlesen. Das stieg ihm zu Kopf; er wuchs um eine halbe Elle. Als er wieder nach Haus fuhr, war er überzeugt, dass er kein Knabe mehr sei.

Zu Hause aber erwachten die Bedenken. Er war ja Freidenker. War es ehrlich, zu heucheln? Nein, nein! Aber sollte er darum verzichten? Das war ein zu großes Opfer. Die Ehre winkte; vielleicht konnte er auch einige Samen freier Gedanken aussäen, die einst keimen würden. Ja, aber das war unehrlich! Er sah nämlich mit seiner alten Egoistenmoral auf die Absicht des Handelnden, nicht auf den Nutzen oder Schaden der Handlung. Es war nützlich für ihn, zu predigen, und es war nicht schädlich für andere, ein neues, wahres Wort zu hören: also ... Aber es war nicht ehrlich! Er kam nicht davon los. So erleichterte er sein Gewissen bei der Baronin.

»Meinen Sie, der Geistliche glaubt an alles, was er sagt?«

Das sei Sache des Geistlichen, er aber könne nicht.

Schließlich ritt er nach der Pfarre und bekannte kurz. Der Unterpfarrer war wenig erfreut, sein Vertrauen entgegennehmen zu müssen.

»Aber sie glauben doch wohl an Gott, in Jesu Namen!«

»Ja, das tue ich gewiss!«

»Nun, dann sprechen Sie nicht von Jesus. Bischof Wallin erwähnte niemals Jesu Namen in seinen Predigten. Aber berühren Sie den Punkt nicht; lassen Sie mich nichts davon wissen.«

»Ich werde mein Bestes tun«, sagte Johan, froh, seine Ehre gerettet zu haben!

Sie tranken einen Schnaps und aßen ein Butterbrot, und die Sache war abgemacht.

Es war etwas, wie er mit seinem Tabak und seinen Postillen dasaß: als der Sekretär nach dem Hauslehrer fragte, antwortete die Magd:

»Der Herr Lehrer schreibt an seiner Predigt.«

Er hatte den Text vor sich, über den er sprechen sollte. Es war der siebente Sonntag nach Trinitatis, und die Worte lauteten so:

»Jesus sagte: Jetzt ist des Menschen Sohn verkläret, und Gott ist verkläret in ihm. Ist nun Gott in ihm verkläret, so wird auch Gott ihn in sich selber verklären; und wird ihn bald verklären.«

Das war alles. Johan drehte und wendete den Text, fand aber keinen Sinn darin. Das ist etwas dunkel, dachte er. Aber es berührte den empfindlichsten Punkt: Christi Gottheit. Wenn er sich nun ein Herz fasste und Christi Gottheit forterklärte, dann hätte er eine große Tat vollbracht. Die Aufgabe lockte ihn, und mit Parkers Hilfe dichtete er ein Loblied in Prosa über Christus als Sohn Gottes. Äußerst vorsichtig rückte er damit heraus, dass wir alle Gottes Söhne sind, Jesus aber, Gottes auserwählter lieber Sohn, an dem Gott ein besonderes Gefallen fand und dessen Lehren wir hören müssen.

Das war aber nur die Einleitung, und das Evangelium wurde ja nach der Einleitung vorgelesen. Worüber sollte er denn predigen? Jetzt hatte er sein Gewissen beschwichtigt, indem er seine Überzeugung von Christi Gottheit ausgesprochen. Das Fieber glühte, der Mut wuchs: er fühlte, dass er einen Beruf zu erfüllen habe. Er wollte das Schwert gegen die Dogmen ziehen, gegen Gnadenwahl und Pietismus. Das war eine Aufgabe.

Als er dann nach Verlesung des Textes sagen sollte: Aufgrund des verlesenen heiligen Textes wollen wir in dieser kurzen Stunde zum

Thema der Betrachtung nehmen ... schrieb er: Da der Text des Tages uns zu weiteren Betrachtungen keine Veranlassung gibt, wollen wir in dieser kurzen Stunde ein Thema betrachten, das von größerer Bedeutung als etwas anderes ist ... Dann betrachtete er Gottes Gnadenwerk in der Bekehrung.

Das waren zwei Angriffe: einer gegen die Textkommission, einer gegen die Lehre der Kirche von der Gnadenwahl.

Er sprach zuerst von der Bekehrung als von einer ernsten Sache, die ihre Opfer fordere und von dem freien Willen des Menschen abhänge. (Das war ihm nicht ganz klar.) Er berührte die Ordnung der Gnade und schlug schließlich die Tore des Himmelreichs für alle auf: Kommet her zu mir, die ihr mühselig und beladen seid. Zöllner und Sünder, Huren und Statthalter: alle sollten in den Himmel kommen! Sogar der Räuber hörte die frohe Botschaft: Heute wirst du mit mir im Paradiese sein. Das war Jesu Evangelium für alle. Niemand solle glauben, die Schlüssel zum Himmel zu besitzen, und sich einbilden, allein ein Kind Gottes zu sein (das war für die Mucker!), sondern die Türen der Gnade ständen offen für alle, alle!

Er wurde jetzt ernst und fühlte sich wie ein Missionar.

Am Freitag fand er sich in der Kirche ein und las von der Kanzel herab einige Stellen aus der Predigt vor. Er wählte die unschuldigsten. Darauf wurden die Gebete wiederholt, während der Unterpfarrer unter der Orgel stand und »Lauter, langsamer!« rief. Johan ward approbiert, und sie tranken einen Schnaps und aßen ein Butterbrot.

Am Sonntag war die Kirche besetzt. Johan wurde in der Sakristei mit Mantel und Kragen angetan. Einen Augenblick fand er es lächerlich; dann aber kam die Angst über ihn. Er betete zu dem einzigen wahren Gott um Hilfe, da er jetzt für seine Sache das Schwert ziehen solle gegen tausendjährigen Irrtum. Als der letzte Laut der Orgel verklungen war, stieg er unbefangen auf die Kanzel hinauf.

Alles ging gut. Als er aber an die Stelle kam: »Da der Text des Tages uns keine Veranlassung zu weiteren Betrachtungen gibt«, und er die vielen weißen Flecke, die Gesichter waren, sich unten in der Kirche bewegen sah, zitterte er. Aber nur einen Augenblick. Dann begann er, und mit ziemlich starker und sicherer Stimme las er seine Predigt vor.

Als er ans Ende kam, war er selber so gerührt über die schönen Lehren, die er verkündete, dass seine Tränen die Schrift auf dem Papier undeutlich machten.

Er atmete auf. Las alle Gebete, bis die Orgel wieder anfing; dann stieg er hinunter.

Da stand der Unterpfarrer und empfing ihn mit einem »Danke«.

»Aber, aber«, fügte er hinzu, »es ist nicht gut, vom Text abzugehen. Wenn das Konsistorium das erfährt! Aber es hat wohl niemand gemerkt, wollen wir hoffen. Am Inhalt selbst war nichts auszusetzen.«

Dann gab es ein Essen in der Pfarre. Man spielte mit Mädchen und es wurde getanzt. Johan war so etwas wie der Held des Tages.

»Das war eine sehr gute Predigt«, sagten die Mädchen, »sie war so kurz.«

Er hatte zu schnell gelesen. Und dann hatte er ein Gebet übersprungen.

»Alle sind Kinder am Anfang«, sagte der Unterpfarrer.

Im Herbst kehrte Johan mit den Knaben nach der Stadt zurück, um bei ihnen zu wohnen und die Aufgaben mit ihnen zu machen. Sie gingen in die Klaraschule. Wieder eine Strafarbeit. Dieselbe Klaraschule, derselbe Direktor, derselbe Lehrer in Latein. Johan arbeitete gewissenhaft mit den Knaben, überhörte sie und konnte darauf schwören, dass sie ihre Aufgaben gelernt hatten. Und doch kamen sie mit einem Tadel nach Haus, und in ihren Büchern las der Vater von soundsoviel Aufgaben, die sie nicht gekonnt.

»Das ist eine Lüge«, sagte Johan.

»Es steht jedenfalls hier zu lesen«, sagte der Vater.

Es war eine schwere Arbeit. Gleichzeitig bereitete er sich auf die Studentenprüfung vor.

Als die Weihnachsferien anfingen, fuhr man wieder aufs Land. Man saß am Kamin, knackte Nüsse auf, einen ganzen Sack, und las »Frithjofs Sage«, »Axel«, »Die Abendmahlskinder« von Tegnér. Die Abende waren lang und unerträglich. Johan aber entdeckte einen neuen Inspektor, der beinahe wie ein Knecht behandelt wurde. Das reizte Johan, mit ihm Bekanntschaft zu machen; auf dessen Zimmer brauten sie Punsch und spielten sie Karten.

Die Baronin sagte Johan tadelnd, der Inspektor sei keine Gesellschaft für ihn.

»Warum nicht?«

»Er hat keine Bildung!«

»Hm! Das ist nicht so gefährlich.«

Sie sagte auch, es sei ihr angenehm, wenn der Hauslehrer abends die Gesellschaft der Familie wähle oder wenigstens sich im Zimmer der Knaben aufhalte. Er zog das letzte vor, denn oben war es dumpfig; auch war er es müde, vorzulesen und die Unterhaltung zu führen.

Er saß also auf dem Zimmer der Knaben, das zugleich das seine war. Der Inspektor kam dorthin und sie spielten ihre Partie. Die Knaben bettelten, mitspielen zu dürfen. Warum nicht? Johan hatte in seinem Elternhaus stets mit Vater und Brüdern Whist gespielt; dieses unschuldige Vergnügen wurde als Erziehungsmittel in Disziplin, Ordnung, Aufmerksamkeit, Gerechtigkeit angewandt; um Geld hatte er nie gespielt. Mogeln wurde augenblicklich zurückgewiesen, unzeitiger Jubel über Gewinnen zum Schweigen gebracht, missvergnügte Mienen über Verlieren verspottet.

Die Sache ging durch, ohne dass ein Tadel ausgesprochen wurde, denn die Herrschaft war zufrieden, dass die Knaben beschäftigt waren und ihnen nicht selbst zur Last fielen. Aber den Verkehr mit dem Inspektor liebten sie nicht. Im Sommer hatte Johan einmal aus seinen Schülern und den Knaben der Instleute eine Truppe gebildet, die er auf dem Felde übte. Sofort erging das Verbot, nicht mit den Kindern der Instleute zu verkehren.

»Jede Klasse soll für sich bleiben«, sagte die Baronin.

Aber Johan konnte den Grund nicht verstehen, da der Klassenunterschied ja 1865 aufgehoben war!

Das Gewitter zog inzwischen auf und konnte jeden Augenblick losbrechen. Eine Kleinigkeit entzündete es.

Eines Morgens schlug der Herr des Hauses Lärm, weil seine Fahrhandschuhe fortgekommen seien. Er warf seinen Argwohn auf den ältesten Knaben. Der leugnete und beschuldigte den Inspektor: der habe auf einer Fahrt nach der Pfarre die Handschuhe benutzt.

Der Inspektor wird gerufen.

»Sie haben meine Fahrhandschuhe genommen; was soll das heißen?«

»Nein, ich habe sie nicht genommen!«

»Was sagen Sie? Hugo behauptet es!«

Johan, der zugegen ist, tritt, ohne aufgefordert zu sein, vor und sagt:

»Hugo lügt. Er selbst hat sie genommen.«

»Was sagen Sie?«

Er gibt dem Inspektor einen Wink, zu gehen.

»Ich sage die Wahrheit!«

»Wie können Sie sich unterstehen, meinen Sohn in Gegenwart eines Knechtes zu beschuldigen?«
»Herr X. ist kein Knecht! Und übrigens ist er unschuldig!«
»Ja, Sie sind unschuldig! Sie spielen Karten mit den Knaben und trinken mit ihnen! Das ist sauber!«
»Warum haben Sie diesen Tadel nicht früher ausgesprochen? Dann hätten Sie erfahren, dass ich nicht mit den Knaben trinke!«
»Verdammter Junge, was erlauben Sie sich!«
»Sie können sich einen andern Jungen zum Hauslehrer für Ihre Jungen nehmen, da Sie so geizig sind, dass Sie keinen Erwachsenen nehmen wollen.«

Damit ging Johan.

Am selben Tag mussten sie nach der Stadt fahren, da die Weihnachtsferien zu Ende waren. Nach Hause also, wieder nach Hause. Hals über Kopf zurück in die Hölle, wo er verhöhnt und geduckt werden würde; sieben Male schlimmer, seit er mit seiner neuen Stellung geprahlt und Vergleiche mit dem Elternhaus gezogen hatte. Er weinte vor Grimm, aber er konnte nach einer solchen Beschimpfung nicht wieder zurück.

Die Baronin schickte nach ihm. Er ließ sie warten. Darauf schickte sie noch einmal. Jetzt ging er mürrisch zu ihr hinauf. Sie war recht milde. Bat ihn, noch einige Tage zu bleiben, bis sie einen neuen Hauslehrer bekommen hätten. Er versprach, als sie dringend bat.

Die Baronin wollte mit den Knaben mitfahren.

Der Schlitten fuhr vor. Der Sekretär stand daneben und sagte: »Sie können auf dem Kutschbock sitzen.«
»Ich kenne meinen Platz«, antwortete Johan.

Indessen muss die Furcht des Sekretärs vor seiner Frau größer gewesen sein als seine Lust, Johan zu demütigen, denn bei der ersten Rast bat die Baronin Johan, in den Schlitten zu steigen.

Nein, er wolle nicht!

In der Stadt blieb er noch acht Tage in seiner Stellung. Während dieser Zeit schrieb er einen etwas spanischen Brief in weltmännischem Tone nach Haus; der Ton gefiel dem Alten aber nicht, trotzdem Johan ihm schmeichelte.

»Ich finde, du hättest erst fragen müssen, ob du wieder nach Haus kommen darfst«, sagte er.

Da hatte er recht. Der Sohn aber hatte sich das Elternhaus nie anders gedacht als ein Hotel, in dem man umsonst isst und wohnt.

So war er wieder zu Hause.

Durch eine unergründliche Naivität hatte sich Johan bewegen lassen, noch einige Zeit zu seinen früheren Schülern zu kommen, um die Aufgaben mit ihnen durchzugehen. Eines Abends wollte Fritz ihn mit in ein Café nehmen.

»Nein«, sagte Johan, »ich muss Stunden geben.«

»Wo?«

»Beim Königlichen Sekretär!«

»Was? Bist du noch nicht fertig mit ihnen?«

»Nein, ich habe versprochen, so lange zu kommen, bis sie einen neuen Hauslehrer haben.«

»Was kriegst du denn dafür?«

»Was ich dafür kriege? Ich habe Wohnung und Essen gehabt!«

»Ja, aber was kriegst du jetzt, nachdem du nicht mehr Wohnung und Essen hast?«

»Hm! Daran habe ich nicht gedacht!«

»Du bist ein Narr, wenn du die Kinder von reichen Leuten umsonst unterrichtest! Jetzt gehst du mit mir und setzest nie mehr einen Fuß in das Haus!«

Johan kämpfte auf dem Trottoir einen Kampf mit sich aus.

»Ich habe versprochen!«

»Du musst nicht versprechen! Komm und schreib ab!«

»Ich muss Abschied nehmen!«

»Das ist nicht nötig! Man hatte dir zu Weihnachten eine Gratifikation versprochen; die gehörte zu deinen Bedingungen; aber du hast nichts erhalten. Und dann lässt du dich wie einen Knecht behandeln. Komm mit und schreib!«

Er wurde in die Kneipe geschleppt. Die Kellnerin holte Papier und Feder. Nach dem Diktat des Freundes schrieb er, mit Rücksicht auf sein nahes Examen könne er keine Stunden mehr geben!

Er war frei!

»Aber ich schäme mich«, sagte er.

»Weshalb schämst du dich?«

»Ich schäme mich, weil ich unhöflich gewesen bin.«

»Ach, Geschwätz! Eine halbe Punsch!«

10. Charakter und Schicksal

Die Zeit hatte sich zusammengenommen und war lebhaft geworden. Die Ausstellung von 1866 war eine Neuheit und außerdem eine Äußerung von realistischem Skandinavismus. Die Eröffnung des Nationalmuseums, Dietrichsons Vorlesungen, die Bildung des Kunstvereins gab der Ästhetik einen neuen Impuls. Die Wahlen von 1867 waren eine Überraschung, welche die ganze Nation zum Nachdenken veranlasste, denn die Reform hatte die Gesellschaft so gründlich umgekehrt, dass der Bodensatz nach oben kam.

Schwache Dünungen waren in der höchsten Klasse der Lehranstalt zu merken, wo sich jetzt junge Männer für allgemeine Fragen interessierten. So war die schwarze Tafel eines Morgens mit Namen vollgeschrieben. Der Direktor, der die Morgenzeitung noch nicht gelesen hatte, fragte, was diese Liste zu bedeuten habe. Es waren die Stockholmer Wahlen zur Zweiten Kammer. Darauf gab der Direktor einen Überblick über die Zusammensetzung der Kammer, äußerte Befürchtungen, ob die neue Volksvertretung auch von Nutzen für Land und Reich werden könne.

Man begann schon Unrat zu wittern; und die Begeisterung war vorüber.

Die Klasse war auch eingeteilt in Freihändler oder Schutzzöllner.

Eifrig wurde die Fräuleinreform besprochen. Johan hielt diese Reform für gut. Hatte er doch eben gesehen, wie drei alte Fräulein sich die Haare rauften und in feiner Gesellschaft den »Zeitgeist« verfluchten, weil der ehrlichen Leuten das nehme, was ihre Väter ehrlich erworben. Die Reform nahm aber den Fräulein nichts, denn sie durften ihren Titel behalten, gab nur allen das gleiche Recht. Es verhielt sich mit dem Titel ebenso wie mit der Seligkeit. Niemand schätzte ihn mehr, als er allen erlaubt wurde.

»Dann wird man die Mägde auch Mamsell nennen«, schrie ein Fräulein.

»Mindestens«, antwortete Johan.

Aber diese Reform ließ noch auf sich warten, aus unbekannten Gründen. Die Mägde sollten natürlich Fräulein genannt werden, aber man konnte sie zuerst wenigstens zu Mamsells erheben, damit sie nicht lächerlich gemacht würden.

Das Freidenkertum nahm an Ausdehnung zu. Johan hatte es nach der Predigt als einen Beruf, eine Pflicht empfunden, die neue Lehre auszubreiten und für sie einzutreten. Er begann also vom Morgengebet fortzubleiben und blieb in der Klasse sitzen, während die andern in den Betsaal zogen.

Der Direktor kam, um ihn und seine Mitschuldigen hinauszutreiben. Johan antwortete, seine Religion verbiete ihm, an einem fremden Kult teilzunehmen. Der Direktor berief sich auf Gesetze und Verfassung. Johan antwortete, die Juden brauchten am Gebet nicht teilzunehmen. Der Direktor bat ihn schön, des Beispiels wegen doch zu kommen. Er wolle doch kein schlechtes Beispiel geben. Der Direktor bat herzlich, freundlich; berief sich auf alte Bekanntschaft. Johan gab nach. Aber er sang die Kirchenlieder nicht mit und seine Kameraden auch nicht. Da geriet der Direktor außer sich und hielt eine Strafpredigt; nannte Johan bei Namen und schmähte ihn. Johan antwortete damit, dass er einen Streik organisierte.

Er und Gleichgesinnte kamen regelmäßig so spät zur Schule, dass das Gebet aus war, wenn sie anlangten Kamen sie doch zu früh, blieben sie im Flur sitzen und warteten. Dort beim Holzkasten trafen sie Lehrer, mit denen sie von diesem und jenem plauderten. Der Direktor entdeckte dies. Um die Aufrührer zu zermalmen, ließ er, sobald das Gebet zu Ende ging, während die Schule hoch versammelt war, die Tür zum Flur öffnen und die Revolutionäre hereinrufen. Diese defilierten mit frechen Mienen und unter einem Schauer von Schelte durch den Gebetsaal, aber ohne dort zu bleiben. Schließlich wurde ihnen dies zur Gewohnheit: aus freien Stücken traten sie ein und nahmen die Schelte hin, wenn sie durch den großen Gebetsaal zogen.

Der Direktor begann Johan zu grollen und gab zu verstehen, dass er ihn durchs Examen fallen lassen wolle. Johan setzte hart gegen hart und arbeitete Nächte und Tage.

Die theologischen Stunden arteten jetzt zu Disputationen mit dem Lehrer aus. Der war Geistlicher und Atheist. Zuerst machten ihm die Antworten Spaß, dann aber wurde er müde und befahl, nach dem Lehrbuch zu antworten.

»Wie viele Personen sind in der Gottheit?«
»Eine!«
»Aber was sagt Norbeck?«
»Der sagt drei!«

»Dann sagen Sie auch drei!«

Im Elternhause war es still. Johan wurde in Ruhe gelassen. Man sah, er war verloren, und es war zu spät, auf ihn einzuwirken. An einem Sonntag machte der Vater einen Versuch im alten Stil, bekam aber Bescheid.

»Warum gehst du nie mehr in die Kirche?«, fragte er.

»Was habe ich dort zu tun?«

»Eine gute Predigt ist immer von Nutzen.«

»Predigten kann ich selbst machen.«

Schluss!

Die Pietisten ließen einen Geistlichen für Johan in der Bethlehemskirche beten, als sie ihn an einem Sonntagvormittag in Scharfschützenuniform gesehen hatten.

Im Mai 1867 bestand er die Studentenprüfung.

Sonderbare Dinge kamen an den Tag. Da waren Kerle mit Bart und Brille, welche die Halbinsel Malakka Sibirien nannten und die ostindische Halbinsel für Arabien hielten. Leute bekamen das Zeugnis in Französisch, die eu wie y aussprachen und die Hilfsverben nicht konjugieren konnten. Es war unglaublich. Johan selbst war der Meinung, er sei vor drei Jahren stärker in Latein gewesen. In Geschichte wäre jeder durchgefallen, wenn man nicht von den Fragen Wind bekommen hätte. Man hatte zu viel gearbeitet und zu wenig gelernt. Kompendien in allen Stoffen hätten mehr genützt; mit denen hätte man die Studentenprüfung in der vierten Klasse machen können. Aber es war mit der Studentenprüfung und ist es noch heute, wie mit der Seligkeit und dem Fräuleintitel: sie verliert allen Reiz, wenn sie Gemeingut wird; dann aber würde sie reizvoller für alle und viel nützlicher sein.

Die Prüfung endete mit einem Gebet, das von einem Freidenker gesprochen wurde; der stockte beim Vaterunser; das schrieb man aber fälschlich seiner Erregung zu.

Als Johan am Abend Student war, zogen die Kameraden mit ihm in die Stadt hinein, um ihm eine weiße Mütze zu kaufen. (Er selbst hatte nie Geld.) Dann ging er nach dem Kontor, um dem Vater eine Freude zu machen. Johan traf ihn im Flur; er war im Begriff, nach Hause zu gehen.

»Also, bestanden?«, fragte der Vater.

»Ja!«

»Und du hast schon die Mütze?«

»Die habe ich auf Kredit gekauft!«

»Geh zum Kassierer, dann kannst du sie bezahlen.«

Dann trennten sie sich. Kein Glückwunsch, kein Händedruck. Nun, es war die Isländernatur des Alten, keine zärtlichen Gefühle äußern zu können.

Als Johan nach Haus kam, saßen alle am Abendtisch. Er war fröhlich und hatte Punsch getrunken. Aber seine Freude verstimmte. Alle schwiegen. Die Geschwister gratulierten nicht. Da wurde er verstimmt und schwieg selbst.

Als er vom Tische aufstand, ging er sofort wieder weg, in die Stadt, zu den Kameraden. Da herrschte Freude. Kindliche, dumme, übertriebene Freude, mit allzu großen Hoffnungen.

Im Sommer gab er Stunden in großem Stile, indem er zu Hause wohnte. Mit dem Geld wollte er im Herbst nach der Universität Upsala fahren, um den Doktor zu machen. Der Geistliche lockte ihn nicht mehr; der lag hinter ihm; auch war es gegen sein Gewissen, den Eid als Geistlicher abzulegen.

Diesen Sommer war er zum ersten Male bei einem Mädchen. Er fühlte sich enttäuscht, wie so viele andere. – Das war also alles! – Seltsam war, dass es gegenüber der Bethlehemskirche geschah. Aber warum war es nicht früher geschehen; dann wären ihm so viele qualvolle Jahre erspart, so viel Kraft erhalten geblieben. Als es geschehen war, kam eine große Ruhe über ihn; er fühlte sich gesund und froh, als habe er eine Pflicht erfüllt.

Im Herbst fuhr er nach Upsala. Die alte Grete packte ihm die Reisetasche, in die sie Kochgeschirr und Gedeck legte. Darauf zwang sie ihn, fünfzehn Kronen von ihr zu leihen.

Vom Vater erhielt er eine Tasche mit Zigarren und die Aufforderung, sich selber zu helfen.

Achtzig Kronen besaß er selbst; die hatte er sich durch Stunden erworben; mit denen wollte er das erste Vierteljahr auskommen.

Die Welt stand ihm jetzt offen. Die Eintrittskarte hatte er in der Hand. Blieb nur übrig, hineinzukommen. Nur!

»Des Menschen Charakter ist sein Schicksal«, war zu dieser Zeit eine beständige und sehr gebilligte Redensart. Jetzt, da Johan in die Welt hinaus sollte, um sein Schicksal zu machen, wandte er viele freie

Stunden darauf an, sein Horoskop aufzustellen, indem er von seinem Charakter ausging. Er glaubte nämlich, sein Charakter sei fertig. Die Gesellschaft ehrt mit dem Namen Charakter die, welche ihre Stellung gesucht und gefunden, ihre Rolle übernommen, gewisse Gründe für ihr Betragen ausgedacht haben und nun automatisch danach handeln.

Ein sogenannter Charakter ist eine sehr einfache mechanische Einrichtung; er sieht die so äußerst verwickelten Verhältnisse des Lebens nur von einem Gesichtspunkt; er hat sich entschlossen, für sein Leben eine und dieselbe Ansicht über eine bestimmte Sache zu haben. Um sich nicht der Charakterlosigkeit schuldig zu machen, ändert er nie seine Ansicht, wie einfältig oder sinnlos sie auch sein mag. Ein Charakter muss also ein ziemlich gewöhnlicher Mensch sein und was man dumm nennt. Charakter und Automat scheinen zusammenzufallen. Dickens' berühmte Charaktere sind Puppen für Leierkasten und die Charaktere auf der Bühne müssen Automaten sein. Ein gut gezeichneter Charakter ist gleichbedeutend mit einer Karikatur.

Außerdem soll ein Charakter wissen, was er will. Was weiß man denn davon, was man will? Man will oder man will nicht, das ist alles. Sucht man über seinen Willen nachzudenken, hört der Wille gewöhnlich auf. In Gesellschaft und Leben muss man immer die Folgen bedenken, die eine Handlung über einen selbst und andere haben kann, und muss daher überlegen. Wer augenblicklich handelt, ist unklug, selbstsüchtig, naiv, unbewusst. Solche Menschen kommen weiter im Leben, denn sie sehen nicht nach, ob ihre Handlungen andern schaden können, sondern sie sehen nur darauf, welchen Nutzen die Handlung für sie selbst hat.

Johan hatte ja die christliche Gewohnheit angenommen, Herz und Nieren zu prüfen; so fragte er sich jetzt, ob er einen Charakter habe, der für einen Mann passe, welcher seine Zukunft machen will.

Er erinnerte sich, dass die Magd, die er geschlagen, weil sie seinen Körper entblößt hatte, als er schlief, nach dem Vorfall sagte: »Es ist Charakter in dem Jungen!« – Was meinte sie damit? – Sie hatte gesehen, dass er Tatkraft genug besaß, in den Park zu gehen, einen Stock zu schneiden und sie zu bestrafen. Hätte er den gewöhnlichen Weg eingeschlagen und es den Eltern gepetzt, hätte sie ihn wohl für eine Memme gehalten. Die Mutter dagegen, die damals noch lebte, hatte seine Handlung anders beurteilt: sie hatte ihn rachgierig genannt.

Da hatte er also zwei Auffassungen derselben Sache. Er hielt sich natürlich an die, welche die weniger ehrende war, denn an die glaubte er am meisten. Rache? Das war doch Strafe! Hatte er ein Recht zu strafen? Recht? Wer hatte ein Recht? Die Eltern rächten sich ja immer! Nein, sie straften. Sie hatten also ein anderes Recht als er, und es gab zwei Rechte.

Doch, er war wohl rachgierig. Ein Junge vom Klarakirchhof hatte offen gesagt, Johans Vater habe im Halseisen gestanden. Das war eine Beschimpfung der ganzen Familie. Da Johan schwächer als der Junge war, bot er seinen älteren Bruder auf, und beide zusammen übten mit einigen Schneeballen Blutrache aus. Ja, sie übten die Rache noch weiter aus, denn sie prügelten auch dessen jüngern Bruder, der verhältnismäßig unschuldig war, aber großschnauzig aussah.

Das war wohl alte gute Familienrache mit allen ihren Symptomen. Was hätte er denn tun sollen? Dem Lehrer petzen? Nein, das tat er nie. Er war also rachgierig. Das war ein schwerwiegender Vorwurf.

Dann aber dachte er nach. Hatte er sich am Vater gerächt für die Ungerechtigkeiten, die der ihm zufügte, oder an der Stiefmutter? Nein! Er vergaß und zog sich zurück.

Hatte er sich an den Lehrern der Klaraschule gerächt, indem er ihnen Kasten voll Steine zu Weihnachten geschickt? Nein! War er denn streng gegen die andern und war er kleinlich, wenn er ihre Handlungsweise ihm gegenüber beurteilte? Nein, behüte, er war nicht schwer zu behandeln, glaubte leicht und konnte zu allem verleitet werden, wenn er nur nicht Zwang oder Druck fühlte. Kameraden hatten ihm gegen ein Tauschversprechen sein Herbarium, seine Insektensammlung, seine chemischen Apparate, seine Indianerbücher abgelockt. Hatte er sie gemahnt oder sie schikaniert? Nein, er schämte sich, in ihrem Namen, und nahm fürlieb. Am Ende eines Vierteljahrs hatte der Vater eines Schülers vergessen, Johan zu bezahlen. Er schämte sich zu mahnen, und erst ein halbes Jahr später musste er auf Verlangen seines Vaters die Forderung eintreiben.

Es war ein eigentümlicher Zug bei Johan, dass er sich mit andern identifizierte, im Namen anderer litt, sich schämte. Wenn er im Mittelalter gelebt hätte, würde er sich stigmatisiert haben.

Wenn ein Bruder eine Dummheit oder Geschmacklosigkeit sagte, schämte sich Johan. In der Kirche hörte er einmal einen Chor Schulkinder gröblich falsch singen. Er verbarg sich im Kirchenstuhl und schämte sich sehr.

Er schlug sich mit einem Kameraden, und es gelang ihm, diesem einen starken Stoß gegen die Brust zu versetzen; als er aber sah, wie sich das Gesicht des Jungen vor Schmerz verzog, fing er an zu weinen und reichte ihm die Hand.

Wenn jemand ihn um eine Sache bat, die er höchst ungern tun wollte, litt er in dessen Namen, dessen Wunsch er nicht erfüllen konnte.

Er war so feige, dass er niemand ungehört von sich gehen ließ, aus Furcht vor dem Anblick eines Unzufriedenen. Er fürchtete sich noch im Dunkel, fürchtete sich vor Hunden, Pferden, fremden Menschen. Doch konnte er, wenn's sein musste, mutig sein; zum Beispiel, als er sich in der Schule auflehnte, obwohl es seine Studentenprüfung kosten konnte; oder als er sich gegen den Vater empörte.

»Ein Mensch ohne Religion ist ein Vieh«, stand in dem alten Abc-Buch. Da man jetzt entdeckt hat, dass die Tiere sehr religiös sind; dass, wer Wissenschaft besitzt, keine Religion braucht; so wird die nützliche Wirkung der Religion sehr herabgesetzt. Indem er stets die Kraft nach außen, in Gott, verlegte, hatte der Jüngling die Kraft und den Glauben an sich verloren. Gott hatte sein Ich geschwächt. Er betete immer und alle Augenblicke, wenn er in Not war. Er betete in der Schule, wenn die Frage an ihn kam; er betete am Spieltisch, wenn die Karten gegeben wurden. Die Religion hatte ihn verdorben: sie hatte ihn zum Himmel erzogen statt zur Erde. Die Familie hatte ihn verdorben: sie hatte ihn für die Familie gebildet statt für die Gesellschaft. Die Schule hatte ihn für die Universität entwickelt statt fürs Leben.

Er war unschlüssig, schwach. Wenn er Tabak kaufen wollte, fragte er den Freund, welche Sorte. Daher fiel er immer in die Hände von Freunden. Das Bewusstsein, beliebt zu sein, nahm ihm die Furcht vorm Unbekannten, und die Freundschaft stärkte ihn.

Noch verfolgten ihn Launen. Eines Tages, als er in Stellung auf dem Lande war, fuhr er nach der Stadt, um von dort aus Fritz zu besuchen. Als er in die Stadt kam, fuhr er nicht weiter, sondern blieb zu Hause bei den Eltern auf einem Bett liegen, indem er stundenlang mit sich kämpfte, ob er zu Fritz hinausfahren solle oder nicht. Er wusste, der Freund erwarte ihn; sehnte sich selber danach, Fritz zu treffen, fuhr aber nicht. Am nächsten Tage fuhr er zurück zu seiner Herrschaft, schrieb einen klagenden Brief an Fritz und suchte sich zu erklären. Aber Fritz wurde böse und verstand keine Launen.

In all seiner Schwäche fühlte er zuweilen einen ungeheuern Fonds von Kraft: dann traute er sich alles zu.

Im Alter von zwölf Jahren sah er ein französisches Jugendbuch, das der Bruder aus Paris mitgebracht hatte. »Das wollen wir übersetzen und zu Weihnachten erscheinen lassen«, sagte er. – Sie übersetzten es; dann wussten sie aber nicht, was weiter zu machen sei, und das Buch blieb liegen.

Er bekam eine italienische Grammatik und lernte Italienisch.

Als er in Stellung war, wollte er, da kein Schneider zu erreichen war, ein Paar Hosen ändern. Er trennte die Nähte auf, nähte sie anders wieder zu und plättete mit dem großen Stallschlüssel.

Er flickte auch seine Schuhe.

Wenn er die Geschwister Quartette spielen hörte, war er nie zufrieden mit der Ausführung. Er spürte eine Lust, aufzuspringen und ihnen die Instrumente fortzunehmen, um ihnen zu zeigen, wie es sein musste.

Wenn er seine Singstimme übte, benutzte er das Cello. Wenn er nur gewusst hätte, wie die Saiten hießen.

Johan hatte die Wahrheit sagen gelernt. Log ein wenig, wie alle Kinder, aus Selbstverteidigung oder auf naseweise Fragen; es machte ihm aber ein brutales Vergnügen, mitten in einer Unterhaltung, wenn man mit der Wahrheit Umstände machte, geradeheraus zu sagen, was alle dachten. Auf einem Ball fragte seine Dame, als er schweigsam war, ob ihm das Tanzen kein Vergnügen mache.

»Nein, durchaus nicht.«

»Warum tanzen Sie denn?«

»Weil ich dazu gezwungen bin.«

Er hatte Äpfel gestohlen, wie alle Knaben, und das bedrückte ihn nicht; er machte kein Geheimnis daraus. Es war ja hergebracht.

In der Schule hatte er niemals Verdrießlichkeiten gehabt. Einmal am letzten Tage des Vierteljahrs hatte er einen Kleiderhaken abgebrochen und alte Schreibhefte zerrissen, aber mit andern zusammen. Er allein wurde bestraft. Es war eine Unart, ein Ausbruch wilder Freude und wurde nicht weiter tragisch genommen.

Wie er jetzt über sich zu Gericht saß, begann er die Urteile anderer Menschen über sich zu sammeln; jetzt erst war er bestürzt über die wechselnden Urteile. Der Vater hielt ihn für hart; die Stiefmutter für boshaft; die Brüder für sonderbar; die Mägde hatten ebenso viele Urteile, wie ihre Zahl war; die letzte hatte ihn gern, war der Meinung, die Eltern behandelten ihn schlecht und er sei nett; die Freundin hielt ihn zuerst für gefühlvoll; der Ingenieur zuerst für ein liebenswürdiges Kind; Freund Fritz für einen Kopfhänger, aber voller Wildheiten; nach den Tanten hatte er ein gutes Herz; nach Großmutter hatte er Charakter; seine Geliebte, die eine Kellnerin war, vergötterte ihn natürlich; die Lehrer in der Schule wussten nicht recht, was sie mit ihm anfangen sollten; gegen die schroffen war er schroff, gegen die freundlichen freundlich. Und die Kameraden? Die sagten es nie; Schmeichelei war nicht gebräuchlich, dagegen Schelte und Schläge, wenn's nötig war.

Johan fragte sich jetzt, ob er ein so vielseitiger Mensch sei, oder ob die Urteile so vielseitig waren. War er falsch? Zeigte er sich anders gegen die einen als gegen die andern? Ja, und davon hatte die Stiefmutter Witterung. Sie sagte immer, er tue schön, wenn sie etwas Gutes über ihn hörte. Ja, aber alle taten schön. Sie, die Stiefmutter, war freundlich gegen ihren Mann, hart gegen die Stiefkinder, weich gegen ihr eigenes Kind, war demütig gegen den Hauswirt, hochmütig gegen die Mägde, knickste vor dem Geistlichen, lächelte die Mächtigen an, grinste über die Ohnmächtigen.

Das war das Gesetz der Anpassung, das Johan noch nicht kannte. So waren die Menschen; es war ein Trieb, sich anzupassen; der war berechnet, konnte aber auch unbewusst, eine Reflexbewegung sein. Wie ein Lamm gegen seine Freunde, wie ein Löwe gegen seine Feinde.

Wann aber war man wahr? Und wann war man falsch? Wo war das Ich zu finden? Das der Charakter sein sollte? Es war nicht auf der einen noch auf der andern Seite: es war auf beiden. Das Ich ist kein Selbst; es ist eine Menge Reflexe, ein Komplex von Trieben und Begierden, von denen bald die einen unterdrückt, bald die andern losgelassen werden!

Der Komplex des Jünglings war, durch viele Kreuzungen des Blutes, streitende Elemente im Familienleben, reiche Erfahrungen aus Büchern, bunte Erlebnisse im Leben, ein ziemlich reiches Material, aber ungeordnet. Er suchte noch seine Rolle, da er seine Stellung noch nicht gefunden hatte; darum fuhr er fort »charakterlos« zu sein.

Er war noch nicht dazu gekommen, sich zu entscheiden, welche Triebe zu unterdrücken seien und wie viel vom Ich für die Gesellschaft geopfert werden müsse, in die er jetzt eintreten sollte.

Hätte er sich selber sehen können, würde er erkannt haben, dass die meisten Worte, die er sprach, den Büchern und den Kameraden entlehnt waren; seine Gebärden Lehrern und Freunden; seine Mienen Verwandten; seine Natur Mutter und Amme; seine Neigungen dem Vater, dem Großvater vielleicht. Sein Gesicht trug keine Züge, weder von der Mutter noch vom Vater. Da er weder den Vater der Mutter noch die Mutter des Vaters gesehen hatte, konnte er über seine Ähnlichkeit mit diesen beiden nicht urteilen. Was hatte er denn von sich selbst und in sich selbst? Nichts! Aber zwei Grundzüge waren in seinem Seelenkomplex, die für sein Leben und sein Schicksal bestimmend wurden.

Der Zweifel! Er nahm die Gedanken nicht kritiklos an, sondern entwickelte sie, verglich sie miteinander. Darum konnte er nicht Automat werden und sich nicht in die geordnete Gesellschaft eintragen lassen.

Empfindlichkeit gegen Druck! Darum suchte er teils den Druck zu verringern, indem er sein eigenes Niveau hob, teils das höhere zu kritisieren, um einzusehen, dass es nicht so hoch steht, also nicht so erstrebenswert ist.

So trat er ins Leben hinaus! Um sich zu entwickeln, und doch immer zu bleiben, wie er war.

11. Im Vorhof (1867)

Der in Upsala einfahrende Dampfer ist an der Domkirche vorbeigekommen; Universität und Bibliothek treten hervor. »Jetzt beginnt das eigentliche Steinwerfen!«, ruft ein Kamerad aus, einen Ausdruck von den Straßenunruhen von 1864 gebrauchend. »Das eigentliche! Die fröhliche Stimmung, die nach dem Frühstück und dem Punsch geherrscht hat, legt sich; man fühlt, es ist Ernst in der Luft und der Kampf wird beginnen. Man verspricht einander nicht ewige Freundschaft, versichert sich nicht gegenseitig der Hilfe. Die Jugend ist aus dem Rausch der Romantik erwacht. Man weiß, bei der Landung scheidet man voneinander; neue Interessen werden die Schar zerstreuen, die das Klassenzimmer bisher zusammengehalten hat; der Wettstreit wird Bande zerreißen; alles wird vergessen werden. Das eigentliche Steinwerfen wird beginnen.«

Johan mietete mit dem Freunde Fritz zusammen ein Zimmer in der Klostergasse. Darin waren zwei Betten, zwei Tische, zwei Stühle und ein Schrank. Es kostete dreißig Kronen fürs Vierteljahr, also fünfzehn Kronen für jeden. Das Mittagessen wurde von der Aufwärterin geholt und kostete zwölf Kronen im Monat, also sechs Kronen für jeden. Morgens und abends wurden ein Glas Milch und ein Butterbrot verzehrt. Das war alles. Holz kaufte man von einem Bauern auf dem Markt, für vier Kronen eine Bauernklafter. Dann erhielt Johan einen Glasballon mit Petroleum von Haus als Geschenk; auch durfte er seine Wäsche nach Stockholm schicken. Er hatte achtzig Kronen in seiner Tischschublade; damit sollte er alle Ausgaben des Vierteljahrs bestreiten.

In eine neue eigentümliche Gesellschaft, die von jeder andern verschieden war, trat er jetzt ein. Sie hatte Vorrechte wie das alte Herrenhaus und eigenen Gerichtsstand. Aber es war eine Kleinstadt; es roch nach Bauern. Alle Professoren waren Bauern, kein einziger Stockholmer. Häuser und Straßen waren die einer typischen Kleinstadt. Und hierher war das Hauptquartier der Bildung verlegt, infolge einer Inkonsequenz der Regierung, die doch ganz sicher die Hauptstädte für die großen Mittelpunkte der Bildung hielt.

Man war Student und als solcher Oberklasse in der Stadt, deren Bürger mit dem verächtlichen Namen »Philister« bezeichnet wurden. Der Student stand noch außer und über dem bürgerlichen Gesetz. Fenster einschlagen, Zäune niederbrechen, mit der Polizei raufen, den Straßenfrieden stören, ins Eigentumsrecht eingreifen – war erlaubt, denn es wurde nicht bestraft; höchstens mit einem Verweis, da der alte Karzer im Schlosse nicht mehr benutzt wurde. Ja, man genügte sogar seiner Militärpflicht in eigener Uniform, die Vorrechte genoss. So wurde man planmäßig zum Aristokraten erzogen, bildete einen neuen Herrenstand, nachdem das Herrenhaus gestürzt war. Was für den »Philister« ein Verbrechen, war für den Studenten Spiel und Ulk. Auch befand sich der Studentengeist jetzt auf seiner höchsten Höhe infolge einer Sängerfahrt nach Paris. Die studentischen Sänger hatten dort Glück gehabt und wurden bei ihrer Heimkehr als Sieger und Triumphatoren begrüßt.

Johan wollte jetzt auf den Doktor arbeiten, besaß aber kein Buch. – Im ersten Semester muss man sich orientieren, hieß es. Er ging in die Landsmannschaft. Die Landsmannschaft war ein veralteter Überrest der landschaftlichen Verfassung; und zwar so veraltet, dass die annektierten Provinzen Schonen, Halland, Blekinge nicht unter den Landsmannschaften vertreten waren.

Die Landsmannschaft war wie eine wohlgeordnete Gesellschaft in Klassen geteilt, jedoch nicht nach Fähigkeiten, sondern nach Alter und gewissen verdächtigen Verdiensten; und noch stand im Verzeichnis das Wort »Nobilis« hinter den Namen der Adeligen. Auf viele Arten konnte man sich in der Landsmannschaft zur Geltung bringen: durch adeligen Namen, Beziehungen, Verwandtschaft, Geld, Talent, Kühnheit, Geschmeidigkeit. Das letzte allein genügte jedoch nicht gegenüber so skeptischen und verständigen jungen Herren.

Am ersten Abend, den er in der Landsmannschaft verbrachte, machte Johan seine Erfahrungen. Alte Kameraden aus der Klaraschule waren in Menge zu treffen; denen wich er aber am liebsten aus und sie ihm. Er hatte die Fahne verlassen und einen Richtweg über die Privatlehranstalt eingeschlagen, während sie ihren Trott durch die staatliche Schule weiter getrabt waren. Nach seinem Eindruck waren sie alle zu korrekt und etwas verkümmert. Fritz dagegen stürzte sich sofort unter die Aristokraten, ließ sich vorstellen, schloss mit Leichtigkeit Bekanntschaften, fühlte sich wohl.

Als sie in der Nacht heimgingen, fragte Johan, wer der Snob sei, der eine Samtjacke getragen und auf dessen Benoitonkragen[3] Steigbügel gemalt waren. Fritz antwortete, es sei kein Snob; und es sei kleinlich, Leute nach feinen Kleidern zu beurteilen; ebenso kleinlich, wie sie nach schlechten zu beurteilen. Das verstand Johan mit seinen Begriffen aus der Unterklasse nicht und blieb bei seiner Auffassung. Fritz beteuerte, es sei ein überaus netter Mensch; auch sei er Ältester in der Landsmannschaft. Um Johan zu necken, fügte Fritz hinzu, dieser »Snob« habe seine Anerkennung über Art und Betragen der Neulinge ausgesprochen; sie besitzen Haltung, habe er gesagt. »Früher sahen die Stockholmer wie Gesellen aus, wenn sie hierher kamen.« Johan wurde von dieser Mitteilung verletzt und fühlte, etwas war zwischen sie gekommen. Fritzens Vater war zwar nur Müllerknecht gewesen, aber seine Mutter von adeliger Geburt. Er hatte von seiner Mutter geerbt, was Johan von seiner geerbt.

Die Tage vergingen. Fritz zog jeden Morgen seinen Frack an und ging, um den Professoren den Hof zu machen; er wollte Jurist werden.

3 »Die Familie Benoiton«, Schauspiel von Sardou (1865).

Da konnte man Karriere machen! Die Juristen allein konnten sich solche Kenntnisse erwerben, die für das öffentliche Leben von Nutzen waren; sie allein konnten in die Organisation der Gesellschaft hineinsehen, mit Handel und Wandel des täglichen Lebens in Kontakt treten. Das waren die Realisten.

Johan hatte keinen Frack, keine Bücher, keine Bekannte.

»Nimm doch meinen Frack«, sagte Fritz.

»Nein, ich will mich nicht lieb Kind bei den Professoren machen«, sagte Johan.

»Du bist dumm«, sagte Fritz.

Da hatte er nicht ganz unrecht. Die Professoren gaben wirklich Auskunft über den Lehrgang, wenn auch unbestimmte. Es war eine Art Hochmut bei Johan, dass er nur der eignen Arbeit sein Fortkommen danken wollte. Was schlimmer war, er hielt es für schimpflich, als Kriecher durchschaut zu werden. Würde nicht ein alter Professor sofort wissen, dass Johan vor ihm kroch? Dass Johan ihn benutzen wollte? Sich Vorgesetzten unterordnen, war nämlich gleichbedeutend mit kriechen.

Alles war übrigens recht unbestimmt. Die Universität, die dem Jüngling als die Hochschule der freien Forschung vor Augen geschwebt hatte, war im Grunde nur eine Prüfungsanstalt; eine Schule mit Pensum und Überhören; nach den Aufgaben aber musste man Kameraden fragen, denn die Professoren wollten es nicht wahr haben, dass es Aufgaben waren. Sie hielten Vorlesungen des Aussehens halber oder des Gehaltes wegen, und ohne Seminar (Privatstunden) war kein Examen möglich.

Johan beschloss, Vorlesungen zu besuchen, die nichts kosteten. Er ging also in die Universität, um Geschichte der Philosophie zu hören. In der drei viertel Stunde, welche die Vorlesung dauerte, nahm der Professor die Einleitung zur Ethik des Aristoteles durch. Las er drei Male in der Woche, hätte er also vierzig Jahre gebraucht, um die Geschichte der Philosophie durchzunehmen. Vierzig Jahre, dachte Johan, das dauert zu lange für mich: also ging er nicht mehr hin.

Aber so war es überall. Ein Dozent las über Shakespeares »Heinrich VIII.«. Er erklärte ihn auf Englisch vor einem Publikum von fünf Personen. Johan hörte einige Male zu; merkte aber, dass es zehn Jahre dauern würde, bis der Dozent mit »Heinrich VIII.« zu Ende käme.

Es begann ihm jetzt ein Licht aufzugehen, was beim Examen verlangt zu werden pflegte. Das Erste war, öffentlich einen lateinischen Aufsatz zu schreiben. Also noch mehr Latein. Das war ihm zuwider. Als Hauptfächer hatte er Ästhetik und lebende Sprachen ausersehen. Aber die Ästhetik umfasste die Geschichte der Architektur, Skulptur, Malerei, Literatur; dazu die ästhetischen Systeme. Um das alles zu durchdringen, dazu gehörte ein Leben. Lebende Sprachen waren Französisch, Deutsch, Englisch, Italienisch, Spanisch; dazu vergleichende Sprachwissenschaft. Woher sollte er die Bücher nehmen? Und er hatte kein Geld, um Kollegs zu belegen!

Er machte sich indessen an die Ästhetik. Hatte erfahren, dass man auf der Landsmannschaft Bücher leihen könne; so lieh er sich die Teile von Atterboms »Sehern und Dichtern«, die zufällig vorhanden waren. Sie handelten leider nur über Swedenborg und enthielten Thorilds Briefe. – Ja, aber das sollte man doch wohl um Himmels willen nicht auswendig lernen? Darauf konnte niemand antworten. Swedenborg kam ihm albern vor, und Thorilds Briefe an Per Tamm gingen ihn nichts an.

Swedenborg und Thorild waren zwei echte Schweden, die im Lande der Einsamkeit von der Krankheit der Einsamkeit, dem »Größenwahn«, ergriffen wurden. Die Krankheit ist in Schweden gerade wegen der abgesonderten Lage und der über eine große Fläche verteilten kleinen Volksmenge recht gewöhnlich und oft ausgebrochen: in Gustav Adolfs Kaiserplänen, Karls X. Ideen von einer europäischen Großmacht, Karls XII. Attilaprojekt, Rudbecks Atlantikamanie; zuletzt in Swedenborgs und Thorilds Fantasien vom Stürmen des Himmels und vom Brande der Welt. Johan kamen sie verrückt vor, und er warf das Buch fort. Und das sollte man lernen?

Er dachte über seine Lage nach. Was sollte er in Upsala tun? Mit achtzig Kronen in sechs Jahren den Doktor machen? Und dann? Darüber hinaus dachte er nicht. Keine größeren Zukunftspläne, keine ehrgeizigeren Träume als: den Doktor machen. Lorbeerkranz, Doktorhut, und dann bis an sein selig Ende Lehrer an der Jakobischule. Nein, das wollte er doch nicht!

Die Zeit verging und die Weihnacht nahte. Das Geld schmolz langsam aber sicher in der Tischschublade. Und dann? Eine Hauslehrerstelle fanden die Studenten nicht mehr so leicht, seit die Eisenbahnen die Verbindung zwischen dem Lande und den Städten, wo es Schulen und

Gymnasien gab, verbessert hatten. Es war ein Wahnsinn von ihm gewesen, die Universität zu beziehen.

Als keine Bücher mehr zu haben waren, begann er sich bei den Kameraden umherzutreiben. Er entdeckte Leidensgenossen. Traf zwei, die das ganze Semester Schach gespielt hatten und nicht mehr als ein Gesangbuch besaßen, das die Mutter ihnen in den Koffer gesteckt. Sie stellten sich auch die Frage: Was habe ich hier eigentlich zu schaffen? Das Examen kam nicht zu einem, sondern man musste die geheimen Wege aufsuchen, Pedelle mit Kolleggeldern bestechen, durch Löcher kriechen, für Bücher Schulden machen, sich in Vorlesungen sehen lassen: oh, es war so viel, so viel!

Um die Zeit auszufüllen, lernte er im Sextett der Landsmannschaft das B-Kornett blasen; dazu hatte Fritz ihn beredet, der die Tenorposaune blies. Aber die Übungen wurden unregelmäßig abgehalten und stifteten Zwietracht im Haushalt.

Johan spielte auch Brett. Fritz aber hasste das Spiel; darum wanderte Johan mit dem Brettspielkasten bei Bekannten umher und spielte mit ihnen. Das war ziemlich stumpfsinnig; ebenso stumpfsinnig wie Swedenborg lesen, meinte er.

»Warum studierst du nicht?«, fragte Fritz oft.

»Ich habe keine Bücher«, antwortete Johan.

Das war wirklich ein Grund.

Freiheit, die hatte er wenigstens, Freiheit von Glockenschlag und Überwachung; sie wurde aber drückend empfunden. Wenn es Lehrer und Schulbücher gegeben hätte, wäre es besser gewesen, und mancher junge Mann wäre nicht verloren gegangen. Die Freiheit wurde nur wie ein leerer Raum empfunden, den die, welche nicht das Geld hatten, um sich in der Arbeit des Universitätslebens heimisch zu machen, unmöglich ausfüllen konnten. Die aufgedrungene Faulheit war unerträglich; wäre es mit seiner Ehre vereinbar gewesen, Johan wäre umgekehrt.

Kneipen konnte er nicht besuchen, weil er kein Geld hatte. In »Bierstuben« schlüpfte er mit hinein; sah dort schlimme Dinge. Junge Leute standen hintereinander, saßen auf Tischen und Kommoden herum und tranken Bier, während sie abwarteten, bis sie an die Reihe kamen. Einmal sah er, wie ein Weib, das schon fünfzig Jahre alt war, Jünglinge empfing; ein andermal, wie sich ein Ehemann nach der Wand drehte, während seine Frau empfing; dabei saßen Studenten auf dem Bettrand und hielten das Licht. Die vielen andern, die nicht dazu gelangen konnten, erschöpften ihre Manneskraft durch Gewalttätigkeiten. So hatten einige eines Nachts einen Balken von fünfzehn Ellen genommen und damit ein Holzhaus zu demolieren versucht. Es war vollständiger Wahnsinn.

Es jammern heute so viele über das harte Schicksal der Prostituierten, weil sie glauben, Not und Verführung sind die einzigen Ursachen. Johan fand dagegen während seines langen Junggesellenlebens kein einziges Freudenmädchen, das sentimental gewesen oder sein Leben hätte ändern wollen. Sie hatten es aus Geschmack gewählt, befanden sich wohl dabei, waren alle vergnügt. Es waren beinahe alle Dienstmädchen, die ihre Stellungen verlassen hatten, weil die ihnen zu langweilig waren. Von dem Verführer sprachen sie nie anders als von dem Ersten; und einer musste doch der Erste sein. Dass sie untersucht wurden, war ihnen natürlich nicht angenehm; aber der Rekrut wird auch untersucht. Um wie viel berechtigter ist da nicht die hygienische Maßregel bei den Frauen, welche die Krankheit verschulden; was die Männer nicht tun.

Allgemein und offen beklagte man sich darüber, dass der nächtliche Schlaf durch Fantasien gestört wurde; und die verlorene Kraft ersetzte man durch Punsch und Grog. Johan lebte äußerst nüchtern; zu Mittag wurde nur Wasser getrunken; wenn er und Fritz am Sonntag ihre halbe Flasche Bier nahmen, wurden sie halb berauscht, blieben bei Tisch sitzen und erzählten einander zum hundertsten Male gemeinsame Abenteuer aus der Schulzeit.

Ein kleines Ereignis von ungewöhnlicher Beschaffenheit veranlasste Johan, seine Erfahrung auf einem Gebiet zu bereichern, das beinahe luftdicht verschlossen ist. Es ist aber an der Zeit, es zu öffnen, damit man die Frage erörtern kann. Eines Morgens im Anfang des Semesters erhielten Johan und Fritz eine Visitenkarte mit der Einladung, den Freund von X., Legationssekretär der ...schen Gesandtschaft zu Stockholm, im Gasthaus zu besuchen.

»Ist der hier?«, sagte Fritz. »Dann gibt es ein feines Mittagessen!«

»Erinnerst du dich nicht, dass er uns zu besuchen versprach, wenn er nach Upsala käme?«

»Ich glaubte, das hätte er vergessen.«

Wie die feine Bekanntschaft geschlossen wurde? Im Sommer nach der Studentenprüfung war Johan mit seinem Kreise in dem vornehmen Restaurant Hasselbacken (Haselhöhe) im Stockholmer Tiergarten gewesen. Dort wurden sie dem Legationssekretär von X. vorgestellt, der sich zu ihnen gesetzt hatte. Es war ein älterer Mann mit seimigen Augen, dessen Wesen aber recht gemütlich, herablassend war. Er trank mit den jungen Leuten, von denen einige ihn aus den Gesellschaften beim Kammerherrn kannten, Brüderschaft.

Man trank mehr, als man vertrug, und Herr von X. musste aufbrechen. Er nahm eine Droschke; Johan und Fritz begleiteten ihn. Unterwegs tauschte sich Herr von X. eine Studentenmütze ein, die er sich aufsetzte; das erregte allgemeine Aufmerksamkeit unter den Leuten auf der Straße. Schließlich sagt von X.:

»Kommt zu mir hinauf und trinkt ein Glas Champagner.«

Johan nimmt dankend an, Fritz aber blinzelt mit den Augen und sagt Nein.

»Wir sind eingeladen«, sagt er, »und müssen erst nach Hause gehen, um uns umzuziehen.«

Johan macht Augen, aber Fritz tritt ihn auf den Fuß.

»Wo wohnt ihr denn? Ich werde euch nach Hause bringen«, sagt von X.

»Brunkebergsmarkt Nummer 11«, lügt Fritz.

Johan begriff nichts.

Die Droschke hält am Brunkeberg, und Fritz zieht Johan in den Torweg.

»Was soll das bedeuten?«, fragt Johan.

»Ach, das ist ein altes Schwein«, sagte Fritz, »und ich wollte ihn loswerden.«

Johan kam das etwas mystisch vor; doch wurde die Sache vergessen. Jetzt wurde sie wieder hervorgeholt. Sie gingen ins Hotel, wo sie einen Kameraden des alten Kreises trafen, der auch geladen war.

Man fuhr nach den Hügeln vor Upsala hinaus. In einem Buche stehen dort noch ihre Namen eingeschrieben: eine zweideutige Erinnerung an eine etwas schlecht gewählte Gesellschaft. Die Kameraden sind jetzt (1886) tot, der feine Herr des Landes verwiesen, wie man sagt; allein Johan ist noch etwas am Leben.

Man kehrte nach der Stadt zurück, um zu Mittag zu speisen, in einem innern Zimmer des Restaurants. Champagner wurde auf Eis gelegt;

das Beste, was es gab, bestellt. Beim Champagner wurden Reden gehalten; politische von den Jünglingen. Aber der alte Herr lächelte und teilte Indiskretionen mit, von Kabinettsgeheimnissen, wie er behauptete. Das war etwas Besonderes, Reichsgeheimnisse aus erster Hand zu erhalten.

Jetzt will Herr von X. die Tür zum öffentlichen Saal schließen; das wird ihm jedoch untersagt. Studenten kommen und essen ihre halben Portionen, während sie nach der lustigen Gesellschaft schielen. Man ist berauscht und auf das Kapitel von ewiger Freundschaft gekommen; will den Freund besuchen, wenn man ins Ausland reist; und so weiter. Herr von X. umarmt und küsst sie auf die Backe; wie er behauptet, nach der Sitte seines Landes.

Man bricht auf und geht ins »Flugloch«, um Kaffee zu trinken. Herr von X. will hineingehen; die Jünglinge aber wollen ihre feine Bekanntschaft zeigen und deshalb draußen sitzen. Dabei bleibt es.

Jetzt scharen sich adelige Studenten um ihren Tisch, begrüßen Herrn von X. als Bekannten, aber in scherzhafter Weise und lachen über seine Gesellschaft.

»Worüber lachen die?«, sagt Johan.

»Wir sind natürlich bezecht.«

Es wird Abend, und von X. will mit dem Zuge abreisen. Die Kameraden begleiten ihn zum Bahnhof. Fritz und Johan bleiben auf dem Bahnsteig stehen, aber ein anderer folgt ihm in den Wagen. Er kommt rücklings wieder heraus und wirft die Tür zu, indem er schreit: Geh zur Hölle!

»Das Aas wollte mich auf den Mund küssen!«, sagt er noch zitternd und zieht die Kameraden mit sich durch die Volksmenge.

»Was war das?«

»Das war seine Art«, meint Fritz.

»Nein, das ist ein Teufel«, sagt der andere.

»Hat er uns zum Besten gehabt?«, fragt Johan. Deshalb lachten sie so im »Flugloch«.

Man kam zu keinem Ergebnis, fühlte sich aber betrogen und unbefriedigt.

Was war das? Es war die Geschichte von dem »Alten Herrn«, die jeder Jüngling wohl einmal erlebt hat. Johan erinnerte sich jetzt, dass beim Küster in Vidala eine geheimnisvolle Geschichte erzählt wurde, von einem Jungen, der von einem »alten Herrn« eine goldene Uhr und so viel Geld, wie er wollte, bekam. Warum? Das wusste der Gewährsmann nicht.

Das Semester kroch dahin, unerträglich langsam, ohne Ergebnis, entnervend. Johan fühlte: bis hierher hatte er sich als Unterklasse durchschlagen können, weiter aber nicht. Jetzt scheiterten seine Pläne an einer Geldfrage. Oder war er dieses einseitigen Gehirnlebens ohne Muskelarbeit müde? Kleine Erfahrungen, auf die er hätte gefasst sein müssen, taten das Ihrige, um ihn zu verbittern.

Eines Tages brachte Fritz einen jungen Grafen mit nach Haus. Fritz stellte die Herren einander vor. Der Graf suchte sich zu erinnern, dass sie in der Klaraschule Kameraden gewesen seien. Johan glaubte sich auch daran zu erinnern. Die alten Freunde und Nebenmänner titulierten einander Herr Graf und Herr.

Jetzt erinnerte sich Johan, wie er und der junge Graf in einer Tabakscheune am Sabbatsberg gespielt hatten; wie Johan damals bei einer Gelegenheit vorhergesagt: »In einigen Jahren, mein Lieber, kennen wir uns nicht mehr«. Der Graf hatte lebhaft widersprochen und sich verletzt gefühlt.

Warum dachte Johan gerade jetzt an diesen Fall und nicht an so viele andere, da es ja ganz natürlich ist, dass man einander entwächst, wenn man lange nicht miteinander verkehrt hat? Weil er beim Anblick des Adeligen das Sklavenblut kochen fühlte. Man hat geglaubt, der Rassenunterschied habe diesen Hass erzeugt. Das kann aber nicht stimmen; dann würde sich die stärkere Rasse der Unterklasse der schwächeren des Adels überlegen fühlen. Es ist wohl ganz einfach Klassenhass.

Der Graf war ein blasser magerer Jüngling, mit recht gewöhnlichen Zügen, ohne Haltung; war recht arm und sah aus, als habe er gehungert. Er hatte einen guten Kopf, war fleißig und durchaus nicht übermütig. Später im Leben wurde er noch einmal Johan vorgestellt; da war er ein freundlicher humaner Mann, der eine anspruchslose und stille Beamtenlaufbahn eingeschlagen hatte, unter Schwierigkeiten, die denen Johans glichen. Warum sollte er den hassen? Und sie lächelten zusammen über den Unverstand der Jugend. Sie konnten damals lächeln, denn Johan war gerade, was man »oben« nennt; sonst würde Johan wenigstens nicht gelächelt haben.

»Steh auf, damit ich mich setzen kann«, so hat man mehr boshaft als aufklärend das heutige Streben der unteren Klasse formuliert. Aber man hat sich geirrt. Früher rieb man sich auf, um zu den andern emporzukommen; jetzt will man die andern herunterziehen, um nicht mit vieler Mühe nach oben klettern zu müssen, wo es kein oben gibt.

»Rück etwas, dann können wir beide sitzen«, müsste es eigentlich heißen. Man hat gesagt, die jetzt oben sind, sind aus Notwendigkeit dahin gekommen und würden unter allen Umständen dort sitzen; der Wettbewerb sei frei; jeder könne hinaufkommen; und unter neuen Verhältnissen werde der gleiche Wettlauf von Neuem beginnen.

Gut, lass uns denn den Wettlauf von Neuem beginnen; aber komm her und stell dich hier unten auf, wo ich stehe, sagt die Unterklasse. Jetzt hast du einen Vorsprung durch Kapital und Vorrechte; auch müssen wir mit Wagengeschirr oder englischem Reitsattel gewogen werden, nach den Forderungen der neueren Zeit. Dass du vorgekommen bist, beruht darauf, dass du gemogelt hast! Das Wettrennen wird daher für ungültig erklärt, und wir fangen von Neuem an; falls wir uns nicht einigen, das ganze Wettrennen zu lassen, als einen veralteten Sport vergangener Zeiten!

Fritz sah die Sache von einem andern Gesichtspunkt. Er wollte die Oberen nicht in den Rock beißen, er wollte sich ihnen anpassen, zu ihnen hinaufsteigen, ihnen ähnlich werden. Er fing an zu lispeln, machte elegante Gebärden mit der Hand, grüßte wie ein Minister; warf den Kopf, als ob er Zinsen beziehe. Aber er hütete sich, lächerlich zu werden und ironisierte sich selbst und sein Streben. Die Sache verhielt sich nun so, dass die Aristokraten, denen er gleichen wollte, einfache, ungekünstelte, sichere Manieren hatten, einige sogar recht bürgerliche, während Fritz nach einem alten Theatermodell arbeitete, das nicht mehr vorhanden war. Er wurde darum auch im Leben nicht, was er erwartet hatte, trotzdem er manchen Sommer auf den Schlössern seiner Freunde verbrachte. Er endete auf einem recht bescheidenen Posten als Beamter. Als Student wurde er ins Fremdenzimmer aufgenommen, weiter kam er nicht; und der Amtsrichter wurde nicht vorgestellt in den Salons, in die der Student gekommen war, ohne vorgestellt zu sein.

Die Wirkungen des verschiedenartigen Verkehrs begannen sich zu zeigen. Zuerst Kälte, dann Feindschaft. Eines Nachts am Spieltisch kam es zum Ausbruch.

Fritz hatte eines Tages gegen Ende des Semesters zu Johan gesagt:
»Du musst nicht mit solchen Duckmäusern verkehren!«
»Was haben sie denn für einen Fehler?«
»Keinen Fehler, aber du könntest mich lieber zu meinen Freunden begleiten.«
»Wir gedeihen nicht zusammen!«
»Sie gedeihen doch mit mir; aber sie glauben, du seist hochmütig!«
»Ich?«
»Ja! Um zu zeigen, dass du es nicht bist, komm heute Abend mit zum Punsch.«
Johan folgte ihm, aber widerstrebend.
Es waren sichere solide Juristen, die Karten spielten. Zuerst war es Préférence. Man erörterte den Point, und es gelang Johan, den auf ein Minimum herabzusetzen, obwohl die Herren saure Gesichter machten.
Dann wurde Tippen vorgeschlagen. Johan sagte, er spiele niemals Tippen.
»Aus Grundsatz?«, fragte man.
»Ja«, antwortete er.
»Wann hast du diesen Grundsatz angenommen?«, fragte Fritz giftig.
»Jetzt!«
»Eben? Hier?«
»Ja, eben, hier!«, antwortete Johan.
Ein gehässiger Blick wurde gewechselt. Damit war es aus. Sie gingen schweigend heim; legten sich schweigend zu Bett; standen schweigend wieder auf. Sie aßen fünf Wochen lang mittags am selben Tisch, schweigend, und sie sprachen nicht mehr. Die Kluft hatte sich geöffnet, die Freundschaft war aus, der Verkehr war zu Ende, eine Beziehung zwischen ihnen war nicht mehr vorhanden.
Wie kam das?
Ihre entgegengesetzten Naturen waren fünf Jahre lang durch Gewohnheit, Klassenzimmer, Interesse zusammengehalten, von gemeinsamen Erinnerungen, Niederlagen, Siegen zueinander gezogen worden. Es war ein Kompromiss zwischen Feuer und Wasser, der aufhören musste und jeden Augenblick aufhören konnte. Er platzte nun auch wie ein Schuss; die Masken fielen; sie wurden nicht Feinde, sondern entdeckten ganz einfach, dass sie geborene Feinde seien; das heißt, zwei verschieden geschaffene Naturen, die nach verschiedenen Richtungen strebten. Man stellte kein Konto auf unter Zänkereien und anzüglichen Beschuldigun-

gen, sondern machte ein Ende, ohne daran zu denken. Es ging von selbst.

Es war ein unheimliches Schweigen oft am Mittagstisch, wo sich die Hände kreuzten, während die Blicke einander auswichen. Manchmal bewegten sich Fritzens Lippen, als wollten sie sprechen, aber der Kehlkopf arbeitete nicht. Was sollte man sagen? Sie hatten nichts zu sagen, nichts anderes, als das Schweigen sagt: zwischen uns ist es aus!

Und doch war noch etwas da! Bald konnte Fritz abends nach Haus kommen; aufgeräumt und sichtlich in der Absicht, zu sagen: komm mit und heitere dich auf, alter Freund; blieb aber mitten im Zimmer stehen, von Johans Kälte erstarrt, um dann wieder zu gehen. Bald überkam es Johan, der unter dem Bruche litt, zum Freunde zu sagen: wie dumm sind wir doch! Dann aber erfror er wieder, wenn er dessen weltmännische Art sah.

Sie hatten die Freundschaft dadurch verbraucht, dass sie zusammenzogen. Sie konnten einander auswendig; der eine kannte des andern Geheimnisse und Schwächen; wusste, was der andere auf seine Anrede antworten würde. Es war aus!

Eine elende, entnervende Zeit folgte. Losgerissen aus dem Zusammenleben der Schule, wo er wie der Teil einer Maschine gesessen und in gemeinsamer Arbeit mit den andern Teilen tätig gewesen, hörte er jetzt, sich selbst überlassen, auf zu leben. Ohne Bücher, Zeitungen, Verkehr wurde er leer; denn das Gehirn produziert sehr wenig, vielleicht nichts, und zum Kombinieren muss es Material von außen haben. Es kam aber nichts von außen, die Kanäle waren verstopft, die Wege abgeschnitten; seine Seele hungerte.

Zuweilen nahm er Fritzens Bücher und blickte hinein. Darunter fand er zum ersten Male Geijers Geschichte. Geijer war ein großer Name, war ihm nur bekannt durch die schlechten Gedichte: »Köhlerknabe, Letzter Kämpe, Wiking« und andere. Jetzt wollte Johan den Historiker lesen. Er las den Teil über Gustav Wasa. Er war erstaunt, weder einen großen Gesichtspunkt noch neue Aufschlüsse zu finden. Und der Stil, von dem man damals viel sprach, war alltäglich. Sie glich einer Gedächtnisrede, diese kurze Geschichte der Regierung eines so lange lebenden Königs. Und summarisch war sie auch, wie ein richtiges Lehrbuch. In kleiner Schrift und ohne Anmerkungen gedruckt, hätte die ganze Regierung dieses schöpferischen Königs nur eine Broschüre gebildet.

Johan fragte eines Tages die Kameraden, was sie von Geijer hielten. »Der ist jämmerlich«, antworteten sie. – Das war damals die allgemeine Ansicht, als noch keine Jubiläums- und Denkmalsrücksichten einen daran hinderten, seine Meinung auszusprechen.

Dann warf er einen Blick in die Grundgesetze. Huh! Es war schauerlich, so etwas lernen zu müssen! Durch Elternhaus und Christentum hatte Johan einen solchen Unwillen gegen alles bekommen, was allgemeine Interessen betraf. Auch hatte er unaufhörlich den alten Satz gehört, die Jugend solle sich nicht mit Politik befassen, das heißt, mit dem allgemeinen Wohl. Durch den Individualismus des Christentums, mit dessen ewigem Wühlen im eigenen Ich und dessen Gebrechen, war er aus Konsequenz Egoist geworden. »Wenn jeder seine Arbeit tut ...«, war ja das erste Gebot der christlichen Egoistenmoral. Darum las er auch nicht Zeitungen, kümmerte sich nicht darum, wer regierte und wer regiert wurde; was sich draußen in der Welt zutrug; wie sich die Schicksale der Völker gestalteten; was die großen Geister der Zeit dachten.

Darum kam es ihm auch nie in den Sinn, die Sitzungen der Landsmannschaften zu besuchen, auf denen allgemeine Angelegenheiten behandelt wurden. Das besorgen sie wohl allein, meinte er. Und er war nicht der einzige, der so dachte. So wurden die Sitzungen der Landsmannschaften von einigen flinken Kerlen geleitet, die vielleicht mit Unrecht für Egoisten galten, die das allgemeine Interesse für ihr eigenes benutzten. Johan, der die Angelegenheiten der kleinen Gesellschaft gehen ließ, wie sie gingen, war wohl ein größerer Egoist, da er sich mit den Privatangelegenheiten seiner Seele beschäftigte. Doch zu seiner Entschuldigung und zu der vieler Landsleute muss gesagt werden, dass er schüchtern war. Aber diese Schüchternheit hätte die Schule durch Übungen in öffentlichem Auftreten und Unterricht im Reden aufheben sollen. In der Schüchternheit lag doch auch Feigheit: die Furcht vor Widerspruch, Gelächter; am meisten aber fürchtete man, für frech gehalten zu werden; und jeder junge Mann, der sich hervortun wollte, wurde sofort geduckt, denn hier herrschte die Altersaristokratie in hohem Grade.

Wenn die Kammer ihm zu schwül wurde, ging er vor die Stadt. Aber die furchtbare Landschaft mit ihrem endlosen Lehmboden machte ihn traurig. Er war kein Bewohner der Ebene, sondern hatte seine Wurzeln in dem durchschnittenen Gelände und der von Wasserzügen belebten Natur der Stockholmer Gegend. Er litt unter der Landschaft von Upsala und hatte eine Art Heimweh nach seiner eignen Landschaft. Als er Weihnachten nach Hause kam und die lächelnden Strandkonturen der Brunnenbucht sah, wurde er bis zur Empfindsamkeit gerührt; sein Auge ruhte auf den weichen Laubwaldlinien des Hagaparkes, bis er seine Seele wieder gestimmt fühlte, nachdem sie lange unharmonisch gewesen. So abhängig war sein Nervenleben von der Umgebung.

Als eine kleinere Stadtgemeinde müsste die Kleinstadt Upsala ihn mehr angesprochen haben als die Großstadt, die er hasste. Wäre die Kleinstadt wirklich eine entwickelte Form des Dorfes, unter Beibehaltung der einfachen Mittel des Landes für Gesundheit und Wohlbefinden, mit Stücken der Landschaft zwischen den Häusern, so wäre sie vorzuziehen. Jetzt ist die Kleinstadt eine dürftige, anspruchsvolle Kopie des Irrtums der Großstadt: darum ist sie so widrig.

In Upsala war auch alles kleinstädtisch. Dieses unaufhörliche Erinnern an die Landsmannschaft: »Mein Name ist Peterson, Ostgote.« – »Ich heiße Andersson, Småländer.« – Und dann der Rangneid zwischen den Landsmannschaften. Die Stockholmer hielten sich für die erste, wurden deshalb von den »Bauern« beneidet und verachtet. Welche war die erste? Darüber wurde viel gestritten. Große Männer hatten die Wermländer, in deren Saal Geijers Porträt hing, und die Småländer, die Tegnér und Linné besaßen, hervorgebracht. Die Stockholmer, die nur Bellman hatten, wurden »Rinnsteinjungens« genannt. Das war nicht sehr witzig, besonders da es von einem Studenten aus Kalmar kam; dem wurde denn auch mit der Frage geantwortet, ob es in Kalmar keine Rinnsteine gebe. Die Kalmarer hatten sich von den Småländern losgelöst und besaßen zwei Zimmer für sich. Besonders entwickelte sich der Lokalpatriotismus, wenn es sich darum handelte, die Vertreter der Studentenschaft zu wählen.

Auch wie sich die Professoren durch Zeitungsartikel und Pamphlete um die Beförderung zankten, das hatte etwas Klatschnestartiges an sich; dabei entschied der Kanzler der Universität, der in Stockholm saß, doch in letzter Hand, wer auf den Lehrstuhl berufen werden solle. Man sprach auch von sonderbaren Berufungen. Die Übergangenen wurden oft auf eigentümliche Art getröstet; so wurde einer, der Dozent der Ästhetik war, zum Kommerzienrat und Ritter des Nordsternordens ernannt.

Die Universität von Upsala hatte 1867 keinen einzigen hervorragenden Lehrer, der sich über die Menge erhoben hätte. Einige waren alt und geradezu heruntergekommene Grogonkels. Andere waren junge unerprobte Dilettanten, die durch ihre Frauen und Talentchen weitergekommen waren. Der einzige, der ein gewisses Ansehen genoss, war Swedelius. Mehr jedoch wegen seiner humanen gutmütigen Art und der Anekdoten, die er in Umlauf setzte, als wegen seines Geistes. Seine gelehrte Tätigkeit beschränkte sich darauf, Lehrbücher und Gedächtnisreden zu verfassen; beide in einem derben überschwedischen Tone; sie waren weder streng wissenschaftlich, noch verrieten sie selbstständige Forschung.

Im großen ganzen war alles, was gelesen wurde, vom Ausland geholt, am meisten aus Deutschland. Die Lehrbücher der meisten Fächer waren in deutscher oder französischer Sprache verfasst. In englischer dagegen selten, denn die konnte man nicht. Selbst der Professor der Literaturgeschichte konnte die englische Aussprache nicht; er begann seine Vorlesungen immer damit, dass er sich deswegen entschuldigte. Dass er die Sprache kenne, brauchte er nicht zu erklären, da man seine Übersetzungen englischer Dichtungen kannte. Aber warum lernt er nicht die Aussprache? fragten sich die Studenten. Die meisten Doktorschriften waren nur schlechte Bearbeitungen aus dem Deutschen; sogar Fälle direkter Übersetzung kamen vor und veranlassten Skandale.

Das war jedoch für die Epoche nicht bezeichnend, denn eine schwedische Bildung gibt es ebenso wenig wie eine belgische, eine schweizerische oder eine ungarische, trotzdem es einen Linné und einen Berzelius gab, von denen aber keiner in Schweden einen Nachfolger erhalten hat.

Johan litt unter dem Mangel an Unternehmungslust. Die Schule hatte ihm Arbeit in die Hände gegeben. Die Universität überließ alles ihm selber. Mutlosigkeit und Trägheit ergriffen ihn. Gequält von dem Gedanken, was er anfangen solle, wenn dieses Vierteljahr zu Ende war, fasste er den Entschluss, eine Anstellung zu suchen, die ihm Brot geben könne.

Von einem Kameraden hatte er gehört, dass man Volksschullehrer auf dem Lande werden könne, ohne eine Prüfung bestanden zu haben; auf einer solchen Stelle könne man leben. Es war Johans Traum, auf dem Lande zu leben. Er hatte einen angeborenen Widerwillen gegen die Stadt, obwohl er in der Hauptstadt geboren war. Er konnte sich nicht in dieses Leben ohne Licht und Luft finden; nicht gedeihen auf diesen Straßen und Märkten. Die waren wie dazu gemacht, die äußeren Zeichen zu Markt zu bringen, die das Steigen oder Fallen auf der sinnlosen sozialen Skala angeben, auf der Nebensachen wie Kleider und Benehmen so viel bedeuten. Johan hatte die Kulturfeindschaft im Blut, fühlte sich immer als ein Produkt der Natur, das sich von dem organischen Zusammenhang mit der Erde nicht lösen lassen will. Er war eine wilde Pflanze, die vergebens mit ihren Wurzeln nach einer Metze Erde zwischen den Straßensteinen sucht; ein Tier, das sich nach dem Walde sehnt.

Es gibt einen Fisch, der auf Bäume klettert; der Aal kann aufs Land gehen, um das Erbsenfeld zu besuchen: beide aber kehren immer wieder ins Wasser zurück. Die Hühner sind schon so lange zu Haustieren gemacht, dass die Vorfahren ausgestorben sind, aber dennoch hat der Vogel die Gewohnheit behalten, auf einem Pflock zu schlafen. Das ist der Nachtzweig des Auerhuhns und Birkhuhns. Die Gänse werden unruhig im Herbst, denn ihr Blut erinnert sich daran, dass es Zugzeit ist. Besser steht es nicht um die Anpassung! Strebt immer zurück!

So ist es auch mit dem Menschen. Der Bewohner des Nordens hat sich nicht, die Gewohnheiten der Kultur beibehaltend, dem nördlichen Klima anpassen können; darum ist Lungenentzündung eine nordische Krankheit. Magen, Nerven, Gehirn, Haut können sich anpassen, aber die Lungen nicht. Der Eskimo dagegen, der auch ein Südländer ist, hat sich dem Eise angepasst, musste dabei aber die Kultur aufgeben. Und die Sehnsucht des Nordländers nach dem Süden? Was ist die anders als ein Streben, wieder in seine erste Umgebung zu kommen, in ein sonnigeres Land, an die Ufer des Ganges, wo die Wiege stand. Und des Kindes Widerwillen gegen Fleischnahrung, sein Verlangen nach Früchten, seine Neigung zum Klettern: lauter Zurückstreben! Darum ist die Kultur: leben in ewiger Spannung, in einem ewigen Kampfe gegen Rückgang. Durch die Erziehung wird die Uhr aufgezogen; ist aber die Feder nicht stark genug, so springt sie, und die ganze Maschinerie schnurrt ab, wieder zurück, bis Ruhe eintritt. Je größer die Kultur wird, desto größer die Spannung, und die statistischen Darstellungen des Wahnsinns zeigen immer mehr Ziffern in der Kolumne. Man kann gegen den Kulturstrom nicht anstreben, aber man kann sich aufs Land retten. Der Sozialismus, der jetzt (1886) kommt und die Oberklasse mit ihrem wertlosen »Höher«, das einen verlockt, in die Höhe zu streben, abfieren will, ist eine Bewegung in zurückgehender gesunder Richtung. Die Spannung muss sich ja vermindern, wenn sich der Druck vermindert. Aber damit wird ein großer Teil Luxuskultur abgeschafft werden. In gewissen Gegenden der deutschen Schweiz hat sich bereits verhältnismäßige Ruhe eingefunden. Da jagt man nicht unruhig nach Ehrenstellen und Auszeichnungen, weil es die nicht gibt. Ein Millionär wohnt in einer größeren Hütte und lacht den geschnürten und geputzten Städter aus; lacht ein gutes Lachen und nicht neidisch bitter, denn er weiß, er könnte diesen Putz gegen bar kaufen, wenn er nur wollte. Aber er will nicht, denn seine Nachbarn schätzen den Luxus nicht.

Die Menschen können also glücklicher werden, wenn das Jagen nicht mehr so hitzig ist; und sie werden glücklicher werden, denn das Glück ist wohl hauptsächlich Friede, weniger Arbeit und weniger Luxus. Nicht die Eisenbahnen sind zu tadeln, sondern das übermäßige Anlegen von Bahnen; in der arkadischen Schweiz hat man schon Gegenden mit Bahnen ruiniert, in denen nichts zu verfrachten ist und die Passagiere zu Fuß gehen. Ja, man zählt noch heute die Entfernungen nach der Fußwanderung. »Es sind acht Stunden nach Zürich«, sagt man. – »Acht? Das ist nicht möglich!« – »Doch, das ist sicher.« – »Auf der Bahn?« – »Ach so, auf der Bahn, da sind es wohl nur anderthalb.«

In Schweden gibt es eine Bahn, die regelmäßig drei Passagiere in ihren drei Klassen hat: Fabrikbesitzer, Verwalter, Buchhalter. Vielleicht erleben wir's, dass man anfängt die Bahnhöfe zu schließen aus Mangel an Kohlen, wenn die Grubenstreiks die Preise erhöht haben; aus Mangel an Schaffnern, wenn die Löhne gestiegen sind; und aus Mangel an Frachten, wenn Hafer und Holz nicht mehr ausgeführt werden können. Das Eisen ist schon zu teuer, um die Bahn zu benutzen, und muss die alten Wasserstraßen aufsuchen.

Die Predigt gegen die Kultur hilft nicht; das weiß man wohl; wenn man aber die Bewegungen der Zeit verfolgt, wird man sehen, dass ein Rückgang zur Natur im Gange ist; wird bereits mit dem von Turgenjew eingeführten Wort »Vereinfachung« bezeichnet. Es ist der Irrtum der Evolutionisten, dass sie in allem, was sich in Evolution oder Bewegung befindet, einen Fortschritt zum Glück der Menschheit sehen; denn sie sehen nicht, dass sich eine Krankheit auch zur Krisis, Genesung oder Tod, entwickelt.

Welch loses Anhängsel ist doch die Kultur! Mach einen Adeligen betrunken, und er wird ein Wilder werden; lass ein Kind ohne Erziehung in den Wald (angenommen, es kann sich dort ernähren), und es wird nicht einmal sprechen lernen. Aus einem Bauernjungen, der so niedrig stehen soll, kann man (in derselben Generation also) einen Gelehrten, Minister, Erzbischof, Künstler machen. Hier kann man nicht von Vererbung sprechen, denn der Bauer, der Vater, der auf einem für niedrig geltenden Standpunkt stehen geblieben ist, hat doch nichts von veredelten Gehirnen erben können. Und die Kinder der Genies sind gewöhnlich nichts anderes als ausgebrannte Gehirne; oft bleibt eine gewisse Meisterschaft im Beruf des Vaters; die ist jedoch meist durch täglichen Verkehr mit dem Vater erworben.

Die Stadt ist die Feuerstätte, die das lebendige Brennholz vom Lande verschlingt; um die jetzige soziale Maschinerie im Gang zu halten, das ist wahr; aber dieses Brennmaterial wird auf die Dauer zu teuer, und darum wird die Maschine stehen bleiben. Die künftige Gesellschaft wird diese Maschine nicht brauchen, um arbeiten zu können; oder es wird gehen, indem man Brennmaterial spart. Aber von dem Bedürfnis der gegenwärtigen Gesellschaft auf das der künftigen zu schließen, ist ein Fehlschluss.

Die jetzige Gesellschaft ist vielleicht ein Naturprodukt, aber ein unorganisches; die künftige Gesellschaft wird erst ein organisches Produkt, also ein höheres, werden, weil sie den Menschen nicht von den ersten Grundbedingungen für ein organisches Dasein löst. Es wird der gleiche Unterschied werden wie zwischen Steinstraße und Wiese.

Die Träume des Jünglings verließen oft die künstliche Gesellschaft, um die Natur aufzusuchen. Die Gesellschaft war zustande gekommen, indem die Menschenhand den Naturgesetzen Gewalt angetan hatte. Man kann eine Pflanze vergewaltigen, indem man sie unter einem Blumentopf bleicht; man bringt dann zwar ein für den Menschen nützliches Salatgewächs hervor, verdirbt aber die Pflanze als Pflanze in ihrer Fähigkeit, gesund zu leben und sich fortzupflanzen. Der Kulturmensch ist eine solche Pflanze, ist durch Kunstbleiche für die gebleichte Gesellschaft nützlich gemacht, aber unglücklich und ungesund als einzelner. Soll denn das Bleichen immer weitergehen, damit die morsche Gesellschaft bestehen bleibt? Soll der einzelne unglücklich leben, um eine ungesunde Gesellschaft aufrechtzuerhalten? Und kann die Gesellschaft gesund sein, wenn die einzelnen krank sind? Der einzelne kann wohl nicht verlangen, dass die Gesellschaft seinetwegen geopfert wird; aber *die* einzelnen oder die Mehrheit haben das Recht, Änderungen im Zustand der Gesellschaft zu fordern, damit sie sich wohlbefinden; denn die Gesellschaft, das sind sie ja selber!

Auf dem Lande mit seinen einfacheren Verhältnissen glaubte Johan in einer unbemerkten Stellung gedeihen zu können, ohne es zu spüren, dass er gesunken oder herabgestiegen sei. In der Stadt dagegen nicht, denn dort wurde er unaufhörlich an die Höhe und den Fall erinnert. Gutwillig herabsteigen, ist nicht peinlich, wenn die Zuschauer nur überzeugt werden können, dass es gutwillig geschieht; fallen aber ist bitter, zumal ein Fall immer mit Applaus von den unten Stehenden begrüßt wird. Steigen oder Emporstreben, seine Stellung verbessern ist ein Gesellschaftstrieb geworden; der Jüngling wurde davon getrieben, obwohl er nicht immer einsah, dass das Empor auch höher führe.

Johan wollte jetzt ein Ergebnis haben, ein Leben in Tätigkeit finden, das ihn ernährte. Er sah die vielen Anzeigen der offiziellen »Postzeitung« durch, in denen Volksschullehrer verlangt werden. Da waren Stellen mit 300 Kronen, 600 Kronen, Wohnung, Kuhweide, Garten. Er bewarb sich um die eine Stellung nach der andern, bekam aber keine Antwort.

Als das Semester um war und die 80 Kronen verzehrt waren, fuhr er nach Hause, ohne zu wissen, wohin er sich wenden, was er werden, wovon er leben solle. Er hatte in den Vorhof hineingeblickt, um zu sehen, dass dort kein Platz für ihn war.

12. Unten und oben (1867–68)

Hast du jetzt ausgelernt? Mit solchen und ähnlichen Fragen wurde er ironisch bei der Heimkehr begrüßt. Der Vater nahm die Sache ernster und versuchte Pläne zu machen, ohne einen durchführen zu können. Johan war Student, das war eine Tatsache, aber was weiter? Es war Winter, und so konnte nicht einmal die weiße Studentenmütze dem Jüngling einen mildernden Glanz verleihen oder der Familie Ehre gewähren. Man hat gesagt, der Krieg würde aufhören aus Mangel an

Offizieren, wenn man ihnen die Uniformen nehme; sicher ist, dass nicht so viele Studenten würden, wenn sie nicht das äußere Abzeichen trügen. In Paris, wo es nicht gebräuchlich ist, verschwinden die Studenten in der Menge; niemand macht ein Geschäft aus ihnen. In Berlin dagegen drängen sie sich als ein bevorrechtigter Stand neben die Offiziere. Darum ist auch Deutschland ein Doktorenland und Frankreich ein Mitbürgerland.

Der Vater sah nun, dass er einen Taugenichts für die Gesellschaft erzogen, der nicht zu graben vermochte, sich vielleicht aber nicht schämte zu betteln. Die Welt stand dem Jüngling offen, darin zu verhungern, darin unterzugehen. Seinen Plan, Volksschullehrer zu werden, billigte der Vater nicht. Welch ein geringes Ergebnis von so viel Arbeit! Alle seine ehrgeizigen Träume würden auch unter einem solchen Herabsteigen leiden. Volksschullehrer, das war ja wie Unteroffizier; Unterklasse ohne Hoffnung auf Steigen; und gestiegen musste werden, solange alle andern stiegen; gestiegen muss werden, bis man sich den Hals bricht, solange die Klassen- und Ranggesellschaft existiert. Johan hatte die Studentenprüfung nicht machen dürfen, um sich Kenntnisse zu erwerben, sondern um Oberklasse zu werden; und jetzt stand er doch im Begriff, Unterklasse zu werden!

Es wurde ihm peinlich zu Hause; er glaubte Gnadenbrot zu essen, als Weihnachten vorüber war und er nicht länger als Gast gelten konnte. Da trifft er eines Tages zufällig auf der Straße einen bekannten Lehrer, den er lange nicht gesehen hat. Sie sprechen von der Zukunft, und der Freund schlägt Johan die Stockholmer Volksschule als einen guten Lebensunterhalt vor, während man für den Doktor arbeitet; da habe man einen Gehalt von tausend Kronen und sei täglich um ein Uhr frei.

»Überall, nur nicht in Stockholm«, meint Johan.

»Oh, es sind mehrere Studenten an der Volksschule angestellt.«

»Wirklich? Dann hat man ja Leidensgenossen!«

»Ja, und einer ist früher Lehrer an der Neuen Elementarschule gewesen.«

Johan ging hin, meldete sich an und wurde angestellt, mit 900 Kronen. Der Vater billigte den Entschluss, als er hörte, dass Johan dabei für den Doktor arbeiten könne. Johan versprach, sich im Elternhaus in Pension zu geben.

An einem Wintermorgen um halb acht Uhr ging Johan von der Nordzollstraße nach Klara hinunter. Ganz wie er im Alter von acht Jahren getan hatte. Dieselben Straßen, dieselben Klaraglocken. Und in der untersten Klasse. Es war eine Strafarbeit, die elf Jahre alt war! Ebenso furchtsam, ja noch furchtsamer, zu spät zu kommen, trat er in die große Klasse ein, in der er nebst zwei Lehrerinnen über einhundert Kinder unterrichten sollte. Und da saßen sie jetzt, dieselben Kinder wie von Jakob, aber in jüngerer Auflage. Hässlich, verkrümmt, blass, hungrig, kränklich; mit niedergeschlagenen Gesichtern, groben Kleidern, schweren Schuhen. Das Leiden, am meisten vielleicht *das* Leiden, dass andere es besser haben und dass sie es immer besser haben werden, denn das glaubte man damals, hat aufs Gesicht der Unterklasse diesen hoffnungslosen Zug gedrückt, den weder die religiöse Resignation noch die Hoffnung auf den Himmel austilgen kann. Mit bösem Gewissen flieht die Oberklasse vor ihnen, baut ihre Häuser außerhalb der Stadt und überlässt es der Armenpflege, mit diesen Ausgestoßenen in persönliche Berührung zu treten.

Das Kirchenlied wurde gesungen, das Vaterunser gebetet; alles war noch ebenso wie früher, nichts hatte Fortschritte gemacht; nur die Bänke waren gegen Stühle und Tische ausgetauscht und das Zimmer war hell und luftig. Johan musste die Hände falten und das Kirchenlied mitsingen. Sofort wurde seinem Gewissensfrieden Gewalt angetan.

Das Gebet war zu Ende und der Rektor kam. Er sprach etwas väterlich zu Johan. Es war also ein Vorgesetzter, Vorschläge und Ratschläge wurden ihm mitgeteilt. Diese Klasse sei die schlechteste und der Lehrer müsse streng sein.

So führte denn Johan seine Klasse in ein besonderes Zimmer, um die Stunde zu beginnen. Das Zimmer glich auf ein Haar der Vorschule von Klara, und dort stand das furchtbare Katheder mit den Treppenstufen, das einem Schafott glich und rot gebeizt war, als sei es mit Blut besudelt. Und dann bekam er einen Stock in die Hand, mit dem er bald aufklopfen, bald schlagen sollte. – Er sollte schlagen! Er besteigt das Blutgerüst. Er war diesen dreißig Knaben- und Mädchengesichtern gegenüber schüchtern, die spähend in seinem Gesicht zu lesen suchten, ob er schwierig sei.

»Was habt ihr aufbekommen?«, fragte er.

»Das erste Gebot!«, schrie die ganze Klasse.

»Nein, nur einer darf antworten! Du dort rechts: wie heißest du?«

»Hallberg!«, schrie die ganze Klasse.

»Nein, nur einer soll antworten: den ich frage.«

Die Kinder kicherten.

»Der ist nicht gefährlich«, meinten sie.

»Nun, wie lautet das erste Gebot?«, fragte Johan den, der ganz rechts saß.

»Du sollst keine Götter haben neben mir!«

Das konnte er also.

»Was ist das?«, fragte er von Neuem, indem er versuchte, so wenig Betonung wie möglich auf »das« zu legen.

Das ging auch.

Darauf fragte er fünfzehn Kinder das Gleiche, und eine Viertelstunde war vergangen. Johan dachte, das ist idiotisch. Was sollte er jetzt machen? Von Gott sprechen, was er wusste? Aber auf dem damaligen Standpunkt der Forschung war man bescheiden dabei stehen geblieben, dass man nichts von Gott wisse. Johan war Theist und glaubte wohl noch an einen persönlichen Gott, aber etwas Näheres konnte er nicht über ihn sagen. Am liebsten hätte er Christi Gottheit angegriffen, dann aber wäre er entlassen worden.

Eine Pause entstand. Es war unheimlich still, während er über seine falsche Stellung und die Albernheit im Unterrichten nachdachte. Wenn er jetzt hätte sagen dürfen, man wisse nichts von Gott, so wäre der ganze Katechismus und die ganze Biblische Geschichte überflüssig gewesen. Dass sie nicht stehlen durften, das wussten sie; und dass sie nicht lügen durften, auch. Warum denn so viel Wesen davon machen? Er bekam eine tolle Lust, freundlich gegen die Kinder zu sein und sie wie Mitschuldige zu nehmen.

»Nun, was sollen wir jetzt tun?«, fragte er.

Der eine guckte den andern an und die ganze Klasse kicherte.

»Der Lehrer ist aber nett«, dachten sie.

»Was pflegt der Lehrer zu tun, wenn er die Aufgabe überhört hat?«, fragte er den Ersten.

»Er pflegt sie zu erklären«, antwortete der und noch einige.

Freilich konnte Johan Entstehung und Geschichte des Gottesbegriffes erklären, aber das durfte er ja nicht.

»Ihr könnt euch rühren«, sagte er, »aber ihr dürft nicht schreien.«

Die Kinder sahen ihn an und er sie. Sie lächelten sich gegenseitig zu. »Findet ihr nicht auch, dass dies idiotisch ist?«, hatte er auf den Lippen; es nahm aber keine konkretere Form an als im Lächeln. Aber Johan wurde bald ernst, als er sah, dass sie ihn auslachten. Diese Methode geht nicht, dachte er.

Er bat sich Ruhe aus und begann das Gebot noch einmal durchzugehen, bis alle eine Frage bekommen hatten. Nach unerhörten Anstrengungen wurde die Uhr wirklich neun, und die Stunde war aus.

Jetzt versammelten sich die drei Abteilungen der Klasse wieder in dem großen Saal, um sich bereitzumachen, auf den Hof zu gehen und frische Luft zu schöpfen. Bereitmachen ist das richtige Wort, denn eine so einfache Sache, wie auf den Hof gehen, erforderte eine lange Vorbereitung. Eine genaue Beschreibung würde einen Druckbogen füllen und vielleicht zu den modernen Karikaturen gezählt werden; wir müssen uns mit einer Andeutung begnügen.

Zuerst mussten alle einhundert Kinder still sitzen, regungslos, absolut regungslos auf ihren Stühlen sitzen und still, absolut still sein, als sollten sie fotografiert werden. Die ganze Schar sah einen Augenblick vom Katheder aus wie ein grauer Teppich mit hellen Mustern; aber im nächsten Augenblick bewegte einer den Kopf; die Wirkung war verdorben; das Opfer musste aus seiner Reihe treten und sich an die Wand stellen. Das Ensemble war gestört, und es musste noch oft geklopft werden, ehe die zweihundert Arme parallel auf der Tischplatte lagen und die hundert Köpfe im rechten Winkel zum Schlüsselbein saßen. Als die Ruhe beinahe wieder eingetreten war, begann ein neues Klopfen, welches das Absolute forderte. Aber im selben Augenblick, in dem das Absolute eintreten sollte, wurde ein Muskel müde, erschlaffte ein Nerv, ließ eine Sehne nach. Wieder Auflösung, Schläge, Geschrei und neue Arbeit am Absoluten. Es endete gewöhnlich damit, dass die Lehrerin (die Lehrer trieben es nicht bis ins Absolute) ein Auge zumachen und tun musste, als sei es absolut.

Jetzt trat der wichtige Augenblick ein, da die hundert auf ein neues Klopfen von ihren Plätzen aufstehen sollten, um sich auf den Boden zu stellen; aber nichts weiter. Das war ein heikler Augenblick: Schiefertafeln polterten und Lineale klapperten. Sie mussten sich wieder setzen. So saßen sie wieder und mussten die Übung von Neuem beginnen, indem sie absolut still sitzen sollten.

Waren sie wirklich auf die Beine gekommen, so begann der Marsch nach dem Hof in Abteilungen, aber auf Zehen, absolut. Sonst musste man wieder umkehren und sich wieder setzen, und wieder aufstehen. Und so weiter, und so weiter. Oh! Sie mussten auf Zehen gehen, in Schuhen mit Holzsohlen, in feuchten Stiefeln, in Schuhen mit Pechnaht. Das war ein großer Missgriff: er erzog die Jugend zum Schleichen und gab ihrem ganzen Auftreten etwas Katzenhaftes, Hinterlistiges.

Auf dem Hofe musste der Lehrer jetzt die Trinkenden in eine gerade Linie vor die Wasserleitung stellen, die sich beim Eingange befand; gleichzeitig die Abtritte beaufsichtigen, die auf der andern Seite des langen Hofes lagen; außerdem Spiele anordnen und die Spiele mitten auf dem Hofe überwachen.

Darauf wurden die Kinder wieder aufgestellt und marschierten hinein. Kamen sie nicht still hinein, so mussten sie wieder hinausgehen. Oh!

Dann begann eine neue Stunde. Ein vaterländisches Lesebuch wurde gelesen, dessen Zweck hauptsächlich darauf hinauszugehen schien, den Kindern Ehrfurcht vor der Oberklasse und vor Schweden einzupflanzen. Schweden sollte das beste Land von Europa sein, obwohl es in klimatischer und wirtschaftlicher Hinsicht eines der schlechtesten ist; obwohl seine Kultur vom Ausland entlehnt ist und alle seine Könige von ausländischer Geburt sind. Solche Lehren wagte man den Kindern der Oberklasse in der Klaraschule und der Privatlehranstalt nicht zu bieten. Doch in der Jakobischule hatte man den Mut, die armen Kinder ein Lied vom Herzog von Östergötland singen zu lassen, in dem sich eine Strophe an die Mannschaft der Flotte wandte und ihr Siege in erwünschten Schlachten versprach: der Sieg sei selbstverständlich, denn »Prinz Oskar führt uns an«.

Gleich am Anfang der Stunde kommt der Schulvorsteher. Johan will das Lesen unterbrechen, doch der Vorgesetzte gibt ihm einen Wink, fortzufahren. Die Kinder haben nach der Katechismusstunde den Respekt verloren und sind unaufmerksam. Johan zankt sie aus, aber ohne Erfolg. Da tritt der Vorsteher mit einem Rohrstock vor; nimmt das Buch vom Lehrer und hält eine kleine Rede. Diese Abteilung sei die schlechteste und der Lehrer sollte nun sehen, wie man sie behandeln müsse.

Die Übung, die jetzt folgte, schien zum Hauptzweck zu haben, absolute Aufmerksamkeit zu erzwingen. Das Absolute schien das Ziel zu sein, zu dem man bei der Abrichtung dieser Menschenkinder kommen wollte, in dieser unvollkommenen Welt des Relativen.

Der Lesende wurde unterbrochen und ein Name aus der Menge aufgerufen. Im Text folgen und aufmerksam sein, hielt dieser alte Mann für das Einfachste von der Welt, obwohl er sicher oft erfahren, wie die Gedanken ihre eigenen Wege gehen, während das Auge über eine Seite im Buche irrt. Der Unaufmerksame wurde bei den Haaren oder den Kleidern gezogen und mit dem Rohrstock gehauen, bis er sich unter Geheul am Boden wälzte.

Dem Lehrer wurde anbefohlen, den Rohrstock fleißig zu gebrauchen; damit ging der Vorsteher. Es blieb nichts anderes übrig, als die Methode zu befolgen oder abzugehen. Da das letzte nicht möglich war, blieb Johan. Er hielt eine Rede an die Kinder und bezog sich auf den Vorsteher.

»Jetzt wisst ihr, wie ihr euch betragen müsst, um keine Schläge zu kriegen. Wer sich Schläge zuzieht, hat sie selbst verschuldet. Gebt mir nachher nicht die Schuld. Hier liegt der Rohrstock, dort ist die Pflicht; erfüllt die Pflicht, sonst kommt der Rohrstock – ohne mein Verschulden.«

Das war recht listig gesprochen, war aber doch unbarmherzig, denn man hätte erst in Erfahrung bringen müssen, wieweit die Kinder die Pflicht erfüllen können. Sie konnten es nicht, denn sie waren die lebhaftesten und darum die unaufmerksamsten. Der Rohrstock war also den ganzen Tag in Bewegung. Notschreie gellten, Angst stand in den Gesichtern der Unschuldigen geschrieben: es war schauerlich.

Aufmerksam sein fällt nicht unter das Machtgebiet des Willens; darum war all dieses Strafen lauter Marter. Johan fühlte, wie sinnlos seine Rolle war, aber er hatte ja seine Pflicht hinter sich. Oft wurde er müde und ließ es gehen, wie es ging; dann aber kamen Kameraden, Lehrer und Lehrerinnen und machten ihm freundliche Vorstellungen. Oft fand er das Ganze so wahnsinnig, dass er mit den Kindern lächeln musste, während der Rohrstock in Bewegung war. Beide Teile sahen ein, dass sie an dem Unmöglichen und Unnötigen arbeiteten.

Ibsen, der weder an den Geburtsadel noch an den Geldadel glaubt, hat jüngst (1886) seinen Glauben an den neuen Adel des Industriearbeiters ausgesprochen. Warum soll es denn durchaus Adel sein? Wenn die Entartung daherkommt, dass man überhaupt nicht mit dem Körper arbeitet, so entartet man vielleicht noch leichter durch zu viel körperliche Arbeit und durch Not. Alle diese Kinder, die Körperarbeiter zu Eltern hatten, sahen kränklicher, schwächlicher, unverständiger aus als die Kinder der Oberklasse, die Johan gesehen hatte. Der eine oder andere Muskel mochte stärker entwickelt sein, du Schulterblatt, eine Hand, ein Fuß, aber das Blut sah schlecht aus, wie es durch die blasse Haut schimmerte. Viele hatten große Köpfe, die von Wasser aufgeschwollen zu sein schienen; Ohren und Nasen liefen, die Hände waren erfroren. Die Berufskrankheiten der städtischen Arbeiter schienen sich vererbt zu haben: hier sah man in kleinerem Maßstab die Lungen und das Blut des Gasarbeiters, die durch Schwefeldämpfe verdorben waren; die Schultern und ausgebogenen Füße des Schmieds; das von Firnissen und giftigen Farben angegriffene Hirn des Malers; den skrofelartigen Ausschlag des Schornsteinfegers; die eingedrückte Brust des Buchbinders. Hier hörte man das Echo von dem Husten des Metallarbeiters und Asphaltbereiters; roch die Gifte des Tapetendruckers; beobachtete die Kurzsichtigkeit des Uhrmachers in neuen Auflagen. Das war wahrhaftig keine Rasse, der die Zukunft gehörte oder auf welche die Zukunft bauen konnte; auch kann sie sich auf die Dauer nicht vermehren, denn die Reihen der Arbeiter rekrutieren sich immer vom Lande.

Erst gegen zwei war der Saal geleert, denn fast eine Stunde dauerte es, bis sie unter Klopfen und Schlägen aus dem Zimmer auf die Straße kamen. Das Unpraktischste war, dass die große Menge Kinder erst in den Flur marschierte, um die Mäntel anzuziehen, und dann wieder in den Saal zurückmarschierte, statt direkt nach Hause zu gehen.

Als Johan auf die Straße kam, fragte er sich: ist das die berühmte Erziehung, die man mit so großen Opfern der Unterklasse gegeben hat? Fragen konnte er, und man antwortete: wie ist es anders möglich? Nein, musste er antworten. Hatte man die Absicht, eine sklavische Unterklasse zu erziehen, die immer gehorcht, so schlagt die Kinder mit dem Rohrstock; habt ihr die Absicht, einen Proletarier zu erziehen, der nichts vom Leben fordern darf, so lügt ihnen einen Himmel vor. Sag diesen Kindern, der Unterricht sei sinnlos, erlaub ihnen Kritik, lass ihnen ihren Willen in einem Punkt, und wir gehen der Auflösung der Gesellschaft entgegen. Aber die Gesellschaft ist ja auf eine gehorsame pflichttreue Unterklasse gebaut; also unterdrück sie von Anfang an, nimm ihnen den Willen, nimm ihnen die Vernunft; lehre sie, nicht hoffen, aber doch zufrieden sein. Es lag System in der Torheit.

Aber es gab in der Volksschulmethode, was den Unterricht betraf, sowohl Gutes wie Böses. Gutes: man hatte ein Anschauungsmaterial eingeführt; das war eine Erbschaft des schon 1827 gestorbenen Pestalozzi, des Schülers Rousseaus. Böses: die in die Volksschule eintretenden Studenten hatten die »Wissenschaft« eingeführt. Es genügte nicht mehr, das Einmaleins einfach zu können: man musste es verstehen. Verstehen? Und doch kann ein Ingenieur, nachdem er die Technische Hochschule durchgemacht hat, nicht erklären, *warum* ein Bruch durch drei gekürzt werden kann, wenn die Summe der Zahlen durch drei zu teilen ist. Sollten die Seeleute nicht Logarithmentafeln benutzen, obwohl sie die Logarithmen nicht »ausrechnen« können? Dass man nicht auf dem schon Gebauten weiterbaut, sondern immer wieder den Grundstein legen will, dürfte wohl ein Luxus sein: daher das viele Lernen in den Schulen.

Man könnte einwenden, Johan hätte sich erst selbst als Lehrer reformieren sollen, ehe er den Unterricht reformierte. Aber er durfte ja nicht, denn er war ein willenloses Werkzeug in den Händen des Vorstehers, der Geschäftsordnung, der Schulbehörde. Die besten Lehrer, das heißt, welche die schlechtesten (hier besten) Ergebnisse herausgeschlagen hatten, waren die ungebildeten Lehrer, die vom Seminar kamen. Die zweifelten nicht an der Methode, waren nicht zart gegen die Kinder; aber vor ihnen hatten die Kinder am meisten Respekt. Ein großer grober Kerl, der von der Stellmacherzunft gekommen war, hatte die langen Jungen vollständig in Händen. Die Unterklasse sollte also mehr wirkliche Achtung und Furcht vor ihresgleichen haben als vor der Oberklasse? Großknecht und Werkführer sollten also mehr Respekt genießen als Inspektor und Meister? Woher kommt das? Sieht die Unterklasse, dass sie mehr Teilnahme erwarten kann von dem, der ihre Leiden gelitten hat und nicht fürchten kann, dass er zu ihnen herunterkommt? Ist sie darum diesem gegenüber nachgiebiger? Oder sieht sie ein, dass der Vorgesetzte, der aus ihren Reihen gekommen ist, ihre Sache besser versteht und darum mehr Achtung verdient?

Auch die Lehrerinnen genossen mehr Respekt als die Lehrer. Sie waren pedantisch, forderten das Absolute und waren durchaus nicht weichherzig, eher grausam. Sie liebten die raffinierte Strafe, Schläge auf die Handfläche zu geben; dabei legten sie einen Unverstand an den Tag, den das oberflächlichste Studium der Physiologie berichtigt hätte. Wenn das Kind infolge der Reflexbewegung die Finger fortzog, wurde es noch mehr gestraft, weil es die Finger nicht stillhalte. Als ob man das Blinzeln unterlassen könnte, wenn einem Staub ins Auge weht!

Die Lehrerinnen hatten den Vorteil, dass sie nicht so viel von den Lehrfächern wussten, um von Zweifeln gequält zu werden. Dass sie weniger Gehalt hatten als die Lehrer, war eine Unwahrheit. Sie hatten verhältnismäßig mehr; und wenn sie mit einem dürftigen Lehrerinnenexamen mehr als die Studenten hatten, war das ungerecht. Sie wurden außerdem begünstigt, für ein Wunder gehalten, wenn sie tüchtig waren, und erhielten Stipendien, um ins Ausland zu reisen.

Als Kameradinnen waren sie freundlich und hilfreich, wenn man höflich und bescheiden war und ihnen die Zügel überließ. Von einer Liebelei war nicht die Spur zu sehen; auch sahen die Männer sie in Situationen, die alles andere als gewinnend waren, und von Seiten, die Frauen sonst dem andern Geschlecht nicht zu zeigen pflegen, nämlich als Profose. Sie machten sich Notizen über alles, bereiteten sich auf die Stunden vor, waren kleinlich und zufrieden, durchschauten nicht. Es war eine sehr passende Beschäftigung für sie unter den damaligen Verhältnissen.

Wenn Johan nicht mehr schlagen wollte oder über ein Kind nichts vermochte oder an allem zweifelte, schickte er das Kind zu einer Lehrerin, die mit Vergnügen die garstige Rolle des Henkers übernahm.

Was den geeigneten Lehrer macht, ist wohl nicht festgestellt. Die einen wirkten durch ihre Ruhe, die andern durch ihre nervöse Art; andere wieder schienen die Kinder zu magnetisieren, andere schlugen sie; andere wirkten durch ihr Alter, ihr männliches Äußeres. Die Frauen wirkten als Frauen, das heißt durch eine halb vergessene Überlieferung von einer vergangenen Mutterherrschaft.

Johan war ungeeignet. Er sah zu jung aus und war ja auch erst achtzehn Jahre alt; zweifelte an der Methode und an allem; war in einem Winkel seines ernsten Innern spielerisch und knabenhaft; auch war ihm alles nur eine Nebenbeschäftigung, denn er war ehrgeizig und wollte weiter; wohin, das wusste er nicht.

Auch war er Aristokrat wie seine Zeitgenossen. Durch die Erziehung waren seine Gewohnheiten, seine Sinne verfeinert worden oder entartet, wenn man will. Er ertrug also nur schwer schlechten Geruch, hässliche Gegenstände, entstellte Körper, unschöne Aussprache, zerlumpte Kleider. Das Leben hatte ihm ja doch viel gegeben, und diese täglichen

Erinnerungen ans Elend quälten ihn wie ein böses Gewissen. Er hätte selbst einer von der Unterklasse sein können, wenn seine Mutter sich mit einem ihres Standes verheiratet hätte.

Er sei hochmütig, hätte ein Ladenbursche gesagt, der es zum Redakteur einer Zeitung gebracht; derselbe Redakteur, der damit prahlte, dass er mit seinem Los zufrieden sei; ganz vergessend, dass er zufrieden sein konnte, da er aus seiner gering geachteten Stellung emporgestiegen war. Er sei hochmütig, hätte ein Schuhmachermeister gesagt, der lieber ins Wasser ginge, als dass er zum Gesellen niederstiege. Johan war hochmütig, daran ist nicht zu zweifeln; ebenso hochmütig, wie Meister Schuhmacher; vielleicht doch nicht ganz so hochmütig, da er vom Studenten zum Volksschullehrer herabgestiegen war. Aber das war keine Tugend, sondern eine Notwendigkeit; auch prahlte er nicht mit seinem Schritt, noch wollte er sich den Schein eines sogenannten Volksfreundes geben. Über Sympathie und Antipathie ist man nicht Herr, und wenn man von unten immer Liebe und Aufopferung von der Oberklasse verlangt, so ist das Idealismus. Die Unterklasse ist für die Oberklasse geopfert, aber wahrhaftig, sie hat sich gutwillig geopfert. Sie hat das Recht, ihre Rechte zurückzunehmen, aber sie soll es selbst tun. Niemand gibt seine Stellung gutwillig auf; darum darf die Unterklasse nicht darauf warten, dass Könige oder Oberklasse es tun. Reißt uns herunter! Aber alle auf einmal!

Will ein Aufgeklärter aus der Oberklasse dabei helfen, so können die Unteren dankbar sein, zumal eine solche Hilfe immer der Beschuldigung unreiner Motive ausgesetzt ist. Die Unterklasse sollte daher die Motive ihrer Helfer nicht so genau beschnüffeln: das Ergebnis der Handlung wird immer das gleiche für sie. Das scheint die höchste Oberklasse eingesehen zu haben: darum hält sie immer den aus der Oberklasse, der mit der Unterklasse stimmt, für einen Verräter. Er ist ein Verräter gegen seine Klasse, das ist wahr, das müsste ihm aber die Unterklasse in Rechnung setzen.

Johan war nicht so sehr Aristokrat, dass er das Wort Pack benutzte oder die Armen verachtete. Er stand durch seine Mutter in zu naher Verwandtschaft mit ihnen, aber ihnen war er ein Fremder. Das war die Schuld der Klassenerziehung. Diese Schuld kann für die Zukunft aufgehoben werden, wenn die Volksschule reformiert wird, indem man die bürgerlichen Kenntnisse aufs Programm setzt, und obligatorisch für alle ist, von der man sich nicht freikaufen kann. Dann wäre es ja keine Schande mehr, Volksschullehrer zu werden, wie es jetzt tatsächlich eine ist: sogar als Vorwurf und Beschimpfung wird es benutzt, dass man Volksschullehrer gewesen ist. Dieser Kummer wäre dann vorüber; daraus geht hervor, dass die Reformen der Gesetze vorangehen müssen; nachher werden wir selbst reformiert werden.

Um sich obenzuhalten, verlegte er sich auf seine zukünftige Arbeit. Jetzt konnte er Bücher kaufen, und er kaufte sie. Mit seiner italienischen Grammatik, die er zwischen den Stunden auf dem Schulhof lernte, glaubte er sich gleichsam obenzuhalten. Er war so ehrlich, dass er diese Bemühungen, hinaufzuklettern, nicht in einen idealen Durst nach Erkenntnis oder in ein höheres Streben für die Menschheit umdichtete. Wenn er auch zuweilen von Verzweiflung niedergedrückt wurde, er bildete sich nicht ein, im Himmel einige gutmütige Professoren zu treffen. Er studierte für die Doktorprüfung, das war die Sache.

Aber die schwache Diät in Upsala, das schlechte Mittagessen, die Milch und das Brot hatten ihm die Kraft genommen; dabei war er in der genusssüchtigen Zeit der Jugend. Zu Hause war es langweilig, und abends saß er im Café oder in der Kneipe, wo er Freunde traf. Die starken Getränke gaben ihm Kraft, und er schlief gut danach.

Dieses Verlangen nach Alkohol scheint regelmäßig im mannbaren Alter eines jeden Jünglings aufzutreten. Er, wie das ganze Geschlecht, ist ja von Trinkern geboren, Glied von Glied seit der ältesten Heidenzeit, als Bier und Meth getrunken wurden: wie sollte da nicht das Verlangen Bedürfnis werden? Bei Johan war es ein Bedürfnis; wenn er es unterdrückte, so war die Folge, dass sich seine Kräfte verminderten. Und fragen kann man, ob die Enthaltsamkeit in Getränken nicht dieselben Gefahren für uns haben mag, wie für den Arsenikesser der Entschluss, das Gift nicht mehr zu benutzen. Wahrscheinlich wird die sonst lobenswerte Bewegung mit Mäßigkeit schließen: das wäre eine wirkliche Tugend und nicht eine Kraftprobe, die Prahlerei und Selbstgefälligkeit zur Folge hat.

Johan begann jetzt auch, sich fein zu kleiden, nachdem er bisher nur abgelegte Kleider aufgetragen hatte. Das Gehalt kam ihm so unglaublich groß vor, dass es in seiner vergrößernden Fantasie unerhörte Dimensionen annahm. Die Folge war, dass er bald Schulden hatte. Schulden, die wuchsen und wuchsen und niemals bezahlt werden konnten, wurden der Geier, der an seinem Leben hackte, der Gegenstand seiner Träume, der Wermut seiner Freuden. Welche Leichtgläubigkeit, welch außerordentlicher Selbstbetrug lag doch hinter diesem Schuldenmachen! Was hoffte er? Den Doktor zu machen? Und dann? Lehrer zu werden mit einem Gehalt von 750 Kronen; das war weniger, als er jetzt hatte.

Nicht am wenigsten quälend war, sein Gehirn den Auffassungsgaben der Kinder anzupassen. Das bedeutete auch, sich auf das Niveau der Jüngeren und Unverständigeren herablassen; den Hammer so weit niederschrauben, dass er den Amboss traf, wodurch die Maschine beschädigt wurde.

Wirklichen Gewinn brachten dagegen die Beobachtungen in den Wohnungen der Kinder, die er als Lehrer am Sonntag aufsuchen musste. Ein Junge war der schwierigste von allen. Er war schmutzig und schlecht gekleidet; war ungekämmt; grinste beständig; konnte sich erlauben, ungenötigt und geräuschvoll zu stinken; wusste niemals seine Aufgaben und kriegte immer Schläge. Er hatte einen zu großen Kopf mit Glotzaugen, die unaufhörlich schielten und rollten. Johann musste seine Eltern aufsuchen, um sich nach seinem unregelmäßigen Schulbesuch und unordentlichen Betragen zu erkundigen. Er wanderte also nach der Apfelbergstraße, in der die Eltern eine Kneipe hatten. Der Vater war auf Arbeit gegangen; aber die Mutter stand hinter dem Ladentisch. Die Kneipe war dunkel und stank; Männer füllten sie, die drohend auf den eintretenden Herrn sahen, den sie wahrscheinlich für einen Geheimpolizisten hielten. Johan sagte der Mutter, was ihn herführe, und er durfte hinter den Ladentisch kommen, um in die Kammer zu gelangen. Er brauchte nur das Zimmer und dessen Lage zu sehen, um zu verstehen. Die Mutter schalt den Jungen bald, bald entschuldigte sie ihn; und das letzte konnte sie. Das Kind pflegte Reste zu trinken. Das war die Lösung, und die genügte. Was war dabei zu machen? Die Wohnung ändern, ihm bessere Nahrung geben; eine Bonne, die ihn überwachte – alles Geldfragen!

Dann kam Johan ins Armenhaus von Klara, das von alten Armenhäuslern geräumt und während des Mangels an Wohnungen vorläufig Familien geöffnet war. In einem großen Saale lagen und standen wohl ein Dutzend Familien, die den Boden mit Kreidestrichen geteilt hatten. Da stand ein Tischler mit einer Hobelbank; dort saß ein Schuhmacher mit seinem Tisch; ringsherum auf beiden Seiten des Kreidestrichs kribbelten Kinder und Frauen; der Kreidestrich war zu schmal, um zu verbergen, was verborgen zu werden pflegt.

Was konnte Johan da machen? Bericht erstatten über eine bekannte Sache, Holzmarken austeilen, Essen und Kleider anweisen.

Dann stieß er auf die stolze Armut oben in den Bergen des Viertels Königsholm. Dort wurde er hinausgewiesen.

»Wir brauchen uns gottlob noch nicht an die Armenpflege zu wenden. Wir stehen uns gut!«

»So? Dann dürfen Sie aber Ihr Kind im Winter nicht in zerrissenen Schuhen gehen lassen.«

»Das geht Sie nichts an, Herr!«

Damit wurde die Tür zugeschlagen.

Oft gab es schauerliche Szenen. Das Kind krank, das Zimmer von den Schwefeldämpfen des Koks erfüllt, alle hustend, von der Großmutter bis hinab zum Allerjüngsten. Was konnte Johan dabei tun? Ihm wurde schlecht zumut, und er floh! Ein andres Heilmittel als Armenpflege gab es damals nicht, und die Literatur, die das Elend schilderte, konnte nur beklagen; von einer Hoffnung wusste man nichts. Darum hatte man nichts anderes zu tun als zu beklagen, für den Augenblick zu helfen und zu fliehen, um nicht zu verzweifeln.

Diese Beschäftigung lag wie eine drückende Wolke auf ihm, und er verlor die Lust zur Arbeit. Hier war etwas verkehrt, das fühlte er, aber es konnte ja nicht besser werden; das sagten alle Zeitungen und Bücher, und die Menschen auch. Es sollte wohl so sein. Das Emporklettern stand ja jedem frei! Klettere doch auch!

An den Nachmittagen studierte Johan und ergänzte die lebenden Sprachen durch Italienisch. Er hatte erfahren, dass man Boccaccios »Dekameron« übersetzen müsse. Das ist ein sonderbares Prüfungsbuch, dachte er. Es enthielt recht unmittelbare Aufforderungen zur Unsittlichkeit und machte sich über die Männer, die von ihren Frauen betrogen wurden, lustig. Sehr unterhaltend war es gerade nicht. Es hatte auch andere Seiten, die Johan aus der Literaturgeschichte kannte. Es war ein Oppositionsbuch gegen das Mönchsleben des Mittelalters, geschrieben gegen Ende des Mittelalters, und es machte sich über die Ehe lustig. Boccaccio scheint zuerst die lächerliche Stellung des Ehemanns durchschaut zu haben: der hat die Familie zu versorgen und seine Vaterschaft ist nicht immer ganz zweifellos, nachdem die Frau dem Manne die Arbeit aufgebürdet und ihn allein für alle ihre Kinder verantwortlich gemacht hat. Es ist also eine Satire auf das köstliche Patriarchat, das die Frau zu ihrem Vorteil gegen das vernünftigere und ursprünglichere Matriarchat eingetauscht hat. Während sie die Unterdrückte zu sein schien, wählte sie die günstigere Stellung, indem sie sich keine anderen bürgerlichen Rechte vorbehielt als die Befehlshaberstellen der Kaiserin, Königin, Äbtissin, Mutter und Madonna.

Indessen schien diese franke Behandlung geschlechtlicher Geschichten dem Trieb Sanktion zu geben, und jetzt säte er seinen Wildhafer nach allen Seiten aus. Er hatte gewöhnlich zu gleicher Zeit drei Flammen. Eine große heilige reine, wie er sie nannte, aus der Entfernung, mit Heiratsplänen im Hintergrunde; also ein Ehebett, aber rein. Dann eine kleine Liebelei mit einem Wirtshausmädchen. Schließlich die ganze große Freischar: blonde, braune, rothaarige, schwarze. Es sah aus, als wachse die Reinheit des Gefühls im Verhältnis zur Schwierigkeit, aber auch mit dem Bildungsgrad. Eine wirkliche Liebe kann wohl nur zwischen Personen derselben Klasse entstehen. Auch die Liebe ist eine Klassensache geworden, obwohl sie schließlich dieselbe Sprache in allen Klassen hat.

Johan hatte ein Jahr lang eine Verbindung mit einer Kellnerin unterhalten. Da er Frauen immer mit einer gewissen Achtung behandelte und nicht eher brutal wurde, bis die Situation reif war, begann das Mädchen eine Neigung zu ihm zu fassen, schien an ernste Absichten zu glauben, obwohl er nichts dergleichen andeutete, noch irgendwelche Versprechungen gab. Es bewilligte jede Gunst, nur die letzte nicht. Es war ein entnervendes Leben, und Johan beklagte sich einem Freunde gegenüber.

»Du bist zu schüchtern«, sagte der Freund. »Die Mädchen lieben nun einmal kühne Männer.«

»Aber ich bin nicht schüchtern«, beteuerte Johan.

»Aber du bist es anfangs gewesen. Man muss sofort seine Absichten zeigen.«

Es war wirklich zu spät. Diese Beobachtung fand er dann oft bestätigt. Wenn es keine Hoffnung auf Ehe gab, dann war es leicht; sonst nicht.

Zwei Jahre verlor er an dieser Neigung, ohne zu einem Ergebnis zu kommen. Oft schien es ganz nahe zu sein. Er durfte sie in der Nacht treffen, auf einer Feuerleiter zum Fenster hinaussteigen, sich mit Kettenhunden herumschlagen, am Zaun die Kleider zerreißen, ohne etwas anderes als halbe Gunst zu erreichen. Es endete mit Tränen und Bitten.

»Ich liebe dich zu sehr!«, sagte sie.

Was sollte das heißen? Oder war sie ganz einfach vor den Folgen bange? Das ist ihm nicht klar geworden.

Die Zeit verging und der Frühling näherte sich. Johans nächster Verkehr war ein Lehrer an der Kunstgewerbeschule, der dichtete und in der Literatur Bescheid wusste, auch musikalisch war. Sie machten ihre Spaziergänge nach dem Wirtshaus »Stallmeisterhof« hinaus, sprachen von Literatur und aßen dort zu Abend. Während Johan seiner Kellnerin den Hof machte, spielte der Lehrer auf dem Piano. Zuweilen leistete der Lehrer sich das Vergnügen, lustige Verse an die Mädchen zu schreiben. Johan war darauf versessen, Verse zu schreiben, aber er konnte es nicht. Das musste angeboren sein und auf einmal kommen, wie die Bekehrung. Er war ganz deutlich nicht berufen. Wie gern wäre er es gewesen! Er fühlte sich von der Natur vernachlässigt, wie mit einem Gebrechen behaftet.

Eines Abends, als Johan mit dem Mädchen plauderte, sagte sie ganz plötzlich zu ihm:

»Freitag ist mein Namenstag. Du wirst mir doch einige Verse schreiben?«

»Ja«, sagte Johan, »das will ich tun.«

Als er dann den Lehrer traf, erzählte er dem sein übereiltes Versprechen.

»Ich werde sie dir schreiben«, sagte der.

Am nächsten Tage lieferte er Johan ein Gedicht ab, das fein ins Reine geschrieben und in Johans Namen verfasst war. Es war durchsichtig unanständig und lustig. Am Morgen des Namenstages wurde es abgesandt.

Am Abend desselben Tages kamen die beiden Lehrer, um zu gratulieren und zu Abend zu essen. Das Mädchen war eine Weile nicht zu sehen, denn sie hatte Gäste zu bedienen. Den Herren wurde gedeckt, und sie fingen an zu essen.

Das Mädchen erschien in der Tür und winkte Johan. Sie sah beinahe ernst aus. Johan stand auf und folgte ihr eine Treppe hoch.

»Hast du diese Verse geschrieben?«, fragte sie.

»Nein«, sagte Johan.

»Das habe ich mir gedacht! Die Büfettmamsell sagt, sie habe sie schon vor zwei Jahren gelesen; da habe sie dieser Lehrer an die alte Marie geschrieben, die ein schlechtes Mädchen war. Pfui, Johan!«

Er nahm seine Mütze und wollte hinausstürzen; aber das Mädchen umschlang ihn mit seinen Armen, um ihn zurückzuhalten, denn es sah, er war leichenblass und außer sich. Er riss sich jedoch los und lief in den Bellevuepark hinaus. Von dort stürmte er in den Wald hinein, indem er die gebahnten Wege verließ. Die Zweige der Büsche schlugen ihm ins Gesicht, Steine rollten ihm um die Füße, erschrockene Vögel flogen auf. Er war vor Scham ganz wild geworden und suchte aus Instinkt den Wald auf, um sich zu verbergen.

Es ist eine merkwürdige Erscheinung: in den Wald laufen ist der höchste Ausbruch der Verzweiflung, ehe der Mensch ins Wasser geht. Der Wald ist das vorletzte, das Wasser das allerletzte. Man erzählt von einem berühmten Dichter dies: Zwanzig Jahre lang sei er populär gewesen, aber bei einer plötzlichen Wendung seiner Dichtung wurde er vollständig unpopulär und von seiner Höhe herabgestürzt. Wie vom Blitz war er getroffen, wurde rasend und schämte sich; verließ die Stadt, um den Wald aufzusuchen. Dort erholte er sich. Der Wald ist die Urheimat der Barbarei und der Feind des Pfluges, also der Kultur. Wenn nun ein Kulturmensch plötzlich seiner Kulturherrlichkeit entkleidet wird, seines so künstlich gewebten Rufes, wird er in einem Augenblick Barbar oder Wild. So lose hängt das Kleid der Kultur auf dem Körper. Wenn ein Mensch verrückt wird, wirft er die Kleider ab. Was könnte also die Verrücktheit sein? Ein Rückgang? Ja, manche halten das Tier auch für wahnsinnig.

Es war Abend, als Johan in den Wald kam. In einem Dickicht legte er sich auf einen großen Steinblock. Er schämte sich, das war der Haupteindruck. Ein empfindlicher Mensch ist sehr viel strenger gegen sich selbst, als andere glauben. Er war unbarmherzig und er geißelte sich. Er hatte zuerst mit geliehenen Federn glänzen wollen, also gelogen; hatte zweitens ein unschuldiges Mädchen in ihrer Tugend gekränkt.

Der erste Punkt der Anklage schloss auch einen zweiten in sich, einen sehr empfindlichen: seine Unfähigkeit als poetische Intelligenz. Er wollte mehr, als er konnte. Er war unzufrieden mit seiner Stellung, die Natur und Gesellschaft ihm angewiesen hatten. Aber (jetzt begann die Selbstverteidigung, nachdem sich das Blut von der Abendkühle beruhigt hatte) man wurde ja immer in der Schule ermahnt, emporzustreben;

man sprach ja lobend von emporstrebenden Naturen; damit erklärte man ja das Missvergnügen mit der zufälligen Stellung für berechtigt. Ja, aber (da kam die Geißel) er hatte ja durch Betrug weiterkommen wollen. Durch Betrug! Dagegen gab es keine Berufung! Er schämte sich. Er war entkleidet, entlarvt; konnte seinen Rückzug nicht decken. Durch Mogelei, Falschheit, Betrug! So war es.

Der älteste Beschreiber Japans erzählt von einem japanischen Mädchen, das buchstäblich vor Scham starb, weil ihr ein natürliches Unglück in einer Gesellschaft passierte. Man kann also vor Scham sterben. Als alter Christ fürchtete Johan am meisten, einen Fehler zu besitzen; und als Mitglied der Gesellschaft hatte er die Furcht, dass dieser Fehler zu sehen sei. Fehler hatte man, das war bekannt, aber es galt für zynisch, sie zu bekennen, denn die Gesellschaft will immer besser scheinen als sie ist. Manchmal aber verlangte die Gesellschaft, man solle bekennen, wenn man Verzeihung erlangen wollte; das war aber nur eine Täuschung, denn die Gesellschaft wollte das Bekenntnis nur, um das Vergnügen der Strafe zu genießen. Die Gesellschaft war sehr trügerisch. Johan hatte sofort bekannt, war bestraft worden, fühlte sich aber doch als Missetäter.

Der zweite Punkt war auch schwierig. Das Mädchen hatte ihn also rein geliebt, und er hatte sie nur besitzen wollen. Wie roh, wie gemein! Wie konnte er glauben, dass eine Kellnerin nicht unschuldig lieben kann! Seine eigene Mutter war ja in derselben Stellung gewesen wie dieses Mädchen! Er hatte sie gekränkt. Schäme dich, schäme dich!

Jetzt hörte er im Park halloen und seinen Namen rufen. Die Stimmen des Mädchens und des Lehrers hallten von den Bäumen wider, er aber antwortete nicht. Einen Augenblick fiel ihm sein ganzes Strafgerät aus den Händen; er wurde nüchtern und dachte: Ich gehe zurück, wir setzen das Abendbrot fort, holen Riekchen und trinken ein Glas mit ihr. Dann ist es vorüber. Aber nein! Er war zu hoch oben, und man kann nicht auf einmal hinabsteigen.

Die Rufe verstummten. Er blieb betäubt liegen und mahlte wieder und wieder an seinem doppelten Verbrechen. Er hatte gelogen und er hatte ihre Gefühle gekränkt.

Die Dunkelheit senkte sich. Es prasselte in den Büschen; er fuhr zusammen, geriet in Angstschweiß. Dann ging er weiter und setzte sich auf eine Bank. Dort saß er, bis es taute. Er fror und war feucht. Stand auf und ging heim.

Jetzt war sein Kopf klar, und er dachte. Wie dumm, diese ganze Geschichte! Es war ja nicht meine Absicht, dass sie mich für den Dichter halten sollte; ich war ja bereit, sie den Zusammenhang wissen zu lassen. Es war ja nur ein Scherz. Und ihre Gefühle, hm, so rein waren sie gerade nicht gewesen, als ich zu ihrem Fenster hinauskletterte. Übrigens dieser Lehrer hatte ihn ja auch angeführt. Aber das war einerlei!

Als er auf seine Kammer kam, lag der Lehrer in Johans Bett und schlief. Er wollte aufstehen, aber Johan sagte Nein. Er wollte sich noch einmal geißeln. Er legte sich auf die Erde, nahm eine Zigarrenkiste unter den Kopf und breitete einen Scharfschützenmantel über sich.

Als er am nächsten Morgen erwachte, fragte Johan mit zitternder Stimme:

»Wie hat sie es aufgenommen?«

»Sie hat gelacht, dann haben wir Punsch getrunken, und dann war es vorüber. Sie fand die Verse ganz festlich!«

»Sie hat gelacht? War sie nicht böse?«

»Durchaus nicht!«

»Und doch hat sie mir gegenüber immer die Tugendhafte gespielt!«

»Ja, du hast sie immer zu sentimental genommen. Dieser lange Hornberg sagte neulich, es sei nicht so weit her mit Riekchens Tugend. Er hätte sie haben können ...«

»Was? Hornberg?«

»Jaja! Er hat sie nicht bekommen, aber jedenfalls ... Du weißt, sie ist früher bei den ›Wildkatzen‹ gewesen, und da ...«

Johan wollte nicht mehr hören. Und um diese Kleinigkeit hatte er eine entsetzliche Nacht durchlitten. Er schämte sich zu fragen, ob sie nicht um ihn unruhig gewesen seien. Aber da sie Punsch getrunken und gelacht hatten, war es wohl nicht so ernst gewesen! Nicht einmal unruhig um sein Leben!

Er kleidete sich an und ging zur Schule.

Die egoistische Selbstkritik des Christentums hatte Johan daran gewöhnt, sich mit seinem Ich zu beschäftigen, es zu hätscheln; sich mit ihm zu befassen, als sei es eine andere geliebte Person. So gut gepflegt, wuchs das Ich und sah immerfort nach innen, statt nach außen auf die Welt zu sehen. Es wurde eine interessante persönliche Bekanntschaft, ein Freund, dem geschmeichelt werden, der aber auch die Wahrheit hören und korrigiert werden musste.

Es war die Krankheit der Zeit, in ein System gebracht von Fichte, nach dem alles im Ich und durch das Ich war; ohne das Ich gab es keine Wirklichkeit. Das war die Formel für die Romantik und den subjektiven Idealismus. »Ich stand am Ufer bei der Königsburg«, »Ich wohne tief im Berge«, »Ich kleiner Knabe wache am Tor«, »Ich denke der holden Tage« hatten alle denselben Ton. War diese »Ichheit« denn so hochmütig? War nicht das Ich des Dichters bescheidener als das königliche Wir des Journalisten?

Der heutige Realismus hat dieses bescheidene Ich wieder aufgenommen, das »für meinen geringen Teil« bedeutet. Gleichzeitig hat die naturwissenschaftliche Philosophie »so scheint es mir« gegen »so ist es« vertauscht. Ist es wirklich so? Ja, dann haben wir einen Fortschritt auf die Wahrheit zu gemacht, das heißt auf die Entdeckung, wie es sich wirklich verhält. Ist es nicht so, dann haben wir, Gott sei uns gnädig, eine neue Theologie auf dem Halse.

Dieses Versinken ins Ich oder die neue Kulturkrankheit, von der jetzt (1886) geschrieben wird, ist wohl bei allen Menschen, die nicht mit dem Körper gearbeitet haben, konstant gewesen. Das Gehirn ist nur ein Impulsorgan für die Muskeln. Wenn nun die Impulse des Gehirns beim Kulturmenschen nicht auf die Muskeln wirken, niemals ihre Kraft ausgeben können, wird das Gleichgewicht erschüttert, wie bei dem unbefriedigten Geschlechtstrieb. Das Gehirn bekommt Träume; von Säften überfüllt, die nicht in Muskeltätigkeit kommen können, setzt es die unwillkürlich um, in Systeme, Gedankenverbindungen, in Maler-, Bildhauer-, Dichterhalluzinationen. Geschieht kein Abfluss, so kann Stockung eintreten, heftige Ausbrüche, Depression, schließlich Wahnsinn. Die Schule, die ein solcher Vorkursus zum Irrenhaus ist, musste zum Turnen als Korrektiv greifen. Aber mit welchem Erfolge? Es besteht kein Zusammenhang zwischen der Gehirntätigkeit des Lernens und der Muskeltätigkeit des Turnens; die gehorcht ja durch das Kommandowort nur einem fremden Willen.

Alle studierenden Jünglinge bekommen solches Steigen nach dem Gehirn. Dass diese aus Instinkt oft auf Verbesserung oder Verschönerung der Gesellschaft ausgehen, ist ein Glück; besser aber würde es sein, wenn das Gleichgewicht wiederhergestellt würde, und eine gesunde Seele in einem gesunden Körper wohnte. Man hat das Heilmittel gesucht, indem man körperliche Arbeit in den Schulen einführte. Besser wäre es wohl, den ersten Unterricht ins Haus zu verlegen, die Schule zu einer Mitbürgerschule zu machen, und dann jeden für sich selbst sorgen zu lassen. Übrigens wird die Emanzipation der Unterklasse die Kulturmenschen zu etwas körperlicher Arbeit zwingen, die jetzt von den Haussklaven verrichtet wird; dann wird wohl Gleichgewicht eintreten. Dass die Intelligenz darunter nicht leidet, wird man glauben, wenn man sieht, dass die stärksten Geister der Zeit wenigstens Nebenbeschäftigungen gehabt haben: wie Mill, der Beamter; Spencer, der Ingenieur; Edison, der Telegrafist war.

Die Studentenzeit, die ungesundeste Zeit, weil nicht diszipliniert, ist auch die gefährlichste. Das Gehirn soll aufnehmen, unaufhörlich aufnehmen, aber niemals abgeben, nicht einmal in geistiger Produktion, während gleichzeitig das ganze Muskelsystem brachliegt.

Bei Johan war zu dieser Zeit eine Überproduktion von Gedanken und Fantasie vorhanden. Und die mechanische, sich beständig in denselben Kreisen bewegende, mit gleichen Fragen und Antworten angeordnete Schularbeit gab keinen Abfluss. Sie vermehrte im Gegenteil seinen Vorrat der Beobachtungen von Kindern und Lehrern. Da lagen Materialsammlungen von Erfahrungen, Beobachtungen, Kritik, Gedanken in einer ungeordneten Masse und gärten. Er suchte darum Gesellschaft auf, um sich aussprechen zu können. Als das aber nicht reichte und er niemanden fand, der immer den Resonanzboden hergeben konnte oder wollte, fing er an zu deklamieren.

Das Deklamieren war Ausgang der 1860er Jahre sehr in Mode gekommen. In den Familien las man Runebergs Tragödie »Die Könige von Salamis« vor; auf Konzerten, die damals zahlreich, besonders von Scharfschützen veranstaltet wurden, deklamierte man. Und beinahe immer dieselben Stücke! »Asenzeit«, »Milchstraße«. Sehlstedt und so weiter. Die Deklamation war im Begriff zu werden, was der Quartettgesang gewesen: ein Abfluss all der Begeisterung, der hoffnungsvollen Freude, die auf die nationale Erweckung von 1865 gefolgt war. Da der Schwede weder geborener noch erzogener Redner ist, wurde er Sänger und Deklamator; vielleicht auch weil sein Mangel an Originalität den fertigen Ausdruck suchen muss. Ausführend, aber nicht schöpferisch.

Der gleiche Mangel an Eigenem zeigte sich auch im Junggesellenleben, in dem die Anekdotenerzählung blühte. Diesen schlechten und langweiligen Zeitvertreib hat man aufgegeben, da man aus den neuen Fragen des Tages Stoff genug für Gespräch und Erörterung erhält.

Eines Tages kam Johan zu seinem Freunde dem Elementarlehrer hinauf, bei dem er andere junge Lehrer traf. Als das Gespräch zu stocken anfing, griff der Freund nach einem Band Schiller, der damals in einer neuen wohlfeilen Auflage erschienen war und hauptsächlich dieses billigen Preises wegen gekauft wurde. Er schlug die »Räuber« auf und man las. Johan erhielt Karl Moors Rolle. Die erste Szene des ersten Aktes ist zwischen dem alten Moor und Franz. Dann kam die zweite Szene. Johan las: »Mir ekelt vor diesem tintenklecksenden Säkulum, wenn ich in meinem Plutarch lese von großen Menschen ...«

Johan kannte die »Räuber« nicht, hatte sie niemals spielen sehen. Er las zuerst zerstreut, aber während er las, begann er aufzuleben. Das waren neue Töne. Seine dunklen Träume waren in Worte umgesetzt, seine revoltierende Kritik in Druck. Es gab also einen andern Menschen, und zwar einen großen berühmten Dichter, der den gleichen Ekel vor der ganzen Schul- und Universitätsbildung empfunden; der lieber ein Robinson oder Straßenräuber sein, als sich in diese Armee, die Gesellschaft heißt, einschreiben lassen wollte.

Johan las weiter; die Stimme zitterte, die Wangen wurden heiß, die Brust arbeitete schwer. »Da verrammeln sie sich die gesunde Natur mit abgeschmackten Konventionen ...«

Da stand ja alles zu lesen, alles!

»Und das ist Schiller?«, rief er aus. Derselbe Schiller, der die elende Geschichte des Dreißigjährigen Krieges und das zahme Theaterstück »Wallenstein« geschrieben hat, die man in der Schule liest! Ja, es war derselbe.

Hier war der Aufruhr gepredigt; der Aufruhr gegen Gesetze, Gesellschaft, Sitten, Religion. Das war die Revolution von 1781, also acht Jahre vor der großen Revolution. Das war das Programm der Anarchisten hundert Jahre vor ihrer Zeit, und Karl Moor war der Nihilist. Das Drama erschien mit einem Löwen auf dem Titel und dem Motto: »In Tyrannos«. Der Dichter, damals zweiundzwanzig, musste fliehen. An der Absicht des Stückes war also nicht zu zweifeln. Es trug auch ein zweites Motto, aus Hippokrates, das die Absicht ebenso deutlich zeigt: »Was Arznei nicht heilt, heilt das Eisen; was Eisen nicht heilt, heilt das Feuer«.

Ist das nicht deutlich genug? Dann aber war da ein Vorwort, in dem der Dichter um Entschuldigung bittet und zurücknimmt. Er leugnet, Franzens Sophismen zu teilen; erklärt, dass er das Laster in Karl habe strafen wollen. Und dann sagt er über die Religion: »Auch ist jetzt der große Geschmack, seinen Witz auf Kosten der Religion spielen zu lassen (wie Voltaire und Friedrich der Große), dass man beinahe für kein Genie mehr passiert, wenn man nicht seinen gottlosen Satyr auf ihren heiligsten Wahrheiten sich herumtummeln lässt ... Ich kann hoffen, dass ich der Religion und der wahren Moral keine gemeine Rache verschafft habe, wenn ich diese mutwilligen Schriftverächter in der Person meiner schändlichsten Räuber dem Abscheu der Welt überliefere.«

War nun Schiller wahr, als er das Drama schrieb, und falsch, als er das Vorwort schrieb? Gleich wahr in beiden Fällen, denn der Mensch ist ein Doppelgänger, tritt bald als Naturmensch, bald als Gesellschaftsmensch auf. Am Schreibtisch, in der Einsamkeit, als die stillen Buchstaben niedergeschrieben wurden, scheint Schiller wie andere, besonders junge Dichter unter dem Einfluss des blinden Spiels der Naturtriebe gearbeitet zu haben, ohne auf das Urteil der Menschen Rücksicht zu nehmen, ohne an ein Publikum oder Gesetze und Verfassungen zu denken. Die Hülle wurde einen Augenblick gehoben, und der Betrug der Gesellschaft in seiner ganzen Größe durchschaut. Das Schweigen der Nacht, in der die Arbeit, besonders bei der Jugend, betrieben wird, erinnert nicht an das lärmende, kunstvoll zusammengesetzte Leben draußen; das Dunkel verhüllt diese Steinmassen, in die sich schlecht angepasste Tiere niedergelassen haben. Dann kommt der Morgen, das Tageslicht, der Straßenlärm, die Menschen, die Freunde, die Polizei, die Glockenschläge, und der Seher bebt vor seinen Gedanken. Die öffentliche Meinung erhebt ihr Geschrei, die Zeitungen schlagen Lärm, die Freunde verlieren sich, es wird einsam um einen, und ein unwiderstehliches Entsetzen packt den Angreifer der Gesellschaft. Willst du nicht mit uns sein, sagt die Gesellschaft, so geh, geh hinaus in den Wald. Bist du ein schlecht angepasstes Tier oder ein Wilder, so deportieren wir dich nach einer niedrig stehenden Gesellschaft, in die du passest.

Und die Gesellschaft hat von ihrem Standpunkt aus recht und bekommt leider recht. Aber die künftige Gesellschaft feiert den Empörer, den einzelnen, der eine Verbesserung der Gesellschaft angeregt hat; lange nach seinem Tode bekommt der Empörer recht.

Im Leben eines jeden wachen Jünglings tritt ein Augenblick ein, gerade beim Übergang von der Familie zur Gesellschaft, in dem das ganze künstliche Kulturleben ihn anekelt und er losbricht. Bleibt er dann in der Gesellschaft, so wird er von allen diesen vereinigten Dämpfern der Gefühle und des Brotes bald unterdrückt; er wird müde, wird geblendet, gibt den Kampf auf und überlässt die Fortsetzung andern Jünglingen. Dieser unbeirrte Blick auf die Dinge, dieser Ausbruch einer gesunden Natur, der sich notwendigerweise bei dem unverkümmerten jungen Manne finden muss, der dann von der Gesellschaft getrübt, gedämpft wird, ist mit einem Namen gestempelt worden, der den Wert der guten Absichten des Jünglings verringern soll. Man spricht von »Frühlingsflut« und will damit sagen, es sei nichts anderes als eine Kinderkrankheit, die vorübergeht; eine Saftsteigung, die Blutstockung und Schwindel hervorruft. Wer weiß, ob der Jüngling nicht richtig sah, ehe die Gesellschaft ihm die Augen ausstach? Und warum dann den Geblendeten höhnen?

Schiller musste in den Staat hineinkriechen und Brotstellen annehmen, um leben zu können. Sogar das Gnadenbrot von Herzögen essen. Darum ging es mit seiner Dichtung immer mehr abwärts, wenn auch nicht aus ästhetischem oder untergeordnetem Gesichtspunkt. Aber seinen Tyrannenhass kann er doch nicht verleugnen. Der schlägt jetzt nieder auf Philipp von Spanien, Doria von Genua, Geßler von Österreich; darum hören aber die Schläge auf zu wirken. Schillers Opposition, die sich zuerst gegen die ganze Gesellschaft richtete, richtet sich später gegen die Monarchie allein. Und er beschließt seine Laufbahn auch mit diesem Rat an einen Weltverbesserer (jedoch nachdem er auf die große Revolution die Reaktion hatte folgen sehen):

Nur für Regen und Tau und fürs Wohl der Menschengeschlechter
lass du den Himmel, Freund, sorgen wie gestern so heut.

Der Himmel, der unglückselige alte Himmel sollte dafür sorgen, ebenso *gut* wie früher.

Wie man einmal seiner Wehrpflicht genügt im Alter von zwanzig Jahren, so genügte Schiller seiner. Wie viele haben sich nicht davon gedrückt!

Johan nahm es nicht so genau mit dem Vorwort und dessen Folgerungen oder sah die nicht; er nahm Karl Moor wörtlich und identifizierte sich mit ihm, denn der passte ihm. Er ahmte ihn nicht nach, denn er war ihm so ähnlich, dass er ihm nicht nachzuäffen brauchte. Ebenso aufsässig, ebenso schwankend, ebenso unklar; immer bereit, bei Alarm sich den Händen der Gerechtigkeit zu überliefern.

Der Lebensüberdruss wurde noch größer; er begann Pläne zu entwerfen, wie er aus der geordneten Gesellschaft fliehen könne. Einmal war er darauf verfallen, nach Algier zu reisen und in die Fremdenlegion einzutreten. Es wäre schön, dachte er, in der Wüste leben zu können, in einem Zelt, auf halb wilde Volksstämme schießen und vielleicht erschossen werden. Diese Unruhe und dieser Lebensekel rührten nicht etwa von der Unterdrückung seines geschlechtlichen Lebens her, denn jetzt versagte er seinen Trieben nichts mehr. Es war wohl die Frühlingsflut, die alle Dämme und Pfahlwerke, die Schule und Elternhaus errichtet hatten, niederriss.

Zur rechten Stunde aber traten Umstände ein, die ihn für eine Zeit wieder mit den Verhältnissen aussöhnten. Durch die Empfehlung eines Freundes wurde ihm die Stelle eines Hauslehrers für zwei Mädchen in einem reichen und gebildeten Hause angeboten. Die Kinder sollten nach neuen freisinnigen Methoden erzogen werden, weder ins Mädchenpensionat gehen noch eine Gouvernante haben. Das war ein wichtiger Beruf, dem sich Johan nicht gewachsen fühlte. Auch, wandte er ein, ein Volksschullehrer? Weiß man nicht, dass ich das bin? Gewiss. Und doch? Man ist liberal in dem Hause! Wie liberal man damals war!

Ein neues Doppelleben begann. Aus der Strafanstalt der Volksschule mit Katechismus und Biblischer Geschichte, mit Armut, Elend und Grausamkeit, ging er um ein Uhr, um Mittag zu essen, das er in einer Viertelstunde verschlang, und war um zwei an Ort und Stelle. Es war damals das feinste Haus in Stockholm, mit Portier, pompejanischem Aufgang, bemalten Flurfenstern. In einem schönen großen hellen Eckzimmer mit Blumen, Vogelbauern, Aquarium sollte er zwei gut gekleideten, gewaschenen und gekämmten Mädchen, die fröhlich waren und sich sattgegessen hatten, Unterricht geben. Und zwar sollte er seine eigenen Gedanken aussprechen dürfen. Der Katechismus war verbannt; man sollte nur ausgewählte Erzählungen aus der Biblischen Geschichte lesen, indem man Leben und Lehre des Idealmenschen freisinnig erläuterte, denn die Kinder sollten nicht konfirmiert, sondern zu neuen Menschen erzogen werden. Und jetzt wurde Schiller gelesen und für »Wilhelm Tell« und das kleine glückliche Land, »das Land der Freiheit«, geschwärmt. Man sog den Saft aus Shakespeares Roheiten, die noch nicht als Unsittlichkeiten gestempelt waren. Johans gesundes Geschlechtsleben machte, dass er über die heiklen Stellen in »Julius Caesar« frei und offen sprechen und auf die wissbegierigen Fragen der frischen Kinder nach den Geheimnissen des Geschlechtslebens bei Pflanzen und Tieren antworten konnte, wenn sie Naturwissenschaft hatten. Er lehrte sie alles, was er wusste; sprach mehr, als er fragte; weckte die Hoffnung auf eine bessere Zukunft bei ihnen und teilte diese Hoffnung selbst.

Hier bekam er einen Einblick in eine Gesellschaftsklasse, die er noch nicht kannte: die des gebildeten und reichen Mannes. Da fand er Freisinn und Mut und Verlangen nach Wahrheit. Unten in der Volksschule war man feige, konservativ, unwahrhaftig. Wären die Eltern der Kinder, auch wenn die Schulbehörde es vorschlug, willig gewesen, die Religion aus der Schule auszuscheiden? Wahrscheinlich nicht! Musste also die Aufklärung von oben kommen? Sicherlich; nicht von ganz oben, sondern von der Republik der Männer der Wissenschaft, welche die Wahrheit suchten. Johan fühlte auch, dass man oben sitzen musste, um gehört zu werden. Also: nach oben streben, oder die Bildung herunterreißen und die Funken unter alle ausstreuen! Es war wirtschaftliche Unabhängigkeit nötig, um freisinnig zu sein; eine Stellung, um seine Worte zu Geltung zu bringen; also auch da Aristokratie.

Es gab damals eine Gruppe junger Ärzte, Gelehrter, Schriftsteller, Abgeordneter, die eine freisinnige Gesellschaft bildeten, ohne sich als Verein zu konstituieren. Sie hielten populäre Vorlesungen; versprachen, keine Orden anzunehmen; hatten freimütige Ansichten über die Staatskirche, schrieben in Zeitungen. Die bekanntesten Namen waren: Axel Key, Nordenskiöld, Christian Lovén, Harald Wieselgren, Hedlund, Viktor Rydberg, Meijerberg, Jolin und mehrere ungenannte. Sie wirkten für sich im Stillen, ohne größeren Lärm zu machen, allerdings mit einer Ausnahme. Nach der Reaktion von 1872 verblassten sie, wurden müde; in eine Partei konnten sie nicht aufgehen; und das war gut, da die agrarische Partei bereits anfing durch den jährlichen Stockholmer Aufenthalt und den Besuch bei Hofe korrumpiert zu werden. Jetzt (1886) gehören sie alle zu der gemäßigt oder vornehm liberalen Partei, soweit sie nicht zu den Gleichgültigen und Müden übergegangen sind; was ganz natürlich wäre, nachdem sie so viele Jahre nutzlos gekämpft hatten.

Durch die Familie seiner Schülerinnen kam Johan in äußerliche Berührung mit dieser Gruppe; sah deren Mitglieder wenigstens aus der Nähe und hörte sie bei Diners und Soupers sprechen. Manchmal dachte er, das seien die richtigen Männer, die es machen würden, indem »sie zuerst aufklären und dann reformieren«. Hier traf er auch den Leiter der Volksschule und wunderte sich, ihn unter den Liberalen zu finden. Aber er hatte ja die Schulbehörde über sich und war so gut wie machtlos. Bei einem fröhlichen Diner, als Johan kühn geworden, fasste er sich ein Herz und wollte mit dem Herrn ein verständiges Wort sprechen. Hier, dachte er, können wir wohl Auguren sein und ein gutes Champagnerlächeln über alles lächeln. Der Vorgesetzte aber wollte nicht lächeln, sondern ersuchte ihn, das Gespräch aufzuschieben, bis sie sich in der Schule treffen würden. Nein, das wollte Johan nicht, denn in der Schule hatten sie, alle beide, andere Ansichten: darum sprach man jetzt von »etwas anderm«. Sowohl Johan wie der Volksschulleiter hatten sich selber reformiert, durften darum aber nicht andere reformieren; das war nur eine Posse von dem, der es versprochen hatte.

Die Schulden wuchsen und die Arbeit vermehrte sich. Von acht bis eins in der Volksschule; Mittag essen und zu den Privatstunden gehen innerhalb einer halben Stunde; atemlos ankommen, während der Verdauung, die in Schlaf überzugehen droht; bis vier Unterricht erteilen; dann nach Hause gehen, um neue Stunden zu geben; am Abend zu den beiden Schülerinnen zurückkehren; nachts für seine Doktorprüfung arbeiten, nachdem er zehn Stunden Unterricht erteilt. Das war Überanstrengung. Der Schüler findet seine Arbeit schwer, aber er ist Wagen, während der Lehrer Pferd ist. Es ist bestimmt schwerer, Lehrer zu sein als an der Schraube oder dem Kran einer Maschine zu stehen, und ebenso einförmig.

Das von Arbeit und gestörter Verdauung betäubte Gehirn musste angeregt werden, die Kräfte mussten ersetzt werden, und er wählte das nächste und beste Mittel: in ein Café gehen, ein Glas trinken, eine Weile sitzen. Es war gut, dass es solche Erfrischungsräume gab, wo junge Leute zu treffen waren, wo Familienväter sich einen Augenblick bei einer Zeitung ausruhen oder in einem Geplauder von »etwas anderm« sprechen konnten.

Während des folgenden Sommers zog er mit einer Sommerkolonie in den Tiergarten hinaus. Dort unterrichtete er die beiden Mädchen einige Stunden allein und einen ganzen Schwarm anderer Kinder außerdem. Es war ein reicher und abwechselnder Verkehr. Die Kolonie war in drei Lager geteilt: das gelehrte, das künstlerische, das bürgerliche Lager. Johan gehörte allen dreien an. Man hat gesagt, die Einsamkeit sei schädlich für die Entwicklung des Charakters (zum Automaten), und man hat gesagt, viel Verkehr sei schädlich für die Entwicklung des Charakters. Man kann alles sagen und alles kann wahr sein; es kommt nur auf den Standpunkt an. Aber für die Entwicklung einer Seele zu einem reichen, freien Leben ist viel Verkehr notwendig. Je mehr Menschen man sieht, mit je mehr Menschen man spricht, desto mehr Gesichtspunkte lernt man kennen, desto mehr Erfahrungen erwirbt man. Jeder Mensch hat immer ein Korn, das seine Originalität ist; jeder einzelne hat seine Geschichte. Johan fühlte sich bei allen wohl. Er sprach gelehrte Dinge mit den Gelehrten, über Kunst und Literatur mit den Künstlern, sang Quartette und tanzte mit der Jugend, unterrichtete die Kinder; botanisierte, segelte, ruderte, schwamm mit ihnen. Wenn er aber einige Zeit im Gewimmel gewesen war, zog er sich in die Einsamkeit zurück, auf einen Tag oder mehrere, um seine Eindrücke zu verdauen.

Die sich wirklich vergnügten, waren die Bürger. Sie kamen von ihrer Arbeit in der Stadt, warfen ihre Bürde ab und spielten am Abend. Alte Großkaufleute warfen Ring, tanzten, spielten Spiele, sangen wie Kinder. Die Gelehrten und Künstler saßen auf Stühlen, sprachen von ihrer Arbeit, wurden von ihren Gedanken wie vom Alp geritten, sahen nie wirklich glücklich aus. Sie konnten sich nicht von der Tyrannei der Gedanken befreien. Die Bürger hatten sich auch ein kleines grünes Gärtchen in ihrem Herzen bewahrt, das weder Gewinnsucht noch Spekulation noch Konkurrenz abbrennen konnte. Etwas Gefühlvolles und Herzliches war ihnen geblieben, das Johan Natur nennen wollte. Sie konnten lachen wie Narren, schreien wie Wilde, gelegentlich sich leicht rühren lassen. Sie weinten auch über das Unglück oder den Tod eines Freundes, umarmten sich in den Augenblicken der Entzückung, konnten über einen schönen Sonnenuntergang hingerissen sein. Die Professoren saßen auf Stühlen und sahen die Landschaft nicht, weil sie eine Brille trugen; ihre Blicke waren nach innen gerichtet, und ihre Gefühle zeigten sie nie. Ihr Gespräch bestand aus Schlüssen und Formeln; ihr Lachen war bitter; bei all ihrer Gelehrsamkeit schienen sie Marionetten zu sein. Ist das etwa ein höherer Standpunkt? Ist es nicht ein Mangel, ein ganzes Gebiet des Seelenlebens brachgelegt zu haben?

Mit dem dritten Lager wurde Johan jedoch am intimsten. Das war ein kleiner Kreis, der aus der Familie eines Arztes und dessen Verkehr bestand. Da sang der berühmte Tenor W., während Professor M. ihn begleitete; da spielte und sang der Komponist J.; da sprach der alte Professor P. von seinen römischen Reisen mit Malern vom alten Stamm. Hier war Gefühlsleben in reichem, aber künstlerischen Maße. Man genoss den Sonnenuntergang, aber man analysierte die Lichtwirkung und die Schlagschatten, sprach von Linien und Werten. Die geräuschvolleren Vergnügungen der Großkaufleute wurden als störend empfunden und ihr Spiel als unkünstlerisch. Für die Kunst, das schöne Spiel, schwärmte man hier. Johan fühlte sich einige Stunden wohl unter diesen liebenswürdigen Menschen; wenn er aber von der Villa nebenan Quartettgesang und Tanzmusik hörte, verlangte er dorthin; da war es bestimmt lustiger.

In einsamen Stunden las er; jetzt erst schloss er wirkliche Bekanntschaft mit Byron. »Don Juan«, den er schon kannte, hatte er nur leichtsinnig gefunden. Der handelte von nichts, und die Naturschilderungen waren unerträglich lang. Das sind nur Abenteuer oder Anekdoten, dachte er. In »Manfred« machte er von Neuem die Bekanntschaft mit Karl Moor, wenn auch in anderer Tracht. Manfred war kein Menschenhasser; er hasste mehr sein Ich und ging in die Alpen, um sich selber zu fliehen, fand sich aber immer neben sich mit seinem Verbrechen; Johan begriff sofort den Gedanken, dass Manfred in verbrecherischem Verhältnis zu seiner Schwester steht. Heute glaubt man, Byron habe dieses Verbrechen, das in Wirklichkeit nicht vorhanden war, durchschimmern lassen, um sich interessant zu machen. Interessant sein wie die Romantiker, zu welchem Preis auch immer, würde man jetzt (1886) übersetzen mit: sich von andern unterscheiden, über die andern hinausstreben. (Dieses ewige Streben!) Das Verbrechen galt für ein Zeichen von Kraft; darum wollte man mit einem Verbrechen prahlen können, aber mit einem, das nicht bestraft wurde; mit Polizei und Gefängnis wollte man nichts zu tun haben. Es lag wohl auch etwas von Opposition gegen Gesetz und Moral in dieser Prahlerei mit einem Verbrechen.

Manfred gefiel Johan, weil er mit dem Himmel und der himmlischen Regierung unzufrieden ist. Wenn Manfred sein Pfui über die Menschen ruft, so gilt es wohl der Gesellschaft, aber die Gesellschaft war noch nicht entdeckt. Keineswegs waren diese, Rousseau und Byron und die andern, unzufriedene Menschenhasser. Altes Christentum ist die Forderung, dass man die Menschen lieben soll. Wenn man sagte, man interessiere sich für sie, wäre das bescheidener und wahrer. Menschen fürchten kann der wohl tun, der im Kampf überlistet und abgetan ist, aber hassen kann sie wohl niemand, da sich ja jeder solidarisch mit der Menschheit fühlt und weiß, dass der Verkehr der größte Genuss des Lebens ist. Byron war ein Geist, der früher geweckt wurde als die andern und der theoretisch die Volksmenge seiner Zeit hassen musste, der aber doch für aller Wohl kämpfte und duldete.

Als Johan sah, dass die Dichtung in ungereimten Versen geschrieben war, begann er sie zu übersetzen; kam aber nicht weit, da er von Neuem entdeckte, dass er keine Verse schreiben konnte. Er war nicht berufen.

Bald schwermütig, bald mutwillig, empfand er oft ein unwiderstehliches Verlangen, im Rausch das brennende Feuer des Gedankens zu löschen und das Gehirn in seinem Laufe anhalten zu lassen. Von Natur schüchtern, fühlte er sich zuweilen getrieben, vorzutreten, aus sich etwas zu machen, Zuhörer zu sammeln, aufzutreten. Wenn er viel getrunken hatte, wollte er deklamieren. Große Gedichte, feierliche. Aber mitten im Vortrag, wenn die Ekstase am größten war, hörte er seine eigene Stimme, wurde schüchtern, verlegen, fand sich lächerlich und schlug plötzlich um, ging in einen niedrigeren Ton über, geriet ins Komische hinein, um mit einer Grimasse zu enden. Er hatte Pathos, aber nur für eine Weile; dann kam die Selbstkritik, und er lachte über seine übertriebenen Gefühle. Die Romantik lag im Blut, aber die nüchterne Wirklichkeit war im Begriff zu erwachen.

Auch Anfälle von Launen und Selbstquälerei verfolgten ihn. So blieb er von einem Mittagessen fort, zu dem er geladen war, lag auf seinem Zimmer und hungerte bis zum Abend. Er schob die Schuld darauf, dass er sich verschlafen.

Der Sommer näherte sich seinem Ende und er sah dem Beginn der Volksschule mit Überdruss und Furcht entgegen. Jetzt war er in Kreisen gewesen, in denen die Armut nie ihr verheertes Gesicht gezeigt hatte; jetzt hatte er den lockenden Wein der Bildung gekostet und die Lust, wieder nüchtern zu werden, verloren.

Seine Schwermut nahm zu, er zog sich auf sich selbst zurück und verschwand aus dem Verkehrskreis. Aber eines Abends klopfte man an seine Tür; der alte Arzt, der sein intimster Verkehr gewesen und in derselben Villa wohnte, trat ein.

»Wie steht es mit dem Humor?«, fragte er und setzte sich nieder wie ein alter väterlicher Freund.

Johan wollte nicht bekennen. Wie sollte er sagen, dass er mit seiner Stellung unzufrieden war? Wie bekennen, dass er Ehrgeiz habe und es in der Welt zu etwas bringen wolle?

Aber der Doktor hatte das alles gesehen und verstanden.

»Sie müssen Arzt werden«, sagte er. »Das ist eine Tätigkeit, die für Sie passt und Sie mit dem Leben in Berührung bringen wird. Sie haben eine lebhafte Fantasie, aber Sie müssen sich über sich selbst klar werden, sonst geht es Ihnen schlecht. Sie haben ja Lust für den Beruf? Nicht wahr? Habe ich recht geraten?«

Er hatte recht geraten. Durch die Berührung mit diesen neuen Propheten, die auf die Geistlichen und Beichtväter gefolgt waren, hatte Johan in ihren praktischen Kenntnissen vom Menschenleben die Höhe menschlicher Weisheit gesehen. Ein Weiser werden, der die Rätsel des Lebens versteht, das war augenblicklich sein Traum. Augenblicklich, denn er wollte eigentlich keine bestimmte Laufbahn einschlagen, auf der er in die Gesellschaft eingeordnet würde. Nicht etwa aus Furcht vor Arbeit, denn er arbeitete mit Leidenschaft und litt unter Müßiggang. Er wollte sich aber nicht in die Listen der Gesellschaft einschreiben lassen, keine Nummer werden, kein Zahnrad, keine Schraubenmutter. Er konnte nicht gezähmt werden. Er wollte draußen stehen und betrachten, lehren und verkünden. Die Laufbahn des Arztes war in gewissem Sinne frei. Er war nicht Beamter, hatte keine Vorgesetzte, saß auf keinem Dienstzimmer, war nicht an den Glockenschlag gebunden. Das war ja ziemlich verlockend, und Johan wurde gelockt. Aber wie sollte das zugehen? Acht Jahre Studium!

Daran hatte der freundliche Mann auch gedacht.

»Wohnen Sie bei uns in der Stadt und unterrichten Sie meine Knaben.«

Das war ja ein reines Geschäft, eine Stellung und keine demütigende Wohltätigkeit. Aber die Schule? Seinen Posten aufgeben?

»Das ist nicht Ihr Platz«, schnitt der Doktor ab. »Jeder soll nach seinen Gaben wirken. Ihre Gaben können nicht in der Volksschule wirken, wo sie den Unterricht, wie ihn die Schulbehörde verlangt, geben sollen.«

Das fand Johan vernünftig, aber die Mönchslehre war ihm so in Fleisch und Blut übergegangen, dass er einen Stachel im Herzen fühlte. Er wollte so gern aus der Volksschule fort, aber ein sonderbares Pflichtgefühl hielt ihn zurück. Dass man ihm Ehrgeiz, einen so menschlichen Trieb, vorwerfen könnte, erregte seine Scham. Und seine Stellung, die war ihm, dem Sohn der Magd, dort unten angewiesen. Aber der Vater hatte ihn ja hinaufgezogen, buchstäblich hinaufgezogen: warum sollte er denn wieder hinunter, um dort unten Wurzel zu fassen?

Er kämpfte einen kurzen, blutigen Kampf; dann nahm er das Anerbieten mit Dank an und verabschiedete sich von der Schule.

13. Der Arzt (1868)

Bei den Heimatlosen, den Israeliten, fand Johan jetzt sein neues Heim. Sofort schlug ihm eine neue Luft entgegen. Keine Erinnerung ans Christentum. Man quälte weder sich selbst noch andere. Kein Tischgebet, kein Kirchenbesuch, kein Katechismus. Was wollen die, welche an die Bedeutung des Christentums in der Entwicklung glauben, von einem Volke sagen, das zweitausend Jahre der Weltgeschichte ohne Christentum gelebt und sich zu einer solchen Kulturhöhe wie die andern erhoben hat, dass es beinahe vollständig in die christliche Gesellschaft hat aufgehen können? Sollte vielleicht die europäische »Weltgeschichte« das Christentum entbehren können: Kirchenversammlungen, Päpste, Inquisition, Dreißigjährigen Krieg, Luther entbehren können? Sollte vielleicht das Christentum ganz einfach eine Periode der Vermenschlichung gewesen sein, die eintreten musste und nur mit der Entstehung der Kirche zusammenfiel, aber nicht von ihr abhängig war? Der Mohammedaner und der Buddhist können ja ebenso human sein wie der Christ, trotzdem die ersten den letzten nur treffen, wenn von Menschlichkeit keine Rede ist: nämlich in Kriegszeit.

Hier ist gut sein, dachte Johan; das sind befreite Menschen, die aus den Kulturen aller Länder das Beste geholt haben, ohne das Schlechte haben mitnehmen zu müssen. Sie waren viel auf Reisen gewesen, hatten Verwandte im Ausland, sprachen alle Sprachen, empfingen Ausländer im Hause. Alle großen und kleinen Angelegenheiten des Landes wurden besprochen und mit den ausländischen Originalen verglichen; dadurch bekam man einen größeren Gesichtskreis und konnte das Vaterländische richtiger einschätzen.

Die patriarchalische Leitung der Familie hatte nicht die Form von Familientyrannei angenommen; im Gegenteil behandelten die Kinder ihre Eltern mehr wie ihresgleichen, und die Eltern waren zärtlich, ohne kleinlich zu sein. In einen unfreundlichen Weltteil verschlagen, von halben Feinden umgeben, suchten die Mitglieder der Familie Schutz beieinander und hielten zusammen. Ohne Vaterland sein, was man für so schwer hält, hat den Vorteil, dass die Intelligenz immer am Leben erhalten wird. Unaufhörliche Wachsamkeit, beständige Beobachtung, neue und reiche Erfahrungen bieten sich dem Wandernden, während der Stillsitzende träge wird und sich auf andere verlässt.

Die Kinder Israel nehmen eine eigentümliche Ausnahmestellung in sozialer Hinsicht ein. Sie haben die Messiasverheißung vergessen und glauben nicht daran. In den meisten Ländern Europas sind sie Mittelklasse geblieben. Unterklasse zu werden, war ihnen wohl verweigert, wenn auch nicht in der Ausdehnung, wie man gewöhnlich glaubt. Oberklasse zu werden, ebenfalls. Darum fühlen sie sich nicht verwandt mit der Unterklasse und auch nicht mit der Oberklasse. Sie sind Aristokraten aus Gewohnheit und Neigung, haben aber dasselbe Interesse wie die Unterklasse: nämlich den Stein, der oben liegt und drückt, abzuheben. Aber sie fürchten den Proletarier, denn der ist religiös verdummt und liebt die Reichen nicht. Darum fliehen die Kinder Abrahams lieber nach oben, als dass sie unten Sympathie suchen.

Zu dieser Zeit, 1868, begann man die Frage, wie weit sich die Rechte der Juden erstrecken, zu erörtern. Alle Liberalen stimmten dafür. Damit dankte das Christentum ab. Taufe, Trauung, Konfirmation, Kirche, alles wurde unnötig für den Bürger einer christlichen Gemeinschaft. Solche scheinbar kleinen Reformen wirken auf den Staat wie der Tropfen auf den Felsen.

Es herrschte deshalb eine fröhliche Stimmung in der Familie, da die Zukunft der Söhne nun heller zu werden schien, als die des Vaters gewesen war, dessen akademische Laufbahn die Gesetzgebung einmal gehindert hatte.

Ein freigebiger Tisch wurde im Hause gehalten; alles war von bester Ware und in reichlicher Menge. Die Dienstboten hielten haus und hatten freie Hände in allem; wurden niemals als Dienstboten behandelt. Das Hausmädchen war Pietistin, durfte es sein, so viel sie wollte. Sie hatte eine gute und humoristische Natur und scherzte, unlogisch genug, mit dem im Hause herrschenden frohen Heidentum. Niemand scherzte dagegen mit ihrem Glauben. Johan selber wurde bald als vertrauter Freund, bald als Kind behandelt; er wohnte mit den Knaben zusammen. Sein Dienst war leicht. Es lag dem Vater mehr daran, dass er den Kindern Gesellschaft leiste, als dass er sie unterrichte. Er wurde hier etwas »verwöhnt«, wie man zu sagen pflegt, mit der gewöhnlichen Auffassung, dass die Jugend zurückgesetzt werden müsse. Erst neunzehn Jahre alt, wurde er als einer ihresgleichen unter bekannte und reife Künstler, Ärzte, Schriftsteller, Beamte aufgenommen. Er begann sich für erwachsen zu halten, und die Rückschläge wurden darum desto härter.

Seine medizinische Laufbahn begann mit chemischen Versuchen auf der Technischen Hochschule. Da bekam er die erträumten Herrlichkeiten seiner Kindheit aus nächster Nähe zu sehen. Aber wie trocken und langweilig waren die Wurzeln der Wissenschaft! Säuren auf Salze gießen und sehen, wie die Lösung ihre Farbe ändert, das war nicht angenehm. Aus einigen Lösungen Salze hervorbringen, nicht sehr interessant. Später, als die Analyse kam, begann das Geheimnisvolle. Einen Becher, so groß wie ein Punschglas, mit einer wasserklaren Flüssigkeit füllen und dann auf dem Filter die vielleicht zwanzig Stoffe, die sie enthält, vorzeigen, das hieß doch etwas in die Geheimnisse eindringen.

Wenn er allein im Laboratorium war, machte er kleine Versuche auf eigene Faust. So stellte er sich unter ziemlich großer Gefahr eine kleine Flasche mit Blausäure her. Die zu haben, war ein merkwürdig angenehmes Gefühl. Der Tod, in wenigen Tropfen unter einem Glaspfropfen eingeschlossen.

Gleichzeitig beginnt er die Studien in Zoologie, Anatomie, Botanik, Physik, Latein. Noch mehr Latein! Lesen, sich eine Übersicht schaffen, den Stoff bezwingen, das ging; aber auswendig lernen, das war ihm zuwider. Der Kopf war schon mit so vielen Dingen erfüllt, dass noch mehr nur schwer hineinging. Aber es musste.

Schlimmer war es, dass so viel anderes jetzt mit der Medizin zu konkurrieren anfing. Das Dramatische Theater lag einen Steinwurf von Hause entfernt; dorthin ging er einige Male in der Woche auf den dritten Rang, Stehplatz. Von dort sah er jetzt die elegante und heitere Welt der französischen Komödie, die man auf Brüsseler Teppich spielte. Diese leichte gallische Natur, die der schwermütige Schwede als sein fehlendes Komplement bewunderte, nahm ihn gefangen. Welches Gleichgewicht, welche Widerstandskraft gegen die Schicksalsschläge besaß doch dieses Volk eines südlicheren, sonnigeren Landes! Seine Gedanken wurden noch schwerer, als er seinen germanischen »Weltschmerz« fühlte, der einen solchen Flor über alles breitete, dass hundertjährige französische Erziehung ihn nicht hatte fortblasen können. Er wusste aber nicht, dass das Bühnenleben der Pariser nicht das Leben ist, das der emsige und sparsame Pariser hinter dem Pult oder dem Ladentisch führt. Die französische Komödie war für die reichen Emporkömmlinge des zweiten Kaisertums geschrieben: Politik und Religion standen unter Zensur, aber nicht Moral. Sie war aristokratisch, wirkte aber befreiend, indem sie die Wirklichkeit packte, wenn sie auch nicht unter Marquis und Kaufleute hinunterstieg. Sie gewöhnte die Zuschauer daran, sich in dieser feinen Welt heimisch zu fühlen; man vergaß dabei die andere niedrigere Welt, und wenn man aus dem Theater kam, glaubte man, auf Souper bei seinem Freunde dem Herzog gewesen zu sein.

Der Zufall wollte auch, dass die Frau Doktor eine gute Bibliothek mit der schönen Literatur der ganzen Welt besaß. Das war ein Schatz! Und der Doktor besaß eine Galerie schwedischer Meister und eine wertvolle Sammlung Kupferstiche.

Die Ästhetik, die jetzt ungehemmt blühte, brach ins Leben und sogar in die Schule ein, in der literarische Vereine Vortrag hielten. In der Familie sprach man so viel von Gemälden und Künstlern, Dramen und Schauspielern, Büchern und Dichtern, dass der Doktor sich oft veranlasst sah, das Gespräch mit einer starken Dosis aus seiner Praxis zu würzen.

Jetzt beginnt Johan auch Zeitungen zu lesen. Das politische und soziale Leben mit seinen mannigfaltigen Fragen offenbart sich ihm, stößt ihn aber zuerst zurück, da er Ästhet und Familienegoist geworden ist. Die Politik gehe ihn nichts an, dachte er; das sei eine Fachwissenschaft wie alle andern.

Seinen Unterricht bei den beiden Mädchen setzte er fort, auch verkehrte er weiter in ihrer Familie. Außer dem Hause verkehrte er mit erwachsenen Verwandten, die Kaufleute waren, und deren Bekannten. Sein Kreis war also ausgedehnt; er sah das Leben nicht von einem Gesichtspunkt. Aber diese unaufhörliche Beschäftigung mit Kindern muss ihn niedergehalten haben. Er fühlte nicht, dass er älter wurde; und er konnte die Jugend nicht überlegen behandeln. Er merkte jetzt schon, dass die Jungen ihm voraus waren; dass sie mit neuen Gedanken geboren wurden; dass sie dort weiter bauten, wo er aufgehört hatte. Wenn er später erwachsene Schüler traf, sah er beinahe zu ihnen auf, als seien sie älter. Sie schienen ihn überholt zu haben, wenn sich auch die Gesichtstäuschung dahin auflöste, dass sie sich selber überholt hatten, wie er sie früher gesehen.

Der Herbst 1868 war da. In den Folgen der neuen Staatsverfassung hatte man sich so verrechnet, dass man missvergnügt war. Die Gesellschaft war auf den Kopf gestellt. Die Bauern bedrohten Stadt und Kultur, und die Erbitterung war allgemein.

Ist das letzte Wort schon gesagt von der Bauernpartei? Wahrscheinlich nicht. Sie begann äußerst demokratisch reformatorisch, und ihr Angriff auf die Zivilliste war das Kühnste, was man gesehen hatte. Das bedeutete, auf gesetzlichem Wege die Monarchie stürzen. Bewilligte der Reichstag so wenig Geld, dass sich der König verletzt fühlte, dann ging er. Das war ebenso einfach als genial.

In einer Zeit, die das Recht der Mehrheit verkündet, hätte man nicht erwartet, dass das Vorgehen der Bauern auf Widerstand stoßen werde. Schweden war ein Bauernreich, denn die Landbevölkerung bestand aus vier Millionen; bei einer Volksmenge von viereinhalb Millionen ist das wohl die Mehrheit. Sollte nun die halbe die vier regieren oder umgekehrt? Das letzte scheint billiger zu sein. Nun sprechen natürlich die Städter von der Selbstsucht und Tyrannei der Bauern. Aber haben denn die Arbeiter auf ihrem Programm einen einzigen Punkt, der die Lage der Bauern, Instleute und Kätner verbessern will? War nicht ihre Selbstsucht größer, als sie den Brotpreis der vierzehn Prozent gegen das ganze Gewerbe und Dasein der sechsundachtzig Prozent durch

Schutzzölle schützen wollten? Wie dumm, von Selbstsucht zu sprechen, da ja jeder einzige dem Ganzen nützen soll, wenn er sich selber nützt! Jetzt, 1868, entdeckten die Missvergnügten eine Partei, die der gesetzlichen und löblichen Mehrheit gegenübergestellt werden sollte und die alle gründlichen Reformen auf ihr Programm schrieb. Das war die neuliberale Partei, die meist aus Schriftstellern bestand, dann aus einigen Handwerkern, einem Professor und andern. Diese Partei wieder erweckte die städtischen Industriearbeiter als einen neu entdeckten Stand. Mit dieser Handvoll Personen, die nicht die größeren und wichtigeren Interessen des Grundbesitzes hatten, deren Stellung so wenig gesichert war, dass eine Teuerung sie zu Proletariern machen konnte, sollte jetzt die Gesellschaft umgeschaffen werden. Was wussten die Arbeiter von der Gesellschaft? Wie wollten sie die haben? Zu ihren Gunsten sollte sie umgeschaffen werden, wenn auch der Bauernstand draufging! Aber das hieß sich die Beine absägen, denn Schweden ist kein exportierendes Industrieland. Daher würden die vier Millionen Kunden auf dem Lande im selben Augenblick, in dem sich ihre Kaufkraft verringerte, ohne es zu wollen, die Industrie ruinieren und die Arbeiter auf die Straße setzen. Dass die Arbeiter vorwärtskommen, ist eine Notwendigkeit; aber alle Menschen, wie die Industriesozialisten es fordern, zu Industriearbeitern machen wollen, ist viel unvernünftiger, als alle Menschen zu Bauern machen, wie die Bauernsozialisten beabsichtigen. Das Kapital, das die Arbeiter jetzt angreifen, ist doch wohl das Fundament der Industrie; rührt man das an, so stürzt die Industrie zusammen; dann müssen die Arbeiter zurück, woher sie gekommen sind und noch täglich kommen – aufs Land.

Noch war die Bauernpartei nicht verdorben durch den Verkehr mit feinen Herren; war weder konservativ geworden noch machte Kompromisse. Der Krieg schien zwischen Land und Stadt auszubrechen. Jedenfalls war Gewitter in der Luft. Die kleinste Veranlassung konnte Blitze hervorbringen, wenn sie auch nur von Bärlappsamen waren.

Die Hauptstadt mit ihrem hohen Interesse für die Kultur wollte Karl XII. eine Statue errichten. Warum? War dieser letzte Ritter des Mittelalters das Ideal der Zeit? War das Idol von Gustav IV. Adolf und Karl XII. ein Ausdruck für die neue unkriegerische Zeit geworden, die begann? War es ein Echo von der Zeit des Skandinavismus, da Er selbst in höchsteigener Person den sterbenden Kriegsruhm Schwedens neu beleben wollte? Oder ging das Ganze, wie es so oft geschieht, vom

Atelier des Bildhauers aus? Wer weiß? Das Standbild war fertig und sollte enthüllt werden. Tribünen für die Zuschauer wurden errichtet, aber so ungeschickt, dass die Feier von der Volksmenge nicht gesehen werden konnte, während der abgesperrte Raum nur den Hof und die Eingeladenen, die Sänger und die Gehilfen fasste. Da das Volk auch zum Denkmal gesammelt hatte, glaubten alle das Recht aufs Schauen zu haben. Die Tribünen machten böses Blut. Man schrieb in den Zeitungen, reichte eine Bittschrift ein, dass die Tribünen abgebrochen würden; die Antwort war aber nein. Das Volk sammelte sich, um die Tribünen niederzureißen; da aber zog Militär auf.

Der Doktor gab ein Diner für die italienische Operngesellschaft. Man war vom Nachtisch aufgestanden, als Laute von der Straße zu hören waren. Zuerst klang's wie Regen, der auf ein Blechdach fällt, dann war deutlich das Massengeschrei zu hören. Johan horchte auf. Es war nichts mehr zu hören. Die Weingläser klangen zwischen italienischen und französischen Phrasen, die über den Tisch hin und her geworfen wurden; Lachen schallte und Witze hagelten; die Fischgesellschaft hörte sich selber kaum. Da aber drang ein Brüllen von der Straße herauf, gleich danach Pferdegetrappel, Gerassel von Waffen und Sattelzeug. Einen Augenblick wurde es still, der eine und der andere erbleichte.

»Was ist das?«, fragte die Primadonna.

»Das Pack lärmt«, antwortete ein Professor.

Johan stand vom Tische auf, ging in sein Zimmer, nahm Hut und Mantel und eilte hinaus. Das Pack! klang's in seinen Ohren, während er die Straße hinunterging. Das Pack! Das waren die früheren Klassengenossen seiner Mutter, das waren seine Schulkameraden und dann seine Schüler; das war dieser dunkle Hintergrund, auf dem die hellen Gemälde dort oben wirken konnten. Er hatte wieder dieses Gefühl, als sei er desertiert; habe unrecht getan, sich in die Höhe zu arbeiten. Aber er musste doch erst in die Höhe kommen, um für die in der Tiefe etwas ausrichten zu können. Ja, so hatten viele gesprochen: waren sie aber erst hinaufgekommen, hatte es ihnen so gut dort oben gefallen, dass sie die dort unten vergaßen. Diese Reiter zum Beispiel, die aus den allerdunkelsten Löchern gekrochen waren, wie brüsteten die sich! Mit welchem ungemischten Vergnügen hieben sie auf ihre Kameraden ein; wenn man auch zugeben musste, dass sie noch lieber die schwarzen Hüte niedergehauen hätten.

Er ging weiter und kam auf den Markt, wo das neue Denkmal stand. Die Tribünen hoben sich vom Abendhimmel ab wie riesige Marktbuden, und unten um sie wimmelte es von Menschen. Aus der Mündung der Straße war Pferdegetrappel zu hören, ein kurzer Schritt nur. Und dort kamen sie angeritten, die blauen Gardereiter, die Stützen der Gesellschaft, auf die sich die Oberen verließen. Johan wurde von einem rasenden Verlangen ergriffen, dieser Masse Pferde, Menschen, Säbel entgegenzugehen, als sähe er in ihnen den ganzen Druck verkörpert. Das war der Feind! Also los auf ihn. Die Truppe reitet weiter, und Johan stellt sich mitten auf die Straße.

Woher hatte er seinen Hass gegen die Aufrechterhalter der Ordnung, die einst ihn und seine Rechte verteidigen würden, nachdem er emporgekommen und auf die andern drückte? Wenn diese Volksmenge, mit der er sich jetzt solidarisch fühlte, freie Hände bekommen, hätte sie vielleicht den ersten Stein durch das Fenster geworfen, hinter dem er eben mit vier Weingläsern gesessen. Gewiss, aber das hinderte doch nicht, dass er ihre Partei ergriff; man sieht ja oft, wie die Oberklasse, allerdings inkonsequent, Partei gegen die Polizei ergreift. Diese abstrakte Freiheitsmanie ist wohl eigentlich des Naturmenschen ewiger kleiner Aufruhr gegen die Gesellschaft.

Er geht der Reiterei entgegen, mit einer dunklen Absicht, sie alle zu Boden zu schlagen, als ihn glücklicherweise jemand beim Arm packt, kräftig, aber freundlich. Man bringt ihn wieder nach Haus zum Doktor, der jemanden ausgesandt hat, um ihn zu suchen. Nachdem er sein Ehrenwort gegeben, diesen Abend nicht mehr hinauszugehen, sinkt er auf ein Sofa nieder und fällt in Fieber.

Am Tage der Enthüllung sang er unter den Studenten mit, befand sich also unter den Auserwählten, den »oberen Zehntausend«, und hatte allen Grund, für sein Teil zufrieden zu sein.

Als die Feier beendet war, stürmte das Volk vor. Die Polizei drängte es zurück. Da aber begann das Volk mit Steinen zu werfen. Die Schutzleute zogen ihre Säbel und hieben ein, verhafteten und misshandelten.

Johan war auf den Platz vor der Jakobikirche gekommen, als ein Kommissär auf einen Kerl einhieb, während es Steine regnete und den Schutzleuten die Helme abgeschlagen wurden. Ohne zu zögern, sprang er auf den Polizisten los, packte ihn beim Kragen, schüttelte ihn und schrie:

»Lassen Sie den Mann los!«

Der Kommissär blickte bestürzt auf den Angreifer.

»Wer sind Sie?«, fragte er zögernd.

»Ich bin der Satan, und ich werde Sie holen, wenn Sie den Mann nicht loslassen.«

Jener ließ wirklich los, aber nur, um Johan zu packen. In diesem Augenblick schlug ihm ein Stein seinen dreikantigen Hut herunter. Johan riss sich los.

Mit Bajonetten wurde jetzt die Volksmasse nach der Wache getrieben, die sich auf dem Gustav-Adolf-Platze befand. Hinterdrein folgten viele Menschen, Herren aus höheren Gesellschaftsklassen, wild, schreiend; wie es schien, fest entschlossen, die Gefangenen zu befreien. Johan lief mit. Es war, als habe ein Sturmwind sie vorwärts geführt. Menschen, die durchaus nicht belästigt, nicht zurückgedrängt worden waren, die eine hohe Stellung in der Gesellschaft einnahmen, stürzten blind vorwärts, setzten Stellung, Familienglück, Brot, alles aufs Spiel. Johan fühlte, wie eine Hand seine fasste. Er drückte sie ebenfalls und sah neben sich einen fein gekleideten Herrn mittleren Alters, dessen Züge verzerrt waren. Sie kannten einander nicht, sie sprachen nicht miteinander, aber sie liefen Hand in Hand wie zwei, die von dem gleichen Geist ergriffen sind. Sie stießen auf einen Dritten. Johan kannte einen Schulkameraden wieder, der schon Beamter war, den Sohn eines Ministers. Dieser junge Mann hatte die Opposition in der Schule niemals mitgemacht, galt im Gegenteil für einen Reaktionär, der eine Zukunft vor sich habe. Er war jetzt weiß im Gesicht wie eine Leiche, die Wangen waren von Blut geleert, die Muskeln lagen dicht am Schädel: er glich einem Totenkopf, in dem zwei Augen brannten. Die drei konnten nicht sprechen, aber sie fassten sich gegenseitig bei den Händen und liefen auf die Wache zu, die gestürmt werden sollte. Die Flutwoge stürmte vorwärts, vorwärts, bis sie sich, wie immer, an den Bajonetten brach, um sich in Schaum aufzulösen.

Eine halbe Stunde später saß Johan mit einigen Studenten bei einem Beefsteak im Opernkeller. Er erzählte sein Abenteuer als etwas, das außerhalb von ihm und ohne seinen Willen geschehen sei. Ja, er scherzte darüber. Das konnte Feigheit gegenüber der öffentlichen Meinung sein; aber auch ganz einfach, dass er seinen Ausbruch objektivierte, ihn jetzt in Ruhe als Mensch der Gesellschaft beurteilte. Die

Luke war einen Augenblick geöffnet worden, der Gefangene hatte seinen Kopf herausgesteckt, dann flog die Luke wieder zu.

Sein unbekannter Mitschuldiger war, wie er später entdeckte, ein durchaus konservativ gesinnter Großkaufmann. Der wich nun Johans Blicken aus, wenn sie sich trafen. Einmal stießen sie auf einem Trottoir zusammen und mussten einander ansehen. Sie lächelten nicht.

Während sie im Opernkeller saßen, kam die Nachricht vom Tode des Dramatikers Blanche. Die Studenten nahmen sie ziemlich kühl auf. Künstler und Bürger wärmer. Aber die Unterklasse sprach von Mord. Sie wusste, dass er wegen der Tribünen persönlich beim König vorstellig geworden war. Sie wusste, dass er immer, obwohl er alles Gute dieser Welt besaß, an sie dachte, und sie war dankbar. Dumme Menschen wandten wie gewöhnlich ein: es war keine Kunst von ihm, sich eine Rede für die Armen zu leisten, da er reich und gefeiert war. War es keine Kunst? Die größte Kunst!

Eigentümlich war, dass sich die ganze Unzufriedenheit gegen den Oberstatthalter und die Polizei entlud, nicht wie sonst gegen den König. Karl XV. war eine Persona grata; er durfte tun, was er wollte, ohne unpopulär zu werden. Er war nicht herablassend oder demokratisch, eher hochfahrend. So erzählte man sich Geschichten, dass Günstlinge in Ungnade gefallen seien, weil sie bei frohem Gelage den Respekt außer Acht gelassen. Er konnte Soldaten Tabak in den Mund stecken, aber er beschimpfte Offiziere, die seinen Launen nicht sofort gehorchten. Bei Feuersbrünsten teilte er Ohrfeigen aus. Lachte nicht, wenn er im Witzblatt karikiert wurde, wie man annahm. Er war der Herrscher und glaubte sowohl Krieger wie Staatsmann zu sein. Griff selber in die Regierung ein, konnte Fachmänner anschnauzen: »Das verstehst du nicht.« Aber er war populär und blieb es. Der Schwede, der darunter zu leiden scheint, wenn ein Wille versagt, bewunderte diesen Willen und beugte sich vor ihm. Eigentümlich war auch, dass der Schwede ihm sein unregelmäßiges Leben verzieh, vielleicht, weil er kein Geheimnis daraus machte. Er hatte sich seine eigene Moral geschrieben, und nach der lebte er. Daher besaß er Harmonie, und Harmonie ist immer ein angenehmer Anblick.

Man konnte Empörer aus Instinkt sein, aber an die notwendige Übergangsform zu einer besseren Staatsverfassung, der Republik, glaubte man nicht. Man hatte in Frankreich gesehen, wie auf zwei Republiken neue Monarchien gefolgt waren. Man war heimlich Anar-

chist, aber nicht Republikaner, und man hatte sich einreden lassen, die Monarchie sei kein Hindernis für die Entwicklung der Freiheit.
So dachten die Jungen. Die Älteren dagegen, wie der Dramatiker Blanche, sahen die ganze Rettung in der Republik. Darum ist die altliberale Schule heute (1886) so etwas wie konservativ republikanisch geworden.

Als der Doktor sah, dass die schöne Literatur seiner Frau Johans medizinische Studien überwucherte, beschloss er, ihn in die Geheimnisse seines Berufes blicken zu lassen; ihm einen Vorgeschmack davon zu geben, der ihm helfen sollte, die langwierigen Vorstudien zu überwinden, die er selbst für zu weitläufig hielt. Johan konnte jetzt mehr Chemie und Physik als der Arzt; und der war der Ansicht, es sei nur Bosheit, durch schwere Vorstudien den Konkurrenten die Laufbahn zu erschweren. Warum nicht sofort wie in Amerika an der Leiche arbeiten, da es doch ein Fachstudium war? So durfte Johan direkt von seinen anatomischen Büchern als Amanuensis in die Praxis übergehen.

Das war ein neues, abwechslungsreiches Leben voller Wirklichkeit. Man fuhr in eine dunkle Gasse, kam in ein Pförtnerzimmer, wo ein Weib im Fieber lag. Trat ans Bett, zwischen arme Kinder, Großmutter und andere Verwandte, die auf Zehen gingen und das Urteil erwarteten. Nahm die muffige, zerlumpte Decke ab, entblößte eine eingesunkene, arbeitende Brust, zählte die Pulsschläge. Dann griff man zu Papier und Feder.

Dann fuhr man in die Villenstraße, wurde auf weichen Teppichen durch glänzende Zimmer in eine Schlafstube geführt, die wie ein Tempel aussah. Hob eine blauseidene Decke, schiente das Bein eines in Spitzen gekleideten, engelhaften Kindes. Betrachtete auf dem Rückweg eine Gemäldesammlung und sprach von Künstlern.

Das war neu, das war interessant. Aber was für einen Zusammenhang hatte das mit Titus Livius und der Geschichte der Philosophie?

Dann aber kamen die chirurgischen Einzelheiten. Man wird um sieben Uhr morgens geweckt, kommt in die schwarze Kammer des Doktors, muss beim Ausbrennen einer Wunde mit Hand anlegen; einer Wunde, die von einer geschlechtlichen Krankheit herrührt. Das Zimmer riecht nach Menschenfleisch und das ist widerlich bei fastendem Magen. Oder muss einem Patienten den Kopf halten, während der Doktor mit einer Gabel Drüsen aus dem Rachen zieht; fühlen, wie der Kopf des Patienten unter dem Schmerz zuckt.

Daran gewöhnt man sich bald, sagte der Doktor, und das war wahrscheinlich. Aber Johans Gedanken waren jetzt bei Goethes Faust, Wielands leckern Romanen, George Sands sozialen Fantasien, Chateaubriands Naturschwärmereien, Lessings verständigen Theorien. Die Fantasie war in Bewegung gesetzt, und das Gedächtnis wollte nicht arbeiten; die Wirklichkeit mit ihren Brandwunden und geronnenem Blut war unschön; die Ästhetik hatte den Jüngling so gefasst, dass das Leben ihm traurig und abstoßend vorkam.

Der Verkehr mit Künstlern hatte seine Augen für eine neue Welt geöffnet: eine freie Gesellschaft in der Gesellschaft. Sie kamen an den reichen und gebildeten Tisch schlecht gekleidet, mit schwarzen Nägeln und unreiner Wäsche, als seien sie nicht nur den andern ebenbürtig, sondern überlegen. Worin? Sie konnten kaum ihren Namen schreiben, sie liehen Geld, um zu bezahlen, sie führten eine rohe Sprache. Alles war ihnen erlaubt, das andern nicht erlaubt war. Warum? Sie konnten malen. Aber das konnte man ja auf der Akademie lernen, und die Akademie fragte nicht, ob alle, die eingeschrieben wurden, auch Genies seien? Wie wusste man also, dass sie Genies waren? War Malen denn mehr als Wissen, Kenntnisse besitzen, gelehrt sein?

Und diese Künstler hatten ein eigenes Moralgesetz, das anerkannt wurde. Sie mieteten sich ein Atelier und ließen sich Frauen kommen, die sich nackt entkleideten. Sie prahlten mit ihren Geliebten, während sich andere ihrer schämten und ihretwegen getadelt wurden. Sie konnten in Geldverlegenheit sein und scherzten darüber, während andere dadurch belastet wurden; ja, es gehörte zu einem richtigen Künstler, ein »Lump« zu sein, wie man es sonst nannte.

Das sei eine heitere, freie Welt, dachte Johan; in der werde er sich wohlfühlen, ohne alle konventionelle Fesseln, ohne Pflichten gegen die Gesellschaft, vor allem aber ohne Berührung mit der langweiligen Wirklichkeit. Aber er war kein Genie; wie sollte er also da hineinkommen? Sollte er malen lernen, um den Freibrief zu erhalten? Nein, das ging nicht; er hatte nie ans Malen gedacht, dazu war er nicht berufen; auch würde die Malerei nicht alles ausdrücken, was er sagen wollte, wenn er einmal zum Sprechen käme. Sollte es etwas sein, *wenn* es etwas sein sollte, so wäre es das Theater. Der Schauspieler durfte vertreten und alle diese Wahrheiten sagen, wie bitter sie auch sein mochten, ohne dafür zur Verantwortung gezogen zu werden. Das war sicherlich eine schöne Laufbahn.

14. Vor dem Vorhang (1869)

Johans Versuch, die Universität Upsala nach Stockholm zu verlegen, sollte nicht ohne Folgen bleiben; die Kameraden hatten ihn ja gewarnt. Als er also zeitig im Frühling nach Upsala fuhr, um seine lateinische Arbeit zu schreiben, hatte er durch die Post an den Dozenten die üblichen drei Probeaufsätze und die festgesetzten fünfzehn Kronen vorausgeschickt. So gelang sein Attentat oder wurde nicht bemerkt, und die Arbeit leistete er.

Jetzt aber im Mai wollte er die Vorprüfung in Chemie machen. Um ganz sicherzugehen, ließ er sich vom Assistenten der Technischen Hochschule prüfen. Der erklärte, er besitze mehr Kenntnisse, als zur medizinischen Prüfung notwendig seien. So vorbereitet, fuhr Johan nach Upsala. Den ersten Besuch machte er bei einem Kameraden, der schon die Vorprüfung in Chemie bestanden hatte und die Geheimnisse kannte.

»Ich kann Synthese und Analyse; auch kenne ich die organische Chemie«, begann Johan.

»Das ist gut, denn wir brauchen nur die Synthese zu kennen; aber das hilft nichts, denn du hast nicht auf *seinem* Laboratorium gearbeitet.«

»Das ist wahr, aber das der Hochschule ist viel besser.«

»Das hilft nichts, denn es ist nicht seins.«

»Wir werden doch sehen, ob Kenntnisse nicht genügen.«

»Wenn du so sicher bist, dann mach den Versuch; aber höre auf das, was ich dir jetzt sage. Zuerst musst du zum Dozenten gehen, um die Fragen kennenzulernen.«

»Was?«

»Für eine Krone paukt er eine Stunde mit dir; er fragt dich alle die merkwürdigeren Fragen, die der Professor während des letzten Jahres gestellt hat. So pflegt er jetzt zu fragen, ob man aus seinem Kadaver Streichhölzchen und Ammoniak aus deinen alten Stiefeln machen könne. Aber die Fragen erfährst du vom Dozenten. Zweitens darfst du nicht in Frack und weißer Binde kommen, am allerwenigsten so fein gekleidet, wie du jetzt bist. Darum will ich dir meinen Reitrock leihen, der auf den Schultern grün und an den Nähten rot ist, und meine Schaftstiefel, denn Stiefeletten liebt er nicht.«

Johan befolgte die Instruktion und ging zuerst zum Dozenten. Der stellte an ihn die Fragen, die zuletzt vorgekommen waren. Zum Entgelt musste Johan versprechen, unter allen Umständen zurückzukehren und die Fragen zu nennen, die er selbst erhalten. Mit denen wollte der Dozent sein Material an Fragen vermehren.

Am nächsten Tage ging Johan zu dem Kameraden, um sein Kostüm anzuziehen. Die Hosen wurden hochgezogen, damit die Schäfte der Stiefel zu sehen seien; der Kragen wurde auf der einen Seite aufgebogen, damit die Haut zwischen Bündchen und Kragen zu sehen war.

So vorbereitet ging er zu seinem ersten Tentamen.

Der Professor der Chemie war ein früherer Fortifikationsoffizier, der seinerzeit von der gelehrten Gilde in Upsala nicht gern empfangen worden. Er war Soldat, nicht akademisch gebildet, also eine Art »Philister«. Das hatte ihn gereizt und leberkrank gemacht. Um sein laienhaftes Äußeres zu verwischen, affektierte er den überstudierten und geradsinnigen Gelehrten. Ging schlecht gekleidet und machte sich ungewöhnlich. Schüler des Berzelius, viele Hunderte waren das wohl gewesen, liebte er's, daran zu erinnern. Das war sein Trumpf. Berzelius trug unter anderm zerrissene Hosen; daher war ein Loch in den Hosen das Kennzeichen eines tüchtigen Chemikers. Daher alle diese Sonderbarkeiten.

Johan stellte sich vor, wurde misstrauisch betrachtet und gebeten, in einer Woche wiederzukommen. Da erklärte er, er sei besonders hergereist und könne sich, da er arm sei, keine Woche in der Stadt aufhalten. Wirkte sich die Erlaubnis aus, am nächsten Tage wiederkommen zu dürfen. »Es würde bald erledigt sein«, meinte der Alte. – Was?

Am nächsten Tage saß Johan auf einem Stuhl vor dem Professor. Es war ein sonniger Nachmittag im Mai und der Alte schien sein Mittagessen schlecht verdaut zu haben. Er sah unheimlich aus, als er von seinem Schaukelstuhl seine erste Frage hinwarf.

Zuerst kamen die Antworten korrekt. Dann wurden die Fragen gewundener, als seien sie Schlingen.

»Wenn ich ein Stück Land habe und vermute Salpeter, wie soll ich's da anfangen, um eine Salpeterfabrik anzulegen?«

Johan antwortete, indem er eine Salpeteranalyse vorschlug.

»Nein.«

»Dann weiß ich nichts anderes.«

Es wurde still und die Fliegen summten. Lange still, unangenehm still.

»Jetzt werden die Stiefel bald kommen oder die Streichhölzchen«, dachte Johan; »da werde ich glänzen.« Aber es kam nichts. Johan brachte sich in Erinnerung und hustete. Aber der Professor schwieg. Johan überlegte sich, ob er durchschaut sei und der Alte den Prüfungsrock wiedererkannt habe.

Dann kam eine neue Frage, die unbeantwortet blieb. Dann noch eine.

»Es ist zu früh«, sagte der Alte und stand auf.

»Aber ich habe ein Jahr auf dem Laboratorium gearbeitet und kann auch Analyse.«

»Die Rezeptur können Sie wohl, aber Sie haben sie nicht verdaut! Sehen Sie, auf der Hochschule ist man Handwerker, hier aber ist man Gelehrter.«

Es verhielt sich nun gerade umgekehrt, denn die Mediziner beklagten sich darüber, dass sie wie Köchinnen dastehen und Mixturen und Salze bereiten müssten, ohne eine Analyse machen zu dürfen; während doch diese gerade Aufgabe des Arztes war; die Synthese hatte der Apotheker zu machen. Jetzt aber hatte die einige Jahre früher angeregte Frage, ob die Universität nicht nach Stockholm zu verlegen sei, Upsala gegen die Hauptstadt erhoben; auch war das Laboratorium der neu erbauten Technischen Hochschule zu Stockholm ebenso berühmt wegen seiner vortrefflichen Einrichtungen, wie das der Universität Upsala wegen seiner erbärmlichen berüchtigt war. Hier spielte also kleinlicher Sinn mit, und Johan fühlte die Ungerechtigkeit.

»Ich bekomme also kein Zeugnis?«

»Nein, Herr, nicht dieses Jahr; aber kommen Sie nächstes Jahr wieder!«

Er schämte sich zu sagen: Gehen Sie auf mein allein seligmachendes Laboratorium.

Johan war außer sich. Also weder Kenntnisse noch Fleiß, allein Geld und Kriechen. Hatte er etwa Richtwege gesucht? Nein, im Gegenteil, er hatte Umwege gehen müssen, weite und mühsame, während die andern die gerade Straße zogen, und der direkte Weg ist der kürzeste!

Er kam in den Park der Bibliothek, böse wie eine Biene. Wollte zuerst gar nicht wieder in die Stadt hinein, sondern setzte sich auf eine

Bank. Hätte er das verdammte Loch nur in Brand stecken können. Ein Jahr? Nein, niemals! Er hatte alles satt. Warum so viel Unnötiges lernen, wenn es doch vergessen wurde und nie in der Praxis vorkam. Und so lange schuften, um schließlich diesen schmutzigen Beruf auszuüben: Urinproben analysieren, im Auswurf stochern, in allen Winkeln des Körpers wühlen? Pfui Teufel!

Wie er da sitzt, kommt eine Gesellschaft fröhlicher Menschen und bleibt lachend vor der Rückseite der Bibliothek stehen. Sie blicken nach den Fenstern hinauf, wo die langen Bücherreihen zu sehen sind, Gestell neben Gestell! Sie lachen! Damen und Herren lachen über die Bücher! Er glaubte sie zu erkennen! Ja, es sind Levasseurs französische Schauspieler, die er in Stockholm gesehen hat und die jetzt in Upsala gastieren. Sie lachen die Bücher aus. Glückliche Menschen, die Träger der Bildung und des Geistes sein können, ohne Bücher zu studieren! Vielleicht hatte jede Seele etwas zu geben, was nicht in den Büchern stand, aber einst darin stehen würde. Ja, gewiss, so war es. Er selbst besaß ja solche Vorräte an Erfahrungen und Gedanken, die sicherlich die Wissenschaft vom Menschen bereichern konnten; und reif lagen sie da.

So beschlich ihn wieder der Gedanke, in diesen bevorrechtigten Stand einzutreten, der außerhalb und über allen kleinen Gesetzen der Gesellschaft stand, der keinen Rang kannte, in dem man sich also nicht als Unterklasse fühlte. Da konnte man sich auf das allgemeine Urteil berufen und in voller Öffentlichkeit arbeiten. Das war etwas anderes als hier in einem abgelegenen dunklen Loch aufgehängt zu werden, ohne Untersuchung, ohne Urteil, ohne Zeugen.

Gestärkt von dem neuen Gedanken, stand er auf, lächelte über die Bücher oben in der Bibliothek und ging in die Stadt hinein, entschlossen, nach Hause zu fahren und um ein Debüt auf dem Königlichen Theater zu bitten.

Jeder Stadtmensch wird einmal in seinem Leben die Lust empfunden haben, als Schauspieler aufzutreten. Das ist wohl der Kulturtrieb, sich zu vergrößern, etwas aus sich zu machen, sich mit andern, größern, erdichteten Personen zu identifizieren, der hier wirkt. Bei Johan, der Romantiker war, sprach auch das Verlangen mit, vorzutreten und zum Volke zu sprechen. Er glaubte nämlich, dass er sich seine Rollen wählen könne, und er wusste schon, welche. Dass er, wie alle andern, die Fähigkeit zu haben glaubte, kam wohl von dem Überschuss an unverbrauchter Kraft, den der Mangel an körperlicher Arbeit hervorbringt, und von dem daraus folgenden Vergrößerungstrieb beim Gehirn, das durch die geistige Überanstrengung unregelmäßig arbeitet. In dem Beruf selbst sah Johan keine Schwierigkeit, erwartete aber Widerstand von anderer Seite.

Vererbung annehmen, weil die Neigung in der Familie gewesen, dürfte vielleicht übereilt sein, da wir eben angenommen haben, dass sich das Verlangen bei den meisten findet. Doch hatte der Großvater väterlicherseits, Bürger von Stockholm, Theaterstücke für eine Liebhaberbühne geschrieben, und ein junger entfernter Verwandter lebte noch als warnendes Beispiel. Dieser letzte war Ingenieur gewesen, hatte in einem großen Eisenwerk gelernt, war an einer Bahn angestellt. Hatte also eine schöne Zukunft vor sich gehabt, aber plötzlich seine Laufbahn abgebrochen und war zum Theater gegangen. Johan erinnerte sich noch, wie in seiner Jugend zu Hause bei dem Verwandten Stücke von Studenten der Technischen Hochschule eingeübt wurden; er hatte auch eine solche Aufführung im Saal eines Restaurants gesehen. Der Schritt des Ingenieurs wurde ein Familienkummer, der sich niemals legte, und der viel bedauerte junge Mann war zu dieser Zeit noch nichts geworden, sondern reiste mit einer namenlosen Provinzgesellschaft umher. Das also war der schwierigste Punkt. »Ja, das ist er«, antwortete Johan sich selber, »aber ich werde Glück haben!« – Warum? Weil er es glaubte. Und er glaubte es, weil er es wünschte.

Man könnte vielleicht die Lust für angeboren halten, weil Johan als Kind viel mit einem kleinen Kindertheater spielte; aber alle Kinder spielen Theater. Er hatte wohl die Lust dadurch bekommen, dass er andere spielen sah. Und das Theater war ja eine unwirkliche, bessere Welt, die einen aus der langweiligen wirklichen herauslockte. Die letzte wäre einem nicht so langweilig vorgekommen, wenn die Erziehung harmonischer, realistischer wäre, nicht so romantisch, wie sie ist.

Genug, der Entschluss war gefasst. Ohne irgendeinem etwas zu sagen, geht er zum Leiter der Schauspielerschule, dem Dramaturgen des Königlichen Theaters.

Als er seine eigenen Worte hörte: ich will Schauspieler werden, schauderte ihn. Es war ihm, als risse er sich angeborene Schüchternheit ab und tue seiner Natur Gewalt an.

Der Lehrer fragte, was er sei.

»Ich wollte Arzt werden.«

»Und eine solche Laufbahn wollen Sie verlassen, um die schwerste und schlechteste von allen zu wählen?«

»Ja!«

Das sagten alle Schauspieler von ihrer Laufbahn: die schwerste und schlechteste, obwohl sie es so gut hatten. Das geschah nur, um einen abzuschrecken.

Johan bat um Privatstunden, damit er debütieren könne. Der Lehrer wollte gerade aufs Land reisen, denn die Spielzeit war zu Ende; aber er ersuchte Johan, am ersten September wiederzukommen, dann werde das Theater wieder eröffnet und die Direktion sei wieder in der Stadt. Das war eine Verabredung, und er war zufrieden.

Als er auf die Straße hinunterkam, ging er mit aufgesperrten Augen dahin, als sehe er in eine helle Zukunft hinein; den Sieg hatte er selbstverständlich in der Hand, er war bereits davon berauscht und flog, aber mit schwankenden Schritten, die Straße hinunter.

Im Hause des Doktors sagte er nichts, auch allen andern gegenüber schwieg er. Drei Monate lagen vor ihm: in denen wollte er für sich alles lernen, um bereit zu sein. Aber geheim, denn er war schüchtern und feig. Feig vor dem Kummer des Vaters, feig vor der Enttäuschung des Doktors; schüchtern vor der ganzen Stadt, die erfahren würde, dass er sich zum Schauspieler zu eignen glaubte; schüchtern vor dem Hohn der Verwandten, dem Grinsen und Abraten der Freunde. Das war die Frucht der Erziehung: was werden die Menschen sagen? Und die Furcht wurde so übertrieben, dass seine Einbildung die Handlung zu einem Verbrechen machte. Es war ja auch ein Eingriff in den Seelenfrieden vieler Menschen, denn Verwandte, Freunde, Bekannte fühlen ja eine Erschütterung, wenn ein Glied gewaltsam aus der Kette gerissen wird. Das empfand er, darum musste er die Bedenklichkeiten des Gewissens abschütteln.

Als Debütrollen hatte er sich Karl Moor und Wijkanders Lucidor gewählt. Das war kein Zufall, sondern streng logisch. In diesen beiden hatte er beim Lesen sein Inneres ausgedrückt gefunden, deshalb wollte er in ihren Zungen sprechen. Lucidor, den schwedischen Dichter des siebzehnten Jahrhunderts, fasste er als eine höhere Natur auf, die, durch Armut untergraben, unzufrieden wurde und unglücklich endete. Natürlich eine höhere Natur! In diesen Schwärmereien fürs Theater tauchte auch etwas von dem auf, was er empfunden, als er predigte, als er sich beim Schulgebet empörte; das war der Verkünder, der Prophet, der Wahrheitsager!

Was seine Vorstellungen von der hohen Bedeutung des Theaters noch erhöhte, war die Lektüre von Schillers Vorlesung »Die Schaubühne, als moralische Anstalt betrachtet«. Sätze wie diese zeigten doch, wie hoch das Ziel war, nach dem er strebte: »Die Schaubühne ist der große Kanal, in dem das Licht der Weisheit von dem denkenden bessern Teil des Volkes herniederströmt, um sich in milden Strahlen über den ganzen Staat auszubreiten.« – »In dieser künstlichen Welt träumen wir uns von der wirklichen fort, wir finden uns selbst wieder, unser Gefühl wird geweckt, heilsame Gemütsbewegungen erschüttern unsere schlummernde Natur und treiben unser Blut in raschen Wellen. Der Unglückliche weint hier seinen eigenen Kummer in fremdem aus, der Glückliche wird nüchtern, der Sichere nachdenklich. Der empfindsame Weichling härtet sich zum Mann, der rohe Unmensch beginnt hier erst zu fühlen. Und dann endlich, welch ein Triumph für dich, Natur! – so oft zu Boden getretene, so oft wiederauferstehende Natur! – wenn Menschen aus allen Kreisen und Zonen und Ständen, abgeworfen jede Fessel der Künstelei und der Mode, herausgerissen aus jedem Drange des Schicksals, durch *eine* allwebende Sympathie verbrüdert, in *ein* Geschlecht wieder aufgelöst, ihrer selbst und der Welt vergessen und ihrem himmlischen Ursprung sich nähern. Jeder einzelne genießt die Entzückungen aller, die verstärkt und verschönert aus hundert Augen auf ihn zurückfallen, und seine Brust gibt jetzt nur einer Empfindung Raum – es ist diese: ein Mensch zu sein!«

So schrieb der fünfundzwanzigjährige Schiller, und der zwanzigjährige Jüngling unterschrieb es.

Das Theater ist wohl eine Bildungsanstalt für Jugend und Mittelklasse, die sich noch von Schauspielern und bemalter Leinwand täuschen lassen können. Für Ältere und Gebildete ist es ein Vergnügen; besonders die Kunst des Schauspielers nimmt die Aufmerksamkeit gefangen. Darum ist es beinahe eine Regel, dass alte Kritiker unzufrieden und brummig werden. Sie haben die Illusion verloren und lassen keinen Fehler in der Technik durch.

Die neueste Zeit hat das Theater, besonders die Kunst des Schauspielers, bis zum Äußersten überschätzt; darauf ist dann der Rückschlag erfolgt. Die Schauspieler haben nämlich ihre Kunst von der Dramatik losgerissen, indem sie sich einbildeten, auf eignen Füßen gehen zu können. Daher das Sternwesen, die Schauspielerverehrung. Dann kam die Opposition. In Paris, wo man am weitesten gegangen, zeigte sich der Gegenstrom zuerst. Der Figaro rief die Helden am Théatre Français zur Ordnung und erinnerte sie daran, dass sie die Puppen der Dichter seien.

Dass heute (1886) alle großen europäischen Theater herunterkommen, deutet an, dass die Kunst an Interesse verliert. Die Gebildeten gehen nicht mehr ins Theater, weil der Wirklichkeitssinn sich entwickelt hat und die Fantasie, ein Überrest des Wilden, zurückgeht. Die Ungebildeten haben weder Zeit noch Geld, um ins Theater zu gehen. Dem Varieté, das ergötzt, ohne zu erziehen, scheint heute die Zukunft zu gehören, denn es ist Spiel und gewährt Erholung. Alle bedeutenden Dichter wählen eine andere, geeignetere Form, um die großen Fragen zu behandeln. Ibsens Stücke haben immer ihre Wirkung in Buchform ausgeübt, ehe sie gespielt wurden; und wenn sie gespielt werden, dreht sich das Interesse am meisten darum, *wie* man sie spielt – also ein Interesse zweiten Grades.

Johan machte den gewöhnlichen Fehlschluss der Jugend, dass er Schauspieler und Dichter vermengte. Der Schauspieler war der Verkünder, und der Dichter war der Verantwortliche, der hinter jenem steht.

Jetzt im Frühling verließ Johan seine alte Stellung als Hauslehrer bei den beiden Mädchen; er hatte also freie Zeit genug, um während des Sommers seine Kunst zu studieren, im Geheimen und auf eigene Faust. Er hatte über die Bücher gelächelt, und die ersten, die er jetzt aufsuchte, waren die Bücher. Darin standen die Gedanken und Erfahrungen der Menschen, und mit diesen, von denen die meisten tot waren, konnte er jetzt vertraulich sprechen, ohne verraten zu werden. Er hatte gehört, dass im Schloss eine Bibliothek sei, die dem Staate gehöre und aus der man Bücher leihen könne. Er verschaffte sich eine Bürgschaft und ging ins Schloss. Es war feierlich: viele, viele Bücher standen in den kleinen Zimmern, und grauhaarige, stille Greise saßen da und studierten. Er bekam seine Bücher und ging scheu und glücklich nach Hause.

Er wollte seine Sache gründlich behandeln, ihr auf den Grund gehen, und er war gründlich. Aus Schiller holte er die Äußerung von der tiefen Bedeutung des Theaters; aus Goethe nahm er eine ganze Abhandlung, mit direkten Vorschriften, wie man gehen und stehen, sich halten und setzen, hereinkommen und hinausgehen solle; in Lessings »Hamburgischer Dramaturgie« las er einen ganzen Band Theaterkritiken mit den feinsten Beobachtungen. Lessing machte ihm am meisten Hoffnung; der erklärte sogar, das Theater sei durch die Kunst der Schauspieler heruntergekommen und verlangte, man solle mit Dilettanten aus den gebildeten Klassen spielen; die würden die Rollen besser verstehen als die geschulten und oft ungebildeten Schauspieler. Auch las er Remond de Sainte Albine[4], dessen viel zitierte Beobachtungen über Bühnenkunst von großem Wert sind.

Daneben unternahm er praktische Übungen. Zu Hause beim Doktor ordnete er eine Bühne an, wenn die Knaben fort waren. Er übte sich im Auftreten und im Abgang. Inszenierte die ganzen »Räuber«, maskierte und kostümierte sich als Karl Moor und spielte ihn. Er ging ins Nationalmuseum, um die Gebärden der antiken Skulpturen zu sehen; legte den Spazierstock ab, um sich auf der Straße im freien Gehen zu üben. Seiner Schüchternheit, die ihm beinahe die Krankheit der Platzfurcht zugezogen hatte, tat er Gewalt an: er ging jetzt mit Vorliebe über den nächsten großen freien Platz, wo große Volkshaufen standen. Er turnte zu Hause jeden Tag und focht mit den Schülern. Er gab acht auf jede Bewegung der Muskel; übte sich im Gehen mit hocherhobenem Kopf und vorgestreckter Brust, während die Arme frei herabhingen, die Hand (nach Goethe) lose geballt war, die Finger in einer abnehmenden Reihe schön herabfielen.

Am schlimmsten stand es um die Ausbildung der Stimme, denn er wurde im Hause gehört, wenn er deklamierte. Da kam er darauf, aus der Stadt herauszugehen. Und der Ort, der einzige, wo er ungestört sein konnte, war der große Exerzierplatz im Norden der Stadt. Dort überschaute er die ganze weite Ebene und konnte aus großer Entfernung einen Menschen kommen sehen; dort erstarb der Laut so sehr, dass er sich anstrengen musste, um sich selber zu hören. Auf die Weise erhielt er eine starke Sprechstimme.

Jeden Tag ging er dort hinaus. Dort raste er gegen Himmel und Erde. Die Stadt, deren Kirchtürme er sehen konnte, war die Gesellschaft, während er hier draußen in der Natur stand. Er ballte die Faust gegen Schloss, Kirchen, Kasernen; schnaubte gegen die Truppen, die

---

4   Remond de Sainte Albine schrieb 1747 »Le Comédien«, den Lessing 1754 in der »Theatralischen Bibliothek« übersetzte.

ihm bei ihren Manövern oft zu nahe kamen. Etwas Fanatisches lag in seiner Arbeit, und er scheute keine Mühe, um sich seine unbändigen Muskeln gehorsam zu machen.

15. Wie er Aristokrat wird (1869)

Im Hause verkehrte unter andern ein junger Mann, der die Bildhauerkunst studierte. Er war aus den unteren Schichten der Gesellschaft gekommen, war Schmiedejunge gewesen und jetzt in die Akademie eingetreten, wo er sein Probestück machte. Er war glücklich und immer heiter, glaubte von der Vorsehung auf seine neue Laufbahn berufen zu sein; erzählte, wie er vom Geist geweckt und getrieben worden, im Dienst des Schönen zu wirken. Johan hatte ihn gern, weil er weder grübelte noch sich selbst kritisierte, sondern vollständig unbewusst war. Außerdem war er ein Mitschuldiger, der dasselbe vermessene Ziel wie Johan verfolgte: aus der Unterklasse herauszukommen; das Gefühl aber, dass er sich schuldig mache, fehlte ihm, während Johan ständig davon geplagt wurde.

Der Bildhauer war auch gläubiger Christ, war fest in seinem Glauben; wollte von einem andern Glauben nichts wissen. Die beiden jungen Leute kamen sofort überein, den Glauben des andern zu achten. Johan hielt diese Übereinkunft, während der Freund sie zuweilen vergaß. Der war als Christ streng in theoretischer Moral, gab aber sonst dem Fleisch das Seine. Johan betraf ihn eines Tages dabei, wie er mitten am Vormittage ein Mädchen aus seinem Zimmer ließ. Ohne verlegen zu werden, erklärte der Bildhauer ganz einfach, sein Fleisch verlange das, während er gleichzeitig erzählte, andere Menschen lebten wie Schweine.

Johan fragte ihn einmal, wie seine Religion ihm das erlauben könne.

»Ja, siehst du«, antwortete der wahre Christ, »wir, die wir in Christus leben, wir haben alle Sünde auf Jesus geworfen.«

Aber das Gesetz?

»Das Gesetz hat Jesus für uns vervollkommnet. Keiner kann das Gesetz erfüllen, darum ist Jesus in die Welt gekommen, um den Fluch des Gesetzes aufzuheben. Und darum, mein lieber Johan, siehst du, nur mit Christus kann man Freude und wahren Frieden haben!«

Johan fand das kolossal. Jetzt begriff er den angeblichen Frieden der Pietisten. Sie schoben die Schuld auf die Sünde und den Teufel, um die Taten zerbrachen sie sich nicht weiter den Kopf. Das war eine bequeme Religion, etwa wie Schlafrock und Pantoffeln.

»Du bist nicht glücklich«, fuhr der Freund fort, »weil du unter dem Gesetze stehst; weil du es erfüllen willst, um fehlerfrei zu werden; das aber kann niemand.«

Daran lag es also. Johan hatte immer eine Art böses Gewissen, dass er Fehler habe. Dieses Gewissen sollte also zum Schweigen gebracht und alles auf Jesus geworfen werden. Das aber war ungereimt: er würde also niemals Frieden finden. Es lag etwas Humanes in solchem Pietismus, in diesem fröhlichen Christentum, sich immer schuldfrei zu fühlen; immer tun zu können, was man wollte, wenn man nur glaubte, Jesus sei Gott. Das war ja moderner Determinismus, der alles entschuldigte, weil er alles erklärte; mit der Ausnahme, dass er nur den Gläubigen zu sündigen erlaubte; nur in Jesus durfte man sündigen und fröhlich sein.

Das sind Jesuiten, dachte Johan: wenn man mit der Partei stimmt, darf man sündigen, kann aber streng gegen andere sein.

Eines Tages kam dieser Freund Albert zu Johan und teilte ihm mit, er wolle nach Kopenhagen fahren, um Thorwaldsens Museum zu sehen. Ein schlauer Unternehmer veranstalte nämlich eine Dampferfahrt nach Kopenhagen, durch den Götakanal hin und an der Küste zurück, gegen eine sehr geringe Summe.

»Komm mit«, sagte er.

Bald war der Entschluss gefasst, dass Johan und einer der Knaben mitfahren sollten. Die Veranlassung der Dampferfahrt war der Einzug der Kronprinzessin in die dänische Hauptstadt; für sie aber war es eine Wallfahrt nach dem Grabe Thorwaldsens.

An einem Augustabend sitzt Johan neben dem Bildhauer, einem der Knaben und einem von dessen Schulkameraden auf dem Achterdeck des Dampfers. In der Dämmerung, die schon eingetreten ist, sieht man Herren und Damen an Bord kommen. Die Gesellschaft scheint ganz gut zu sein. Starke Familienväter mit Fernglas und Reisetasche, Damen in hellen Kleidern und Hüten nach der neuesten Mode. Es ist eine Bewegung und ein Wirrwarr; man sucht seine Schlafplätze, die allen versprochen sind. Johan und seine Begleiter sitzen ruhig da und warten ab. Sie haben ihren Mundvorrat wie ihre Decken und fürchten nichts.

Als der Dampfer abgestoßen ist und Ordnung in das Gewirr kommt, sagt Johan:

»Jetzt wollen wir ein Butterbrot essen, ehe wir uns niederlegen.« Man sucht nach der Reisetasche und dem Brotkorb. Sie sind nicht zu finden. Man entdeckt, dass sie nicht mitgekommen sind. Das war ein harter Schlag, denn die Kasse war nicht groß, und man hatte sich auf den vortrefflichen Mundvorrat verlassen, den die Frau Doktor besorgt. Nun, man isst aus dem Kasten des Bildhauers, aber da sind nur trockene Sachen, die nicht viel verschlagen.

Dann will man sich niederlegen. Von allen Seiten wird nach Schlafplätzen gefragt. Es gibt keine. Die Passagiere werden erregt und Flüche hageln. Man muss sich also aufs Deck setzen. Man schreit nach dem Veranstalter der Fahrt, aber er ist nicht an Bord. Johan legt sich aufs bloße Deck; die Knaben ziehen eine Persenning über, denn der Tau fällt und eine scharfe Kälte herrscht.

Sie erwachen frierend in Södertelje, denn die Matrosen hatten ihnen die Persenning fortgenommen.

Auf dem Kanaldamm erscheint jetzt der Veranstalter, der seines Zeichens Tapezierer ist. Die Passagiere werfen sich über ihn und schleppen ihn an Bord, überschütten ihn mit Vorwürfen. Er verteidigt sich und will ans Land, aber vergebens. Ein Standgericht wird abgehalten. Man beschließt die Fahrt fortzusetzen, behält aber den Tapezierer als Geisel.

Der Dampfer fährt durch den Kanal; als er aber eine Schleuse passiert, schwingt sich der Veranstalter hinauf und verschwindet unter einem Hagelschauer von Flüchen.

Die Fahrt wird fortgesetzt, und um die Mittagszeit ist man im Götakanal. Auf dem Achterdeck wird der Mittagstisch gedeckt. Johan und seine Begleiter nehmen Quartier im Rettungsboot, das am Achter hängt, und essen ein einfaches Mittagsmahl aus dem Kasten des Bildhauers. Der Bildhauer, der auf einem Ballen im Ladungsraum geschlafen hat, ist bei guter Laune und kennt Stand und Namen aller Passagiere.

Der Mittagstisch ist jetzt besetzt. Präses ist der Schornsteinfegermeister mit Familie. Dann kommen Pfandleiher, Schenkwirt, Fuhrmann, Schlächter, Diener nebst Familie, eine Menge junger Ladenburschen und einige Dirnen. Johan leidet, als er gedämpfte Barsche und Erdbeeren, Rotwein und Sherry sieht, denn er ist durch Luxus schon so verdorben, dass er von einfacher Nahrung krank wird. Das ist die Oberklasse unter den Passagieren. Der Schornsteinfegermeister spielt den großen Herrn. Er verzieht das Gesicht über den Rotwein und schilt die Kellnerin; die erklärt aber, die Wirtin bestimme über die Waren. Der Diener des Reichsarchivs macht den Gelehrten und scheint als Beamter auf die Philister herabzusehen.

Beim Sherry werden Reden gehalten. Die Unterklasse vom Vorderdeck hängt an Relingen und Geländern und lauscht. Nach den Parias im Rettungsboot sieht niemand. Man weiß, dass sie da sind, aber man sieht sie nicht. Die weiße Mütze wünscht man wohl gern fort, denn es sitzen zwei Augen unter dem Schirm, die sehen, dass es keine bessern Leute sind. Johan empfindet das. Er ist aus dieser Klasse heraus, der er von Geburt angehört, aber er hat kein Essen und ist nichts. Er empfindet seine Unterlegenheit und ihre Überlegenheit. Sie haben gearbeitet, und darum essen sie. Ja, aber er hatte ebenso viel wie sie gearbeitet. Ja, aber nicht auf diese Art. Er arbeitete und hatte Ehre von seiner Arbeit, sie nahmen das schöne Essen und verzichteten auf die Ehre. Beides konnte man nicht haben.

Die Leute saßen da, gesättigt und fröhlich, tranken Kaffee und Likör und nahmen das ganze Achterdeck ein. Jetzt wurden sie kühn und machten Bemerkungen über die Gesellschaft im Rettungsboot. Die konnte nur schweigen und leiden, denn jene waren in der Mehrheit und Oberklasse, weil sie konsumierten.

Johan fühlte sich in einem Element, das nicht das seine war. Eine feindliche Luft war um ihn, ihm war schlecht zumute. Hier an Bord gab es keine Polizei, die ihm helfen würde; auf keine Gerechtigkeit konnte er sich berufen; kam es zu Händeln, würden alle ihn verurteilen. Er brauchte nur eine spitzige Antwort zurückzugeben, so würde er Schläge kriegen. Pfui Teufel, dachte er, dann lieber Offizieren und Beamten gehorchen: die würden niemals solche Tyrannen sein wie diese Demokraten.

Später versuchte er, auf Alberts Rat, sich ihnen zu nähern, aber sie waren unzugänglich.

Auf der Fahrt zwischen Venersborg und Göteborg kam es zum Ausbruch. Der Hunger nahm so bedenklich zu, dass man eines Mittags beschloss, in den Speisesalon hinunterzugehen, um vom Butterbrottisch zu essen. Johan und die Knaben gingen. Da waren so viel Leute, dass man kaum an den Tisch herankommen konnte. Johans Schüler behielt darum, und nach den Sitten seiner Klasse, den Hut auf. Der Schornsteinfeger erblickte den Hut.

»Hör mal«, schrie er, »ist dir das Zimmer etwa zu hoch?«

Der Knabe tat, als verstehe er nicht.

»Den Hut ab, Junge!«, rief man wieder.

Der Hut bleibt sitzen. Ein Ladenbursch schlägt ihn herunter. Der Knabe nimmt den Hut auf und setzt ihn wieder auf den Kopf. Da bricht der Sturm los. Wie ein Mann stürzen alle hin und schlagen den Hut herunter. Dann geht es auf Johan los.

»Und so ein Halunke hat einen Hauslehrer, der dem Jungen keinen Anstand beibringen kann! Wir wissen schon, wer Sie sind.«

Und nun hagelte es Scheltworte über die Eltern.

Johan versuchte die Gesellschaft darüber aufzuklären, dass man in diesen Kreisen an öffentlichen Orten den Hut aufbehalte, *jenes* also kein Ausdruck von Geringschätzung gewesen sei. Das aber wurde übel aufgenommen. *Jenes* und in diesen *Kreisen*! Was schwatzte er für Unsinn! Wollte er sie Anstand lehren?

Ja, das konnte er, da sie gerade von diesen Kreisen vor fünfundzwanzig Jahren gelernt, den Hut abzunehmen, was jetzt nicht mehr Sitte war; und er hätte ihnen sagen können, dass sie in fünfundzwanzig Jahren den Hut aufbehalten würden, sobald sie nur Wind bekommen, dass es fein sei. Das aber hatten sie noch nicht.

Sie gingen wieder auf Deck.

»Mit diesen Leuten kann man sich nicht auseinandersetzen«, sagte Johan.

Er war von dem Auftritt erschüttert. Er hatte einen Ausbruch des Klassenhasses erlebt; hatte die Augen funkeln gesehen von Leuten, die er nicht gekränkt; hatte den Fuß der künftigen Oberklasse auf seiner Brust gefühlt. Also, sie waren seine Feinde geworden. Die Brücke zwischen ihnen und ihm war abgebrochen. Aber das Blutsband war noch da, und er hegte denselben Hass gegen die Gesellschaft und deren unberechtigte Höhen wie sie; denselben Groll auf die Konvention, vor der sie sich alle beugen mussten; ja, er hatte Karl Moors Worte im Ohr, aber die, die ihn eben geschlagen hatten, waren alle Spiegelberger. Kamen sie in die Höhe, würden sie alle treten, Große wie Kleine; kam er in die Höhe, würde er nur die Großen treten. Das war der Unterschied zwischen ihnen. Doch es war die Bildung, die ihn demokratischer als sie gemacht hatte; also: hinüber zu den Gebildeten! Die würden für die Unteren arbeiten, aber aus der Entfernung und von oben. Mit dieser rohen, unförmlichen Masse konnte man nichts anfangen.

Der Aufenthalt an Bord wurde jetzt unerträglich. Jeden Augenblick konnte man einen Ausbruch erwarten. Und der kam.

Johan saß auf dem oberen Deck, der Dampfer war jetzt auf dem Kattegatt, als er unter sich einen heftigen Lärm, Stimmen, Geschrei hörte. Er glaubt die Stimme seines Schülers zu erkennen. Er stürzt hinunter. Auf dem Zwischendeck steht der Sünder, umgeben von einer Menschenmenge. Der Pfandleiher fuchtelt mit den Armen und schreit. Johan fragt, was los sei.

»Er hat meine Mütze gestohlen!«, schreit der Pfandleiher.

»Das ist doch wohl nicht möglich«, sagt Johan.

»Doch, ich habe es gesehen; er hat sie in diese Reisetasche gelegt.«

Es war Johans Reisetasche.

»Das ist meine Reisetasche«, sagt Johan; »bitte, sehen sie selbst nach!«

Der öffnet die Reisetasche und – da liegt die Mütze des Pfandleihers. Allgemeine Bestürzung. Johan ist betroffen, und der Sturm will gegen die beiden Diebe losbrechen. Ein Student, der stiehlt! Das war ein Leckerbissen! Wie war das zugegangen? Jetzt erinnerte sich Johan. Er hatte eine ebensolche graue Mütze wie der Pfandleiher, die er des Nachts zum Schlafen benutzte. Er hatte dem Knaben gesagt, er solle die in die Reisetasche legen; der Knabe hatte dann die falsche genommen.

Johan wandte sich an die Passagiere.

»Meine Herren«, begann er, »halten Sie es für möglich, dass der Sohn eines reichen Mannes eine fettige Mütze nimmt, wenn er selbst eine fast neue besitzt? Sehen Sie nicht, dass ein Irrtum begangen ist?«

»Ja«, antwortete die Unterklasse, »es ist ein Irrtum.«

Aber der Pfandleiher blieb bei seiner Behauptung.

»Dann bleibt mir nur übrig, diesen Herrn für den Irrtum um Entschuldigung zu bitten; und ich ersuche meinen Schüler, das Gleiche zu tun!«

Das tat der, wenn auch widerstrebend. Allgemeine Befriedigung, Gemurmel, das sei fein!

Damit war der Fall glücklich abgetan.

»Siehst du«, sagte Johan zu dem Knaben, »die Leute lassen doch mit sich reden!«

»Ach was! Sie fühlten sich nur geschmeichelt, weil Sie ›Meine Herren‹ sagten. Ein verdammtes Pack!«

»Vielleicht«, antwortete Johan, der die Demütigung zu groß für solch eine Kleinigkeit fand.

Endlich waren sie in Kopenhagen. Hungrig, frierend, schlecht gelaunt, saßen sie in Regenschauern vor Thorwaldsens Museum, das infolge des Festes geschlossen war. Aber Albert schwor, er werde hineinkommen. Nachdem sie eine Stunde neben dem Schornsteinfeger, dem Schenkwirt und all den andern Passagieren gewartet hatten, kam ein alter Mann, der gelehrt aussah. Der wollte hinein. Albert stürzt sich über ihn her, nennt Molins, des schwedischen Bildhauers, Namen, und sie werden hineingelassen; die andern Passagiere aber nicht. Albert war drinnen hingerissen, konnte es aber nicht unterlassen, dem Schornsteinfeger, der draußen stand, eine Fratze zu schneiden. Am meisten aber freute sich der junge Sünder, der das Pack hasste.

»Jetzt sind wir Herren«, sagte er.

Johan war nicht in der Stimmung, Thorwaldsen herrlich zu finden. Das war ein Künstler des Durchschnitts, gerade talentvoll genug, um so berühmt zu werden. Albert fand die Antike verfeinert, wagte aber nicht, zu widersprechen.

Den Einzug sahen sie nicht. Sie saßen auf dem Turm der Frauenkirche und schauten sich die Aussicht an.

Gegen Nacht, als man müde und abgespannt war, wollten sie auf den Dampfer gehen, um zu schlafen; der aber war nach Malmö hinübergefahren. Sie standen im Regen auf der Straße. In ein Hotel konnten sie nicht gehen, denn sie hatten kein Geld. Da fasste Albert den Entschluss, geradeswegs in eine Schenke zu gehen und um Nachtlogis zu bitten. Es war eine Seemannsschenke beim Zollhaus. Eine Herberge habe man wohl, aber die sei nur für Seeleute. Das tut nichts, wir müssen unter Dach. So wurden sie in ein Hofzimmer geführt. Dort standen zwei Bänke mit Betten, aber eine Waschschüssel war nicht zu sehen; die Wände hatten keine Tapeten, und es sah schäbig aus. Auf der einen Bank lag ein Matrose. Wer sollte zu ihm hineinkriechen? Albert entschloss sich dazu; bald war er entkleidet und lag neben dem Fremdling, der ein Holländer war und mit einem Schnaps geweckt wurde. Bald schlief die ganze Gesellschaft. Johan verwünschte das ganze Abenteuer; denn die Betten rochen.

Die Heimfahrt, an der Küste entlang, war ein einziges, großes Leiden. Ohne Essen und mit wenig Geld, musste man das Leben fristen, indem man in den kleinen Städten, die angelaufen wurden, rohe Eier kaufte und trank. Dazu kam hartes Brot und Branntwein; das war die Diät für drei Tage.

Albert allein fühlte sich wohl und vergnügte sich. Er schlief in der Schanze bei den Matrosen und ergötzte sie mit Geschichten. Er war mit ihnen verwandt und konnte ihre Sprache. Er trank mit ihnen und erhielt warmes Essen; ja, er ging zuweilen in die Küche und erbettelte sich einen Teller Suppe.

»Wie leicht wird ihm das Leben«, dachte Johan. Er vermisst den Luxus nicht, weil er ihn nie gekostet hat; er wird nicht wie ein Fremdling ausgestoßen, wenn er sich diesen Leuten nähert. Er kann schmausen, während wir hungern. Er sieht nur Freunde überall. Aber sein Tag wird auch kommen, wenn er nicht mehr Unterklasse ist; wenn Luxus und feine Gewohnheiten ihn ebenso hilflos und unglücklich gemacht haben.

Als er heimgekehrt war, tobte er sich aus. So war es überall: die oben standen, traten die Unteren; und die unten stehen, reißen einen zurück, wenn man hinauf will. Was ist das für ein Gerede vom Aristokraten und Demokraten? Die Unteren sprechen von ihrer demokratischen Denkart wie von einer Tugend. Was ist das für eine Tugend, die zu hassen, die oben stehen? Und was bedeutet Aristokrat? Aristos bedeutet der Beste und krateo herrschen. Also Aristokrat ist, wer will, dass die Besten herrschen; Demokrat, wer will, dass die Schlechtesten es tun. Aber, da kommt ein Aber: Wer sind denn die Besten? Ist niedrige gesellschaftliche Stellung, Armut, Unwissenheit etwas, das die Menschen besser macht? Nein, dann würde man doch nicht der Arbeit und der Unwissenheit entgegenarbeiten? Welchen könnte man also die Macht überlassen, mit der Gewissheit, dass sie den am wenigsten Schlechten in die Hände fällt? Denen, die am meisten wissen? Aber dann hat man ja die Professorenherrschaft, dann wird Upsala – nein, nicht die Professoren! Wer denn? Ja, darauf konnte er nicht antworten, aber sicher nicht der Schornsteinfeger und der Fuhrmann, die auf dem Dampfer gewesen waren.

Tiefer drang er dieses Mal nicht in die Sache ein, denn man hatte die Frage noch nicht aufgeworfen, ob man nicht allen die gleiche Bildung geben könne, oder ob überhaupt jemand herrschen solle.

Er war auf die schlimmste von allen Aristokratien gestoßen, auf die Oberklasse der Unterklasse, oder, wie sie mit einem hässlichen Namen genannt wird, den Philister. Eine schlechte Kopie der Oberklasse, stimmte er mit der Macht, äffte die Gewohnheiten der Vornehmen nach, bereicherte sich durch fremde Arbeit, zitierte Autoritäten, hasste Opposition, seinen stillen Widerspruch gegen die Oberen ausgenommen. Der Schornsteinfeger wurde reich durch die Elendesten von allen, der Fuhrmann durch die armen Kutscher und Gäule, der Pfandleiher hatte unbilligen Gewinn an der Not. Und so weiter.

Ein Lehrer dagegen, ein Arzt, ein Künstler konnte seine Arbeit nicht Sklaven überlassen; der musste sie selbst verrichten, war also kein solcher Hai, wie die dort unten. Brachte nun die Bildung den Menschen Glück, machte Bildung die Menschen besser, so war diese Aristokratie berechtigt, wohltätig; konnte sich für besser halten. Aber die Bildung bekam man für Geld oder konnte sich zu ihr durchbetteln oder durchpumpen, wie so viele Studenten es taten. Dann war es keine Tugend wenigstens. Nein, das war es nicht, aber man musste sich über den andern fühlen, wenn man mehr wusste und die Gesetze des Zusammenlebens so beobachtete, dass man niemanden kränkte. Für die wahre Demokratie blieb nur das Nivellieren übrig, auf dass niemand sich unten zu fühlen brauchte und niemand oben zu sein glaubte.

16. Hinter dem Vorhang (1869)

Das schwedische Theater war zu dieser Zeit vielen Angriffen ausgesetzt, und wann wird das Theater nicht angegriffen? Das Theater ist eine Miniaturgesellschaft innerhalb der Gesellschaft, ebenso wie diese eingerichtet, mit Monarch, Ministern, Beamten, einer ganzen Reihe Volksklassen, die eine über der andern. Ist es da sonderbar, dass diese Gesellschaft immer den Angriffen der Unzufriedenen ausgesetzt ist?

Zu diesem Zeitpunkt aber hatten die Angriffe einen mehr praktischen Zweck. Ein früherer Provinzschauspieler hatte das Königliche Theater mit einer Broschüre beschossen, die höhere Gesichtspunkte nicht aufwies, aber den Erfolg hatte, dass der Autor in die Direktion berufen wurde. Das reizte zur Nachfolge, und viele schrieben jetzt Abhandlungen, um in die Direktion zu kommen.

Das Königliche Theater war damals wohl weder besser noch schlechter als früher. Aber, fragte man, ist das Theater eine Bildungsanstalt, für die es sich ausgibt, warum setzt man denn Ungebildete zu Leitern ein? Darauf antwortete man: Wir haben eben einen der gelehrtesten Männer des Landes, Hyltén-Cavallius, auf dem Posten gehabt, und wie ist es da gegangen? Trotzdem er den Vorteil besaß, nicht adelig zu sein, wurde er doch von der demokratischen Presse, die ihn von unten beim Rock riss, totgemacht. Heute (1886) ist die Utopie der Selbstregierung verwirklicht, das Theater hat einen Mann vom Bau an der Spitze, und nun ist die Zufriedenheit allgemein.

An dem bestimmten Tage ging Johan ins Theater, um sich zum Debüt anzumelden. Nachdem er etwas gewartet hatte, erlangte er Zutritt und wurde nach seinem Anliegen gefragt.

»Debüt!«

»So? Haben Sie an ein besonderes Stück gedacht?«

»Karl Moor in den ›Räubern‹!«, antwortete er, herausfordernder, als nötig war.

Man blickte einander an und lächelte.

»Aber es müssen drei Rollen sein. Haben Sie keine andere vorzuschlagen?«

»Lucidor!«

Man beriet und erklärte darauf, diese Stücke ständen jetzt nicht auf dem Spielplan. Das hielt Johan nicht für stichhaltig, erhielt aber die vernünftige Antwort, das Theater könne nicht für unerprobte Kräfte so große Stücke in Szene setzen und seinen Spielplan erschüttern. Darauf schlug der Direktor den »Fechter von Ravenna« vor. Nach solchen Triumphen, wie sie der letzte Darsteller der Rolle gefeiert hatte, zu kommen, nein, das wagte Johan nicht.

Das Ende war: Johan sollte mit dem Dramaturgen sprechen.

Nun begann ein Kampf, wahrscheinlich nicht der erste und nicht der letzte auf diesem Zimmer.

»Seien Sie vernünftig, Herr; man muss diesen Beruf ebenso lernen wie alle andern. Niemand ist fertig geboren. Kriechen Sie, ehe Sie gehen. Nehmen Sie zuerst eine kleine Rolle.«

»Nein, die Rolle muss so groß sein, dass sie mich trägt. In einer kleinen Rolle muss man ein großer Künstler sein, um in die Augen zu fallen.«

»Hören Sie auf mich, Herr, ich habe Erfahrung.«

»Andere haben in großen Rollen debütiert, ohne auf der Bühne gewesen zu sein.«

»Aber Sie werden sich den Hals brechen!«

»Dann breche ich mir eben den Hals!«

»Aber die Direktion gibt nicht die erste Bühne des Landes zu Experimenten des ersten besten her.«

Das war ein Grund. Er wolle also eine kleine Rolle nehmen. Man entschloss sich für Härved Boson in Hedbergs »Hochzeit von Ulfåsa«.

Zu Hause las Johan die Rolle und war verdutzt. Das war keine Rolle. Die handelte von nichts. Er zankte nur einige Male mit seinem Schwager und dann umarmte er seine Frau. Aber er musste die Rolle nehmen. Man hatte eben heruntergehandelt.

Die Proben begannen. Hohle Worte ohne Bedeutung hinauszuschreien, das war grausam.

Nach einigen Proben erklärte der Lehrer, er habe keine Zeit mehr und empfahl Johan, den Proben der Schauspielerschule beizuwohnen.

»Ja, aber Schüler werde ich nicht!«

»Nein, nein.«

Man sprach von der Schauspielerschule wie von einem Kindergarten oder einer Sonntagsschule. Alle möglichen Leute wurden aufgenommen, ob sie Schulbildung hatten oder nicht. Dahin wollte Johan nicht. Nein, nur zuhören.

Mit schweren Schritten ging er hin. Gewohnt, selbst Lehrer zu sein, trat er als eine Art Ehrengast ein und setzte sich auf einen Stuhl. Aber er zog sich eine unangenehme Aufmerksamkeit zu. Die Stunde verging damit, dass die »Milchstraße«, die er auswendig konnte, und einige andere Gedichte hergesagt wurden.

»Aber davon kann man doch für die Bühne nichts lernen«, wagte er dem Lehrer zu sagen.

»Dann kommen Sie auf die Bühne und erproben Sie das Rampenlicht«, sagte der.

»Wie ist das möglich?«

»Als Statist.«

»Statist? Hm! Das geht abwärts, ehe es begann«, dachte Johan. Aber er beschloss, alles durchzumachen.

Eines Morgens erhielt er die Ladung, sich auf der Probe von Björnsons »Maria Stuart« einzufinden. Der Bote übergab ihm ein kleines blaues Heft, auf dem geschrieben stand: Ein Edelmann. Und inwendig auf einem weißen Blatt las er: »Die Lords haben einen Unterhändler gesandt, der eine Herausforderung an den Grafen Bothwell überbringt«. Das war die ganze Rolle. Und das war also sein Debüt!

Zu der festgesetzten Zeit betrat er die kleine Hintertreppe und gelangte am Diener vorbei auf die Bühne. Zum ersten Male stand er hinter den Kulissen. Das war die Kehrseite. Ein großes Magazin mit schwarzen Wänden; ein zernagelter schmutziger Scheunenfußboden; und diese grauen Leinwandschirme mit ihrem rohen Holz!

Von hier hatte man ihm herrliche Szenen aus der Weltgeschichte gegeben, von hier hatte Masaniello gerufen: »Nieder mit den Tyrannen«, während er zitternd im vierten Rang stand. Hier hatte Hamlet gehöhnt und gelitten; von hier hatte ja auch einmal Karl Moor sein Pfui über die Gesellschaft und die ganze Welt gerufen. Ihm wurde bange. Wie sollte man hier, beim Anblick des rohen Holzes und der grauen Sackleinwand, selber Illusion bekommen? Alles sah staubig und schmutzig aus; die Arbeiter waren arme Teufel; die Schauspieler und Schauspielerinnen sahen in ihren bürgerlichen Kleidern nach nichts aus.

Er wurde ins Foyer geführt, wo man erst eine halbe Stunde lang die Gavotte tanzte, die das Stück eröffnete. Es war volles Tageslicht. Auf einem Stuhl saß der alte Musiklehrer seiner Familie und strich die Geige. Der Ballettmeister schrie und schlug in die Hände. Man wurde aufgestellt. Das ist nicht verabredet, dachte Johan. Aber es war zu spät.

So befand er sich mitten in einem Wechseltanz, den er nicht konnte; wurde gestoßen und gescholten. Nein, das mache ich nicht mit, dachte Johan, aber er konnte nicht mehr zurück.

Ein Gefühl von Scham überkam ihn. Mitten am Vormittag tanzen: das war keine schöne Beschäftigung. Und dann vom Lehrer zum Schüler hinabsteigen; der Letzte hier sein: so weit war er noch nie zurückgegangen.

Es klingelte zur Probe. Man wurde auf die Bühne getrieben. Dort stellte man sich zur Gavotte auf. An der Rampe standen die großen Schauspieler, welche die Hauptrollen hatten; von dort zogen sich die beiden Reihen bis in den Hintergrund.

Das Orchester spielt. Der Tanz beginnt in langsamen feierlichen Rhythmen. Aber unten von der Rampe hört man die tiefen Stimmen der beiden Puritaner, die über die Verderbnis des Hofes ihr Wehe rufen.

Das war von ergreifender Wirkung; Johan fühlte, wie es ihn packte. Die Herren hatten Hüte, Mäntel und Stöcke, die Damen Mäntel und Muffe, aber es machte doch Eindruck.

Johan stand in der Kulisse und hörte das ganze Stück. Maria Stuart liebte er nicht, sie war grausam und gefallsüchtig; Bothwell war zu roh und stark; Darnley, der schwache hamletartige Mann, der niemals aufhören konnte, diese Frau zu lieben, der vor Liebe verbrannte, trotz allem, trotz Untreue, Hohn, Bosheit: den liebte er. Und dann Knox. Hart wie Stein mit seiner sittlichen Forderung und seinem furchtbaren norwegischen Christentum.

Es war doch etwas, vorzutreten und im Kleide solcher Persönlichkeiten ein Stück Geschichte zu durchleben. Es war feierlich, wie früher in der Kirche. Nachdem er seine Rolle gesagt hatte, ging er, entschlossen, alles zu ertragen – für die heilige Kunst!

Der Schritt war also getan. An den Vater hatte er einen exaltierten Brief geschrieben und versprochen, er werde entweder etwas Großes auf dieser Laufbahn werden, die er jetzt betreten, oder sich wieder zurückziehen. Er hatte sich gelobt, nicht nach Hause zu gehen, bis er Erfolg gehabt. Der Doktor war traurig, aber schlug keinen Lärm, denn er sah ein, dass es unmöglich war, ihn zurückzuhalten. Aber er hatte andere geheime Pläne zur Rettung, die er jetzt ins Werk zu setzen begann. Zuerst hatte er Johan bewogen, einige medizinische Broschüren zu übersetzen, für die er einen Verleger gefunden. Jetzt kam er mit dem Vorschlag, sie sollten zusammen Artikel im »Abendblatt« schreiben. Johan hatte für sich Schillers »Schaubühne als moralische Anstalt« übersetzt; da die Theaterfrage jetzt im Reichstag behandelt worden war, schrieb der Doktor eine Einleitung, in der er den Bauern ernstlich ihre Kulturfeindlichkeit vorhielt; so kam der Artikel in die Zeitung.

Eines andern Tages kam der Doktor mit einem Heft der medizinischen Zeitschrift »The Lancet«, das die Frage behandelte, ob die Frau zur Ärztin tauglich sei. Ohne zu zögern, auf sein bloßes Gefühl hin, erklärte sich Johan gegen die Bewegung. Er hatte eine unbeschreibliche Ehrerbietung vor der Frau als Weib, Mutter, Gattin; aber die Gesellschaft war, wie sie einmal war, auf den Mann als Familienversorger und die Frau als Gattin und Mutter aufgebaut; also besaß der Mann seinen Arbeitsmarkt mit vollem Recht und allen Pflichten, die sich daraus ergaben. Jede dem Manne genommene Arbeit wäre entweder eine Ehe weniger oder ein hart bedrängter Familienvater mehr, denn der Trieb zur Ehe lag so tief beim Manne, dass er nie aufhören würde, sich zu verheiraten, wenn die Not auch noch so groß sei. Übrigens hatte das Weib seinen großen Arbeitsmarkt für sich: es konnte Magd, Haushälterin, Näherin, Gouvernante, Lehrerin, Schauspielerin, Künstlerin, Schriftstellerin, Königin, Kaiserin werden, vor allem Gattin und Mutter. Aber die Unverheirateten? Für die reichte eben der Arbeitsmarkt des Weibes. Es handelte sich also um einen Eingriff in die Rechte des Mannes. Wollte die Frau in das Gebiet des Mannes eindringen, so musste der Mann auch von der Pflicht, die Familie zu versorgen, befreit werden; durfte man die Vaterschaft nicht ermitteln. Das aber wollte man nicht. Man begann im Gegenteil eine Jagd auf die prostituierten Frauen, um dadurch den Mann zur Ehe zu treiben; durch das Besitzrecht der verheirateten Frau gefesselt, würde der dann zum Hausklaven herabsinken.

Dieses verwickelte Problem, das erst in vieljähriger Arbeit zu entwirren war, nahm Johan instinktiv und schrieb gegen die Bewegung, in der er den Untergang des Mannes sah. Die Frauenemanzipation hatte in den fünfziger Jahren die wildesten Formen angenommen: der Feldruf »Keine Herren, keine Herren« bezeichnete den wahren Charakter der Bewegung, die auch in einer Komödie von Rudolf Wall, genannt »Fräulein Garibaldi«, lächerlich gemacht wurde. Aber während die Jahre vergingen, hatten die Damen im Stillen gearbeitet.

Groß war deshalb die Überraschung sowohl des Doktors wie Johans, als sie ihren Artikel im »Abendblatt« sahen, aber so geändert, dass er für die Bewegung sprach.

»Der Redakteur ist in den Händen von Frauen«, sagte der Doktor; damit war die Sache erklärt.

Beim Theater ging es abwärts und der Krisis zu. Johan war in eine Garderobe, in der man Branntwein trank und es unsauber war, geschickt worden, um sich zusammen mit Statisten anzuziehen.

»Sie wollen mich ducken«, dachte er; »aber nur Geduld.«

Jetzt wurde er ganz einfach als Statist für die eine Oper nach der andern befohlen. Er erklärte, er fürchte weder Rampe noch Publikum, da er in der Kirche gepredigt habe. Es half nicht. Aber das Schlimmste war, stundenlang auf Proben herumzulungern, ohne etwas zu tun. Las er dann ein Buch, musste er hören, er habe kein Interesse. Ging er fort, schlug man Lärm.

In der Schauspielerschule wurden jetzt Rollen gelernt. Kinder, die nur die Kleinkinderschule durchgemacht hatten, mussten Goethes Faust lesen, natürlich, ohne etwas zu begreifen. Aber merkwürdig, ihre Unerschrockenheit rettete sie; ja, sie kamen so gut weiter, dass man denken könnte, der Schauspieler brauche eigentlich nicht zu begreifen, wenn es nur so klinge.

Nach einigen Monaten hatte Johan alles satt. Das war Handwerk. Die größten Schauspieler waren müde und gleichgültig, sprachen nie von Kunst, nur von Engagement und Spielhonorar. Keine Spur von dem frohen Leben hinter den Kulissen, von dem man so viel geschrieben hatte. Still wie Arbeiter saßen sie da und warteten auf ihr Stichwort; Tänzerinnen und Chorsängerinnen saßen in ihren Kostümen da und nähten und stickten. Im Foyer ging man auf Zehen, sah nach der Uhr, putzte den falschen Bart, aber sagte kein Wort.

Eines Abends, als Björnsons »Maria Stuart« gegeben wurde, saß Johan allein im Foyer und las eine Zeitung. Dahlqvist, der John Knox spielte, kam herein. Johan, der den großen Schauspieler grenzenlos verehrte, stand auf und verbeugte sich. Wenn er mit solch einem Manne sprechen könnte! Bei dem Gedanken zitterte er. Knox mit seinem herrlichen weißen langen Haar, seiner schwarzen Tracht und den halb erloschenen großen Augen in dem gewaltigen, jetzt in Falten liegenden Gesicht ließ sich am Tische nieder. Er gähnte.

»Was ist die Uhr?«, fragte er mit Grabesstimme.

Johan antwortete, es sei halb zehn, während er seine burgundische Samtjacke aufknöpfte, um die Uhr zu suchen, die nicht vorhanden war.

»Das geht ja heute verflucht langsam«, sagte Knox und gähnte wieder. Dann begann er über verschiedenen Klatsch zu plaudern. Es war nur eine Ruine der früheren Größe, die einst ihre Neider gezähmt hatte, als er Karl Moor gab. Auch er hatte alles durchschaut, auch er hatte alles satt. Und er hatte doch einst so hoch von seiner Kunst gedacht!

Da Johan jetzt freien Eintritt ins Theater hatte, suchte er vom Zuschauerraum aus Studien zu machen. Aber siehe da, die Illusion war fort. Das war Herr X. und Frau Y., dort hing der Hintergrund aus »Quentin Durward«, dort saß Högfelt, dort hinter der Kulisse stand Boberg. Es war aus mit der Illusion.

Und mit der kläglichen Rolle, an der er nun täglich wiederkäute, fand sich nach und nach der Ekel ein. Aber damit kam die Reue und die Furcht, dass er sich nicht mit Ehre aus dem Spiel ziehen könne. Endlich fasste er sich ein Herz und ersuchte um eine Probe. Das Stück war wohl fünfzig Male gespielt worden, und die großen Schauspieler liebten es nicht mehr; aber sie mussten kommen.

Die Probe fand statt, ohne Kostüm, ohne Requisiten. Johan war auf die damals übliche Schreimanier eingeübt, und er schrie wie ein Geistlicher. Es ging schlecht.

Nach der Probe verkündete der Lehrer das Urteil. Er solle in die Schauspielerschule eintreten. Nein, das wolle er nicht. Er weinte vor Grimm, ging nach Hause und nahm eine Kugel Opium, die er sich lange aufgehoben; sie wirkte aber nicht. Dann holte ihn ein Kamerad ab, und er trank sich einen Rausch.

17. Er wird Dichter (1869)

Am nächsten Morgen war er zerschlagen, wund, zerrissen. Die Nerven zitterten noch; Scham und Rausch heizten den Körper. Was sollte er tun? Die Ehre musste gerettet werden! Er wollte einige Monate als Eleve aushalten, um sich dann von Neuem als Schauspieler zu versuchen.

Er blieb an diesem Tage zu Hause und las die »Erzählungen des Feldschers« von Topelius. Wie er so las, kam es ihm vor, als habe er es selber erlebt. Es handelte von einer Stiefmutter und einem Stiefsohn, die sich versöhnten. Der Bruch mit seinen Eltern hatte ihn immer wie eine Sünde gequält, und er verlangte nach Versöhnung und Frieden. Diese Sehnsucht nahm heute einen ungewöhnlich traurigen Ausdruck an; während er auf dem Sofa lag, begann sein Gehirn Pläne auszusinnen, wie die Disharmonie mit dem Elternhaus zu lösen sei. Als Frauenverehrer, der er damals war und unter dem Einfluss des »Feldschers«

dachte er, nur ein Weib könne ihn mit dem Vater versöhnen. Und diese schöne Rolle gab er der Stiefmutter.

Während er so daliegt, fühlt er ein ungewöhnliches Fieber im Körper; während dieses Fiebers arbeitet der Kopf daran, die Erinnerungen an die Vergangenheit zu ordnen, einige auszuscheiden und andere hinzuzufügen. Neue Nebenpersonen treten auf; er sieht, wie sie sich in die Handlung einmischen; hört sie sprechen. Es ist, als sehe er sie auf der Bühne.

Nach einigen Stunden hat er eine Komödie in zwei Akten fertig im Kopf.

Es war eine sowohl schmerzhafte wie wollüstige Arbeit; wenn man es eine Arbeit nennen kann, denn es ging ganz von selber, ohne seinen Willen, ohne sein Zutun.

Jetzt aber musste es geschrieben werden.

In vier Tagen war das Stück fertig. Zwischen Schreibtisch und Sofa ging er hin und her; in den Zwischenstunden fiel er wie ein Lappen auf dem Sofa zusammen. Als das Stück zu Ende war, stieß er einen tiefen Seufzer aus, als seien Jahre von Schmerz vorüber; als sei ein Geschwür geschnitten. Er war so froh, dass es in ihm sang. Jetzt wollte er sein Stück dem Theater einreichen. Das war die Rettung!

Am selben Abend setzte er sich hin, um einem Angehörigen einen Glückwunsch zu schreiben, weil er eine Stellung gefunden. Als er die erste Zeile geschrieben hatte, schien sie wie ein Vers zu klingen. Da fügte er die zweite Zeile hinzu, die reimte auf die erste.

Schwerer war das nicht?

In einem Zuge schrieb er einen vier Seiten langen Brief in gereimten Versen nieder. Er konnte also auch Verse schreiben!

Schwerer war das nicht? Und einige Monate früher hatte er einen Freund gebeten, ihm bei Versen für einen Namenstag zu helfen; hatte aber eine ablehnende Antwort erhalten, die ihn jedoch ehrte: Er solle nicht im Mietswagen fahren, wenn er einen eigenen besitze.

Man wird also nicht geboren, Verse zu schreiben; man lernt es auch nicht, trotzdem man in der Schule alle Versarten lernt; sondern es kommt – oder kommt nicht.

Ihm schien's der Gnadenwirkung des Heiligen Geistes zu gleichen. War die seelische Erschütterung nach seiner Niederlage als Schauspieler so stark gewesen, dass sie das ganze Lager von Erinnerungen und Eindrücken umgekehrt hatte? War die Einbildungskraft unter einen so starken Druck gebracht worden, dass sie zu arbeiten anfing? Alles war ja längst vorbereitet! War es nicht seine Fantasie, die Bilder erzeugte, wenn er sich im Dunkeln fürchtete? Hatte er nicht in der Schule Aufsätze geschrieben? Nicht seit Jahren Briefe? Hatte er nicht seinen Stil durch Lektüre, Übersetzen, Schreiben für Zeitungen gebildet? Doch, so war es wohl, aber jetzt erst merkte er das sogenannte künstlerische Arbeitsvermögen.

Die Kunst des Schauspielers war also nicht die Form, in der er sich ausdrücken konnte; das war ein Irrtum, der jetzt aber leicht zu berichtigen war.

Indessen musste er seine Schriftstellerei ziemlich geheim halten und bis Ende der Spielzeit als Eleve beim Theater bleiben, damit seine Niederlage nicht allen offenbar ward. Oder bis das Stück angenommen war; angenommen musste es natürlich werden, da er es für gut hielt.

Doch wollte er die Probe machen, ob es wirklich gut sei. Zu diesem Zweck lud er zwei von seinen gelehrten Bekannten ein, die außerhalb des Theaters standen. An dem Abend, als sie kommen sollten, räumte er seine Bodenkammer auf. Er putzte sie, zündete anstelle der Studierlampe zwei Stearinlichter an, deckte den Tisch mit einem reinen Tischtuch und stellte darauf: eine Flasche Punsch mit Gläsern, Aschenbecher und Streichhölzchen.

Es war das erste Mal, dass er Besuch hatte, und die Veranlassung war neu und ungewöhnlich. Man hat oft die Arbeit des Dichters mit Gebären verglichen, und der Vergleich hat eine gewisse Berechtigung. Es war wie der Friede des Kindbettes nach dem Sturm; man hatte das Gefühl, es sei etwas oder jemand gekommen, das oder der vorher nicht da gewesen war; man hatte gelitten und geschrien, und jetzt war es still und friedlich geworden!

In Festtagsstimmung befand er sich; es war wie früher zu Hause: die Kinder waren fein gekleidet, und der Vater in seinem schwarzen Gehrock warf den letzten Blick auf die Anordnungen, ehe der Besuch kam.

Die beiden Bekannten langten an. Unter Schweigen las er das Stück bis zu Ende vor. Dann wurde das Urteil gefällt: die älteren Freunde begrüßten ihn als Dichter.

Als sie wieder gegangen waren, fiel er auf seine Knie und dankte Gott, dass er ihn aus der Bedrängnis befreit und ihm die Dichtergabe gegeben.

Sein Verkehr mit Gott war recht unregelmäßig gewesen. Eigentümlich war, dass er in großer Not seine Kräfte sammelte und nicht gleich zum Herrn schrie; in der Freude dagegen fühlte er ein unwillkürliches Bedürfnis, sofort dem Geber alles Guten zu danken. Es war umgekehrt wie in der Kindheit; und das war natürlich, da sich der Begriff von Gott zum Geber aller guten Gaben entwickelt hatte, während der Gott der Kindheit der Gott der Furcht gewesen war, der alles Unglück in seiner Hand hielt.

Endlich hatte er seine Bestimmung gefunden, seine Rolle im Leben, und nun bekam sein loses Wesen ein Gerippe. Er wusste jetzt ungefähr, was er wollte, und damit hatte er wenigstens ein Steuer auf seinem Boot. Und nun stieß er vom Lande, um sich auf Langfahrt hinaus zu begeben, immer bereit, abzufallen, wenn der Wind zu hart gegen den Bug stieß; aber nicht um in See abzutreiben, sondern um im nächsten Augenblick wieder vollen Wind zu nehmen und anzuluven.

Nachdem er sich seinen Familienkummer vom Herzen geschrieben hatte, brach die Erinnerung an die religiösen Kämpfe in einer dreiaktigen Komödie hervor. Die leichtete das Schifflein bedeutend.

Seine Schaffenskraft während dieser Zeit war unerhört. Das Fieber kam jetzt tagtäglich: in nicht mehr als zwei Monaten schrieb er zwei Komödien und eine Tragödie in Versen; außerdem schüttelte er Verse aus dem Ärmel.

Das Trauerspiel war sein erstes eigentliches Kunstwerk, wie man es nennt, denn es handelte nicht von etwas, das sich in seinem eigenen Leben zugetragen hatte. Das sinkende Hellas: nicht mehr und nicht weniger war das Thema. Die Kompostion war ganz und klar, doch waren die Situationen nicht neu und es wurde viel deklamiert. Das einzige, was er aus seiner eigenen Vorratskammer holte, war strenge asketische Moral und Verachtung des ungebildeten Demagogen. So ließ er einen alten Mann gegen die Unsittlichkeit der Zeit und gegen den Mangel an Vaterlandsliebe wettern. Demosthenes höhnt den Demagogen auf eine Art, die an den Schornsteinfeger und den Pfandleiher der Kopenhagener Reise erinnerte. Der Leiter der Schauspielerschule bekam auch seinen Teil, weil er sich oft Johan gegenüber beklagte, er habe keine genügende Bildung erhalten. Das Stück war aristokratisch, und die Freiheit, die hier ausposaunt wurde, war die der sechziger Jahre: die nationale Freiheit.

Inzwischen war die Familienkomödie der Direktion des Königlichen Theaters eingereicht worden, jedoch anonym.

Während sie da lag, tat er frohen Mutes Dienst als Statist. Wartet nur, dachte er, bald kommt die Reihe an mich, dann habe ich ein Wort mitzusprechen. Er war jetzt kühn auf der Bühne und fühlte sich, auch wenn er im »Wilhelm Tell« den Anzug eines Bauernjungen trug, als ein verkleideter Prinz. »Ich bin gewiss kein Schweinehirt, wenn ihr's auch glaubt«, summte er vor sich hin.

Die Antwort auf das Stück ließ auf sich warten. Schließlich verlor er die Geduld und vertraute sich dem Leiter der Schauspielerschule an. Der hatte das Stück gelesen und Talent darin gefunden, aber – gespielt konnte es nicht werden.

Das war ja kein Donnerschlag für ihn, da er noch das Trauerspiel besaß. Das ward besser aufgenommen, sollte aber hier und dort umgearbeitet werden.

Eines Abends, als die Schule schloss, bat der Lehrer ihn, zu bleiben.

»Jetzt haben wir gesehen, wozu Sie taugen«, sagte er. »Sie haben eine schöne Laufbahn vor sich: warum denn die schlechtere wählen. Dass Sie Schauspieler werden können, ist wahrscheinlich, wenn Sie einige Jahre arbeiten; aber warum sich abquälen auf diesem undankbaren Gebiet? Reisen Sie nach Upsala zurück und beendigen Sie Ihr Studium! Werden Sie dann später Schriftsteller, denn man muss erst Erfahrungen machen, ehe man gut schreiben kann.«

Schriftsteller werden, das gefiel ihm, das Theater verlassen, auch; aber nach Upsala zurückkehren – nein! Er hasste die Universität und sah nicht ein, wie das Unnütze, das man dort lernte, dem Schreiben zugutekommen könne; dafür müsste man doch das Leben selbst studieren.

Dann aber begann er nachzudenken. Da er einsah, dass er jetzt noch nicht ein Stück zur Annahme bringen könne, um es als Rettungsbrett zu benutzen, griff er nach dem andern Strohhalm: Upsala. Wieder Student werden, war mit zwanzig Jahren keine Schande; und beim Theater wusste man jetzt, dass er kein durchgefallener Anfänger war, sondern auch ein Dichter.

Gleichzeitig erfuhr er, dass er noch ein mütterliches Erbe von einigen Hundert Kronen ausstehen habe. Mit denen konnte er das erste Semester leben. Er ging zum Vater, nicht als verlorener Sohn, sondern als vielversprechender Schriftsteller und Gläubiger. Es kam zu einem heftigen Zwist, der damit endete, dass sein Erbe ihm ausgezahlt wurde.

Er hatte jetzt ein Trauerspiel mit dem gewaltigen Titel »Jesus von Nazareth« entworfen. Das behandelte Jesu Leben in dramatischer Form und sollte mit einem Schlage und für alle Zeiten das Götterbild zerschmettern und das Christentum ausroden. Als er aber einige Szenen vollendet hatte, sah er ein, dass der Stoff zu groß sei und langwierige Studien verlange.

Die Spielzeit ging ihrem Ende zu. Die Schauspielerschule gab ihre übliche Vorstellung auf der Bühne des Dramatischen Theaters. Er hatte keine Rolle bekommen, übernahm aber das Soufflieren. Und im Souffleurkasten schloss seine Laufbahn als Schauspieler. So viel war übrig geblieben von seinem Karl Moor, den er auf der Bühne des Großen Theaters hatte spielen wollen! Verdiente er dieses Schicksal? War er schlechter für die Bühne ausgerüstet als die andern? Das war nicht wahrscheinlich, wurde aber nie entschieden.

Am Abend nach der Vorstellung wurde den Schülern ein Schmaus gegeben. Johan war auch eingeladen, hielt eine Rede in Versen, um seinen Rückzug zu decken. Berauschte sich wie gewöhnlich, betrug sich dumm und verschwand vom Schauplatz.

18. Die Verbindung Runa (1870)

Das Upsala der sechziger Jahre weist Zeichen des Endes und der Auflösung einer Periode auf, die man die Boström'sche nennen könnte. In welchem Verhältnis steht das für die Zeit geltende philosophische System zu der Zeit selbst? Das System scheint die Gedanken der Zeit an dem bestimmten Zeitpunkt zusammenzufassen. Der Philosoph macht nicht die Zeit, sondern die Zeit macht den Philosophen. Der Philosoph sammelt die Gedanken seiner Zeit; dadurch kann er auf seine Zeit wirken; darum ist und muss seine Wirkung mit dem Ausgang der Epoche zu Ende sein.

Die Boström'sche Philosophie hatte den Fehler, dass sie schwedisch sein wollte, dass sie zu spät kam, dass sie über ihre Zeit leben wollte. Eine schwedische Philosophie zu schaffen, war ein Unding; damit riss man sich von dem großen Mutterstamm los, der draußen auf dem Festland wächst und nur Samen nach der harten Erde der hyperboräischen Halbinsel sendet. Sie kam zu spät, denn es ist Zeit nötig, um ein System zu schaffen; und ehe das fertig wurde, war die Zeit weitergegangen.

Boström als Philosoph kam nicht wie aus einer Kanone geschossen. Alles Wissen ist Sammelwerk und ist gefärbt von der Persönlichkeit. Boström ist gewachsen aus Kant und Hegel, begossen von Biberg und Grubbe, um schließlich einige ziemlich selbstständige Schüsse zu treiben. Das ist alles! Den Grundgedanken selbst scheint er aus Krauses Panentheismus geholt zu haben, dem Versuch, die Kant-Fichte'sche Philosophie und die Schelling-Hegel'sche auszugleichen. Diesen Eklektizismus hatte man schon Grubbe vorgeworfen. Boström studierte zuerst Theologie, und diese scheint seinen Geist zu binden, als er die spekulative Theologie schreibt. Seine Sittenlehre bekam oder nahm er von Kant. Boström einen originellen Philosophen nennen, ist Lokalpatriotismus. Sein Einfluss erstreckt sich nicht über die Grenzen Schwedens und reicht nicht weiter als bis zum Ausgang der sechziger Jahre. Seine Staatslehre war schon 1865 Altertumskunde geworden, als die Studenten noch, aus Ehrerbietung gegen den Lehrer, in der Prüfung nach seinem Lehrbuch erklären mussten, die Volksvertretung durch die vier Stände sei die einzig vernünftige; später wurde das natürlich gestrichen.

Wie kam Boström auf eine solche Idee? Kann man aus dem zufälligen Umstand schließen, dass er, der Sohn eines armen Mannes aus Norrland, in eine zu nahe Berührung mit König Karl Johan und dem Hof kam, nämlich als Lehrer der Prinzen? Konnte der Philosoph dem Schicksal aller entgehen, in *gewissen* Beziehungen persönliche Neigungen oder hergebrachte Vorstellungen zu verallgemeinern? Wahrscheinlich nicht. Boström war als Idealist subjektiv, so subjektiv, dass er der Wirklichkeit ein selbstständiges Dasein versagte, als er erklärte: »Sein ist wahrgenommen werden« (vom Menschen). Die Welt der Erscheinungen bestehe also nur in und durch unsere Wahrnehmung. Der Fehlschuss wurde übersehen, und der war ein doppelter. Das System geht nämlich von einem unbewiesenen Satz (petitio principii) aus und müsste wohl darin berichtigt werden: die Welt der Erscheinungen besteht *für uns* nur durch unsere Wahrnehmung; das hindert aber nicht, dass sie für sich besteht ohne unsere Wahrnehmung. Durch die Naturwissenschaft ist ja bewiesen, dass die Erde mit einem sehr hohen organischen Leben bestanden hat, ehe ein wahrnehmender Mensch da war.

Boström brach mit dem Christentum der Kirche, behielt aber, gleich Kant und sogar wie die späteren Philosophen der Entwicklung, die Sittenlehre des Christentums. Kant war mitten in dem kühnen Vorgehen seines Gedankens infolge Mangels an psychologischen Kenntnissen stehen geblieben und diktiert ganz einfach den kategorischen Imperativ und die praktischen Postulate. Das Sittengesetz, das ja von der Epoche abhängt und mit ihr wechselt, bleibt weiter ganz christlich »Gottes Gebot«. Boström stand noch »unter dem Gesetz«, beurteilte den sittlichen Wert oder Unwert einer Handlung nach dem Motiv; und das einzig befriedigende Motiv ist die »Achtung vor dem unsichtbaren Wesen des Verpflichteten«, das sich im Gewissen offenbart. Aber Gewissen gibt es ebenso viele wie Religionen und Volksstämme; darum wurde die Sittenlehre ganz unfruchtbar.

Boström fördert die Entwicklung nur, als er 1864 gegen Bischof Beckman im Kampfe um die Höllenlehre auftritt, obwohl diese Lehre schon damals von den Gebildeten mithilfe der Neurationalisten verworfen war. Hemmend für die Entwicklung wieder wurde Boström durch seine Schriften: »Der Monarch nicht verantwortlich und heilig« und »Sind die Stände des Reiches berechtigt, die sogenannte (!) Änderung der Volksvertretung im Namen des schwedischen Volkes durchzuführen?«

In seiner Eigenschaft als Idealist wird Boström für das heute (1886) lebende Geschlecht nicht nur bedeutungslos, sondern auch reaktionär. Er ist ein notwendiges Glied einzig und allein in der verwerflichen Reaktionsphilosophie, die so verhängnisvoll und verdunkelnd der Aufklärungsphilosophie des achtzehnten Jahrhunderts folgt. Er hat gelebt und ist tot! Friede seiner Asche!

Ein anderes Barometer der geistigen Atmosphäre soll die schöne Literatur sein. Um das aber sein zu können, muss sie die Freiheit haben, die Fragen der Zeit behandeln zu können; das erlaubte die damalige Ästhetik aber nicht.

Die Poesie sollte sein und war (nach Boström) ein Spiel, ebenso wie die schönen Künste. Die Poesie wurde unter solchen Verhältnissen und mit der üblichen Philosophie der Ichvergötterung lyrisch; drückte des Dichters kleine persönliche Gefühle und Neigungen aus, spiegelte darum die Zeit nur in gewissen Zügen, die vielleicht nicht die wesentlichsten sind.

Die schwedische Poesie der sechziger Jahre war die der Signaturen. Aber von diesen waren nur zwei von Bedeutung: Snoilsky und Björck. Snoilsky war, um einen Ausdruck des Pietismus zu gebrauchen, »erweckt«; Björck war »tot«. Beide waren, wie man zu sagen pflegt, geborene Dichter, das heißt, ihre Anlagen zeigten sich früher als gewöhnlich. Beide machten sich schon in der Schule bemerkbar, kamen früh zu Ehre und Ruhm, sahen durch Geburt und Stellung das Leben von den sonnigen Höhen. Snoilsky war, ohne es zu wissen, von den Geistern der neuern Zeit ergriffen. Von der Furcht vor der Hölle und der Mönchsmoral befreit, es erlebend, wie der Adel seine Vorrechte zurückgeben muss, lässt er Geist und Fleisch frei. Er ist Revolutionär in seinen ersten Gedichten und liebt die phrygische Mütze; er predigt die Lebensfreude des Fleisches, hat einen gewissen Hass gegen die Überkultur als konventionelles Band. Aber als Dichter entging er nicht dem tragischen Geschick des Dichters: nicht ernst genommen werden. Poesie war nun einmal Poesie, und Snoilsky war Poet.

Björck war mit einem Sinn begabt, der für starke Eindrücke nicht empfänglich war. Harmonisch, schlaff, fertig von Anfang an, lebt er sein Leben versunken in inneres Nachdenken; oder er bemerkt nur die kleinen Ereignisse der äußeren Welt und schildert die hübsch und korrekt. Die große Mehrheit, die das harmonische Leben des Automaten lebt, glaubt, seine Poesie atme eine unendliche Liebe zum Nächsten. Warum aber erstreckt sich diese Liebe nicht weiter, nicht über die großen Menschenkreise hinaus, über die ganze Menschheit? Björcks Liebe geht nicht über die persönliche Ruhe hinaus, zu welcher der einzelne gelangt, wenn er die Pflichten von sich fernhält, die das Zusammenleben aufstellt. Er ist mit seiner Welt zufrieden, weil die Welt ihm hold gewesen ist; Kampf darf es nicht geben, weil der die persönliche Ruhe stört. Björck zeigt uns den Glücklichen, dessen Leben nicht im Streit mit seiner Erziehung steht, der vielmehr Stein für Stein auf dem einmal gelegten Fundament aufbaut; alles geht handwerksmäßig nach Wasserwage und Lineal; das Haus wird fertig, wie es gezeichnet ist, ohne dass der Plan eine Änderung erfahren hat. Von Familientyrannei gezähmt, früh Achtung und Bewunderung der Menschen kostend, blieb er im Wachstum stehen. Den Boström'schen Kompromiss mit dem Christentum nahm er ungesehen an; damit hatte er sein Lebenswerk gemacht. Seine Dichtung wird besonders als die reine, die seraphische hervorgehoben. Was ist das Reine, das heute so schroff dem Sinnlichen gegenüber gestellt wird? Er kriegte sie nicht, das ist das Geheimnis; wie sich Dantes himmlische Liebe zu Beatrice aus der gleichen unfreiwilligen Ursache herleitete. Björck besingt also das Unerreichbare, mit der stillen Milzsucht der unbefriedigten Liebe. Aber das war doch keine Tugend, und das Reine sollte ja eine Tugend sein. Hätte er sie nur gekriegt!

Übrigens, wie verhielt es sich mit dem Reinen in den Herzen der Signaturen? Blühte nicht die unanständige Anekdote, wurden nicht die »Bierstuben« besucht, das Dekameron übersetzt, »Geranien und Kakamoja« von den Signaturen herausgegeben? Alle Menschen sind wohl sinnlich veranlagt, aber es galt damals für unrein, seine Sinnlichkeit zu zeigen; darum musste sie unterirdischen Abfluss haben. Snoilsky brach mit der Heuchelei und sang sich aus; und Björck verriet sich auch, als er erzählte, wie er die Minderjährige auf der Heimfahrt im Wagen geküsst. Nicht das Kind küsste er, sondern das Mädchen, und das Mädchen in kurzem Kleid. Hans Jaegers Feinde hätten das sicher für unrein, frühreif oder etwas noch Schlimmeres gehalten. Auch gibt es Überlieferungen von der Zeit der Signaturen, dass der seraphischeste von allen seraphischen Dichtern ein stürmisches Leben geführt habe und dass die Engelsflügel erst wuchsen, als das Bocksfell Haare ließ. Sie sangen Wasser, aber sie tranken Wein, wie die Dichter von heute (1886) beschuldigt werden, dass sie Wein singen und Wasser trinken. Immer soll das Leben des Dichters in Missklang zu seinen Lehren stehen. Warum? Will er beim Dichten sich selbst loswerden und einen andern erfinden? Ist es die Sucht, sich zu verkleiden? Ist es Schüchternheit? Die Furcht vor der Hingabe, vorm Entblößen der Scham? Der künftigen Wissenschaft der Seele ist da eine tüchtige Aufgabe gestellt, das herauszubringen!

Björck sang 1865 beim Reformfest in Upsala; aber die königliche Revolution besingt er. Harmonie sieht er in allem; wenn er von der wiederhergestellten Eintracht zwischen Schweden und Norwegen (1864) singt, ist er lauter Wohllaut. Auch Abraham Lincoln besingt er. Negerremanzipation und weiße Sklaverei: das ist das Freiheitsideal der heiligen Allianz. Revolution, aber gesetzliche Revolution von Gottes Gnaden! Nun, er wusste es nicht besser, und wenige wussten es damals besser. Darum kein Gericht über den Mann, sondern nur ein Urteil über seine Tat, deren Motiv für die Nachwelt gleichgültig ist.

Die Jugend las die Signaturen, viele mit großer Erbauung. Sie verkündeten keine neue Zeit, sondern sie weissagten hinterher: jetzt sei das Tausendjährige Reich gekommen, die Ideale verwirklicht, die Grenzlinie aufgehoben, ein für alle Male aufgehoben. Sie sahen mit Befriedigung auf ihr geschaffenes Werk, rieben sich die Hände und fanden alles gut.

Ein stiller Friede hatte sich 1870 über die ganze Universitätsstadt Upsala gebreitet; jetzt könne man bis zum Jüngsten Tage schlafen, meinte Alt und Jung. Da aber sind Misslaute zu hören, und in den Tagen des allgemeinen Friedens gewahrt man Feuerzeichen auf den Bergspitzen der Nachbarn. Von Norwegen signalisiert man offnes Wasser, und die Leuchttürme werden angezündet.

Rom nahm Griechenland, aber Griechenland nahm Rom ein. Schweden hatte Norwegen genommen, jetzt aber nahm Norwegen Schweden ein.

Lorentz Dietrichson wird 1861 zum Dozenten der Universität Upsala ernannt, und er ist der Vorbote. Er macht Schweden mit der dänischen und norwegischen Dichtung bekannt und gründet die literarische Gesellschaft, aus der die Signaturen hervorgingen.

Nachdem Norwegen von der dänischen Monarchie losgerissen war und aufgehört hatte, eine Filiale des Hauptkontors von Kopenhagen zu sein, wurde es nicht Schweden aufgepfropft, sondern kehrte bei sich selber ein und eröffnete gleichzeitig eine direkte Verbindung mit dem Festland. Während das Land zur Selbstständigkeit erwachte, strömte gleichzeitig ein großer Golfstrom vom Ausland unmittelbar an seine Küsten.

Björnson war es, der Norwegen Selbstgefühl gab, und als das zu beschränktem Patriotismus ausartete, kam Ibsen mit der Schere.

Als dieser Kampf hitziger wird und Christiania sich nicht mehr zum Walplatz hergeben will, wird der Streit ins gastfreundliche Schweden verlegt. Der norwegische Wein, der stark »beschnitten« war, eignete sich gut zur Ausfuhr, und die Pamphlete gewannen auf der Reise über Land und wurden in Schweden Literatur. Die Gedanken kamen an die Oberfläche, aber die Persönlichkeiten setzten sich auf den Boden des Gefäßes.

Ibsen und Björnson brachen in Schweden ein; Tidemand und Gude waren Sieger in der Kunstausstellung von 66; Kierulf und Nordraak beherrschten Lied und Klavier.

Björnson begann als Bezauberer; Ibsen als Wecker. »Zwischen den Treffen« riss die Stockholmer hin, und ganz mit Recht. Den »Bund der Jugend« verstand man infolge der lokalen Anspielungen nicht; ja, man verstand nicht einmal, dass er die neuen Bestrebungen verhöhnte, denn er verhöhnte nicht die schwedischen Verhältnisse. Man hörte munkeln, dass Steensgaard Björnson sein solle und dass der Schauspieler sich porträtgetreu maskiert habe; doch das ging einen nichts an. Den »17. Mai« gab man preis, aber man bewunderte Dahlqvist als Aslaksen.

Dann kam »Brand«. Der war bereits 66 erschienen, kam aber erst 69 in Johans Hände. Er griff tief in sein altchristliches Herz, war aber finster und streng. Das Schlusswort vom Deus Caritatis befriedigte nicht, und der Dichter schien zu viel Sympathie für seinen Helden gehabt zu haben, um ihn nur ironisch dem Untergang überlassen zu können.

Brand machte Johan viel Kopfzerbrechen. Er hatte das Christentum fallen gelassen, aber die schreckliche Moral der Askese beibehalten. Er forderte Gehorsam gegen seine alten Lehren, die nicht mehr anzuwenden waren; er verhöhnte das Streben der Zeit nach Menschlichkeit und Vergleich, schließt aber damit, den Gott des Vergleichs zu empfehlen. Brand war ein Pietist, ein Fanatiker, der gegen die Welt recht zu haben glaubte, und Johan fühlte sich verwandt mit diesem entsetzlichen Egoisten, der obendrein unrecht hatte. Keine Halbheit, nur drauflosgehen, alles niederbrechen, was im Wege steht, denn du allein hast recht! Johans zartes Gewissen, das unter jedem Schritt, den er tat, litt, weil dieser Schritt Vater oder Freunden wehtun konnte, wurde von Brand betäubt. Alle Bande der Rücksicht, der Liebe sollten der »Sache« wegen zerrissen werden.

Dass Johan jetzt nicht mehr die ungerechte Sache der Haugianer führte, war ein Glück, sonst wäre auch er beim Bergrutsch untergegangen! Brand aber gab ihm den Glauben an ein Gewissen, das reiner war als das, was die Erziehung ihm gegeben hatte, und ein Recht, das höher stand als das gewöhnliche Recht. Und er brauchte diese Eisenstange in seinem schwachen Rücken, denn er hatte lange Perioden, in denen er sich aus Menschlichkeit selbst unrecht und dem ersten besten recht gab; darum war er auch sehr leicht anzuführen.

Brand war der letzte Christ, der einem alten Ideal nachgab, darum konnte er kein Muster für den werden, der eine dunkle Aufruhrlust gegen alle alten Ideale fühlte.

Das Stück bleibt ein schönes Gewächs, das keine Wurzel in der Zeit hat und darum ins Herbarium gehört.

Dann kam »Peer Gynt«. Der ist eher dunkel als tief und hat seinen Wert als Gegengift gegen die nationale Selbstliebe. Dass Ibsen nicht verbannt oder verfolgt wurde, nachdem er dem stolzen norwegischen Volk so bittere Dinge gesagt hatte, zeigt, dass man in Norwegen den Streit ehrlicher führte als in Schweden.

Die »Komödie der Liebe« wirkte »peinlich«. Sie leugnete die Liebe und zeigte die Ehe als eine Lebensversicherung für das Weib, das die Prämien mit ihrer Gunst bezahlt. So roh wirkte damals die Wahrheit.

Ibsen galt damals als Menschenhasser und als Björnsons Neider und Feind. Man war in zwei Lager geteilt und der Streit, welcher von beiden der größere sei, hatte kein Ende, denn er handelte über das Problem der Kunst: Inhalt oder Form.

Der Einfluss der norwegischen Poesie auf die schwedische Entwicklung ist groß gewesen und zum Teil sehr wohltuend, doch war darin etwas eigentümlich Norwegisches, das auf Schweden, ein Land mit ganz anderer Entwicklung, nicht anzuwenden war.

In den abgesonderten Tälern Norwegens wohnte ein Volk, das aus Not und Mangel in den Entsagungslehren des Christentums eine fertige Askesephilosophie vorfand, die den Himmel als Entgelt fürs Entbehren versprach. Eine schwere, düstere und karge Natur, ein feuchtes Klima, lange Winter, große Entfernungen zwischen des Dörfern, Einsamkeit – alles wirkte zusammen, um das Christentum in den strengen Formen des Mittelalters zu erhalten.

Es ist auch etwas im norwegischen Charakter, das man geisteskrank nennen könnte, von der Art des englischen Spleens; und wer weiß, ob nicht Norwegens intime Berührung mit dem hypochondrischen Inselvolk Spuren in die Kultur gedrückt hat. In Jonas Lies »Hellseher« ist diese Geisteskrankheit dargestellt; da herrscht die gleiche unheimliche Stimmung, die man in den isländischen Sagen trifft. Der Kampf des Geistes gegen das physische Dunkel, gegen die Kälte. Die Schilderung vom traurigen Schicksal des Nordländers, von sonnigen Ländern zu den Wildnissen des Dunkels und der Kälte verwiesen zu sein, das jetzt seine Berichtigung in der Auswanderung sucht; deren ethnografische

Bedeutung man vor der wirtschaftlichen vergessen hat. Norwegischer Charakter ist die Frucht von vielen Hundert Jahren Tyrannei, ungerechter Behandlung, schwerem Brotkampf, Mangel an Freude.

Diese nationalen Eigentümlichkeiten hätte der Schwede nicht mit in den Kauf nehmen sollen, aber sie haben ihn vernorwegert. In der schwedischen Literatur spukt noch der Dovrealte; Brand läuft mit seinen idealen Forderungen herum, die der romanisierte und heitere Schwede nicht aufrichtig teilen kann. Darum sitzt ihm diese fremde Volkstracht jetzt so schlecht; darum klingt die moderne schwedische Musik so unharmonisch, als ein Nachklang der Geige von Hardanger, die von Grieg neu gestimmt ist; darum erscheint die neue Mundartensucht so übel gewählt; darum schnarrt das Wort von größerer sittlicher Reinheit im Munde des lebenslustigen Schweden. Er hat nicht unter langwieriger nationaler Unterdrückung geseufzt und braucht sich nicht in der Vergangenheit aufzusuchen; er ist in seinem offenen flachen See- und Flussland nicht so düster geworden, und darum kleidet ihn die saure Miene nicht.

Als er dagegen große, neue Gedanken via Christiania oder direkt vom Ausland durch Ibsen und Björnson bekam, hätte der Schwede das Nettogewicht behalten, die norwegische Tara aber lassen sollen. Das »Puppenheim« sogar ist norwegisch. Nora ist verwandt mit den isländischen Frauen, die das Matriarchat mitnahmen; gehört zur Familie der unheimlichen herrschsüchtigen Frauen der »Krieger auf Helgeland«: die sind reine Norwegerinnen, bei denen die Gefühle erfroren oder durch die Familienheiraten der Jahrhunderte verwachsen sind. Die schwedische Frauenliteratur ist norwegisch-norwegisch, mit ihrer unbescheidenen idealen Forderung an den Mann und mit ihrem Verhätscheln der verwöhnten Frau; mehrere junge Schriftsteller haben norwegischen Stil in die schwedische Sprache eingeführt, und eine Schriftstellerin hat schließlich die Handlung nach Norwegen verlegt und den Helden norwegisch sprechen lassen. Weiter kann man nicht gehen!

Ausländisches gern, denn das ist universal; aber nicht Norwegisches, denn das ist provinziell, und das haben wir selbst ebenso gut!

So war er wieder in Upsala, in dieser Universitätsstadt, aus der er vor neun Monaten geflohen, in die er höchst ungern wieder zurückging.

Zu etwas gezwungen werden, was er nicht wollte, machte immer den Eindruck auf ihn, als begegnete er einem persönlichen Feinde, der ihm seine Wünsche und seine Abneigungen ablistete und ihn zwang, sich zu beugen. Da er noch unter Gottes besonderer Aufsicht zu stehen glaubte, nahm er das hin, als diene es zu seinem Besten. Später aber hatte er das Gefühl, es gebe eine böse Macht. Aus diesem Gefühl entwickelte sich dann der Glaube an zwei lenkende Mächte, eine böse und eine gute, die sich in der Herrschaft teilten oder sich ablösten.

Er fragte sich wieder, was hast du hier zu tun? Den Doktor zu machen; vor allem aber den Rückzug vom Theater zu decken. Insgeheim wollte er wohl ein Stück schreiben, um sich unter dem Schutz des Erfolges dem Examen zu entziehen.

In der ersten Zeit fühlte er sich durchaus nicht wohl auf seiner einsamen Bodenkammer. Er war jetzt an Komfort gewöhnt, an große Zimmer, guten Tisch, Bedienung und Gesellschaft. Gewohnt, als Mann behandelt zu werden und mit älteren gebildeten Menschen zu verkehren, konnte er sich schwer darein finden, wieder Student zu sein. Aber er warf sich ins Gewimmel und hatte bald drei verschiedene Verkehrskreise.

Zuerst die Mittagsgesellschaft, die aus Medizinern und Naturforschern bestand. Von ihnen hörte er zum ersten Male den Namen Darwin; dieser Name flog an ihm vorbei wie eine Lehre, für die er noch nicht reif war.

Dann die Abendgesellschaft, die aus einem Theologen und einem Juristen bestand; mit denen spielte er Karten bis tief in die Nächte hinein.

Er glaubte jetzt nur deshalb in Upsala zu sein, um zu wachsen, älter zu werden; und dass es ziemlich einerlei war, was er tat, wenn nur die Zeit verbracht wurde. Er warf jetzt ein Trauerspiel »Erich XIV.« nieder. Fand es aber schlecht und verbrannte es, denn die Selbstkritik war erwacht und die Forderungen gewachsen.

Später im Semester kam er in eine dritte Gesellschaft, die dann sein besonderer Kreis wurde für die ganze Zeit in Upsala und noch länger. Zufällig traf er eines Abends einen älteren Kameraden, mit dem er die Privatschule besucht hatte. Sie sprachen von Literatur, und bei einem Glase Grog wurde der Plan entworfen, einige junge Dichter zu einer Gesellschaft zusammenzubringen. Das hieß eine Art Wirkungskreis schaffen.

Der Plan wurde ausgeführt. Außer Johan und dem zweiten Stifter wurden vier junge Studenten gewählt. Es waren vortreffliche Jünglinge, ideal angelegt, wie man sagt; hatten gute Vorsätze und schwärmten für unbekannte Ideale. Sie waren mit den Widerwärtigkeiten des Lebens noch nicht in Berührung gekommen, hatten vermögende Eltern, keine Sorgen und wussten noch nichts vom Kampfe ums Brot. Johan hatte eben die unangenehmsten Verhältnisse verlassen, Menschen gesehen, die sich immer die Zähne zeigten, eingebildete leere Schauspielereleven; jetzt sah er sich in eine neue Welt versetzt. Da gingen die seligen Jünglinge an ihren gedeckten Tisch, rauchten feine Zigarren, machten ihre Spaziergänge, poetisierten schön über das schöne Leben, das sie noch nicht kannten.

Satzungen wurden entworfen und die Verbindung nahm den Namen »Runa« an, der Lied bedeutet. Dass man sie Runa nannte, kam wohl von der nordischen Renaissance, die mit dem Skandinavismus gekommen war; von König Karl XV. in der Poesie, von Winge und Malmström in der Malerei, von Molin in der Bildhauerei geadelt wurde und jetzt ebenso schön in Björnsons und Ibsens Dramen aus dem alten nordischen Leben aufgelebt war. Auch trug das Studium der isländischen Sprache dazu bei, das eben an der Universität eingeführt war.

Die Anzahl der Mitglieder sollte höchstens neun sein; jeder erhielt als Bundesbruder eine Rune als Namen. Johan wurde Frö und der zweite Stifter Ur. Alle Richtungen waren vertreten. Ur war ein großer Patriot und verehrte Schweden mit dessen Erinnerungen. Das Land habe die feinste Geschichte von Europa und sei immer frei gewesen. Sonst war er ein realistisch veranlagter Mann, der einen ausgebildeten Sinn für Statistik, Staatswissenschaft, Biografie besaß, ein strenger und geschickter Kritiker der Form war, auch die Verwaltung des Bundes führte. Verlässlicher Freund, guter Gesellschafter, hilfreich und herzlich.

Auch ein vollblütiger Romantiker war da, der Heine las und Absinth trank; ein gefühlvoller Jüngling, der noch für alle alten Ideale schwärmte, aber am meisten für Heine.

Da war ein Seraph, der das unendlich Kleine besang, besonders die Seligkeit der Kindheit.

Da war einer, der still die Natur verehrte.

Schließlich einer, der aus allem das Beste auswählte und improvisierte. Es war ein Kind Israels; seine Fähigkeit, auf eine Aufforderung hin zu improvisieren, war unglaublich; und zwar konnte er es in jeder Tonart. Zwei Minuten nach der Aufforderung stand er auf und sprach aus dem Stegreif wie Anakreon, wie Bellman, wie Horaz, wie die Edda; was es auch sein mochte, auch in fremden Sprachen.

Die erste Zusammenkunft war bei Thurs, dem Improvisator, der am geräumigsten wohnte, zwei Zimmer und die besten Pfeifen hatte. Als einer der Stifter verlas Johan zuerst von allen seine Antrittsrede, die nach den Satzungen in Versen sein musste. Sie begann mit Brages Harfe, die verstummt sei, und fragte nach dem Barden. Das war das Neunordische, das man jetzt wieder ausgraben zu müssen glaubte. Mit den Worten »das kleinliche Streben der Zeit« wurde das ganze Programm der Idealisten bezeichnet. Die große Arbeit der Zeitgenossen für die Wirklichkeit, für Verbesserung der Lebensbedingungen sei kleinlich. Der Geist war in der Materie gefangen; darum sollte die Materie der Feind sein: das waren die Lehren der Romantik.

Dann geht der Dichter hinaus in die Natur, hört die Glocken der Domkirche, den Wind und die Vögel singen, um dann die sehr berechtigte Frage zu tun: Die Natur singt, warum sollte ich denn schweigen? Er beschließt, nicht länger zu schweigen, sondern loszusingen: vom Frühling des Lebens, dem fröhlichen und jungen; vom Herbst des Lebens, von der Liebe zur Heimaterde. Da kommt der weise Mann mit dem erfrorenen Herzen, nimmt sein Lied, zerpflückt es und nennt es Unsinn. Da verstummt der Gesang vor der Überklugheit des Tages.

Jetzt (1886) bestimmt zu sagen, was Johan damals (1870) mit Oberklugheit meinte, ist nicht leicht; aber das waren wohl ganz einfach Vorahnungen künftiger Kritiken; und der weise Mann war wohl niemand anders als der Kritiker.

Dann legt er los gegen die elenden Krämerseelen, die das goldene Kalb anbeten, aber keine Lieder lieben. Ein Zusammenhang mit dem Trachten der Zeit war hier nicht zu finden, denn in den sechziger Jahren herrschte infolge schlechter Ernten großer Mangel an Geld. Schwindel und Unwesen der Aktiengesellschaften begann erst mit den siebziger Jahren. Es war das Programm des Dichters damals, auf das goldene Kalb loszuhacken; darum schlüpfte dieses Stichwort in die Verse hinein.

Die Rede schließt wie üblich mit Tegnérs Epilog bei der Doktorpromotion, wenn auch die Todesgedanken des Einundzwanzigjährigen etwas unbegründet sind:

Ist einst in ferner Zeit das Jugendfeuer
Im Aug erloschen – schlägt der Puls nur schwach,
Der Sänger nur ein Schatten noch, ein scheuer –
Wenn wir dann hören einen Frühlingstag
Die neue Jugend ihre Lieder singen,
Hier oben in dem alten Odinshain,
Sie sollen in Erinnerung uns bringen
Den frischen frohen jungen »Lied«-Verein.

Die beiden letzten Reihen enthielten kein Versprechen, hatten überhaupt keinen Sinn. Ein Programm wurde nicht gegeben. Dass das Lied im Norden verstummt sei, schwebte dem Jüngling vor; wie aber der neue Ton lauten sollte, gab er nicht an. Dass er oder die Verbindung neue Lieder beginnen werde, ließ er nicht durchblicken. Eine dunkle Ahnung ist in dem Gedicht, dass sie Epigonen seien. Es spricht nämlich die Besorgnis aus, die Nachwelt werde ihnen keinen Marmor errichten, sie würden verschwinden im Grab des Vergessens. Das Ganze ist eine Mischung von Bescheidenheit und Unverschämtheit, die für den Mann bezeichnend ist.

Ein poetisches Faulenzerleben begann. Jeden Abend kam man zusammen, entweder in der Kneipe oder bei einem Bundesbruder. Aber für einen künftigen Schriftsteller war die Zeit nicht verloren. Johan konnte aus der reichen Bibliothek der Kameraden schöpfen; durch den Meinungsaustausch gewöhnte er sich daran, die Literatur von vielen Gesichtspunkten zu sehen. Doch das Leben, die allgemeinen Interessen, die Politik des Tages, die existierten noch nicht; man lebte in Träumen.

Zuweilen erwachte sein Unterklassenbewusstsein und er fragte sich, was er unter den reichen Jünglingen zu schaffen habe. Doch er beruhigte sein Gewissen durch Rausch und Gespräche; er redete sich Mut ein, weiterzugehen, etwas vom Leben zu verlangen. Denn er hatte, nach der Ansicht der Kameraden, einen guten Einsatz.

Seine Kammer war schlecht; es regnete durchs Dach, ein Bett war nicht vorhanden: nur eine Pritsche, die am Tage Sofa war. Wenn ihm die Zeit lang wurde und die poetischen Gespräche ihn ekelten, suchte er seinen alten Kameraden, den Naturforscher, auf. Da konnte er durchs Mikroskop sehen, hörte von Darwin und der neuen Weltanschauung sprechen. Dort fand er Rat, praktischen, wohlwollenden; und dieser Freund war es, der ihn ermahnte, für das Königliche Theater einen Einakter in Versen zu schreiben.

»Nein, in einem Akt habe ich keinen Spielraum; dann lieber ein Trauerspiel in fünf.«

»Aber das ist schwerer zur Annahme zu bringen.«

Schließlich ließ er mit sich sprechen und beschloss, eine kleine Idee auszuführen, die von Thorwaldsens erstem Besuch in Rom handelte. Sein Freund lieh ihm Bücher über Italien, und er begann zu arbeiten.

In vierzehn Tagen war das Stück fertig.

»Das wird gespielt werden«, sagte der Freund. »Das sind Rollen, siehst du!«

Da es bis zur nächsten Zusammenkunft der Verbindung noch weit war, eilte Johan am Abend zu Thurs und Rejd hinauf und las ihnen das Stück vor. Sie waren beide der Meinung des Naturforschers: das Stück werde gespielt.

Und sie schmausten und tranken Champagner; hielten Reden und tranken bis zum Morgen; bis sie auf Rejds Fußboden einschliefen, die Punschgläser neben sich. Sie erwachten in einigen Stunden, leerten bei Sonnenaufgang die halb vollen Gläser und gingen hinaus, um weiter zu feiern.

Die Teilnahme der beiden war herzlich, uninteressiert, warm, ohne eine Spur von Neid. Immer erinnerte sich Johan gern an diesen seinen ersten Erfolg: es war eine seiner besten Jugenderinnerungen.

Der schwärmerische ergebene Rejd vermehrte die Dankbarkeitschuld, indem er mit seiner zierlichen Handschrift das Stück ins Reine schrieb. Dann wurde das Erzeugnis an die Direktion des Königlichen Theaters gesandt.

Der Frühling kam und den Mai verlebte man in einem einzigen Rausch. Die Verbindung hatte eine Klause im »Kleinen Verderben« für ihre Abendschmäuse ausersehen. Dort wurde gesprochen, Reden gehalten, unmäßig getrunken.

Schließlich musste man sich trennen, da die Ferien begannen; verabredete aber, sich noch einmal in Stockholm zu treffen, um durch einen Ausflug ins Grüne den Feiertag der Verbindung zu begehen.

An einem Junimorgen um sechs Uhr versammelten sich die vier Stammbrüder der Verbindung im Hafen von Stockholm, wo ein Ruderboot gemietet war. Die Bundeslade, ein großer Karton, in dem die

Akten verwahrt wurden, verstaute man neben Mundvorrat und Flaschenkörben. Nachdem Os und Rejd die Ruder genommen, steuerte man auf den Kanal zu, der durch den Tiergarten führt, um den Bestimmungsort, eine Landzunge auf der Lidinginsel, zu erreichen.

Thurs blies Bellman'sche Melodien auf einer Flöte und Frö (Johan) begleitete ihn auf einer Gitarre, die er in Upsala spielen gelernt hatte.

Sobald man gelandet, wurde auf einer Wiese am Strande das Frühstück gedeckt. Mitten auf das Tischtuch wurde die Bundeslade gestellt, mit Grün und Blumen bekleidet; auf die stellte man die Branntweinflasche nebst Gläsern. Johan, der für sein in Griechenland spielendes Trauerspiel griechische Altertümer studiert hat, ordnet die Mahlzeit auf griechische Art: die Gäste essen liegend und bekränzt. Darauf macht man zwischen einigen Steinen ein Feuer und kocht Kaffee. Um neun Uhr morgens wird Kognak und Punsch getrunken.

Johan liest sein religiöses Drama »Der Freidenker« vor. Nach der Vorlesung wird es kritisiert. Dann lässt man der Beredsamkeit freien Lauf. Thurs ist der größte Sprecher; er macht Gefühlen und Gedanken in gebundener Form Luft. Gedichte werden vorgelesen und mit Beifall aufgenommen.

Man musiziert. Johan singt zur Gitarre, bald romantische Volkslieder mit weinerlichem Vortrag, bald unanständige Weisen.

Als der Mittag kommt, sind die Geister noch heiß, aber etwas schläfrig.

Am Nachmittage, als die Sonne im Westen steht, hält man einen kurzen Schlummer. Dann wird der Rausch wieder aufgefrischt und geht in einen neuen Abschnitt über. Thurs, das Kind Israels, hat ein Gedicht über die Größe des Nordens vorgetragen und die alten Götter Skandinaviens angerufen. Ur, der Patriot, versagt ihm das Recht, sich andere Götter anzueignen. Man fängt Feuer bei der Judenfrage, Streit droht auszubrechen, es endet jedoch mit Umarmungen.

Jetzt beginnt das sentimentale Stadium. Man muss weinen, denn der Alkohol hat diese Wirkung auf Magenhaut und die Nerven der Tränendrüsen. Ur fühlt das Bedürfnis zuerst, und unbewusst sucht er etwas Trauriges auf. Er bricht in Tränen aus. Man fragt warum. Er weiß es zuerst nicht, schließlich aber findet er, dass man ihn als Bruder Lustig behandelt habe. Er beteuert, dass er eine sehr ernste Natur sei; dass er großen Kummer habe, den niemand kennt. Jetzt aber erleichtert er sein Herz und spricht von einer Familiengeschichte. Nachdem er sich erleichtert hat, wird er wieder froh.

Aber der Abend ist lang, und man sehnt sich nach Haus. Die Gehirne sind leer; man ist einander müde, hat Spiel und Rausch satt. Man wird tiefsinnig und untersucht die Philosophie des Rausches. Woher haben die Menschen diese Sucht, sich wahnsinnig zu machen? Und was liegt dahinter? Ist es des südländischen Auswanderers Sehnsucht nach einem verlorenen sonnigen Dasein? Ein Bedürfnis muss dem Rausch zugrunde liegen, denn eine Unart könnte nicht, ohne einen Sinn zu besitzen, die ganze Menschheit ergriffen haben. Ist es der Gesellschaftsmensch, der im Rausch alle gesellschaftliche Lüge abwirft, denn Verkehr und Staat verlangen unwillkürlich, dass man seine Gedanken nicht ausspricht? Warum liegt sonst die Wahrheit im Wein? Warum verehrten die Griechen Bacchus als einen, der Menschen und Sitten veredelt? Warum liebte Dionysos Frieden und warum sollte er Reichtümer verbreiten? Hat der Wein, der hauptsächlich vom männlichen Geschlecht genossen wird, Einfluss auf die Entwicklung der Intelligenz und Tatkraft des Mannes gehabt, sodass er dem Weib überlegen wurde? Und warum blieb Mohammeds Volk, das nicht Wein trinkt, auf einer Kulturstufe stehen, die für niedriger gehalten wird? Als das Salz der tägliche Nahrungsstoff bei Ackerbauer und Hirt wurde, um die Salze zu ersetzen, welche die früheren Jäger im Blut des Wildes erhielten, konnte da nicht der Wein ein Ersatz gewesen sein für verlorene Nahrungsstoffe? Und für welche? Ein Gedanke oder ein Bedürfnis muss einem so seltsamen Brauch zugrunde liegen. Oder sollte das Bedürfnis, das Bewusstsein zu verlieren, dem Satz der pessimistischen Schule recht geben, dass das Bewusste der Anfang des Leidens ist? Man wird ja naiv, unbewusst wie ein Kind; man wird ja ein Tier vom Wein! Ist es die verlorene Seligkeit, die man wiedergewinnen will? Aber die Reue, die hinterher kommt? Reue und Magensäure haben dieselben Symptome. Ist es etwa eine Verwechslung: wird als Reue empfunden, was nur Magenkrampf ist? Oder bereut der wieder zum Bewusstsein erwachte Trinker, dass er sich am Tage vorher entblößt, seine Geheimnisse verraten hat? Da ist doch etwas zu bereuen! Er schämt sich, dass er sich hat überrumpeln lassen; empfindet Furcht, weil er sich entblößt, die Waffen fortgegeben hat. Reue und Furcht liegen ja nahe beieinander.

Noch einmal ertränkten die Bundesbrüder das Bewusstsein. Dann setzte man sich ins Boot, um nach Hause zu fahren. Jetzt aber gerieten Johan und Thurs in einen Streit über Bellman, der bis zum Hafen von Stockholm dauerte und mit scharfen Wahrheiten schloss.

Einen alten Groll hatte Johan auf Bellman. Als er einst in seiner Schulzeit einen ganzen Sommer krank lag, hatte er aus Vaters Bücherschrank zufällig »Fredmans Episteln« von Bellman geholt. Er fand das Buch verrückt, aber er war zu jung, um ein begründetes Urteil zu haben. Später kam es zuweilen vor, dass der Vater sich ans Klavier setzte und Bellman'sche Lieder summte. Unbegreiflich, dachte der Knabe, dass Vater und Oheim das so köstlich finden können. Eine Weihnacht brach ein sehr heftiger Streit zwischen seiner Mutter und seinem Oheim über Bellman aus. Der Bruder seiner Mutter stellte ihn über alles, über Bibel, über Predigten. Es sei Tiefe in Bellman. Tiefe! Wahrscheinlich war Atterboms romantische Parteikritik durch die Zeitungen zur Mittelklasse durchgesickert. Als Gymnasiast und Student hatte Johan die Idyllen gesungen, natürlich ohne die Worte zu begreifen oder überhaupt an sie zu denken. Er sang eben mit im Quartett oder Chor, denn es klang lustig. Schließlich hatte er Ljunggrens 1867 verfasste Vorlesungen in die Hand bekommen, und ein Licht ging ihm auf, aber nicht das, was Ljunggren angesteckt. Das ist Wahnsinn, dachte er. Bellman ist ein Liedersänger, ja meinetwegen; aber ein großer Dichter, der größte Dichter, den der Norden besitzt? Unmöglich!

Bellman hat seine nach französischem Muster zugeschnittenen Lieder vor Hof und Freunden gesungen, aber nicht fürs Volk; das hätte Amaryllis, Tritone, Fröja und die ganze Sippschaft des Rokoko nicht begriffen. Er starb und wurde vergessen. Warum wurde er von Atterbom ausgegraben? Weil die kämpfende Partei, die romantische Schule, eine Verkörperung des Regellosen, das sie den Akademikern gegenüber rühmen wollte, brauchte, da sie sich doch nicht selber rühmen konnte. Dann kam die Schule zur Macht. Wenn man weiß, wie feige die Menschen gegen den Druck einer Ansicht sind; wenn man weiß, wie die Mittelklasse nachäfft und die Autorität verehrt, so wundert man sich nicht mehr, dass Bellman so erhoben wurde. Ljunggren und Eichhorn kamen dann als Forscher und mussten noch mehr Schönheit und Geist als Atterbom finden. Dann übernahm die Geistlichkeit den Kultus, und damit war der Gott fertig. Ja, Byström hatte bereits den kleinen Lotteriesekretär und Hofpoeten zu Dionysos gemacht und ihm die Züge des antiken Bacchuskopfes gegeben.

Johans Opposition richtete sich vor allem gegen den Gott. Dann fand er, als Idealist, Bellmans Humor widrig und unwahr. Kein Trunkenbold, und wenn er noch so groß ist, liegt im Rinnstein und denkt an den Beischlaf seiner Mutter, durch den er zur Welt gekommen ist. Keine Lustpartie macht an einem Sonntagvormittag einen Ausflug, um beim Glockengeläut, im Sonnenschein, den Beischlaf auszuüben. Das ist keine Lebensfreude, denn die gehört der Jugend, und es handelt sich hier um impotente Greise. Darum ist Bellman der Dichter für Grogonkels und der Stammvater des garstigen alten Junggesellen Konjander.

Die Idyllen sind nachlässig, aus dem Ärmel geschüttelt, haben Notreime; hängen so wenig zusammen wie die Gedanken in einem berauschten Gehirn. Man weiß nicht, ist es Nacht oder Tag; der Donner rollt bei Sonnenschein; die Wellen schlagen, wenn das Boot in Windstille liegt. Das ist Text für Musik, und als solchen kann man sogar das Adressbuch benutzen. Einerlei, was es ist, wenn es nur klingt.

Wie gewöhnlich, nahm Thurs es persönlich. Es war ein Angriff auf seinen guten Geschmack und auf seine Sitten. Johan behauptete nämlich, er heuchle diese Bewunderung nur, er habe sie sich angelesen, sie sei nicht echt. Thurs erklärte Johan für übermütig, weil er den größten Dichter meistern wolle.

»Beweise, dass er der größte ist!«

»Tegnér, Atterbom haben es gesagt ...«

»Das ist kein Beweis!«

»Natürlich, Widerspruchsgeist!«

»Der Zweifel ist der Gewissheit Anfang, und Sinnlosigkeiten müssen bei einem gesunden Gehirn Widerspruch erregen.«

Und so weiter!

Während es kein allgemeines oder allgemeingültiges Urteil gibt, da ja jedes Urteil persönlich ist, so gibt es dagegen Urteile der Mehrheit und der Partei. Johan wurde mit diesen geduckt und schwieg seitdem über Bellman mehrere Jahre lang. Als später der alte Fryxell nachwies, dass Bellman kein Apostel der Nüchternheit gewesen, zu dem ihn Eichhorn und Ljunggren gemacht hatten; auch kein Gott, sondern ein mäßiger Liedersänger, da sah Johan einen Funken von Hoffnung, dass sein persönliches Urteil auch einst das Urteil der Mehrheit werden könne. Da sah er die Frage aber schon von einem andern Gesichtspunkt: Schweden würde weder unglücklicher noch schlechter sein, wenn Bellman niemals gelebt hätte. Da hätte er den Patrioten und Demokraten sagen mögen: Bellman war ein Stockholmer Dichter, ein royalistischer Hofpoet, der mit den kleinen Leuten recht grausam scherzte. Da hätte er den Goodtemplern, die Bellman singen, sagen mögen: Ihr singt Trinklieder, die beim Trinken geschrieben sind und das Trinken besingen.

Persönlich blieb er dabei, dass Bellman angenehm zu singen ist wegen der leichten französischen Melodien; und von der vorurteilsfreien französischen Moral war er durchaus nicht verletzt, im Gegenteil. Jetzt aber mit einundzwanzig Jahren wurde er verletzt, denn er war Idealist und verlangte Reinheit in der Poesie, ganz wie die überlebenden Idealisten und Verehrer Bellmans von heute (1886).

Diese haben sich und ihre Moral unter das Wort Humor gerettet. Was aber meinen sie mit Humor? Ist es Scherz oder Ernst? Was ist denn Scherz? Des Feigen Scheu, seine Meinung zu sagen? Im Humor findet sich die Doppelnatur des Menschen wieder: des Naturwesens Gleichgültigkeit gegen hergebrachte Moral und des Christen Seufzen über das Unmoralische, das doch so lockend, so verführerisch ist. Der Humor spricht mit zwei Zungen: des Satyrn und des Mönches. Der Humorist lässt die Mänade los, glaubt sie aber aus alten schlechten Gründen mit Ruten peitschen zu müssen. Es ist eine Übergangsform, die im Sterben liegt und in den unteren Stadien ihr letztes Leben lebt. Die großen modernen Geister haben die Rute fortgefegt und heucheln nicht länger, sondern sprechen geradeheraus. Die alte Säufersentimentalität kann nicht mehr für gutes Herz gelten, da man entdeckt hat, dass es nur schlechte Nerven sind.

Nachdem man sich müde gestritten hatte, stieg die Verbindung an Land. Es war jetzt helle Sommernacht. Mit Esskörben und Gitarre, die Bundeslade an der Spitze, zogen sie, als wahre Idealisten, zu Mädchen.

Bei Sonnenaufgang saß die Verbindung am offenen Fenster in der Apfelbergstraße. Man tischte aus den Esskörben auf, Gitarre und Flöte erklangen wieder, die Lieder des Horaz an Lydien und Chloen wurden rezitiert, und in weichen Betten wurden der Aphrodite Pandemos die Feuer der Liebe entzündet.

19. In den Büchern und auf der Bühne (1870)

Die Geschichte der Entwicklung einer Seele kann man zum Teil schreiben, indem man eine einfache Bibliografie gibt; ein Mensch, der in kleinen Kreisen lebt und niemals die Besten persönlich trifft, sucht ihre Bekanntschaft durch die Bücher zu machen. Dass dieselben Bücher doch nicht denselben Eindruck und dieselbe Wirkung auf alle üben, zeigt ihre relative Unfähigkeit, jemanden zu bekehren. Die Kritik zum Beispiel, die mit unserer Ansicht übereinstimmt, nennen wir gut; die unserer Ansicht widerspricht, ist eine schlechte Kritik. Wir scheinen also mit vorgefassten Ansichten zum Mindesten erzogen zu sein, und das Buch, das diese stärkt, klärt, entwickelt, macht auf uns Eindruck. Die Gefahr einer einseitigen Bildung durch Bücher ist die, dass die meisten Bücher, besonders gegen das Ende einer Kulturperiode und vor allem an der Universität, veraltet sind. Der Jüngling, der von Eltern und Lehrern alte Ideale erhalten hat, wird also, ehe er fertig ist, notwendig veraltet sein; beim Eintritt ins Mannesalter muss er gewöhnlich sein ganzes Lager von alten Idealen fortwerfen und sich gleichsam aufs Neue gebären. Die Zeit ist an ihm vorbeigegangen, während er in den alten Büchern las, und er ist ein Fremder mitten in seiner Zeit.

Johan hatte seine Jugend hingebracht, um über die Vergangenheit klar zu werden. Er kannte Marathon und Cannae, den spanischen Erbfolgekrieg und den Dreißigjährigen Krieg, Mittelalter und Altertum; als aber jetzt im Sommer der große Krieg zwischen Frankreich und Deutschland ausbrach, wusste er nicht, um was es sich handelte. Er las darüber wie über ein Theaterstück: interessierte sich für den Ausgang, um zu erfahren, wie es gehen werde.

Während er im Sommer bei den Eltern wohnte, lag er draußen im Park im Grase und las Öhlenschläger. Zur Doktorprüfung musste er innerhalb des Hauptfaches Ästhetik ein besonderes Gebiet wählen; er hatte sich, von Dietrichsons Vorlesungen angelockt, für die dänische Literatur entschieden. In Öhlenschläger hatte er die Höhe nordischer Poesie gefunden; das war für ihn die Poesie der Poesie; das Unmittelbare, das er bewunderte, vielleicht vor allem, weil es ihm fehlte. Etwas trug dazu wohl auch die dänische Sprache bei, die ihm wie ein idealisiertes Schwedisch vorkam und wie die Muttersprache von den Lippen eines aus der Ferne angebeteten Weibes klang. Als er »Helge« gelesen, schätzte er »Frithjofs Sage« gering, fand sie klotzig, nüchtern, pfaffenhaft, unpoetisch.

Öhlenschläger war ein Buch, das durch den Gegensatz als Ergänzung wirkte; vielleicht fand auch dessen Romantik ein Echo bei dem Jüngling, der jetzt zur poetischen Tätigkeit erwacht war und glaubte, dass Poesie und Romantik zusammenfallen. Auch trugen dazu bei: erstens seine Neigung für das Nordische, das Öhlenschläger ja entdeckt hat; zweitens seine jetzige unglückliche Liebe zu einem blonden blassen Mädchen, das mit einem Leutnant verlobt war. Öhlenschläger machte darum auch nur einen vorübergehenden Eindruck, der kaum ein Jahr dauerte; es war eine leichte Frühlingsbrise, die vorbeistrich.

Schlimmer war es mit den ästhetischen Systemen, wie sie Ljunggren dargestellt hatte. Zwei eng gedruckte Bände Berichte über die Ansichten, die alle Philosophen über das Schöne gehabt haben; aber eine annehmbare Definition ergab sich nicht.

Als Johan auf dem Nationalmuseum die Antike studierte, hatte er sich gefragt, wie der hässliche »Schleifer« unter die schönen Künste gekommen sei; wie die Kneipenszenen der holländischen Genremaler als Material schön sein könnten, obwohl sie nicht verschönert waren und diese Szenen in der Wirklichkeit schmutzig genannt wurden. Darauf antworteten die Philosophen nicht. Sie machten Ausflüchte und stellten die eine Rubrik nach der andern auf, ohne das Hässliche unter einem andern Vorwand einverleiben zu können, als dass sie es als Kontrastwirkung und als komisch hinstellten. Der Argwohn war jetzt aber erwacht, dass das Schöne nicht immer schön sei.

Ferner plagten ihn Zweifel, ob objektive Geschmacksurteile möglich seien. Er hatte in der eben begründeten »Schwedischen Zeitschrift« gelesen, wie man über Kunstwerke stritt; hatte gesehen, wie beide Gegner gleich gut ihre entgegengesetzten Ansichten verteidigten. Der eine suchte das Schöne in der Form, der zweite im Inhalt, der dritte in der Harmonie zwischen beiden. Ein gut gemaltes Stillleben kann also höher stehen als Niobe; denn diese Gruppe ist nicht schön in den Linien; besonders der Faltenwurf der Hauptfigur ist höchst geschmacklos, wenn auch das Urteil der Mehrheit das Werk für erhaben hält. Das Erhabene braucht also nicht schön in der Form zu sein.

Die Frucht der Studien war, dass alle Urteile des Geschmacks sich als subjektiv erwiesen, da sie von Subjekten gefällt werden; dass die sogenannten objektiven Urteile nur subjektive sind, welche die Mehrheit für sich gewonnen oder sich eingebürgert haben.

Während er diesen Grübeleien nachhing, fiel ein Buch in seine Hand, das wie ein Blitz ins Dunkel des Zweifels einschlug und ein neues Licht über die ganze Welt des Schönen warf. Das waren Georg Brandes' »Kritiken und Porträts«, die in diesem Sommer erschienen und im »Abendblatt« besprochen wurden. Ein neues fertiges System lag hier nicht vor, aber über das Ganze verbreitete sich eine neue Beleuchtung. Alle der deutschen Philosophie entlehnten Worte: Inhalt und Form, schön, erhaben, charakteristisch, fehlten; und ganz sicher hatte der Autor nicht die ästhetischen Systeme angewandt, um einen Maßstab zu erhalten. Aber welchen Zirkel er benutzte, erfuhr man noch nicht. Brandes schrieb nicht wie die andern; sah nicht wie die andern; schien einen feineren Gedankenmechanismus zu haben als die Alten. Er ging von der vorliegenden Tatsache aus; untersuchte die; zerpflückte das Kunstwerk; zeigte dessen Anatomie und Physiologie, ohne bestimmt zu sagen, ob es schön oder nicht schön sei.

Das war die neue Methode der französischen Ästhetik, die mit Taine von England eingeführt worden und jetzt auf die Kunst angewandt wurde. Die ganze alte Ästhetik, die dabei stehen geblieben war, das sei gut, das sei nicht gut, war damit abgetan. Das Kunstwerk lag da als eine Äußerung der Tätigkeit des menschlichen Geistes, gestempelt von der Zeit, von der es ausgegangen; geprägt von der Persönlichkeit. Es sollte nur behandelt werden als ein Dokument, eine Handlung, welche die innere Geschichte der Zeit betrifft. Das Schönheitsideal wechselt mit Land, Volk, Klima; Rubens fettansetzende Frauen waren ebenso schön oder unschön wie Raffaels zu Madonnen verkleidete Geliebte.

Damit wurde die Frage auf einen Punkt gebracht, wo sie weder von subjektiven noch von objektiven Urteilen erreicht werden konnte. Die Kritik hatte damit alle absoluten Urteile verworfen und erkannte nur die Methode der Erklärung an. Wie konnte es auch anders sein, da jedes Urteil, von einer bestimmten Persönlichkeit oder einer persönlichen Partei gefällt, von einer eingelernten Anschauung bestimmt, von der Epoche abhängig, nur ein relatives und persönliches Urteil werden konnte.

Damit war aber auch die Kritik für unmöglich erklärt. Denn wer anders als der Dichter oder der Künstler selbst konnte die Entstehung des Kunstwerkes erklären? Wer außer ihnen kannte alle geheimen

Fäden, alle Beweggründe, alle Interessen, die bei der Arbeit mitgewirkt hatten? Aber der Dichter oder Künstler war ja parteiisch, kannte selten sich selbst, besonders wenn er in dem seligen Selbstbetrug des Unbewussten lebte; und er war ja gezwungen, um sich nicht zu schaden, die Geheimnisse seines Berufes geheim zu halten.

In der schwierigen Frage, ob der Inhalt oder die Form vorzuziehen sei, ging Brandes bestimmt zum Inhalt über. Damit ein Kunstwerk ein Zeitdokument werden soll, muss es in innigem Verhältnis zur Zeit stehen und wirklich etwas enthalten. Diese Auffassung fand ihren Ausdruck in der seitdem berühmt gewordenen Formel: »Problem unter Debatte«. Aber das hatte ja schon der verketzerte Tendenzroman, dessen bekanntestes Opfer in Schweden Frau Schwartz gewesen, ins Werk gesetzt. Die Gefahr, die in dieser Lehre liegt, einsehend, zieht sich Brandes aus dem Spiel, indem er sich solche Folgerungen verbittet, ohne jedoch anzugeben, aus welchem Grunde.

Jedenfalls war hier von einem Ästhetiker der erste Schritt getan, um die Literatur aus der drückenden Sklaverei im Dienst der Kunst zu befreien. Vorher waren bereits Schritte zur Befreiung getan worden, indem die Zeitungsliteratur die meisten dichterischen Kräfte an sich gezogen. Der Dichter brauchte nicht länger der für sein Zeitalter gleichgültige Gaukler zu sein. Er konnte die Träume verlassen und in die Wirklichkeit seiner Zeit hinabsteigen. Damit war die Bahn für die Übergangsform eröffnet, die jetzt (1886) Realismus und Naturalismus heißt und die wohl in Selbstbiografie enden wird. Das ist der einzige Stoff, den ein Schriftsteller einigermaßen beherrschen kann, wenn er sich nämlich ganz der Unfreiheit seines Willens bewusst ist; sich also nicht scheut, aufrichtig zu sein. Das kann er nur sein, wenn er sich ganz klar darüber ist, dass er keine Verantwortung besitzt.

Victor Hugos Romane hatten in Johan einen fruchtbaren Boden gefunden. Der Aufruhr gegen die Gesellschaft; die Naturverehrung des auf einer einsamen Insel hausenden Dichters; die Verhöhnung der immer herrschenden Dummheit; das Wüten gegen die Staatsreligion und das Schwärmen für Gott als den Schöpfer des Alls – all das, was im Keim bei dem Jüngling lag, begann zu keimen, wurde aber noch von dem herbstlichen Laub der alten Bücher erstickt.

Das Leben im Elternhause war jetzt still. Die Stürme hatten sich gelegt; die Geschwister waren herangewachsen. Der Vater, der noch immer über seinen Geschäftsbüchern saß, um zu berechnen, wie er ohne Schulden die Kinderschar versorgen könne, war älter geworden und sah jetzt ein, dass Johan auch älter war. Sie sprachen jetzt oft über allgemeine Fragen. Dem Deutsch-Französischen Kriege gegenüber verhielten sie sich ziemlich neutral. Als romanisierte Germanen liebten sie den Deutschen nicht. Sie fürchteten und hassten ihn als älteren Bruder eines Vaters, der ein gewisses Altersrecht vor dem Schweden hatte; aber sie vergaßen auch nicht, dass das siegende Preußen eine schwedische Provinz gewesen. Der Schwede war mehr Franzose geworden, als er wusste, und jetzt fühlte er sich verwandt mit der geliebten Nation. Abends, wenn sie im Garten saßen und der Wagenlärm aufgehört hatte, drangen die Klänge der Marseillaise vom Konzertgarten bis zu ihnen hinaus; und sie hörten die Hurrarufe, die bald verstummen sollten.

Im August, als die Theater wieder geöffnet wurden, erhielt Johan den so lange ersehnten Bescheid, sein Stück sei zum Spielen angenommen. Das war der erste Rausch des Erfolges, den er erlebte. Mit einundzwanzig Jahren ein Stück beim Königlichen Theater angebracht zu haben, das war etwas; das wog die ganze Last seiner Misserfolge auf, die ihn niederdrückte. Von der ersten Bühne des Landes sollten seine Worte ins Publikum hinausgehen; das Missgeschick mit dem Schauspielerberuf würde vergessen werden; der Vater würde einsehen, dass der Sohn in seiner so berüchtigten Unbeständigkeit richtig gewählt habe; alles würde wieder gut werden.

Im Herbst, bevor noch die Universität begann, wurde das Stück gespielt. Es war kindlich, fromm, verehrte die Kunst, enthielt aber einen dramatischen Effekt, der das magere Stück rettete: Thorwaldsen vor der Jasonstatue, die er mit einem Hammer zerschmettern will. Unverschämt war dagegen ein Ausfall gegen die Reimer. Was bezweckte der Dichter damit? Wie konnte ein Anfänger, der so viele Notreime hatte, es wagen, einen Stein auf die andern zu werfen? Das war eine Dummdreistigkeit, die sich auch bestrafte.

Johan schlich sich in den dritten Rang hinauf, um auf einem Stehplatz sich sein Werk anzusehen. Dort stand schon Rejd und der Vorhang war bereits in die Höhe gegangen. Johan hatte das Gefühl, als stehe er unter einer Elektrisiermaschine. Jeder Nerv zitterte, seine Beine schlotterten, die Tränen flossen die ganze Zeit über vor lauter Nervosität. Rejd musste ihn bei der Hand fassen, um ihn zu beruhigen.

Die Zuschauer äußerten hier und dort ihren Beifall, aber Johan wusste, es waren meistens Freunde und Verwandte, und ließ sich nicht täuschen. Jede Dummheit, die ihm in einem Verse entschlüpft war, schmerzte im Ohr und schüttelte ihn. Er sah lauter Unvollkommenheiten in seiner Arbeit; er schämte sich so, dass ihm die Ohren brannten; ehe der Vorhang fiel, lief er hinaus, hinaus auf den dunklen Markt.

Er war ganz vernichtet. Der Anfall auf die Priester war dumm und ungerecht; die Verherrlichung der Armut und des Hochmuts erschien ihm falsch; seine Schilderung des Verhältnisses zum Vater war zynisch. Wie konnte er sich auf diese Weise bloßstellen! Es war ihm, als habe er seine Blöße gezeigt, und Scham war das stärkste Gefühl, das er kannte. Die Schauspieler dagegen fand er gut; die Inszenierung war stimmungsvoller, als er sie sich geträumt hatte. Alles war gut, nur das Stück nicht. Er irrte unten am Wasser umher und wollte sich ertränken.

Dass er seine Gefühle gezeigt hatte, regte ihn am meisten auf! Wie kam das? Und warum schämt man sich im Allgemeinen deshalb? Warum sind die Gefühle so heilig? Vielleicht weil Gefühle im Allgemeinen falsch sind, da sie nur eine physische Sensation ausdrücken, welche die Persönlichkeit nicht ganz mitmacht. Wenn es wirklich so ist, dann schämte er sich als Alltagsmensch darüber, beim Schreiben unwahr gewesen zu sein und sich verkleidet gezeigt zu haben.

Beim Anblick der Leiden eines Menschen gerührt werden, gilt für schön und verdienstvoll, aber es soll nur eine Reflexbewegung sein. Man verlegt des andern Leiden in sich selbst, und man leidet über sein eigenes Ich. Eines andern Tränen können einen zum Weinen verlocken, ebenso leicht wie eines andern Gähnen zum Gähnen. Johan schämte sich, dass er gelogen und sich selber ertappt hatte. Aber das Publikum ertappte ihn nicht.

Niemand ist ein so unbestechlicher Kritiker wie der Bühnendichter, der sein eigenes Stück sieht. Er lässt kein Wort durch sein Sieb durch. Er schiebt die Schuld nicht auf die Schauspieler, denn die bewundert er gewöhnlich, da sie seine Dummheiten mit solchem Geschmack sagen können. Und Johan fand das Stück dumm. Es hatte ein halbes Jahr gelegen; vielleicht war er ihm entwachsen.

Ein Nachstück wurde gespielt, das zwei Stunden dauerte. Während der ganzen Zeit irrte er draußen in der Dunkelheit, in den Alleen umher und schämte sich.

Er hatte mit Freunden und Verwandten verabredet, nach dem Stück im Hotel du Nord ein Glas zu trinken; aber er blieb aus. Er sah, wie sie nach ihm suchten, aber er wollte sie nicht treffen. Und sie gingen wieder hinein, um das zweite Stück zu sehen.

Endlich war das Theater aus. Die Zuschauer strömten hinaus und zerstreuten sich über die Alleen. Er lief von ihnen fort, um nicht ihre Urteile hören zu müssen.

Zuletzt sah er eine einzige Gruppe unter dem Regendach des Dramatischen Theaters stehen. Sie sahen nach allen Richtungen; sie riefen ihn. Schließlich trat er vor, bleich wie eine Leiche und düster.

Sie gratulierten zum Erfolg. Man hatte Beifall geklatscht; es war recht gut. Die Urteile der Nachbarn wurden wiedergegeben und man beruhigte ihn. Dann schleppte man ihn beim Kragen ins Restaurant und zwang ihn, zu essen und zu trinken. Dann wurde er zu Mädchen mitgenommen.

»Das wird dir guttun, du alter Dusterer«, sagte ein Kaufmann.

Bald war er herabgerissen von seiner Himmelfahrt.

»Wie kannst du noch düster sein, nachdem das Königliche Theater ein Stück von dir gespielt hat?«

Das konnte er ihnen nicht sagen. Sein kühnster Wunsch war erfüllt; aber es war wahrscheinlich nicht das, was er wollte. Der Gedanke, dass es in jedem Fall eine Ehre war, tröstete ihn nicht.

Am nächsten Morgen ging er in einen Laden und kaufte die Morgenzeitung. Er schlug sie auf und las: das Stück habe eine schöne Sprache und sei (da es anonym gegeben) wohl von einem bekannten Kunstkritiker verfasst, der die Künstlerwelt Roms gut studiert habe. Das war artig und hob seine Stimmung.

Um die Mittagszeit fuhr er nach Upsala. Der Vater hatte ihn dort bei der Witwe eines Geistlichen in Pension gegeben, damit er unter richtiger Aufsicht seine Studien vollende.

20. »Zerrissen« (1870)

Dadurch, dass Johan in eine Pension kam, hatte er sofort einen großen, täglichen, reichen Verkehr. Vielleicht allzu reich. Da waren Studenten jedes Alters, jedes Faches, aus allen Provinzen. Vom älteren Theologen, der sich auf die letzte Prüfung vorbereitete, bis zu jungen Medizinern und Juristen hinab. Auch Damen wohnten im Hause, aber Johan war jetzt, zum achten Male, verliebt, und wieder in eine Unerreichbare, die verlobt war. Der reiche Verkehr überlud das Gehirn mit Eindrücken aus allen Kreisen; die Persönlichkeit wurde schlaff, da sie sich andern anpassen musste, zerrissen durch dieses Unterhandeln über Ansichten, das der Verkehr zur Folge hat. Außerdem wurde viel getrunken, beinahe jeden Abend.

An einem der ersten Tage kam die Kritik der Abendzeitungen über Johans Stück zum Vorschein. Die eine war sehr scharf. Sie war gerecht, und gerade darum traf sie Johan ganz furchtbar. Er fühlte sich entkleidet und durchschaut. Der Dichter habe seine unbedeutende Person hinter einem großen Namen (Thorwaldsens) versteckt, aber das Kostüm kleide ihn nicht. Und so weiter. Er war ganz bankrott. In solcher Not sucht man sich selber zu verteidigen; er stellte Vergleiche an mit andern schlechten Stücken, die derselbe gestrenge Herr gelobt hatte. Da fand er die Behandlung ungerecht. Ja, von diesem Gesichtspunkt war sie auch ungerecht; das heißt, beim Vergleich, aber für sich allein war sie gerecht. Das Stück wurde nicht besser, weil der Kritiker schlechter wurde.

Johan wurde scheu und wild. Dazu kam, dass sich die Landsmannschaft in einer Bierzeitung über ihn und sein Stück lustig gemacht hatte. Er glaubte überall Hohn und Grinsen zu lesen und suchte auf seinen Wegen Hinterstraßen auf.

Dann aber kam noch ein Schlag, der noch härter war. Ein Freund hatte im eignen Verlag eins seiner ersten Stücke, den »Freidenker«, drucken lassen. Und während einer Abendstunde bei Rejd kommt ein Bekannter mit der verhassten Abendzeitung hinauf. Darin stand ein höhnischer Artikel über das gedruckte Stück; es wurde verspottet und verrissen. Johan ward gezwungen, den Artikel in Gegenwart der Kameraden zu lesen. Er musste, gegen seinen Willen, zugeben, dass der Kritiker nicht ganz unrecht habe; aber es erregte ihn furchtbar.

Warum ist es so schwer, die Wahrheit von andern zu hören, während man doch so streng gegen sich selbst sein kann? Wahrscheinlich weil die gesellschaftliche Maskerade jeden davor bange macht, demaskiert zu werden; wahrscheinlich auch, weil damit Verantwortung und Unannehmlichkeiten verknüpft sind. Man fühlt sich überlistet, geprellt. Der da in Ruhe dasitzt und entlarvt, würde sich ebenso durchgepeitscht und bloßgestellt fühlen, wenn seine Geheimnisse verraten würden. Das

Zusammenleben ist ein falsches Spiel, aber wer will entdeckt werden! In einsamen Stunden, wenn die Vergangenheit unbestechlich vor einem auftaucht, bereut man nicht seine Fehler, sondern seine Dummheiten und notgedrungenen Grausamkeiten. Die Fehler mussten vorhanden sein, die Notwendigkeit rief sie hervor, sie brachten Nutzen; aber die Dummheiten schadeten nur, die hätte man nicht machen sollen.

Damit zollt der Mensch der Intelligenz eine größere Ehre als der Moral, weil die erste eine Wirklichkeit ist, die letzte ein Gedicht. Darum ist auch das moralische Streben unserer Zeit eine Bewegung der Oberklasse, mit der man die vorwärtsstürmenden Massen aufhalten will.

Johan empfand dieselben Schmerzen, die nach seiner Meinung ein Verbrecher fühlt. Er wurde angetrieben, so schnell wie möglich den Eindruck seiner Dummheit zu verwischen. Aber er fühlte auch, etwas Unrecht war ihm geschehen, da man ihn ganz und gar als Talent verurteilt hatte, während sein Erzeugnis ein Jahr alt, er selbst also ein Jahr reifer war. Aber das war nicht die Schuld des Kritikers. Es bestand ein Missverhältnis zwischen dem Urteil und dem Corpus Delicti.

Johan warf sich jetzt auf ein Trauerspiel, das unter dem Titel »Der Opferdiener« in künstlerischer Form das Christentum behandeln und dasselbe Problem und dieselben Konflikte lösen sollte. Unter künstlerischer Form verstand man damals, dass die Handlung in einer vergangenen Zeit spielte, damit die bloße stoffliche Wirkung vermieden würde. Von Öhlenschläger und den isländischen Sagen, die er jetzt in der Ursprache gelesen hatte, beeinflusst, schrieb er.

Sein Gewissen aber machte ihm sehr zu schaffen, denn sein Vater hatte ihm das Versprechen abgenommen, dass er nicht schreiben würde, bis er sein Examen gemacht. Es war also ein Betrug, Vaters Unterhalt zu genießen und dessen Bedingungen nicht zu erfüllen. Aber er betäubte die Bedenken, indem er sich sagte: Vater wird schon zufrieden sein, wenn sich ein großes und schnelles Ergebnis zeigt. Und damit hatte er nicht so unrecht.

Aber andere, neue Elemente kommen jetzt in sein Leben und wirken entscheidend auf seine Gemütsverfassung wie auf seine Arbeit. Es waren zwei Bekanntschaften: ein Schriftsteller und eine Persönlichkeit. Leider waren beide Ausnahmeerscheinungen, störten deshalb seine Entwicklung nur.

Der Schriftsteller war Sören Aaby *Kierkegaard*. Dessen »Entweder – oder« hatte Johan von einem Bundesbruder erhalten und las es mit Furcht und Beben. Die Kameraden hatten es auch gelesen und genial gefunden, hatten den Stil bewundert, sich aber nicht weiter davon beeinflusst gefühlt; ein Beweis, dass Bücher schwerlich wirken, wenn sie nicht Leser finden, die mit dem Autor verwandt sind. Auf Johan machte es den beabsichtigten Eindruck. Er las »Des Ästhetikers A. ersten Teil«. War zuweilen hingerissen, fühlte aber stets ein Unbehagen, wie vorm Bett eines Kranken. Als er den ersten Teil hinter sich hatte, war er wirklich leer und verzweifelt, am meisten aber erschüttert.

Das »Tagebuch des Verführers« hielt er für die Fantasien eines Impotenten oder geborenen Onanisten, der nie ein Mädchen verlockt hatte. So ging es im Leben nicht zu. Und übrigens war Johan kein Genussmensch, war im Gegenteil zu Askese und Selbstquälerei gekommen; auch war eine solche egoistische Genusssucht wie die A.s unsinnig, weil das Leiden, das er, ohne es zu wollen, durch die Befriedigung seiner Lüste zufügte, ihm selbst Leiden bringen, also seinem Zweck entgegenwirken musste.

Tiefer drang die »Predigt des Ethikers vom Leben als Pflicht, als Aufgabe«. Daraus ersah Johan, dass er ein Ästhetiker gewesen, der das Dichten als Genuss aufgefasst hatte. Als Beruf sollte es genommen werden. Warum? Da versagte der Beweis; und Johan, der nicht wusste, dass Kierkegaard Christ war, sondern das Gegenteil glaubte, denn er kannte seine »Erbaulichen Reden« nicht, nahm, ohne es zu merken, die christliche Sittenlehre mit ihrer Opferschuldigkeit und ihrem Pflichtgefühl in sich auf. Damit war der Begriff Sünde wieder da. Genießen war Sünde, seine Pflicht tun war Pflicht. Warum? Der Gesellschaft wegen, der man zu Dank verpflichtet war? Nein, weil es Pflicht war! Das war Kants kategorischer Imperativ ganz einfach.

Als er dann am Ende von »Entweder – oder« kam und fand, dass auch der Ethiker, der Sittliche, verzweifelt war; dass die ganze Pflichtlehre nur einen Philister geschaffen, da riss er mitten durch. Nein, dann lieber Ästhetiker! Aber man kann nicht Ästhetiker sein, wenn man fünf Sechstel seines Lebens Christ gewesen ist, und man kann nicht Ethiker sein ohne Christus. So wurde er wie ein Ball zwischen beiden hin- und hergeworfen, und das Ende war sehr richtig die Verzweiflung.

Hätte er nun die »Erbaulichen Reden« gelesen, würde er vielleicht dem Christentum einen Schritt näher gekommen sein; vielleicht, denn das zu entscheiden, ist jetzt (1886) schwer; aber Christus zurücknehmen, das hieß einen ausgerissenen Zahn wieder einsetzen, den man mit dem Zahnweh freudig aufs Feuer geworfen hatte. Es wäre auch möglich gewesen, dass er das ganze Buch als eine Jesuitenschrift in die Ecke geschleudert hätte, also gerettet worden wäre, wenn er gewusst hätte, dass »Entweder – oder« einen nur zum Kreuz hinpeitschen sollte. So aber entstand nur eine schreiende Disharmonie. Die »Wahl« und der »Sprung« sollten ausgeführt werden! Aber wie und wohin? Zwischen ästhetisch und ethisch. Es ging hin und her. In den Weltenraum hinaus zum Paradoxon oder Christus konnte er den Sprung nicht tun; das wäre die Vernichtung oder der Wahnsinn gewesen. Aber Kierkegaard predigte den Wahnwitz. War es die Verzweiflung des Überbewussten, dass er immer bewusst ist? War es die Sehnsucht des Durchschauenden nach der Bewusstlosigkeit des Rausches?

Johan hatte wohl den Kampf zwischen seinem Willen und fremdem Willen kennengelernt. Er hatte dem Vater Kummer gemacht, als er dessen Pläne kreuzte; aber das war gegenseitig; das ganze Leben bestand aus einem Gewebe von einander kreuzenden Willen. Des einen Tod, des andern Brot; nichts Gutes dem einen, ohne etwas Böses dem Übergangenen. Genuss und Leiden, in ewigem Wechsel und Kampf. Seine Sinnlichkeit oder Genusssucht hatten andere nicht gekränkt, andern nicht Kummer verursacht. Er besuchte allgemeine Mädchen, die nichts Höheres wünschten, als sich verkaufen zu können; er hatte niemals eine Unschuld verführt; war niemals gegangen, ohne zu bezahlen. Er war moralisch aus Gewohnheit oder Instinkt, aus Furcht vor den Folgen, aus Geschmack; aus Erziehung; aber gerade dass er sich nicht unmoralisch fühlte, war ein Mangel, eine Sünde. Nach der Lektüre »Entweder – oder« fühlte er sich sündig. Der kategorische Imperativ schlich sich an ihn heran unter einem lateinischen Namen und ohne ein Kreuz auf dem Rücken, und er ließ sich anführen. Er sah nicht, dass es zweitausend Jahre Christentum waren, die sich verkleidet hatten.

Kierkegaard würde nicht so tief gegraben haben, wenn nicht eine Menge Umstände gerade damals mitgewirkt hätten. Kierkegaard predigte in den Briefen des Ästhetikers das Leiden als Genuss. Johan litt unter dem öffentlichen Hohn; er litt unter den Schmerzen, die seine schwere Arbeit hervorrief; er litt unter nicht erwiderter Liebe; er litt unter unbefriedigtem Geschlechtstrieb, weil es in Upsala schwer war, Mädchen zu bekommen; er litt unter dem Trinken, denn er war fast jeden zweiten Abend berauscht; er litt in seiner künstlerischen Tätigkeit unter Seelenkämpfen und Zweifeln; er litt unter Upsala und der hässlichen Landschaft; er litt unter der ungemütlichen Wohnung; er litt unter den Prüfungsbüchern; er litt unter dem bösen Gewissen, dass er nicht studierte, sondern schrieb.

Aber all dem lag auch etwas anderes zugrunde. Er war in strenger Arbeit und Pflichterfüllung erzogen. Jetzt lebte er gut, sorglos, genoss eigentlich. Das Studieren war ein Genuss; das Dichten, trotzdem es schmerzte, war ein unerhörter Genuss; das Kameradenleben war lauter Fest und Lustbarkeit. Sein Unterklassenbewusstsein erwachte und sagte ihm, es sei nicht recht, zu genießen, während andere arbeiteten; und seine Arbeit war ein Genuss, denn sie brachte ihm große Ehre ein und vielleicht auch Gold. Daher sein beständiges böses Gewissen, das ihn ohne Ursache verfolgte. Fühlte er jetzt bereits Zeichen dieses erwachenden Bewusstseins von unerhörter Schuld gegen die Unterklasse, die Sklaven, die arbeiteten, während er genoss? Erwachte jetzt bei ihm dunkel dieses Rechtsgefühl, das heute (1886) viele von der Oberklasse so ergriffen hat, dass sie nicht ganz ehrlich erworbene Kapitalien zurückgeben; Arbeit und Zeit der Befreiung der Unterklasse opfern; aus Trieb, aus Gefühl, gegen ihr eigenes Interesse arbeiten, um recht zu tun? Vielleicht!

Kierkegaard war aber nicht der Mann, die Disharmonie zu lösen. Erst den Philosophen der Entwicklungslehre blieb es vorbehalten, zwischen Sinnlichkeit und Vernunft, zwischen Genuss und Pflicht Frieden zu stiften. Die sollten das hinterlistige *Entweder – oder* streichen und das *Sowohl – als auch* verkünden, dem Fleisch das Seine und dem Geist das Seine geben.

Kierkegaards wirkliche Bedeutung wurde Johan erst viele Jahre später klar, als er in ihm ganz einfach den Pietisten, den Ultrachristen sah, der zweitausend Jahre morgenländische Ideale in einer modernen Gesellschaft verwirklichen wollte. Aber Kierkegaard hatte recht in einem Fall. *Sollte es Christentum sein, dann auch ordentlich;* das »Entweder – oder« galt jedoch hier nur für die Priester der Kirche, die sich Christen nennen.

Weiter sah Kierkegaard nicht; und von ihm, der sein Buch 1843 schrieb und zum Geistlichen erzogen war, konnte man nicht verlangen, dass er schrieb: entweder ein solches Christentum oder keins. In diesem Fall hätte man wahrscheinlich keins gewählt. Jetzt setzte er sich dafür ein: Ob du nun ästhetisch oder ethisch bist, du musst dich doch dem Wahnwitz Christus in die Arme werfen. Das Falsche war, ethisch und ästhetisch einander gegenüber zu stellen, denn sie passen recht gut zusammen. Aber Johan brachte sie niemals zusammen, bis er nach endlosem Kampfe im Alter von 37 Jahren ein Kompromiss versuchte, als er fand, dass Arbeit und Pflicht auch ein Genuss sind; und das Vergnügen selbst, gut angewandt, eine Pflicht.

Jetzt, 1870, ritt ihn das Buch wie ein Alp. Er wurde böse, als die Kameraden es als Dichtung hinstellen wollten. Es half nicht, dass sie es an Reichtum, Tiefe, Stil über Goethes »Faust« setzten. Johan konnte damals auch nicht verstehen, dass der Säulenheilige Kierkegaard selbst genossen hatte, als er Teil A schrieb; dass Verführer und Don Juan der Dichter selbst sind, der seinen Trieb in der Fantasie befriedigte. Nein, es sei Dichtung, glaubte man.

Alle Voraussetzungen für Kierkegaards Eintreten in Johans Leben waren gegeben; dazu kam jetzt die oben angedeutete Bekanntschaft, die gar keine Rolle gespielt hätte, wenn nicht der Boden bereitet gewesen wäre, denn auf die andern Kameraden wirkte der Mann schließlich nur lächerlich. Damit verhielt es sich indessen so. Bruder Thurs, der Sohn Israels, kam eines Tages und erzählte, er habe die Bekanntschaft eines Genies gemacht, das in die Verbindung einzutreten wünsche.

»Ah, ein Genie!«

Keiner der Bundesbrüder glaubte dieser Gnadengabe teilhaftig zu sein, nicht einmal Johan; und sehr fraglich ist, ob irgendein Dichter eigentlich geglaubt oder gefühlt hat, dass er es sei. Man kann, wenn man Vergleiche anstellt, finden, dass man bessere Arbeiten gemacht hat als andere; und ein guter Kopf wird natürlich fühlen, dass er etwas besser versteht als andere; aber ein Genie, das ist etwas Besonderes. Dieser Titel wird gewöhnlich erst nach dem Tode ausgeteilt und fällt jetzt aus dem Sprachgebrauch fort, nachdem man die Geschichte der Entwicklung des Genies gegeben hat.

Die Neuigkeit erregte Aufsehen, und der Unbekannte wurde unter dem Namen Is in die Verbindung gewählt. Er sei nicht Poet, hieß es, aber er sei gelehrt und ein starker Kritiker.

Eines Abends, als Zusammenkunft bei Thurs war, kam er. Bei der Tür blieb ein kleiner dünner Mensch stehen, der keinen Überrock hatte, sondern wie ein beurlaubter Arbeiter gekleidet war. Die Kleider sahen aus, als seien sie geborgt, denn Ellbogen und Kniekehlen hingen an den unrichtigen Stellen. (Das wurde sofort von Johan beobachtet, der Kleider früher zu erben pflegte.) In der Hand hielt er einen schmutzigen Hut von der Farbe einer Biersuppe, wie man ihn nur bei Leierkastenspielern sieht. Sein Gesicht sah aus wie das eines südländischen Rattenfallenhändlers. Das schwarze Haar hing auf die Schultern herab, und das Gesicht war von schwarzem Bart zugewachsen, der auf die Brust herabfiel.

»Ist es möglich«, fragte man sich, »ist das ein Student?«

Er glich allem andern und sah aus, als sei er vierzig Jahre alt; er war aber nur dreißig.

Mit dem Hut in der Hand blieb er an der Tür stehen wie ein Bettler und wagte sich kaum vor.

Nachdem Thurs ihn ins Zimmer gezogen und ihn vorgestellt hatte, wurde die Sitzung eröffnet. Is begann zu sprechen und man lauschte.

Es war die Stimme eines Weibes, die sich zuweilen in unverschämter Art zu einem Flüstern senkte, als verlange der Redner Totenstille oder spreche zu seinem eigenen Vergnügen. Wovon er sprach, würde schwer wiederzugeben sein, denn es handelte von allem, was er gelesen hatte; und da er zehn Jahre länger als die Zwanzigjährigen gelesen hatte, fanden die ihn in seiner Gelehrsamkeit bewundernswürdig.

Darauf las ein anderer ein Gedicht vor. Is sollte sich darüber äußern. Er begann mit Kant, berührte Schopenhauer und Thackeray und schloss mit einem Vortrag über George Sand. Keiner merkte, dass er nicht auf das Gedicht einging.

Dann zog man ins Wirtshaus, um zu essen. Is sprach immer Philosophie, Ästhetik, Weltgeschichte. Zuweilen mit einem traurigen Ausdruck in den schwarzen unbegreiflichen Augen, die nie auf der Gesellschaft ruhten, sondern ein unsichtbares Publikum weit in der Ferne, in unbekannten Räumen zu suchen schienen. Die Verbindung lauschte andächtig, hingerissen.

Von diesem Mann sollte Johan jetzt sein Urteil hören. Er sowohl wie einer der poetischesten Bundesbrüder fingen an, stark an ihrem Beruf zu zweifeln. Oft, wenn sie viel getrunken hatten, fragten sie einander, ob man glaube. Darunter verstand man, ob der andere zum

Dichter berufen sei. Es war ganz der gleiche Zweifel, den Johan empfunden, als er sich fragte, ob er ein Kind Gottes sei. Jetzt sollte Is Johans neues Drama lesen und sein Urteil abgeben.

Eines Morgens ging Johan zu ihm hinauf, um sein Urteil zu hören. Is sprach bis Mittag. Wovon? Von allem. Aber er hatte jetzt in Johans Seele eingegriffen. Er hatte die Fäden durch Thurs' Berichte kennengelernt und riss jetzt an ihnen nach Belieben. Nicht aus Mitgefühl wühlte er in Johans Eingeweiden, sondern aus einem Verlangen, das an die Spinne erinnerte. Über das Stück äußerte er sich nicht direkt, sondern entwarf den Plan zu einem neuen, nach seinem Sinn. Er wirkte wie ein Magnetiseur. Johan war betört, verließ ihn aber in Verzweiflung, als habe der Freund seine Seele genommen, sie zerpflückt und die Stücke von sich geworfen, nachdem er seine Neugier befriedigt.

Aber Johan kam wieder und saß auf dem Sofa des weisen Mannes, lauschte auf seine Worte, als seien sie ein Orakel; fühlte sich vollständig in seiner Gewalt. Oft glaubte er, es sei ein Geist, der auf dem Teppich wandere, wenn sein Körper in der Tabakswolke verschwand. Er wirkte »dämonisch«, das heißt, beim ersten Anblick unerklärlich. Er hatte kein Blut in den Adern, keine Gefühle, keinen Willen, keine Begierden. Es war ein sprechender Kopf. Sein Standpunkt war keiner und alle. Er war ein Präparat von Büchern; der Mann war typisch für einen Buchgelehrten, der nie gelebt hatte.

Oft, wenn die Bundesbrüder allein waren, sprachen sie über Is. Thurs war seiner schon müde und fragte sich, ob er ein Verbrechen begangen habe, denn er schien von einer beständigen Unruhe getrieben zu werden. Dazu kam an den Tag, dass er Poet sei, seine Poesien aber nicht zeigen wolle, weil er von der Dichtkunst zu hoch denke. Auch wunderte man sich, dass man nie ein Buch in der Wohnung des gelehrten Mannes fand. Und dann fragte man sich, warum er diese Jünglinge aufsuche, denen er so überlegen war und deren Poesie er verachten musste.

Die Jünglinge, die selbst am Ausgang der Romantik standen, kannten den blutlosen Romantiker nicht wieder, der den festen Boden unter den Füßen verloren hatte. Sie sahen in dem langen Haar und dem schäbigen Hut die Kopie von Murgers Bohémien. Sie wussten nicht, dass diese »Zerrissenheit« eine Pariser Mode war; dass diese hohle Weisheit von deutscher Mystik gesponnen wurde; diese Experimentalpsychologie aus Kierkegaard stammte; dass dieses interessante Wesen, das ein nicht begangenes Verbrechen durchblicken ließ, einen tiefen geheimen Kummer andeutete, Byron entlehnt war. Das verstanden sie nicht. Darum konnte Is auch mit Johans Seele spielen und ihn in seinem Garn halten. Ja, Johan war so von ihm eingenommen und umstrickt, dass er sich in einer Rede Gamaliel nannte, der zu Pauli (Is') Füßen gesessen, um Weisheit zu empfangen.

Das schließliche Ergebnis war, dass Johan eines Abends sein neues Drama verbrannte. Es war die Arbeit eines Vierteljahrs, die in Flammen aufging. Als er die Asche sammelte, weinte er. Is hatte, ohne es zu sagen, ihm gezeigt, dass er kein Dichter sei. Alles war ein Irrtum, auch das! Dazu kam die Verzweiflung darüber, dass er den Vater betrogen habe und nun keine Arbeit nach Haus bringen könne, die sein Versäumnis gerechtfertigt hätte.

In einem Anfall von Reue und um irgendein Ergebnis aufweisen zu können, meldet er sich zu der schriftlichen Prüfung im Latein, jedoch ohne die erforderlichen Aufgaben und Aufsätze geschrieben zu haben. Der Professor erblickt seinen Namen und kennt ihn nicht. Der Pedell kommt an einem Sonntagabend, als Johan eben von einem Mittagessen angeheitert zurückgekehrt ist. Johan geht kühn zum Professor und fragt, was er wolle.

»Sie gedenken die schriftliche Prüfung in Latein zu machen?«
»Ja.«
»Aber ich sehe Ihren Namen nicht auf meiner Liste.«
»Ich habe schon die erste schriftliche Prüfung in Latein bestanden.«
»Das gehört nicht hierher. Man muss sich nach Gesetzen und Bestimmungen richten.«
»Ich kenne keine Bestimmung über die drei Aufsätze.«
»Ich glaube, Sie sind unverschämt!«
»Das mag so aussehen!«
»Hinaus, Herr, oder ...«
Die Tür wird geöffnet, und Johan ist hinausgeworfen. Er schwört, er werde doch kommen und schreiben; aber am nächsten Morgen verschläft er.

Also auch dieser Strohhalm ist verbrannt.

Eines Morgens kurz darauf kommt ein Kamerad und weckt ihn
»Weißt du, dass W. tot ist?« (W. war ein Tischgenosse im selben Pensionat.)
»Nein!«

»Er hat sich den Hals durchschnitten.«

Johan stürzt in die Höhe, kleidet sich an und eilt mit dem Kameraden nach W.s Wohnung. Sie stürzen die Treppen hinauf und kommen auf einen dunklen Boden.

»Ist es hier?«

»Nein, hier!«

Johan tappt nach einer Tür; die Tür gibt nach und fällt auf ihn. In diesem Augenblick sieht er eine Blutlache auf dem Fußboden. Er macht kehrt, lässt die Tür los, ist die Treppen hinunter, ehe die Tür zu Boden schlägt.[5]

Diese Szene erschütterte ihn unerhört. Er fing an zu grübeln. W. hatte einige Tage vorher Johan im Park der Bibliothek getroffen, in dem Johan die Einsamkeit suchte, um an seinem Stück zu arbeiten. W. kam und grüßte; fragte, ob er ihm Gesellschaft leisten dürfe, oder ob er vielleicht störe. Johan antwortete aufrichtig, er störe. W. ging traurig davon. War es der ertrinkende Einsame, der eine Seele suchte und zurückgestoßen wurde? Johan fühlte sich beinahe schuldig an diesem Morde. Aber er war nicht zum Tröster berufen.

Jetzt spukte der Tote vor Johan; er wagte nicht mehr, sein Zimmer zu besuchen, sondern schlief bei Kameraden. Eine Nacht lag er bei Rejd. Der musste das Licht brennen lassen und wurde in der Nacht mehrere Male von Johan, der nicht schlafen konnte, geweckt.

Eines Tages wurde Johan von Rejd mit seiner Blausäureflasche überrascht. Der billigte scheinbar den Plan zum Selbstmord, bat aber, vorher einen Abschiedsbecher mit ihm zu trinken. Sie gingen ins Wirtshaus, bestellten acht Grogs, die auf einem Tablett hineingetragen wurden. Jeder trank vier in vier Zügen; der Erfolg war der erwünschte: Johan ward eine »Leiche«.

Er wurde nach Haus getragen; da aber die Haustür geschlossen war, trug man ihn über ein Grundstück und warf ihn über seinen Zaun. Dort blieb er in einem Schneehaufen liegen, bis er wieder auflebte und in sein Zimmer kroch.

Die letzte Nacht, die er in Upsala war, einige Tage später, schlief er auf einem Sofa bei Thurs, während die Kameraden über ihn wachten und die Zimmer hell erleuchtet waren. Sie wachten gutmütig bis zum

5   Vergleiche Strindbergs Luther-Drama.

Morgen; dann begleiteten sie ihn zum Bahnhof und setzten ihn in den Zug.

Als der Zug aus dem Weichbild von Upsala herausfuhr, atmete Johan wieder. Es war ihm, als habe er etwas Garstiges, Unheimliches verlassen, etwa eine nordische Winternacht mit dreißig Grad Kälte. Er schwor, sich niemals wieder in dieser Stadt niederzulassen, in der die Seelen, von Leben und Gesellschaft verbannt, infolge Überproduktion der Gedanken faulten, von nicht abfließendem Grundwasser zerfressen wurden, wie Leere mahlende Mühlsteine Feuer fingen.

21. Der Schützling eines Königs (1871)

Als Johan wieder zu den Eltern nach Hause kam, fühlte er sich geborgen, als sei er nach einer stürmischen und nächtlichen Bootsfahrt an Land gestiegen. Und wieder schlief er eine ruhige Nacht in seinem alten Zeltbett auf der Kammer der Brüder.

Hier sah er jetzt stille geduldige Menschen, die zu bestimmten Zeiten kamen und gingen, arbeiteten und schliefen; genau ebenso wie früher, ohne von Träumen oder ehrgeizigen Plänen beunruhigt zu werden. Die Schwestern waren zu großen Mädchen herangewachsen und führten den Haushalt. Alle arbeiteten, nur er nicht. Wenn er damit sein ausschweifendes, regelloses Leben verglich, das keine Ruhe, keinen Frieden kannte, hielt er sie für glücklicher und besser. Es war ihnen ernst mit ihrer Lebensführung; sie verrichteten ihre Arbeit, erfüllten ihre Pflichten, ohne zu lärmen oder zu prahlen.

Er suchte jetzt alte Bekanntschaften unter Kaufleuten, Kontoristen, Schiffskapitänen auf und fand sie alle neu und erfrischend. Sie führten seine Gedanken in die Wirklichkeit zurück; er fühlte wieder festen Boden unter den Füßen. Damit begann er falsche Idealität zu verachten; wie er zugleich einsah, dass es unwürdig vom Studenten sei, den Philister zu verachten.

Dem Vater beichtete er jetzt, einfach und offen, jedoch ohne Reue, sein elendes Leben in Upsala und bat ihn, zu Hause bleiben zu dürfen, um von dort aus das Examen zu machen; sonst sei er verloren. Das wurde ihm erlaubt, und nun bereitete er seinen Feldzugsplan für den Frühling vor. Zuerst wollte er bei einem guten Lehrer in Stockholm die lateinische Arbeit schreiben; im Frühling wollte er dann nach Upsala fahren, um sich durchzuschlagen. Ferner wollte er seine Abhandlung in Ästhetik schreiben und sich für die Prüfung in diesem Fach vorbereiten. Mit diesen Vorsätzen begann er ein ruhiges Arbeitsleben, als Neujahr kam.

Noch aber hatte er die Niederlage mit dem »Freidenker« nicht verwunden. Auch reizten ihn die Fragen der Freunde, ob sie nicht bald etwas Neues von ihm sehen würden. So entschloss er sich, in vierzehn Tagen sein verbranntes Stück noch einmal zu schreiben, und zwar als Einakter.

Das geschah. Und dann studierte er.

Als der April kam, schrieb er eine Probearbeit für seinen Lehrer, und der schwor darauf, dass er durchkommen werde. Dann fuhr er nach Upsala. Dem Vater gefiel diese Kraftprobe nicht übel, als er hörte, Johan sei ganz sicher, aber er fragte, ob es nicht praktischer sei, sich dem Professor zu fügen.

»Nein, jetzt sei es eine Prinzipienfrage und eine Ehrensache.«

Er ging in die Sprechstunde des Professors und wartete, bis er an die Reihe kam. Als der Alte ihn erblickte, wurde er rot und fragte:

»Sind Sie wieder hier?«

»Ja!«

»Was wollen Sie?«

»Mich zur lateinischen Arbeit anmelden.«

»Ohne eine Probearbeit geschrieben zu haben?«

»Ich habe die in Stockholm geschrieben, und ich wollte nur fragen, ob die Satzungen mir erlauben, die schriftliche Prüfung zu machen.«

»Die Satzungen? Fragen Sie den Dekan danach; ich weiß nur, was *ich* verlange.«

Johan ging und suchte sofort den Dekan auf. Das war ein junger, lebhafter, sympathischer Mensch. Johan trug seine Sache vor und schilderte den Verlauf.

»Die Satzungen sagen nichts darüber, aber der alte P. lässt Sie ohne Satzungen durchfallen.«

»Das werden wir doch sehen! Erlauben Sie, Herr Dekan, dass ich die schriftliche Prüfung machen darf?«

»Das kann Ihnen nicht verweigert werden. Sie wollen also Ihren Willen durchsetzen?«

»Ja, das will ich!«

»Sind Sie denn so sicher?«

»Ja!«

»Dann Glück auf!«, sagte er und klopfte Johan auf die Schulter. Er ging zur schriftlichen Prüfung, schrieb seine Arbeit. Nach einer Woche erhielt er ein Telegramm: Bestanden. Man schrieb diesen Ausgang dem Edelmut des Professors zu und missbilligte Johans unbefugtes Vorgehen; Johan aber schob den Erfolg auf seinen Fleiß und seine Kenntnisse, wenn er auch nicht leugnen konnte, dass der Professor ein ehrlicher Mann gewesen, da er ihn nicht durchfallen ließ, obwohl er die Macht dazu besaß.

Im Mai sollte die Prüfung in Ästhetik sein. Gegen allen Brauch sandte Johan seine Abhandlung durch die Post nach Upsala und bat brieflich, die Prüfungsstunde festzusetzen.

Die Abhandlung hieß »Hakon, der Jarl«, behandelte Öhlenschlägers Drama und drehte sich um Idealismus und Realismus. Ihr Zweck war: erstens dem Professor eine Vorstellung zu geben, wie belesen der Verfasser in der Ästhetik im Allgemeinen sei und welche Kenntnisse er besonders in der dänischen Literatur habe; zweitens dem Verfasser selbst Klarheit über seinen Standpunkt zu verschaffen.

Nach Kierkegaard hatte Johan sich selbst und seinen überwundenen Standpunkt in der Person des Bruders A. angegriffen. Bruder A. beginnt mit seinen Zweifeln, ob es ein allgemeingültiges Urteil gebe, kann aber diesen Knoten nicht lösen. Schlägt mit seinen Studien auf dem Nationalmuseum um sich und kommt dann sofort auf »Hakon, den Jarl«.

Bruder B. nimmt den Bruder A. vor, karikiert sich selbst, dabei auch einige Züge von Is entlehnend; trägt seine Ansichten über die dänische Literatur vor; um eine selbstständige Ansicht zu zeigen, muss er dabei Professor Dietrichson angreifen. Dann pflügt er mit Georg Brandes' Kalbe in Shakespeares Stoppelfeld und stürzt sich schließlich auf Kierkegaard.

»Was will denn Kierkegaard?«, fragte er. »Ich glaube, er weiß es selbst nicht! Aber was er nicht will, ist: Unglaube, Irreligiosität, Leichtsinn ...« Leider wusste Johan nicht, dass Kierkegaard das Paradoxon wollte.

Zu der bestimmten Zeit trat Johan vor den Lehrer, der sonst für liberal und human galt. Er merkte sofort, eine Sympathie war nicht vorhanden. Mit einer fast verächtlichen Miene gibt ihm der Professor die Schrift zurück. Er erklärt, sie passe am besten »für die Leserinnen der Neuen Illustrierten Zeitung«; auch sei die dänische Literatur nicht von solchem Interesse, dass sie ein Spezialstudium werden könne.

Johan war verletzt und erklärte, die dänische Literatur habe größeres Interesse für Schweden als zum Beispiel Malesherbes und Boileau, über die andere geschrieben hatten.

Die Prüfung beginnt und nimmt den Charakter eines heftigen Streites an. Sie wird am Nachmittage fortgesetzt und endet mit einer Zensur, die unter der erwünschten ist und der Erklärung, Universitätsstudien könnten nur an der Universität gemacht werden.

Johan wendet ein, ästhetische Studien seien am besten in Stockholm zu machen, wo man Nationalmuseum, Bibliothek, Theater, Hochschule der Musik, Künstler habe.

Nein, das sei Unsinn; hier in Upsala müsse es sein.

Johan ließ etwas über Kolleg und Seminar fallen, und man trennte sich nicht als Freunde.

Das Verhältnis zum Vater war die ganze Zeit über gut gewesen, und der Alte hatte sich bis zu einem gewissen Grad für Erziehung empfänglich gezeigt. Aber sein unverständiger Stolz in einer so untergeordneten Eigenschaft, wie es die Vaterschaft ist, brach zuweilen aus und verletzte. Johan, der beständig zu Hause wohnte, brachte einige Abendstunden mit dem Vater zu und sprach mit ihm über alle Fragen des Lebens. Schließlich auch über Religion. Eines Tages sprach er eine halbe Stunde über Parker; zuletzt bat ihn der Alte um das Buch. Er behielt es einige Tage, sagte aber nichts, und Johan fand das Buch auf seiner Kammer wieder. Der Vater war zu stolz, um einzuräumen, dass der Freidenker ihn angesprochen habe; aber durch einen Bruder erfuhr Johan, der Vater sei besonders über die berühmte Predigt »Vom Alter« entzückt gewesen.

In der Frage der Opposition gegen den Professor verhielt sich der Vater schwankend. Er fand auch, Recht solle Recht bleiben, aber die Geringschätzung, mit der Johan von dem alten Professor sprach, gefiel ihm nicht. Johan sah indessen, dass er das Spiel gewonnen hatte und dass der Alte sich für seine Erfolge lebhaft interessierte.

Aber eines Tages im Frühling war Johan aufs Land gefahren, nachdem er dem Hausfräulein davon einfache Mitteilung gemacht hatte. Als er am andern Tage heimkehrte, wurde er mit Schelte empfangen.

»Du verreisest, ohne es mir zu sagen?«

»Ich habe es dem Hausfräulein gesagt.«

»Ich verlange, dass du mich um Erlaubnis bittest, solange du mein Brot issest.«

»Um Erlaubnis bittest? Was ist das für ein Geschwätz?«

Johan stand auf und ging; lieh sich hundert Kronen von einem Kaufmann, der ihm wohlwollte und fuhr mit drei Bundesbrüdern nach einer Insel im Stockholmer Inselmeer, wo sie sich bei einem Fischer für dreißig Kronen den Monat in Pension gaben.

Niemand suchte ihn zurückzuhalten. Wahrscheinlich brach die Krisis aus, weil Johan innerhalb der Leitung des Hauses fühlbaren Einfluss auf Vater und Geschwister auszuüben begann. Es war nämlich eine Herrin da, die ihre Macht nicht aus den Händen lassen wollte.

Den Sommer verbrachte Johan damit, dass er tüchtig fürs Examen arbeitete, denn jetzt hatte er keine Hilfe mehr von Hause zu erwarten. Es war ein gesundes und strenges Leben mit unschuldigen Vergnügungen. Er war bekleidet mit Schlafrock, Unterhosen, Wasserstiefeln. Die Kameraden hatten noch weniger an. Man badete, segelte, focht; spielte in freien Stunden wie Kinder. Johan gab sich ganz der zunehmenden Verwilderung hin. Starke Getränke kamen fast nie auf den Tisch; Johan fürchtete sie, denn sie machten ihn wahnsinnig.

Auf die Enthaltsamkeit und die Arbeit aber folgte das Verlangen, andere zu bekehren und eine große Selbstgefälligkeit. Die letzte ist immer die Folge, ob nun der Opferwillige fühlt, dass er in dieser Hinsicht besser ist als die andern, oder ob das Opfer gebracht worden, um sich besser zu fühlen. Er predigte einem Bruder, der trank, Nüchternheit; moralisierte die andern, die nicht arbeiteten, sondern nach dem Badeort fuhren, um zu tanzen oder stark zu essen. Er hatte Kierkegaard im Leibe, wollte ethisch sein und wetterte gegen die Ästhetik.

Er studierte nun Philologie und nahm Dante, Shakespeare und Goethe durch. Den letzten hasste er, weil der Ästhet war. Hinter allem lag wie ein dunkler Hintergrund der Bruch mit dem Vater. Nach der Bekanntschaft des letzten Winters sah er ihn indessen in einer verklärten Gestalt; hatte ihm für die Vergangenheit recht gegeben und alle kleinen Missheliigkeiten der Kindheit vergessen. Am meisten vermisste er jedoch die Geschwister, besonders die Schwestern, die ihm persönliche Bekanntschaften geworden waren.

Die Arbeit mit Wortwurzeln und Wörterbuch war ihm eine Qual; jetzt aber peinigte und schulte er seine Fantasie gern durch strenge Arbeit. Das war die Pflicht, der Beruf.

Gegen Ende des Sommers war er wild und scheu. Die Kleider, die jetzt vorgesucht wurden, waren unbequem; der Kragen, den er monatelang nicht benutzt hatte, peinigte ihn wie ein Halseisen; die Stiefeletten waren zu eng. Ihm kam alles wie ein Zwang vor, gleich Konvention und Unnatur.

Einmal hatte man ihn zu einer Gesellschaft nach dem Badeort Dalarö verführt, aber er war sofort wieder umgekehrt. Er war schüchtern und konnte Eitelkeit und Gelächter nicht vertragen. Nicht etwa, weil er Unterklasse war, denn er hatte aufgehört das zu sein und sich als solche zu fühlen. Die Askese hatte seinen Willen und seine Tatkraft gestärkt.

Als die Universität in Upsala wieder begann, nahm er seine Reisetasche und fuhr hin, ohne mehr als eine Krone zu besitzen; ohne zu wissen, ob er ein Zimmer oder etwas zu essen bekommen werde.

Er konnte bei Rejd wohnen; dort legte er sich aufs Arbeiten.

Am ersten Abend suchte er ausgehungert Is auf. Der hatte den ganzen Sommer allein in Upsala gesessen und sah noch trauriger aus als gewöhnlich. Seine Erscheinung war jetzt die eines Schattens. Die Einsamkeit hatte seine Seele noch kränker gemacht. Er ging mit Johan aus und lud ihn zum Abendessen ein.

Is sprach wie gewöhnlich und zerriss sein Opfer; doch das wehrte sich, schlug zurück, indem es den Ästhetiker angriff. Is betrachtete den Ausgehungerten, wie er aß, und berauschte sich selbst an der Branntweinflasche. Er wurde mütterlich, zärtlich und erbot sich, Johan Geld zu leihen. Der dankte gerührt und nahm zehn Kronen an, denn jetzt borgte er ohne Furcht, weil er eine Zukunft zu haben glaubte.

Schließlich wurde Is berauscht und fantasierte. Dann schlug er plötzlich um, nannte Johan einen Egoisten und warf ihm vor, dass er die zehn Kronen genommen habe.

Der Selbstsucht verdächtigt werden, war das Schlimmste, was Johan kannte, denn Christus hatte ihm eingeredet, das Ich müsse gekreuzigt werden. Sein Selbst war gewachsen, da er von Druck befreit worden und mit der Öffentlichkeit in Berührung gekommen war. Menschen, die hervorgetreten sind, bekommen ein größeres Ich durch die Aufmerksamkeit, die ihnen zuteil wird; oder ziehen sich die Aufmerksamkeit gerade deswegen zu, weil sie ein größeres Ich haben als die andern. Er fühlte, dass er auf einem rechten Weg für seine Zukunft arbeite; er drang vorwärts mit Arbeit und Willenskraft und vieler Freunde Hilfe; aber nicht durch Marktschreierei oder auf Schleichwegen.

Aber diese Beschuldigung schlug ihm ins Gesicht, denn sie musste ja alle treffen, die ein Ego haben. Er wollte das Geld zurückgeben; da aber setzte sich Is aufs hohe Pferd, spielte den Gentleman und fuhr fort zu romantisieren. Johan hatte den Eindruck, dieser Idealist da sei ein Lump, der sich dämonisch mache, um die Reue über zehn Kronen zu verbergen.

Eine Zeit lang bildete Is eine einzige Gesellschaft, bis die Kameraden in der Universitätstadt anlangten. Er war immer undurchdringlich, seltsam, aber fesselnd. Schließlich, eines Abends, zeigte er eine neue Seite. Mitten in einem Gespräch, während Johan den Inhalt seines neuen Einakters erzählte, begannen seine Augen zu glühen; er schien Johan nur zu sehen, nicht zu hören. Dann wurde er elegisch, sprach schlecht von den Frauen und trat schließlich an Johan heran, um ihn zu küssen. Im Nu hatte Johan das Rätsel gelöst, durchschaute das Geheimnis des Scharlatans. Da packte er ihn bei der Brust und warf ihn in eine Ecke zwischen Ofen und Kommode; wie ein Sack lag der kleine zusammengefaltete Körper da. Darum also hatte der alte Student die Verbindung der Jünglinge aufgesucht! Darum also!

Jetzt kamen die Studenten an und alle hatten Geld. Johan wanderte mit seiner Reisetasche und seinen Büchern von einem zum andern; er fühlte, wie der Willkommene unwillkommen wurde, wenn er zu lange auf fremdem Sofa lag. So borgte er sich Geld für ein Zimmer. Es war ein elendes Loch mit einem Zeltbett, ohne Laken und Bezug. Kein Leuchter, nichts. Aber er legte sich ins Bett, ohne die Unterkleider auszuziehen, und arbeitete, während ein Licht in einer Flasche brannte. Dann und wann verschafften die Freunde ihm etwas zu essen.

Dann aber kam die Kälte. Sobald es dunkel wurde, ging er fort und lieh sich eine Feuerung Holz, das er in seiner Reisetasche nach Haus trug. Dann lernte er von einem Physiker, wie man Kohlenfeuer macht, wenn das Holz schwarz gebrannt ist. Auch führte ein Schornstein durch das Zimmer, der jeden Donnerstag, wenn gewaschen wurde, warm war. An dem stand er dann, die Hände auf dem Rücken, und lernte aus dem Buch, das er auf der herangeschobenen Kommode aufgestellt hatte.

Johans Einakter »Der Friedlose« wurde gespielt und mit Kälte aufgenommen. Der Stoff war religiös. Es drehte sich um Heidentum und Christentum; das Christentum wurde verteidigt als eine neue Zeitrichtung, nicht als Kirchenlehre. Christus selbst wurde beiseitegeschoben, und Gott, der Einzige, der Wahre, auf seine Kosten erhöht.

Auch ein Familienkonflikt war vorhanden. Nach der damaligen Sitte wurden die Frauen zum Nachteil des Mannes herausgestrichen.

In einigen Sätzen deutete der Dichter auch an, wie er über des Dichters Stellung im Leben dachte.

>   DER JARL. Bist du ein Mann, Orm?
>   ORM. Ich bin nur ein Dichter geworden.
>   DER JARL. Darum bist du auch nichts geworden.

Johan glaubte jetzt nämlich, das Leben des Dichters sei ein Schattenleben; er habe kein Ich, sondern lebe nur in einem andern Ich. Aber ist es so sicher, dass der Dichter kein Ich hat, weil er nicht nur ein einziges hat? Vielleicht ist er reicher als andere, da er mehrere besitzt. Und warum ist es besser, ein Ich zu haben, da das einzige Ich jedenfalls nicht mehr unser Eigentum ist als mehrere Ichs; ein Ich ist ja ein von Eltern, Erziehern, Verkehr, Büchern zusammengesetztes Resümee? Vielleicht weil die Gesellschaft, als eine Maschinerie, verlangt, dass diese Einheiten, die Ichs, wie Räder, Muttern, Maschinenteile für einen beschränkten automatischen Zweck arbeiten sollen. Aber dann ist ja der Dichter mehr denn der Maschinenteil, wenn er selbst eine ganze Maschine ist?

In dem Einakter hatte Johan sich in fünf Personen verkörpert. Im Jarl, der gegen die Zeit kämpft; im Dichter, der überschaut und durchschaut; in der Mutter, die sich empört und rächt, deren Rachgier aber durch ihr Mitgefühl aufgehoben wird; in dem Mädchen, das mit dem Vater ihres Glaubens wegen bricht; in dem Geliebten, der eine unglückliche Liebe trägt. Johan verstand die Motive aller handelnden Personen; er sprach für die Sache aller.

Aber ein Theaterstück, das für Durchschnittsmenschen geschrieben wird, die über alles fertige Ansichten haben, muss Partei ergreifen für mindestens einige seiner Gestalten, um das immer leidenschaftliche und parteiische Durchschnittspublikum zu gewinnen. Das hatte Johan nicht tun können, weil er an ein absolutes Recht oder Unrecht nicht glaubte, aus dem einfachen Grunde, weil diese Begriffe alle relativ sind. Man kann recht für die Zukunft und unrecht für die Zeitgenossen haben; man hat dieses Jahr unrecht, bekommt aber nächstes Jahr recht; der Vater kann glauben, der Sohn habe recht, während die Mutter findet, er habe unrecht; die Tochter hat recht, zu lieben, wen sie liebt, der Vater aber glaubt, sie habe unrecht, einen Heiden zu lieben.

Das ist der Zweifel. Warum hassen und verachten die Menschen den Zweifler? Weil der Zweifel Entwicklung ist, und die Gesellschaft die Entwicklung hasst, da sie ihre Ruhe stört. Aber Zweifel ist gerade wahre Menschlichkeit und wird mit Humanität im Urteil enden. Nur der Dumme ist sicher; nur der Unwissende glaubt die Wahrheit gefunden zu haben. Aber Ruhe ist Glück, darum suchen die Pietisten das Glück in der Ruhe des Stumpfsinns. Der Zweifel zehrt an der Tatkraft, sagt man. Aber ist es denn besser, zu handeln, ohne sich zu besinnen und die Folgen der Handlung zu überlegen? Das Tier und der Wilde handeln blind, gehorchen der Begierde und dem Trieb; darin gleichen sie den Männern der Handlung!

Als er von der Aufführung nach Upsala zurückkehrte, wurde er wiederum von schmähenden Kritiken verfolgt. Teils waren sie wahr; zum Beispiel, dass die Form den »Kronprätendenten« entlehnt sei; aber auch das war nur zum Teil wahr, denn Johan hatte den eiskalten Ton und die herbe Sprache direkt aus den isländischen Sagen genommen, während er den Lebensinhalt aus seiner eigenen Vorratskammer geholt hatte. Der Hohn verfolgte ihn; er wurde für einen Mann gehalten, der Dichter werden wolle; das war das Schlimmste, dessen man verdächtigt werden konnte.

Während er Not leidet und arbeitet, kommt, eine Woche nach der Niederlage, ein Brief vom Rendanten des Königlichen Theaters mit dem Ersuchen, Johan solle sofort nach Stockholm kommen: der König wünsche ihn zu sehen.

Krankhaft misstrauisch, glaubt Johan der Gegenstand eines Ulks zu sein; er geht sofort mit dem Brief zu seinem klugen Freund, dem Naturforscher. Dieser telegrafiert noch am Abend an einen bekannten Schauspieler des Königlichen Theaters und bittet ihn, den Rendanten zu fragen, ob er wirklich an Johan geschrieben habe.

In der Nacht schlief Johan unruhig, zwischen Hoffnung und Furcht hin- und hergeworfen. Am nächsten Morgen kam die Antwort: es sei richtig, Johan solle sofort kommen. Er reiste.

Warum zögerte er nicht, die königliche Gnade anzunehmen, während ihm doch der Empörer im Leibe saß? Weil er, ganz einfach, keiner demokratischen Partei angehörte; weder Mutter noch Vater je versprochen hatte, nicht die königliche Gunst anzunehmen; weil er an die Aristokratie glaubte, daran, dass die Besten zum Herrschen berechtigt sind. Und er glaubte nicht, dass die Besten dort unten zu finden sind; das hatte er ja auch in seiner kleinen Tragödie »Das sinkende Hellas« gezeigt, in der er die Demagogen verhöhnte. Tyrannen hasste er, aber dieser König war kein Tyrann. Zum Zaudern war also kein Anlass, weder außer ihm noch in ihm.

Er fuhr also nach Stockholm und wurde vorgelassen. Der König war jetzt sehr krank, sah so abgezehrt und verfallen aus, dass er einen schmerzlichen Eindruck machte. Er war mild, wie er da mit seiner langen Tabakspfeife stand und den jungen bartlosen Dichter anlächelte, der stolpernden Schrittes zwischen den Reihen der Adjutanten und Kammerherren eintrat. Der König dankte Johan für das Vergnügen, das das Stück ihm bereitet habe. Er habe sich selbst in seiner Jugend mit einem Wikingergedicht beim Wettstreit der Schwedischen Akademie beteiligt und liebe das Altnordische. Er wolle dem jungen Studenten zu seinem Doktor verhelfen. Es schloss damit, dass er Johan an die Hofverwaltung wies, der er zu einer ersten Auszahlung Auftrag gegeben habe. Später solle es mehr werden. Dabei sprach er die Vermutung aus, Johan habe noch einige Jahre bis zum Doktorexamen.

Damit war seine nächste Zukunft gesichert. Johan fühlte sich von dieser Güte eines Königs, der an so viel und so viele zu denken hatte, dankbar gerührt.

Er kehrte nach Upsala zurück und sah zwei Monate lang, wie der Sonnenschein ihn in einen Stern verwandelt hatte. Der Hofmarschall, der ihm das Geld anwies, hatte ihn gefragt, ob er *später* ins Ministerium oder die Bibliothek eintreten wolle. So weit waren seine Gedanken nicht gestiegen und stiegen auch jetzt noch nicht.

Der hauptsächlichste Zweck des menschlichen Strebens scheint zu sein und muss wohl sein: das Leben bis zum Tode auf die am wenigsten unangenehme Art zu fristen. Dieser Zweck schließt die Fürsorge für das Wohl der andern nicht aus; im Gegenteil, denn zum angenehmen

Leben gehört das Bewusstsein, fremdes Recht nicht unnötig verletzt zu haben. Darum können rechtmäßig erworbene Reichtümer einem allein ein angenehmes Leben gewähren; darum kann keine Laufbahn, die über Leichen geht oder andere zur Seite schiebt, ein angenehmes Leben bereiten; darum ist der Utilitarismus, die Weltanschauung, die das Glück für die meisten will, nicht unmoralisch.

Trotz aller Askese konnte Johan nicht umhin, sich glücklich zu fühlen. Sein Glück bestand in der halben Gewissheit, dass er sein Leben leben könne, ohne die größeren Schmerzen zu erdulden, die Unsicherheit der Existenzmittel verursachen. Sein Dasein war von der Not bedroht gewesen; jetzt war er geschützt. Das Leben war ihm wiedergeschenkt, und es ist lieblich, leben zu dürfen, wenn man noch im Wachstum steht. Seine von Hunger und Überanstrengung zusammengefallene Brust hob sich, sein Rücken wurde gerade, das Leben kam ihm nicht mehr so traurig vor. Er war mit seinem Los zufrieden, weil das Leben heller zu werden schien; er wäre undankbar gewesen, wenn er sich zu den Missvergnügten gestellt hätte.

Lange dauerte das aber nicht. Als er die alten Kameraden um sich her in ihrer früheren Lage, die sich durch *sein* Glück nicht verändert hatte, weiterarbeiten sah, fand er, dass eine Disharmonie eingetreten war. Sie waren gewohnt, ihm wie einem Notleidenden zu helfen; jetzt war das nicht mehr nötig. Sie hatten ihn gern, weil sie ihn beschützen durften; waren gewohnt, ihn unter sich zu sehen. Als er nun in die Höhe kam, neben sie, über sie, fanden sie ihn natürlich verändert. Die veränderten Verhältnisse hatten ihn verändern müssen. Der Notleidende ist nicht so kühn in seinen Ansichten und nicht so gerade im Rücken wie der Geborgene. Er war verändert für sie, aber war er darum schlechter? Selbstgefühl ist ja sonst eine geschätzte Ware. Genug, er verletzte nur mit seinem Glück; noch mehr dadurch, dass er nun seinerseits die andern glücklich machen wollte.

Das Geschenk brachte ihm Verpflichtungen, und Johan beeilte sich, Kolleg und Seminar zu belegen. Er machte am Ende des Semesters das Tentamen in Philologie, Astronomie, Staatswissenschaft; erhielt aber in allen Fächern eine geringere Zensur, als er gedacht hatte. Er hatte einerseits zu viel studiert, andererseits zu wenig.

Im Tentamen wurde er gewöhnlich von Aphasie ergriffen. Die Physiologie schreibt diese Krankheitsform Schäden zu, die der linken Stirnwindung zugefügt sind. Wirklich hatte Johan zwei Narben über dem linken Auge: die eine von einem Beilhieb, die andere von einem Stein, an dem er sich schwer geschlagen hatte, als er den Hügel der Sternwarte hinunterstürmte. Dieser Aphasie wollte er auch eine unüberwindliche Schwierigkeit, Reden zu halten und fremde Sprachen zu sprechen, zuschreiben. Er saß da, ohne antworten zu können, obwohl er mehr wusste, als gefragt wurde. Dann kam der Trotz und die Selbstquälerei, der Missmut und die Neigung, die Flinte ins Korn zu werfen. Die Lehrbücher kritisierte er; fühlte sich unehrlich, wenn er das lernte, was er verachtete. Die Rolle, die man ihm gegeben, begann, ihm unbequem zu werden; er sehnte sich fort, wohin es auch sei, wenn er nur fortkomme.

Nicht dass er das Geschenk als eine Wohltätigkeit empfunden hätte. Es war ein Stipendium, eine Belohnung für ein Verdienst, wie Künstler es zu allen Zeiten für ihre Ausbildung erhalten hatten; und der königliche Geber war nicht der Monarch, sondern der persönliche Freund und Bewunderer. Darum übte dieses Geschenk auch keinen Einfluss auf seine aufrührerischen Gedanken aus; höchstens, dass er für einen Augenblick verleitet wurde, die Welt gut zu finden, weil es ihm selber gut ging. Seine Opposition hatte sich jetzt auch schon vertieft; er schob nicht mehr die Schuld für die Verkehrtheit der Gesellschaft auf die Monarchie allein; er glaubte nicht, wie die Heiden, die Jahresernte würde besser werden, wenn man den König auf dem Altar der Götter schlachte.

Seine Mutter würde vor Freude über seine Auszeichnung geweint haben, hätte sie gelebt, so aristokratisch war sie.

Demokraten sind wir alle, bis zum Kronprinzen hinauf, indem wir das, was oben liegt, zu uns herunter wünschen; sind wir aber in die Höhe gekommen, wollen wir nicht wieder heruntergerissen werden. Die Frage ist nur die, ob das, was oben liegt, in geistigem Sinne höher ist und ob es wirklich dort liegen muss. Daran begann Johan jetzt zu zweifeln.

22. Auflösung (1872)

Bei Beginn des Frühlings zog Johan mit einem ältern Kameraden zusammen, um die Studien fortzusetzen. Als er die alten Bücher, die er schon so lange studiert hatte, wieder vornehmen sollte, waren sie ihm sofort zuwider. Das Gehirn war voller Eindrücke, hatte dichterisches Material angehäuft und wollte nicht mehr aufnehmen; Fantasie und Gedanke arbeiteten bereits und konnten dem Gedächtnis nicht mehr allein die Herrschaft überlassen. Zweifel und Apathie stellten sich ein; manchmal blieb er den ganzen Tag auf dem Sofa liegen. Oft kam ihm ein Verlangen, alles hinzuwerfen, um in Leben und Tätigkeit hinauszukommen. Aber das königliche Stipendium hielt ihn in Fesseln; legte ihm Pflichten auf; hatte er doch, indem er es annahm, die Hand darauf gegeben, er werde den Doktor machen, der jetzt halb fertig war.

So begann er Philosophie. Als er aber die Geschichte der Philosophie gelesen hatte, fand er alle Systeme in gleichem Maße gültig oder ungültig, und sein Gedanke leistete Widerstand gegen alle fremden Gedanken.

In der Verbindung herrschte Spaltung und Schlaffheit. Man hatte alle seine Jugendgedichte vorgelesen und produzierte nichts Neues; die Sitzungen wurden nur mit Punsch abgehalten. Is hatte sich auch hier bloßgestellt; bei einer Szene mit einem andern Bundesbruder war er auch hier hinausgeworfen worden, hatte sein Messer gezogen und Schläge gekriegt. Er hatte sich unter einer lächerlichen Maske gerettet und war jetzt nur noch ein Gegenstand des Spottes, nachdem man entdeckt, dass seine Weisheit in Referaten aus den Zeitschriften der Studentenschaft bestand, welche die andern nicht zu benutzen wussten.

Bei Beginn des Semesters wurde außerdem vom Professor der Ästhetik ein ästhetischer Verein gegründet, durch den die »Runa« überflüssig wurde.

Bei einer Sitzung dieses Vereins kam Johans Empörung gegen die Autoritäten zum Ausbruch. Er hatte nämlich am Abend getrunken und war halb berauscht. Während des Gesprächs mit dem Professor kam man auf brennende Fragen. Johan wurde aus seinen Verschanzungen so weit herausgelockt, dass er erklärte, Dante habe wenig Bedeutung für die Menschheit und werde überschätzt. Johan hatte eine ganze Reihe guter Gründe, konnte sie aber nicht anbringen, als der Professor ihm zusetzte, während der ganze Verein sich um die Streiter scharte und sie in die Ofenecke drängte.

Johan wollte zuerst sagen, die Komposition der »Göttlichen Komödie« sei nicht originell, sondern eine sehr gewöhnliche Form, die kurz vorher in der Vision des Albericus angewandt worden. Er wollte behaupten, Dante habe in dieser Dichtung nicht die ganze Bildung und alle Gedanken seiner Zeit geben können, da er so ungebildet gewesen, dass er nicht Griechisch konnte. Dante sei kein Philosoph, da er den Gedanken in die Bande der Offenbarung geschlagen; deshalb sei er auch kein Vorläufer der Renaissance oder der Reformation. Er sei kein Patriot, denn er huldige einem deutschen Kaisertum von Gottes Gnaden; höchstens florentinischer Lokalpatriot. Auch Demokrat sei er nicht, denn er träume immer von einem vereinigten Papst- und Kaisertum. Er habe nicht das Papsttum angegriffen, sondern einige Päpste, die unsittlich gelebt, wie er selbst in seiner Jugend. Er sei ein Mönch, ein wahrhaft beschränktes Kind seiner Zeit, eile ihr nicht einen Schritt voraus, da er ungetaufte Kinder in die Hölle sende. Er sei ein enger Royalist, der Brutus neben Satan in den Brennpunkt der Hölle setze. Ihm fehle jede Selbstkritik, da er unter die schlimmsten Verbrechen Undankbarkeit gegen Freunde und Verrat gegen das Vaterland aufnehme, während er selbst seinen Freund und Lehrer Brunetto Latini in die Hölle befördert und den deutschen Kaiser Heinrich VII. gegen seine Vaterstadt Florenz unterstützt habe. Er habe einen schlechten Geschmack, da er zu den sechs größten Dichtern der Welt Homer, Horaz, Lucian, Ovid, Virgil und – sich selbst rechne. Wie könnten moderne Menschen, die so streng gegen allen Skandal sind, Dante preisen, der durch seine Dichtung so viele lebende Personen und Familien entehrt und seine geliebte Vaterstadt Florenz beschimpft habe, als er unter den Dieben fünf Florentiner von edler Geburt findet.

Wie gewöhnlich, wurde der Streit geführt, indem die Standpunkte, sowohl des Angreifers wie des Angegriffenen, wechselten. Johan wollte dem Professor zeigen, dass von dessen Standpunkt aus die »Komödie« ein Pamphlet sei; dann aber sattelte der Professor um und ging zum Standpunkt des Feindes über und meinte, *er* werde sie doch nicht als Pamphlet missbilligen. Johan antwortete, diese Bezeichnung gebe er ihr, aber nicht die einer außerordentlichen Dichtung von ewigem Wert, wie der Professor sie in seinem Kolleg genannt habe. Dann schlug der

Professor wieder um und wollte die Dichtung von ihrer Zeit aus beurteilt sehen.

»Eben«, antwortete Johan, »aber Sie haben sie von unserer Zeit und allen künftigen Zeiten aus beurteilt; also haben Sie unrecht gehabt. Aber auch von der eigenen Zeit aus gesehen, wird sie nicht epochemachend, da sie nicht ihrer Zeit vorauseilt, sondern mitten in ihr steht und sogar hinter ihr zurückbleibt. Sie ist ein Sprachdenkmal für Italien, nichts mehr, und dürfte an einer schwedischen Universität nicht gelesen werden, weil die Sprache veraltet ist und – das letzte Wort! – weil sie zu wenig Bedeutung hat, um in die Entwicklungsreihe der Bildung zu gehören.«

Ergebnis: Johan wurde für unverschämt und halb verrückt gehalten.

Nach dieser Explosion war er erschöpft und unfähig zur Arbeit. Das ganze Leben in dieser Kleinstadt, in der er sich nicht heimisch fühlte, war ihm zuwider. Die Kameraden ermahnten ihn, sich Ruhe zu gönnen, denn er habe zu viel gearbeitet; das hatte er allerdings.

Wieder entstanden Pläne, drängten sich vor, zeitigten aber keine Folgen. Seine Seele befand sich in Auflösung, schwebte wie ein Rauch, war äußerst empfindlich. Die graue, schmutzige Stadt quälte ihn, die Landschaft peinigte ihn. Er lag auf einem Sofa und sah sich die Illustrationen einer deutschen Zeitschrift an. Der Anblick von Landschaften aus andern Ländern wirkte wie Musik auf ihn; er empfand ein Bedürfnis, grüne Bäume und blaue Seen zu sehen. Er wollte aufs Land hinaus; aber es war erst Februar und die Luft war grau wie Sackleinwand, Straßen und Wege kotig.

Wenn er ganz niedergeschlagen war, ging er zu seinem Freunde, dem Naturforscher. Es erfrischte ihn, dessen Herbarien und Mikroskope, Aquarien und physiologische Präparate zu sehen.

Am meisten erfrischte ihn der stille friedliche Atheist selbst, der die Welt ihren Gang gehen ließ, denn er wusste, dass er mit seinen geringen Kräften mehr für die Zukunft arbeite als der Dichter mit seinen konvulsivischen Anstrengungen. Doch war der Kamerad nicht ganz frei von Künstlertum, denn er malte in Öl. Das interessierte Johan außerordentlich. Eine grünende Landschaft mitten in den Nebeln dieses furchtbaren Winters hinmalen und sie an die Wand hängen zu können; das wäre etwas!

»Ist malen schwer?«, fragte er.

»Nein, behüte, es ist leichter als zeichnen. Versuch es nur!«

Johan hatte schon ohne Bangen ein Lied für Gitarrebegleitung komponiert: er hielt also das Malen für nicht so unmöglich. Er lieh sich Staffelei, Farben, Pinsel. Dann ging er nach Hause und schloss sich ein. Aus einer illustrierten Zeitung nahm er eine Zeichnung, die eine Schlossruine vorstellte; die kopierte er. Als er die blaue Farbe wie ein klarer Himmel wirken sah, wurde er sentimental. Als er dann grüne Büsche und eine Wiese hervorzauberte, wurde er unaussprechlich glücklich, als habe er Haschisch gegessen.

Der erste Versuch war gelungen. Dann aber wollte er ein Gemälde kopieren. Das ging nicht. Alles wurde grün und braun; er konnte seine Farben nicht auf den Ton des Originals stimmen. Da verzweifelte er.

Eines Tages, als er sich eingeschlossen hatte, hörte er, wie ein Besuch mit dem Kameraden im äußern Zimmer sprach. Sie flüsterten, als sprächen sie von einem Kranken.

»Jetzt malt er auch noch!«, sagte der Kamerad in einem sehr niedergeschlagenen Ton.

Was sollte das bedeuten? Hielten sie ihn für gestört? Ja, jetzt verstand er es. So war es. Er dachte über sich selbst nach und kam zu der Schlussfolgerung wie alle Grübler, er sei gestört. Was war da zu machen? Wenn man ihn einsperrte, würde er verrückt werden; davon war er überzeugt. Besser ist, dem zuvorkommen, dachte er. Er erinnerte sich, dass man in seiner Gegenwart einst von einer Privatirrenanstalt auf dem Lande gesprochen hatte, und er schrieb an den Vorsteher.

Nach einiger Zeit erhielt er eine freundliche Antwort, in der er ermahnt wurde, ruhig zu sein. Der Briefschreiber habe sich bei Kameraden nach Johan erkundigt und kenne jetzt seinen Seelenzustand. Das sei eine Krisis, die alle empfindlichen Naturen durchmachten usw.

Also diese Gefahr war überstanden. Aber er wollte ins Leben hinaus, wohin es auch sei.

Eines Tages sieht er, dass eine herumreisende Theatergesellschaft nach der Stadt gekommen ist. Er schreibt einen Brief an den Direktor und ersucht um ein Debüt. Erhält keine Antwort und macht keinen Besuch.

So wurde er hin und her geworfen, bis schließlich das Schicksal kam und ihn befreite. Drei Monate waren vergangen und die Hofverwaltung ließ nichts von sich hören. Die Kameraden rieten ihm, an den Hofmarschall zu schreiben und höflich zu fragen, wie es sich mit dem Geld verhalte. Das tat er und bekam diese Antwort: »Es ist nie von einer regelmäßigen Unterstützung die Rede gewesen, sondern Seine Majestät haben die Gratifikation nur für einmal erteilt. Jedoch mit Rücksicht auf Ihre bedrängte Lage geruhen Majestät, noch einmal 200 Kronen zu bewilligen, die gleichzeitig abgehen.«

Zuerst freute sich Johan, denn jetzt war er frei; dann aber beunruhigte ihn diese Wendung der Sache, da in den Zeitungen gestanden hatte, er sei Stipendiat; auch war das Stipendium ja tatsächlich vom König für »die Jahre« versprochen worden, die er noch zum Doktorexamen brauchte. Auch hatte ja der Hofmarschall mit der Zukunft gewinkt, die man doch nicht mit 200 Kronen machen konnte. Man dachte hin und her über die Ursache. Die einen hielten es für wahrscheinlich, der König habe die Sache vergessen; andere, seine wirtschaftliche Lage erlaube es ihm nicht; man wusste nämlich, dass sein guter Wille nicht immer im Verhältnis zu seinem Können stand.

Niemand sprach seine Missbilligung aus; und Johan war froh in seiner Seele, hätte nicht eine gewisse Blamage darin gelegen, dass das Stipendium eingezogen wurde: man konnte ihn ja verdächtigen, er habe nur damit geprahlt. Die an eine »Ungnade« glaubten, schrieben diese dem Umstand zu, dass Johan es versäumt hatte, dem König seine Aufwartung zu machen, als er Weihnachten und Neujahr in Stockholm war. Andere schoben die Schuld darauf, dass er seine gedruckte Tragödie »Das sinkende Hellas« nicht förmlich überreicht, sondern ganz einfach ins Schloss geschickt hatte; aber seine Geradheit hatte ihm verboten, selbst hinzugehen.

Zehn Jahre später hörte er eine ganz neue Deutung der »Ungnade«. Er sollte nämlich ein Schmähgedicht auf den König verfasst haben! Aber diese Geschichte war eine »reine« Dichtung, wahrscheinlich die einzige, die der übel bekannte Gewährsmann der Nachwelt geschenkt hat.

Die Tatsache blieb bestehen, und jetzt war der Entschluss bald gefasst. Er wollte nach Stockholm fahren, um Schriftsteller zu werden, wenn möglich Dichter, falls sich seine Begabung als stark genug erwies.

Der Zimmergenosse nahm es auf sich, ihm den Rückzug zu decken; der schützte vor, Johan müsse einige Zeit in Stockholm weilen, damit der Wirt nicht unruhig wurde und Johan die Miete, die erst am Schluss des Semesters zu bezahlen war, währenddessen zusammenbringen konnte.

Ein Abschiedsfest wurde gehalten. Johan dankte seinen vielen Freunden, indem er die Verpflichtungen, die jeder gegen seinen Verkehr hat, anerkannte, da sich eine Persönlichkeit nicht aus sich selbst entwickelt, sondern aus jeder andern Seele, mit der sie in Berührung kommt, einen Tropfen saugt; wie die Biene aus Millionen Blüten ihren Honig sammelt, den sie doch selbst umschmilzt und als ihren ausgibt.

So fuhr er ins Leben hinaus, fort aus Träumen und vergangenen Zeiten, um in seiner eigenen Zeit und in der Wirklichkeit zu leben. Aber schlecht war er vorbereitet; die Universität war nicht die Schule fürs Leben. Er hatte auch das Gefühl, die Stunde der Entscheidung sei da. In einer schlecht ausgeführten Rede nannte er das Fest einen Abschiedsschmaus, den man dem Bräutigam vor der Hochzeit gibt; denn jetzt solle er Mann werden und die Knabenjahre hinter sich lassen; sich in die Gesellschaft einordnen, ein nützlicher Bürger werden, sein eigenes Brot essen.

So glaubte er damals, aber er sollte bald finden, dass die Erziehung ihn untauglich für die Gesellschaft gemacht hatte. Und als er sich nicht darein fand, ein Ausgestoßener zu sein, erwachten seine Zweifel, ob nicht die Gesellschaft, zu der doch Schule und Universität gehören, auch eine Schuld an seiner Erziehung habe; ob nicht die Gesellschaft Gebrechen habe, die geheilt werden müssen.

CPSIA information can be obtained
at www.ICGtesting.com
Printed in the USA
LVHW031101200222
711544LV00006BB/96